Abenteuer

WINNETOU

Karl May

Der Sohn des Bärenjägers

Erzählung aus „Unter Geiern“

KARL-MAY-VERLAG
BAMBERG · RADEBEUL

INHALT

„Der Sohn des Bärenjägers"
Erzählung aus „Unter Geiern"
Die Handlung spielt Anfang der 70er-Jahre des 19. Jahrhunderts.
Herausgegeben von Bernhard Schmid

Deckelbild: Marek Zawadzki

Druck und Bindung: FINIDR s. r. o., Český Těšín
Printed in Czech Republic
ISBN 3-7802-0483-5

1. Auf der Fährte

Nicht viel westwärts von der Gegend, wo die Ecken der drei nordamerikanischen Staaten Dakota, Nebraska und Wyoming zusammenstoßen, ritten zwei Männer, deren Erscheinen anderswo berechtigtes Aufsehen erregt hätte.

Sie waren von recht verschiedener Körpergestalt. Der eine maß mehr als zwei Meter und die Figur war fast beängstigend dürr, während der andere bedeutend kleiner, dabei aber so dick war, dass sein Leib beinahe die Gestalt einer Kugel hatte.

Dennoch befanden sich die Gesichter der beiden Jäger in gleicher Höhe, denn der Kleine ritt einen hoch gebauten, starkknochigen Klepper und der andere saß auf einem niedrigen, scheinbar schwachen Maultier. Daher kam es, dass die Lederriemen, die dem Dicken als Steigbügel dienten, nicht einmal die Bauchlinie des Pferdes erreichten, während der Lange gar keiner Bügel bedurfte, denn seine großen Füße hingen so weit herab, dass er nur eine kleine Bewegung seitwärts zu machen brauchte, um mit dem einen oder dem anderen Fuß den Boden zu erreichen, und zwar ohne dabei aus dem Sattel zu rutschen.

Freilich war von einem wirklichen Sattel bei beiden keine Rede. Der des Kleinen bestand einfach aus dem Rückenstück eines erlegten Wolfs, an dem das Fell gelassen worden war, und der Dürre hatte eine alte Santillodecke untergelegt, die aber so arg zerfetzt und zerrissen war, dass er eigentlich auf dem bloßen Rücken seines Maultiers saß.

Auch die Anzüge der beiden hatten ein recht seltsames Aussehen. Der Lange trug eine Lederhose, die jedenfalls für einen viel stärkeren Mann zugeschnitten und gefertigt sein musste.

Sie war ihm viel, viel zu weit. Unter dem abwechselnden Einfluss von Wärme und Kälte, von Trockenheit und Regen war sie beträchtlich zusammengeschrumpft, und so kam es, dass die unteren Säume der Hosenbeine dem Träger kaum bis über die Knie reichten. Dabei zeigte die Hose einen fettigen Schimmer, was einfach darin begründet war, dass sie der Lange bei jeder Gelegenheit als Handtuch und Tischtuch benutzte und alles, was er nicht an den Fingern dulden mochte, am Beinkleid abzuwischen pflegte.

Die nackten Füße steckten in ganz unbeschreiblichen Lederschuhen. Sie hatten das Aussehen, als seien sie bereits von Methusalem getragen worden und als habe seitdem jeder Besitzer einige Lederstücke aufgeflickt. Ob sie jemals Schmiere oder gar Wichse gesehen hatten, das war unmöglich zu bestimmen, da sie in allen sieben Regenbogenfarben schimmerten.

Der hagere Leib des Reiters steckte in einem ledernen Jagdhemd, das weder Knopf noch Heftel hatte und die braune Brust unbedeckt ließ. Die Ärmel reichten nur wenig bis über die Ellbogen vor, von wo aus die sehnigen, fleischlosen Vorderarme zu sehen waren. Um den langen Hals hatte der Mann ein baumwollenes Tuch geschlungen. Ob es früher einmal weiß oder schwarz, grün oder gelb, rot oder blau gewesen war, das wusste der Reiter selbst nicht mehr.

Das Pracht- und Prunkstück des Anzugs war jedenfalls der Hut, der auf dem hohen, spitzen Kopf saß. Er hatte früher einmal grau ausgesehen und diejenige Gestalt gehabt, die von unehrerbietigen Leuten ‚Angströhre' genannt wird. Vielleicht hatte er vor undenkbaren Zeiten den Kopf eines englischen Lords gekrönt. Dann aber war er auf der Schicksalsleiter unaufhörlich abwärts gestiegen und endlich in die Hände des Präriejägers gekommen. Dieser Mann besaß nun keineswegs den Geschmack eines Lords. Er hielt die Krempe für überflüssig und hatte sie daher einfach abgerissen. Nur vorn hatte er ein Stück gelassen, teils zur Beschattung seiner Augen, teils als Handhabe, um die Kopfbedeckung bequem abnehmen zu können. Außerdem war er anscheinend der Meinung, dass der Kopf eines Präriemannes auch der Luft bedürfe, und so hatte er mit seinem Bowiemesser verschiedene Stiche in den Deckel und die Seiten gemacht, sodass nun im Innern des Hutes der West- und Ost-, der Nord- und Südwind einander ‚Guten Tag' sagen konnten.

Als Gürtel diente dem Langen ein dicker Strick, den er einige Male um seine Hüften geschlungen hatte. Darin steckten zwei Revolver und das Bowiemesser. Außerdem hingen daran der Kugelbeutel, das Pulverhorn, eine Tabaksblase, eine zusammengenähte Katzenhaut zur Aufnahme des Mehls, das Präriefeuerzeug und noch verschiedene andere Gegenstände, deren Bestimmung für jeden Uneingeweihten ein Rätsel war. Auf der Brust ruhte, an einem Riemen hängend, die Tabakpfeife – aber was für eine! Sie war das eigene Kunstwerk des Jägers, und da er sie schon längst bis vor an den Kopf abgebissen hatte, bestand sie jetzt nur noch aus diesem Kopf und einem ausgehöhlten Holunderstängel. Der Lange hatte nämlich als leidenschaftlicher Raucher die Gewohnheit, das Rohr zu kauen, wenn ihm einmal der Tabak ausgegangen war.

Zu seiner Ehrenrettung muss bemerkt werden, dass sein Anzug nicht etwa nur aus den Schuhen, der Hose, dem Jagdhemd und dem Hut bestand. O nein! Er trug außerdem noch ein Stück, das sich nicht jedermann beschaffen kann: einen Gummimantel; und zwar einen echt amerikanischen, nämlich von jener Sorte, die gleich beim ersten Regen auf die halbe ursprüngliche Länge und Weite zusammenschrumpft. Weil er ihn aus diesem Grund nicht mehr anziehen konnte, hatte er ihn wie eine Husarenjacke an einer Schnur malerisch um die Schulter gehängt. Außerdem trug er ein zusammengeschlungenes Lariat[1], das von seiner linken Schulter nach der rechten Hüfte herabhing. Vor sich, quer über die Beine gelegt, hielt er eine Büchse, eine jener langen Rifles, mit denen der erfahrene Jäger fast nie sein Ziel verfehlt.

Wie alt dieser Mann war, konnte man ihm unmöglich ansehen. Sein hageres Gesicht zeigte unzählige Falten und Fältchen und doch hatte es einen beinahe jugendlichen Ausdruck. Aus jedem Fältchen schien ein Schälkchen, aus jeder Falte ein Schalk herauszublicken. Das Gesicht war trotz dieser Runzeln und Runzelchen und trotz der unwirtlichen Gegend, in der er sich befand,

[1] Lasso

glattrasiert, denn es gibt viele, sehr viele Westmänner, die gerade darin ihren Stolz suchen. Die großen, himmelblauen, weit geöffneten Augen hatten jenen scharfen Blick, den man bei Seeleuten und Bewohnern weiter Ebenen beobachten kann, und doch hätte man diesen Blick gern mit dem Ausdruck ‚kindlichtreu' bezeichnen mögen.

Das Maultier war, wie bereits erwähnt, nur scheinbar schwach. Es trug den langen, knochigen Reiter mit Leichtigkeit und zeigte zuweilen sogar Lust, gegen den Willen seines Herrn einen kurzen Streik zu versuchen, wurde dann aber allemal so kräftig zwischen die ewig langen Schenkel des Gebieters genommen, dass es den Widerstand schnell aufgab. Diese Tiere sind wegen ihres sicheren Schritts beliebt, aber auch bekannt wegen ihrer Neigung zu störrischen Widersetzlichkeiten.

Was nun den anderen Reiter betrifft, so musste es bei der Glut, mit der die Sonne niederbrannte, auffallen, dass er einen Pelz trug. Freilich zeigte es sich, wenn durch irgendeine Bewegung des Dicken der Pelz einmal zurückgeschlagen wurde, dass diese Hülle an hochgradiger Haarlosigkeit litt. Es gab nur stellenweise ein kleines, lichtes Büschel, etwa so wie in der unendlichen Wüste nur hier und da eine arme Oase anzutreffen ist. Selbst Kragen und Aufschläge waren so sehr gelichtet, dass man daran talergroße nackte Stellen fand. Unter diesem Pelz blickten rechts und links riesige Aufschlagstiefel hervor. Auf dem Kopf trug der Mann einen breitrandigen Panamahut, der ihm viel zu weit war, sodass er ihn, um aus den Augen sehen zu können, weit ins Genick hinunterschieben musste. Die Ärmel des Pelzes waren so lang, dass man die Hände nicht sehen konnte. So war denn das Gesicht des Reiters das Einzige, was man von ihm selbst erblickte. Aber dieses Gesicht war es auch wert, genau betrachtet zu werden.

Es war ebenfalls glattrasiert, ohne eine Spur von Bart. Die roten Wangen waren so voll, dass das Näschen nur einen fast erfolglosen Versuch machen konnte, zwischen ihnen zur Geltung zu kommen. Ebenso erging es den kleinen, dunklen Äuglein, die zwischen

Brauen und Wangen tief versteckt lagen. Ihr Blick hatte einen gutherzig-listigen Ausdruck. Überhaupt stand auf dem ganzen Gesicht geschrieben: ‚Schau mich mal an! Ich bin ein kleiner, prächtiger Kerl und mit mir ist sehr gut auszukommen. Aber brav und verständig musst du sein, sonst hast du dich in mir verrechnet.'

Jetzt kam ein Windstoß und trieb dem Kleinen den Pelz vorn auseinander. Da konnte man sehen, dass er darunter eine blauwollene Hose und eine ebensolche Bluse trug. Um seine starken Hüften war ein Ledergürtel geschnallt, worin außer den Gegenständen, die auch der Lange besaß, noch ein indianischer Tomahawk steckte. Den Lasso hatte er vorn am Sattel hängen und daneben eine kurze, doppelläufige Kentuckybüchse, der man es ansah, dass sie schon in gar manchem Kampf als Angriffs- oder Verteidigungswaffe gedient hatte.

Und wer waren diese beiden Männer? Nun, der Kleine hieß Jakob Pfefferkorn und der Lange führte den Namen David Kroners. Hätte man irgendeinem Westmann, einem Squatter oder Trapper diese beiden Namen genannt, so hätte er kopfschüttelnd gesagt, dass er von den zwei Jägern noch nie ein Wort gehört habe. Und doch wäre das gegen die Wahrheit gewesen, denn sie waren gar berühmte Pfadfinder und an manchem Lagerfeuer erzählte man sich seit Jahren von ihren Taten. Es gab kaum einen Ort von New York bis Frisco[1] und von den Seen im Norden bis an den mexikanischen Meerbusen, wo nicht das Lob dieser beiden Savannenmänner erschollen war. Freilich, die Namen Jakob Pfefferkorn und David Kroners waren nur ihnen selbst geläufig. In der Prärie, im Urwald und besonders bei den Rothäuten wird nicht nach dem Geburts- oder Taufschein gefragt. Da erhält ein jeder sehr bald einen Namen, der seinen Erlebnissen oder Eigenschaften entspricht und rasch weiter verbreitet wird.

Kroners war ein Vollblut-Yankee und wurde nicht anders als der Lange Davy genannt. Pfefferkorn stammte aus Deutschland und wurde nach seinem Vornamen Jakob und seiner Körperform

[1] San Francisco

nur als der Dicke Jemmy bezeichnet. Jemmy ist nämlich der englische Ausdruck für Jaköbchen.

Als Davy und Jemmy waren sie überall bekannt, und man hätte im fernen Westen wohl selten einen Menschen getroffen, der nicht im Stande gewesen wäre, die eine oder andere Heldentat von ihnen zu erzählen. Sie galten als unzertrennlich. Wenigstens gab es keinen, der sich hätte besinnen können, einen von ihnen jemals allein gesehen zu haben. Trat der Dicke an ein fremdes Lagerfeuer, so schaute man unwillkürlich nach dem Langen aus, und kam Davy in einen Store[1], um sich Pulver und Tabak zu kaufen, so wurde er sicherlich gefragt, was er für Jemmy mitnehmen wollte.

Ebenso unzertrennlich fühlten sich auch die beiden Tiere dieser Westmänner. Der große Klepper hätte wohl trotz allen Durstes an keinem Bach oder Fluss getrunken, wenn nicht zugleich mit ihm das kleine Maultier den Kopf zum Wasser niedergebeugt hätte. Und das Maultier wäre selbst im schönsten, saftigsten Gras mit erhobenem Kopf stehen geblieben, wenn es nicht der Klepper vorher leise angeschnaubt hätte, als ob er flüstern wolle: ‚Du, sie sind abgestiegen und braten sich ihre Büffellende. Nun wollen auch wir frühstücken, denn vor dem späten Abend gibt es ganz gewiss nichts mehr!‘

Und dann sich gar in irgendeiner Not verlassen, das fiel den beiden Tieren überhaupt nicht ein. Ihre Herren hatten einander schon viele Male das Leben gerettet. Einer stürzte sich für den anderen ohne Bedenken in die größte Gefahr. So hatten auch die beiden Tiere einander oft beigestanden, wenn es galt, den Kameraden herauszubeißen oder mit den kräftigen, scharfen Hufen gegen einen Feind zu verteidigen. Die vier, Menschen sowohl als Tiere, gehörten zusammen; sie wussten es gar nicht anders.

Jetzt trabten sie fröhlich in nördlicher Richtung dahin. Am Morgen hatte es für Pferd und Maultier Wasser und saftige Weide gegeben und für die beiden Jäger Wasser und die Keule eines

[1] Laden

Hirsches. Den Rest des Fleisches trug der Klepper, sodass an Hungersnot nicht zu denken war.

Unterdessen hatte die Sonne ihren höchsten Stand erreicht gehabt und war dann langsam tiefer gesunken. Es war zwar sehr heiß, doch wehte ein erfrischender Windhauch über die Prärie und der von zahllosen Blumen durchwirkte Büffelgrasteppich zeigte noch lange nicht die braune, verbrannte Farbe des Herbstes, sondern sein frisches Grün erquickte das Auge. Die über die unendlich weite Ebene verstreuten, in Form von einzelnen, riesigen Kegeln sich erhebenden Felsenberge wurden von den schräg herabfallenden Strahlen der Sonne beleuchtet und glänzten auf ihren westlichen Seiten in glühender Farbenpracht, die nach Osten hin in immer tiefere, dunklere Töne verlief.

„Wie weit reiten wir heute noch?“, fragte der Dicke, nachdem sie stundenlang kein Wort gesprochen hatten. – „So weit wie alle Tage“, antwortete der Lange. – „Well!“, lachte der Dicke. „Also bis zum Lagerplatz.“ – „Ay!“ Mister Davy hatte nämlich die Eigentümlichkeit, anstatt Yes stets die altertümliche Bejahung ‚Ay‘ zu verwenden. Ja, er war immer originell, der Lange Davy!

Wieder verging eine Weile. Jemmy hütete sich sehr, sich durch eine weitere Frage abermals eine solche Antwort zu holen. Er betrachtete den Kameraden zuweilen mit seinen listigen Äuglein und wartete die Gelegenheit zur Rache ab. Endlich wurde die Stille dem Langen doch zu drückend. Er deutete mit der Rechten hinaus in die Richtung, der sie folgten, und fragte: „Kennst du diese Gegend?“ – „Sehr gut!“ – „Nun? Was ist's?“ – „Amerika!“

Der Lange zog unmutig die langen Beine empor und gab seinem Maultier einen Hieb. Dann meinte er: „Schlechter Kerl!“ – „Wer?“ – „Du!“ – „Ah! Ich? Wieso?“ – „Rachsüchtig!“ – „Gar nicht. Gibst du mir dumme Antworten, so sehe ich nicht ein, warum ich geistreich sein soll, wenn du mich fragst.“ – „Geistreich? O weh! Du und geistreich! Du bestehst so sehr aus Fleisch, dass der Geist überhaupt keinen Platz haben würde.“ – „Oho! Hast du vergessen, was ich durchgemacht habe, drüben im alten Land?“ –

„Ay! Eine Klasse des Gymnasiums! Ja, das weiß ich noch. Das kann ich überhaupt niemals vergessen, denn du erinnerst mich täglich wenigsten dreißigmal daran."

Der Dicke warf sich in die Brust. „Das ist auch notwendig", meinte er. „Eigentlich sollte ich es täglich vierzig- oder fünfzigmal erwähnen, da ich ein Mann bin, vor dem du gar nicht genug Hochachtung haben kannst. Übrigens habe ich nicht nur eine Klasse durchgemacht, sondern drei!" – „Für das Weitere reichte aber der Verstand nicht aus..." – „Sei still! Das Geld wurde alle. Verstand hätte ich mehr als genug gehabt. Übrigens weiß ich sehr wohl, was du vorhin meintest. Diese Gegend werde ich nicht vergessen. Weißt du, da drüben hinter den Höhen lernten wir uns kennen." – „Ay! Das war ein schlimmer Tag. Ich hatte all mein Pulver verschossen und wurde von den Sioux[1] gejagt. Schließlich konnte ich nicht weiter und sie schlugen mich nieder. Am Abend aber kamst du." – „Ja, die dummen Kerle hatten ein Feuer angebrannt, das man droben in Kanada hätte sehen können. Ich bemerkte es und schlich mich hinzu. Da gewahrte ich fünf Sioux, die einen Weißen gefesselt hatten. Na, ich hatte mich nicht verschossen wie du. Zwei wurden von meinen Kugeln getroffen und drei entflohen, weil sie nicht ahnten, dass sie es nur mit einem Einzelnen zu tun hatten. Du warst frei!" – „Frei war ich allerdings, aber auch zornig auf dich!" – „Darüber, dass ich die beiden Indsmen nicht erschossen, sondern nur verwundet hatte, ja. Aber ein Indsman ist auch ein Mensch und ich töte niemals einen Menschen, wenn es nicht unbedingt notwendig ist. Ich bin eben ein Deutscher und kein Kannibale!" – „Bin ich etwa einer?" – „Hm!", brummte der Dicke. „Jetzt bist du freilich anders als früher. Da hattest du, wie so viele andere, die Ansicht, dass man die Roten nicht schnell genug ausrotten könne. Ich habe dich geradezu zu meiner Meinung bekehren müssen." – „Ja, ihr Deutschen seid eigenartige Kerle. Mild, weich wie Butter! Wenn es aber sein muss, stellt ihr euern Mann wie sonst einer. Ihr möchtet alle Welt mit

[1] Sprich: Ssu

Samthandschuhen anfassen und doch schlagt ihr gleich mit dem Kolben drein, wenn ihr meint, dass ihr euch endlich wehren müsst. So seid ihr alle und so bist auch du.“ – „Und ich freue mich, dass es so ist. Aber schau, dort scheint ein Strich durch das Gras zu gehen!“

Jemmy hielt sein Pferd an und deutete zu einem Felsen hinüber, an dessen Fuß eine lange, dunkle Linie durch das Gras lief.

Auch Davy zügelte sein Tier, beschattete die Augen mit der einen Hand und musterte die betreffende Stelle. Dann sagte er: „Du sollst mich zwingen dürfen, einen Zentner Büffelfleisch ungebraten zu essen, wenn das nicht eine Fährte ist.“ – „Auch ich halte es dafür. Wollen wir uns das Ding einmal genauer betrachten, Davy?“ – „Wollen? Wer spricht vom Wollen, wenn man muss? In dieser alten Prärie ist man gezwungen, an keiner Spur leichtsinnig vorüberzugehen. Man muss stets wissen, wen man vor oder hinter sich hat, sonst kann es leicht geschehen, dass man früh tot aufsteht, wenn man sich am Abend lebendig ins Gras gelegt hat. Vorwärts also!“

Sie ritten bis an den Felsen heran und musterten die Fährte mit Kenneraugen. Jemmy sprang vom Pferd und kniete im Gras nieder. Sein alter Klepper hielt, als ob er Menschenverstand besitze, das Maul in das niedergetretene Grün und schnaubte leise. Auch das Maultier trat herbei, wedelte mit dem Schwanz und den beiden langen Ohren und schien sich die Fährte zu betrachten.

„Nun?“, frage Davy, dem die Untersuchung zu lange dauerte. „Ist’s gar so wichtig?“ – „Ja. Hier ist ein Indianer geritten.“ – „Meinst du? Das wäre freilich auffallend, da wir uns nicht auf dem Jagd- oder Weidegrund eines Stammes befinden. Warum vermutest du, dass es ein Indsman war?“ – „Ich sehe an den Hufspuren, dass das Pferd auf indianische Weise geschult ist.“ – „Dennoch kann es von einem Weißen geritten werden.“ – „Das sage ich mir auch, aber... aber...“

Jemmy schüttelte nachdenklich den Kopf und verfolgte die Spur eine kurze Strecke weiter. Dann rief er zurück: „Komm nach! Das

Pferd war nicht beschlagen. Ferner war es müde und dennoch hat es galoppieren müssen. Der Reiter hat es also sehr eilig gehabt."

Jetzt stieg auch Davy ab. Was er gehört hatte, war wichtig genug, um sich eingehend damit zu befassen. Er schritt dem Dicken nach und die beiden Tiere liefen unaufgefordert hinter ihm her. Bei Jemmy angekommen, ging er mit ihm noch weiter an der Fährte entlang.

„Du", meinte er, „das Pferd war wirklich übermüdet. Es ist oft gestrauchelt. Wer sein Tier derart anstrengt, muss triftige Veranlassung dazu haben. Entweder wurde der Mann verfolgt oder er hatte Grund, sein Ziel so schnell wie möglich zu erreichen." – „Das Zweite ist der Fall, das Erste nicht." – „Wieso?" – „Wie alt ist diese Fährte?" – „Zwei Stunden ungefähr." – „Das sage ich auch. Noch gibt es keine Spur eines Verfolgers, und wer einen Vorsprung von zwei Stunden hat, reitet sein Pferd nicht zu Tode. Übrigens gibt es hier so viele zerstreute Felsen, dass es ihm leicht gewesen wäre, einen Verfolger irrezuführen. Der Verfolgte brauchte nur unbemerkt einen Bogen zu schlagen oder im Kreis zu reiten. Meinst du nicht auch?" – „Ja. Uns beiden zum Beispiel würde ein Vorsprung von zwei Minuten genügen, um die Verfolger mit einer ganz gehörigen Nase heimzuschicken. Also stimme ich dir bei. Der Mann hat schnell an sein Ziel gewollt. Aber wo mag das liegen?" – „Jedenfalls nicht weit von hier."

Der Lange blickte dem Dicken erstaunt ins Gesicht.

„Du scheinst heute allwissend zu sein!", sagte er. – „Um das zu erraten, bedarf es keiner Allwissenheit, sondern nur eines Nachdenkens." – „So! Nun, ich denke ja soeben auch darüber nach, nur leider vergeblich." – „Das ist bei dir kein Wunder." – „Wieso?" – „Du bist zu lang. Ehe bei dir die Überlegung von der Fährte hier unten bis hinauf in deinen Verstand kommt, können Jahre vergehen. Ich sage dir, dass das Ziel dieses Reiters gar nicht weit von hier zu suchen ist, sonst hätte er sein Pferd geschont." – „So! Den Grund höre ich, aber begreifen kann ihn nicht." – „Nun, ich schätze: Hätte der Mann noch einen Tagesritt zu machen gehabt, so hätte er das erschöpfte Pferd unbedingt erst einige Stunden lang ausruhen lassen müssen und sodann die Versäumnis nachholen können. Weil er aber den Ort, den er erreichen will, nahe wusste, hat er geglaubt, diese Strecke trotz der Müdigkeit seines Pferdes heute noch zurücklegen zu können." – „Höre, mein alter Jemmy, das, was du da sagst, klingt nicht so uneben. Ich gebe dir abermals Recht."

„Dieses Lob ist überflüssig. Wer fast dreißig Jahre lang in der Savanne herumgestolpert ist, kann wohl auch einmal auf einen klugen Gedanken kommen. Der Mann ist jedenfalls ein Bote. Er hat es eilig gehabt, seine Angelegenheit war von großer Wichtigkeit. Ein Indsman ist aller Wahrscheinlichkeit nur der Bote zwischen Indianern, und so möchte ich fast behaupten, dass sich Rothäute hier in der Nähe befinden."

Der Lange Davy stieß einen leisen Pfiff zwischen den Zähnen hervor und ließ seinen Blick nachdenklich rundum schweifen.

„Unangenehm, recht unangenehm!", brummte er. „Der Kerl kommt von Indianern und geht zu Indianern. Wir befinden uns demnach zwischen ihnen, ohne zu wissen, wo sie stecken. Also können wir leicht auf die eine Horde stoßen und unsere Skalpe zum Jahrmarkt tragen." – „Das ist freilich zu befürchten. Wir müssen der Fährte folgen." – „Richtig! Dann wissen wir, dass sich die eine Schar der Roten vor uns befindet, und sie hat keine Ahnung von uns. Wir sind also im Vorteil. Aber neugierig bin ich doch, zu welchem Stamm der Bote gehören mag." – „Ich ebenso. Erraten lässt es sich nicht. Da oben im nördlichen Montana gibt es die Schwarzfuß-, Pigan- und Blutindianer. Die kommen nicht herüber. Am Knie des Missouri lagern die Riccarees, die ebenso wenig hier etwas zu suchen haben. Die Sioux? Hm! Hast du etwa gehört, dass sie in neuerer Zeit das Kriegsbeil ausgegraben haben?" – „Nein." – „So wollen wir uns jetzt den Kopf nicht zerbrechen, aber vorsichtig müssen wir sein. Wir befinden uns in einer Gegend, die uns gut bekannt ist, und wenn wir nicht geradezu Dummheiten machen, kann uns nichts geschehen. Komm!"

Sie saßen wieder auf und folgten der Fährte, die sie genau im Auge behielten, dabei aber auch scharf nach vorn und den Seiten ausschauend, um ja irgendetwas Feindseliges sofort zu entdecken.

Es verging wohl eine Stunde und die Sonne sank immer tiefer. Der Wind erhob sich mehr und mehr und die Hitze des Tages ließ schnell nach. Bald bemerkten sie, dass der Indianer nur noch im Schritt geritten war. An einer unebenen Stelle schien sein Pferd vor Übermüdung gestolpert und in die Knie gesunken zu sein. Jemmy stieg sofort ab und untersuchte die Stelle.

„Ja, es ist ein Indsman“, erklärte er. „Er ist abgesprungen. Seine Mokassins sind mit Stachelschweinborsten verziert. Hier liegt eine abgebrochene Spitze davon. Und hier... ah, der Kerl muss noch sehr jung sein!“ – „Warum?“, fragte der Lange, der auf seinem Tier sitzen geblieben war. – „Die Stelle ist sandig und sein Fuß hat sich genau abgezeichnet. Wenn ich nicht annehmen soll, dass es eine Squaw war, so...“ – „Unsinn! Eine Frau kommt nicht allein hierher.“ – „...so ist er ein junger Mensch, wahrscheinlich höchstens achtzehn Jahre alt.“ – „So, so! Das klingt gefährlich. Es gibt Stämme, bei denen gerade diese jungen Krieger als Kundschafter benutzt werden. Sehen wir uns also vor!“

Die beiden ritten wieder weiter. Während sie bisher durch eine Blumenprärie gekommen waren, tauchte jetzt hier und da ein Gebüsch auf, erst vereinzelt, dann in zusammenstehenden Gruppen. In der Ferne schien es Bäume zu geben.

Endlich kamen sie an eine Stelle, wo der Reiter kurze Zeit abgestiegen war, um seinem Pferd eine freilich nur kurze Ruhe zu gönnen. Dann war er zu Fuß weitergeschritten, das Tier am Zügel führend.

Die vorliegenden Büsche hemmten jetzt zuweilen die Aussicht so, dass Vorsicht doppelt nötig wurde. Davy ritt voran und Jemmy folgte. Auf einmal sagte der Dicke: „Du Langer, hier am Busch hing ein Schwanzhaar, das dem müden Gaul ausgerissen wurde.“ – „Ay! Aber sprich nicht so laut! Hier können wir jeden Augenblick auf Leute stoßen, die wir erst sehen, wenn sie uns bereits erschossen haben!" – „Das fürchte ich nicht. Ich kann mich da auf mein Pferd verlassen. Es schnaubt, sobald es einen Feind wittert. Also nur immer getrost weiter!"

Der Lange Davy folgte wohl dieser Aufforderung, blieb aber im nächsten Augenblick bereits wieder halten. „Alle Teufel!", sagte er. „Da ist etwas vorgegangen!"

Der Dicke trieb sein Pferd an und gelangte nach wenigen Schritten durch die Büsche auf einen freien Platz. Vor ihnen erhob sich einer jener kegelförmigen Felsen, deren es in dieser Prärie so viele gibt. Die Fährte führte hart an ihm vorüber und sprang sodann in einem scharfen Winkel nach rechts ab. Das sahen die beiden deutlich, aber sie gewahrten noch etwas. Von der anderen Seite des Felsens her zogen sich nämlich Spuren zu der genannten Fährte hinüber, um sich mit ihr zu vereinigen.

„Was meinst du dazu?", fragte der Lange. – „Dass da hinter diesem Felsen Menschen lagerten, die den Indsman vorüberließen und dann verfolgten." – „Vielleicht sind sie bereits wieder fort." – „Oder es sind welche zurückgeblieben. Warte hier hinter den Büschen! Ich will einmal meine Nase um die Ecke stecken." – „Steck sie nur nicht etwa in einen geladenen Flintenlauf, der im Losgehen ist!" – „Nein, dazu wäre die deinige besser geeignet."

Jemmy stieg ab, überreichte dem Langen die Zügel seines Kleppers und rannte in vollem Lauf auf den Felsen zu.

„Schlauer Fuchs!", brummte Davy befriedigt vor sich hin. „Hier würde das Anschleichen zu viel Zeit erfordern. Man sollte gar nicht glauben, dass der Dicke so springen kann!"

An der Rückseite des Felsens angekommen, schlich sich der Kleine langsam und vorsichtig nach vorn und verschwand hinter einer vorspringenden Kante. Bald jedoch erschien er wieder und gab dem Langen einen Wink, indem er mit dem Arm einen Bogen beschrieb. Davy verstand richtig, dass er nicht geradewegs nach dem Felsen reiten solle, und schlug zwischen den Büschen hindurch einen Bogen, bis er auf die neue Fährte traf und auf ihr zu Jemmy an den Felsen gelangte.

„Was sagst du dazu?“, fragte der Dicke, indem er auf den Platz zeigte, der vor ihnen lag.

Hier hatte sich ein Lager befunden. Einige eiserne Kessel lagen noch am Boden, mehrere Hacken und Schaufeln, eine Kaffeemühle, ein Mörser, verschiedene kleine und größere Pakete – die Spur eines Lagerfeuers aber war nicht zu sehen.

„Na“, entgegnete der Gefragte kopfschüttelnd. „Diejenigen, die sich hier so häuslich niedergelassen hatten, mögen sehr unvorsichtige Leute oder noch ganz grün im Westen sein. Man sieht die Spuren von wenigsten fünfzehn Pferden, aber kein einziges war angepflockt oder auch nur angehobbelt. Wie es scheint, waren mehrere Packtiere darunter. Auch die sind fort. Wohin? Das ist eine ganz heillose Wirtschaft! Man sollte diesen Leuten einen tüchtigen Stock auf den Rücken geben!“ – „Ja, das haben sie verdient. So wenig Erfahrung, und machen sich nach dem fernen Westen herbei! Es kann freilich nicht ein jeder auf dem Gymnasium gewesen sein...“ – „Wie du“, fiel der Lange schnell ein. – „Ja, wie ich! Aber ein wenig Mutterwitz und Überlegung sollte doch ein jeder besitzen. Der Indianer ist ganz ahnungslos hier um die Ecke gekommen und hat, sobald er sie erblickte es vorgezogen, schnell davon zu reiten anstatt umzukehren. Da ist ihm die ganze Rotte spornstreichs nach.“ – „Ob sie ihm feindlich gesinnt waren?“ – „Natürlich, sonst hätten sie ihn doch nicht verfolgt. Und für uns kann das verhängnisvoll werden. Den Roten ist es ganz gleich, ob hinterher ihre Rache den wirklich Schuldigen oder einen anderen trifft.“ – „So müssen wir schleunigst nach, um Unheil zu verhüten.“ – „Ja, lange werden wir nicht zu reiten habe, denn weit ist der Indsman mit seinem abgematteten Pferd doch nicht gekommen.“

Sie stiegen wieder auf und folgten im Galopp der Fährte, von der nach rechts und links einige Hufspuren abzweigten, jedenfalls von den durchgegangenen Packpferden herrührend. Nach einer Weile hielt Jemmy plötzlich sein Tier an. Er hatte laute Stimmen vernommen und lenkte rasch zur Seite in ein Gesträuch hinein, wohin Davy ihm folgte. Beide horchten. Sie hörten mehrere

Menschen durcheinander sprechen. „Das sind sie jedenfalls“, meinte der Dicke. „Die Stimmen kommen nicht näher, sie scheinen sich also noch nicht auf dem Rückweg zu befinden. Wollen wir sie belauschen, Davy?“ – „Gewiss. Die Pferde hobbeln wir einstweilen an.“ – „Nein, das könnte uns verraten. Wir müssen sie festbinden, damit sie nicht weiter fort können, als wir erlauben.“

‚Anhobbeln‘ ist ein Trapperausdruck und heißt, den Pferden die Vorderbeine so zusammenfesseln, dass sie nur kleine Schritte machen können. Das tut man, wenn man sich in Sicherheit weiß, sonst aber werden die Tiere an Bäumen festgebunden oder an kurzen Pfählen, die man in die Erde schlägt. Gewöhnlich führen die Jäger in der holzarmen Prärie zu diesem Zweck spitze Pflöcke mit sich.

Die beiden Unzertrennlichen banden also ihre Tiere an den Sträuchern fest und schlichen sich dann nach der Richtung hin, woher die Stimmen zu hören waren. Sie kamen bald an ein kleines Flüsschen oder vielmehr an einen Bach, der jetzt nicht viel Wasser hatte, dessen hohe Ufer aber zeigten, dass er im Frühjahr eine ganz ansehnliche Wassermenge mit sich führe. Er machte hier eine Krümmung, in der neun wild aussehende Männer teils standen, teils im Gras hockten. In ihrer Mitte lag ein junger Indianer, der an Händen und Füßen so gefesselt war, dass er kein Glied rühren konnte. Jenseits des Wasser aber, unterhalb des hohen Ufers, das es nicht mehr zu erklimmen vermocht hatte, lag das Pferd des Roten mit schlagenden Flanken und laut schnaubend. Die Tiere der anderen standen bei ihren Herren.

Die Männer machten sämtlich keinen guten Eindruck. Ein echter Westmann sagte sich bei ihrem Anblick wohl sofort, dass er eine Rotte jenes Gesindels vor sich habe, über das im fernen Westen nur Richter Lynch die Oberhand behält.

Jemmy und Davy kauerten hinter einem Busch und betrachteten die Gruppe. Die Männer flüsterten eifrig miteinander. Sie schienen über das Schicksal des Gefangenen zu beraten.

„Wie gefallen sie dir?“, fragte der Dicke leise. – „Ganz so wie dir, nämlich gar nicht." – „Ohrfeigengesichter! Der arme rote Junge kann mir Leid tun. Zu welchem Stamm zählst du ihn?" – „Darüber bin ich mir noch nicht klar. Er ist nicht bemalt und trägt auch sonst kein Abzeichen. So viel aber ist sicher, dass er sich nicht auf dem Kriegspfad befunden hat. Wollen wir ihn in unseren Schutz nehmen?" – „Versteht sich, denn ich glaube nicht, dass er diesen Präriegeiern Veranlassung zu ihrem feindseligen Verhalten gegeben hat. Komm, wir wollen einige Worte mit ihnen reden!" – „Und wenn sie nicht auf uns hören?" – „So haben wir die Wahl, mit Gewalt oder auch mit List unseren Willen durchzusetzen. Ich fürchte diese Kerle nicht. Aber eine Kugel trifft auch dann, wenn sie von einem feigen Schurken abgeschossen wird. Wollen sie gar nicht wissen lassen, dass wir beritten sind, und besser ist's auch, wir kommen von der anderen Seite des Wassers, damit sie nicht merken, dass wir bereits ihr Lager gesehen haben."

2. Der Hobble-Frank

Die beiden Jäger nahmen ihre Gewehre und schlichen sich auf einem Umweg an den Bach. Dort gingen sie das diesseitige Ufer hinab, sprangen über das schmale Wasser und stiegen jenseits wieder hinauf. Nun schlugen sie einen kurzen Bogen und erreichten den Bach gerade an der Stelle, wo sich am anderen Ufer die neun Männer mit dem Gefangenen befanden. Dort taten sie, als ob sie über die Anwesenheit von Menschen mächtig erstaunt seien.

„Hallo", rief der Dicke Jemmy. „Was ist denn das? Ich habe gemeint, wir wären ganz allein hier auf dieser gesegneten Prärie, und da treffen wir ein ganzes Meeting[1] beisammen. Hoffentlich ist es erlaubt, teilzunehmen?"

Diejenigen, die im Gras hockten, sprangen auf und alle richteten ihre Augen auf die beiden Ankömmlinge. Sie mochten im ersten Augenblick durch deren Erscheinen nicht sehr angenehm überrascht sein. Aber als sie die Gestalten und Anzüge der beiden bemerkten, erhoben sie ein schallendes Gelächter.

„Bounce!", rief einer, der ein ganzes Lager von Waffen an seinem Leib trug. „Was geht hier los? Haltet ihr zu dieser Jahreszeit Fastnacht und Maskenspiel?" – „Ay!", nickte der Lange. „Es fehlen uns noch einige Narren dazu, darum kommen wir zu euch." – „Da kommt ihr freilich an die unrechte Adresse." – „Das glaube ich nicht."

Bei diesen Worten machte Davy mit seinen ewig langen Beinen einen einzigen Schritt über das Wasser hinüber, einen zweiten das Ufer hinauf und stand nun vor dem Sprecher. Der Dicke tat zwei Sprünge, nach denen er neben Davy stand und meinte:

„So, da sind wir. Good day, Mesch'schurs[2]. Habt ihr nicht irgendeinen guten Schluck zu trinken?" – „Dort ist Wasser!", lautete die Antwort des Sprechers, der dabei auf den Bach deutete. – „Fie! Meint Ihr, ich habe Lust, mich inwendig mit Wasser nass zu machen? Das fällt meines Großvaters Enkel nicht ein. Wenn ihr

[1] Versammlung

[2] Verballhornung des französischen ‚messieurs'

nichts Besseres bei euch habt, so mögt ihr ruhig nach Hause gehen, denn da ist diese hübsche Wiese kein passender Ort für euch!" – „Ihr scheint die Prärie für eine Frühstücksstube zu halten?" – „Freilich! Die Braten laufen einem ja vor der Nase herum. Man braucht sie nur ans Feuer zu bringen." – „Und Euch scheint das recht gut zu bekommen!" – „Will's meinen!", lachte Jemmy, indem er sich behaglich über den Bauch strich. – „Und was ihr zu viel habt, das fehlt Eurem Kameraden da." – „Weil er nur halbe Beköstigung erhält. Ich darf nicht zugeben, dass seine Schönheit verdorben wird, denn ich habe ihn als Scheuche mitgenommen, damit mir kein Bär oder Indsman zu nahe kommt. Aber, mit Eurer Erlaubnis, Sir – was führt Euch denn eigentlich an dieses hübsche Wasser hier?" – „Niemand hat uns hergeführt. Haben den Weg selbst gefunden."

Seine Gefährten lachten über diese Antwort, die sie für eine geistreiche Abfertigung hielten. Der Dicke Jemmy aber meinte ernsthaft: „So? Wirklich? Das hätte ich Euch nicht zugetraut, denn Euer Gesicht lässt nicht vermuten, dass Ihr im Stande seid, irgendeinen Weg ohne Hilfe zu finden." – „Und das Eurige lässt erwarten, dass ihr den Weg nicht sehen würdet, selbst wenn man Euch mit der Nase darauf drückte. Seit wann seid Ihr denn eigentlich aus der Schule?" – „Ich bin noch gar nicht hineingekommen, weil ich das richtige Maß noch nicht habe, doch hoffe ich, von Euch so viel zu lernen, dass ich wenigstens das Einmaleins des Westen leidlich aufsagen kann. Wollt Ihr mein Schulmeister sein?" – „Habe keine Zeit dazu. Habe überhaupt Notwendigeres zu tun, als anderen die Dummheit auszuklopfen." – „So! Was sind denn das für notwendige Dinge?"

Jemmy sah sich um, tat, als ob er erst jetzt den Indianer erblickte, und fuhr dann fort: „Behold! Ein Gefangener und noch dazu ein roter!"

Dabei fuhr er zurück, als sei er über den Anblick des Roten erschrocken. Die Männer lachten und derjenige, der bisher gesprochen hatte und ihr Anführer zu sein schien, sagte:

„Fallt nicht in Ohnmacht, Sir! Wer noch keinen solchen Kerl gesehen hat, kann leicht einen gefährlichen Schreck davontragen. Ich wette, dass Euch noch nie ein Indsman begegnet ist.“ – „Einige zahme habe ich wohl gesehen. Aber der hier scheint wild zu sein.“ – „Gewiss, kommt ihm ja nicht zu nahe!“ – „Ist's so schlimm? Er ist ja gefesselt!“

Der Dicke wollte sich dem Gefangenen nähern, aber der Anführer stellte sich ihm entgegen:

„Bleibt weg von dem Indsman! Er geht Euch gar nichts an. Übrigens muss ich Euch nun endlich fragen, wer Ihr seid und was Ihr hier bei uns wollt.“ – „Das könnt Ihr sofort erfahren. Mein Kamerad heißt Kroners und mein Name ist Pfefferkorn. Wir...“ – „Pfefferkorn?“, wurde er unterbrochen. „Ist das nicht ein deutscher Name?“ – „Mit Eurer Erlaubnis, ja.“ – „So hole Euch der Teufel! Ich kann Leute Eures Gelichters nicht riechen.“ – „Das liegt jedenfalls nur an Eurer Nase, die an Feineres nicht gewöhnt ist. Und wenn Ihr von Gelichter sprecht, so messt Ihr mich wohl mit Eurer eigenen Elle.“

Jemmy hatte das nicht mehr in dem bisherigen leichten Ton gesprochen. Der andere zog die Brauen zornig hoch und fragte drohend: „ Was wollt Ihr damit sagen?“

„Die Wahrheit, weiter nichts.“

„Wofür haltet Ihr uns? Heraus damit!“

Der Mann griff zum Messer, das er im Gürtel stecken hatte. Jemmy machte eine verächtliche Handbewegung. „Lasst Euer Messer stecken, Sir! Damit schreckt Ihr uns nicht. Ihr seid grob gegen mich gewesen und durftet nicht erwarten, dass ich Euch mit Kölnisch Wasser anspritze. Ich kann nichts dafür, dass ich Euch nicht gefalle, und es kommt mir auch gar nicht in den Sinn, Euch zuliebe im fernen Westen einen Frack und Handschuhe anzuziehen. Hier gilt nicht der Rock, sondern der Mann! Ich habe Eure Frage beantwortet und will nun auch erfahren, wer ihr seid.“

Die Leute machten große Augen, als der Dicke in einem solchen Ton zu ihnen sprach. Zwar griffen noch einige Hände in die

Gürtel, aber das mannhafte Auftreten des dicken Männchens hatte doch zur Folge, dass der Anführer Bescheid gab: „Ich heiße Brake, das genügt. Die acht anderen Namen könntet Ihr Euch doch nicht merken.“

„Merken gar wohl. Aber wenn Ihr meint, dass ich sie nicht zu wissen brauche, so habt Ihr Recht. Der Eurige genügt vollauf, denn wer Euch ansieht, der weiß auch schon, wes Geistes Kind die anderen sind.“

„Mann! Ist das eine Beleidigung?“, fuhr Brake auf. „Wollt Ihr, dass wir zu den Waffen greifen?“

„Das rate ich euch nicht. Wir haben vierundzwanzig Revolverschüsse und wenigstens die Hälfte würdet ihr bekommen, ehe es euch gelänge, eure Schießhölzer auf uns zu richten. Ihr haltet uns für Neulinge, aber die sind wir nicht. Wollt ihr es auf eine Probe ankommen lassen, so haben wir nichts dagegen.“

Jemmy hatte blitzschnell seine beiden Revolver gezogen. Auch der Lange Davy hielt die seinigen bereits in den Händen, und als Brake sein Gewehr vom Boden aufheben wollte, warnte Jemmy: „Lasst das Gewehr liegen! Sobald Ihr es berührt, habt Ihr meine Kugel. Das ist das Gesetz der Prärie. Wer zuerst losdrückt, hat das Recht und ist der Sieger!“

Die Leute waren beim Erscheinen der beiden so unvorsichtig gewesen, ihre Gewehre im Gras liegen zu lassen. Jetzt durften sie es nicht wagen, danach zu greifen.

„'s death!“, fluchte Brake. „Ihr tut ja ganz so, als wolltet ihr uns alle verschlingen!“ – „Das fällt uns nicht ein, dazu seid ihr uns nicht appetitlich genug. Wir wollen von euch weiter nichts wissen, als was euch dieser Indianer getan hat.“ – „Geht das euch etwas an?“ – „Ja. Wenn ihr euch ohne Grund an ihm vergreift, so befindet sich dann jeder andere Weiße ohne Schuld in der Gefahr, von der Rache der Seinigen getroffen zu werden. Also, warum habt ihr ihn gefangen genommen?“ – „Weil es uns so gefiel. Er ist ein roter Schurke, das ist Grund genug.“ – „Diese Antwort genügt. Wir wissen nun, dass euch der Mann keinen Anlass zu Feindseligkeit gegeben hat. Aber ich werde ihn auch selbst noch fragen."

„Den fragen?", lachte Brake höhnisch und seine Gefährten stimmten in das Gelächter ein. „Der versteht kein Wort Englisch. Er hat uns trotz aller Prügel mit keiner Silbe geantwortet." – „Geprügelt habt ihr ihn?", rief Jemmy. „Seid ihr von Sinnen? Einen Indianer prügeln! Wisst ihr nicht, dass dies eine Beleidigung ist, die nur mit Blut gesühnt werden kann?" – „Er mag sich unser Blut holen. Bin nur neugierig, wie er das anfangen wird." – „Sobald er frei ist, wird er es euch zeigen." – „Frei wird er niemals wieder sein." – „Wollt ihr ihn töten?" – „Was wir mit ihm tun werden, das geht euch nichts an, verstanden? Die Rothäute muss man zertreten, wo man sie nur immer findet. Jetzt habt ihr unseren Bescheid. Wollt ihr, bevor ihr euch von dannen macht, mit dem Kerl einmal sprechen, so habe ich nichts dagegen. Er versteht euch nicht und ihr seht beide nicht so aus, als ob man euch für Professoren der Indianersprache halten müsse. Ich bin neugierig, der Unterhaltung beizuwohnen."

Jemmy zuckte verächtlich die Schultern und wendete sich an den Indianer.

Der Rote hatte mit halb geschlossenen Augen dagelegen und mit keinem Blick, keiner Miene verraten, ob er dem Gespräch zu folgen vermochte. Er war noch jung, ganz so, wie der Dicke gesagt hatte, vielleicht achtzehn Jahre alt.

Sein dunkles, schlichtes Haar war lang. Nichts zeigte an, zu welchem Stamm er gehörte. Das Gesicht war unbemalt und sogar die Scheitellinie seines Kopfes war nicht mit Ocker oder Zinnober gefärbt. Er trug ein weichledernes Jagdhemd und hirschlederne Leggins, beide an den Nähten ausgefranst. Zwischen diesen Fransen war kein einziges Menschenhaar zu sehen, ein Zeichen, dass der junge Mann noch keinen Feind getötet hatte. Die zierlichen Mokassins waren mit Stachelschweinsborsten geschmückt, wie es Jemmy vorher vermutet hatte. Drüben am jenseitigen Ufer, wo sich das Pferd jetzt wieder aufgerichtet hatte und mit Wohlbehagen das Wasser des Baches zu schlürfen begann, lag ein langes Jagdmesser. Am Sattel des Tieres hing ein aus den Hörnern des Bergschafes verfertigter Bogen, der vielleicht den Wert von zwei oder drei Mustangs besaß. Diese einfache Bewaffnung war ein sicherer Beweis, dass der Indianer nicht in feindlicher Absicht in diese Gegend gekommen war.

Sein Gesicht war in diesem Augenblick gänzlich regungslos. Der Indsman ist zu stolz, vor Fremden oder gar Feinden seine Gefühle merken zu lassen. Seine Züge waren noch jugendlich weich. Die Backenknochen traten zwar ein klein wenig hervor, doch tat dies der Ebenmäßigkeit nicht den mindesten Abbruch. Als Jemmy jetzt zu ihm trat, öffnete er zum ersten Mal die Augen ganz. Sie waren schwarz wie glänzende Kohle und ein freundlicher Blick traf den Jäger.

„Mein junger, roter Bruder versteht die Sprache der Bleichgesichter?“, fragte Jemmy in englischer Sprache. – „Ja“, erwiderte der Gefragte. „Woher weiß dies mein älterer weißer Bruder?“ – „Ich sehe an dem Blick deines Auges, dass du uns verstanden hast.“ – „Ich habe gehört, dass du ein Freund der roten Männer bist. Ich bin dein Bruder.“ – „Will mir mein Bruder sagen, ob er einen Namen hat?“

Eine solche Frage ist für einen älteren Indianer eine schwere Beleidigung, denn wer noch keinen Namen hat, der hat noch nicht durch irgendeine Tat seinen Mut bewiesen und wird nicht zu den Kriegern gerechnet. Bei der Jugend dieses Gefangenen aber konnte sich Jemmy die Frage erlauben. Dennoch entgegnete der Jüngling: „Meint mein guter Bruder, dass ich feige bin?“ – „Nein, aber noch sehr jung.“ – „Die Bleichgesichter haben die roten Männer gelehrt, bereits jung zu sterben. Mein Bruder mag mir das Jagdhemd auf der Brust öffnen, um zu erfahren, dass ich einen Namen besitze.“

Jemmy bückte sich und nestelte das Jagdhemd auf. Er zog drei rot gefärbte Federn des Kriegsadlers hervor. „Ist's möglich?“, rief er aus. „Ein Häuptling kannst du doch noch nicht sein!“

„Nein“, lächelte der Jüngling. „Ich darf die Federn des Mah-sisch tragen, weil ich Wohkadeh heiße.“

Diese beiden Worte gehören der Mandan-Sprache an. Das erste heißt Kriegsadler und das zweite ist der Name für die Haut eines weißen Büffels. Da die weißen Büffel höchst selten sind, so gilt das Erlegen eines solchen Tieres bei manchen Stämmen mehr als der Sieg über mehrere Feinde und berechtigt sogar zum Tragen der Federn des Kriegsadlers. Der junge Indianer hatte einen solchen Büffel erlegt und infolgedessen den Namen Wohkadeh erhalten.

Das war an und für sich nichts Seltsames, nur staunten Davy und Jemmy darüber, dass der Name der Mandan-Sprache entnommen war. Die Mandans gelten für ausgestorben. Darum fragte der Kleine: „Welchem Stamm gehört mein roter Bruder an?“

„Ich bin ein Numangkake und zugleich ein Dakota.“

Numangkake nannten sich die Mandans selbst und Dakota ist der Sammelname aller Siouxstämme.

„So bist du von den Dakota angenommen worden?“

„Wie mein weißer Bruder sagt, so ist es. Der Bruder meiner Mutter war der große Häuptling Mah-to-toh-pah[1]. Er trug diesen Namen, weil er vier Bären auf einmal getötet hatte. Die weißen Männer kamen und brachten uns die Blattern. Mein ganzer Stamm siechte dahin, bis auf wenige, die den Vorangegangenen nach den ewigen Jagdgründen folgten, als sie die Sioux reizten und von ihnen erschlagen wurden. Mein Vater, der tapfere Wah-kih[2], wurde nur verwundet und später gezwungen, ein Sohn der Sioux zu werden. So bin ich ein Dakota, doch mein Herz gedenkt der Ahnen, die der Große Geist zu sich gerufen hat.“

„Die Sioux befinden sich jetzt jenseits der Berge. Weshalb kommst du herüber?“

„Wohkadeh kommt nicht von den Bergen, die mein Bruder meint, sondern vom hohen Gebirge im Westen herab und hat einem kleinen weißen Bruder eine wichtige Botschaft zu bringen.“

„Dieser weiße Bruder wohnt hier in der Nähe?“

[1] Vier Bären [2] Schild

„Ja. Woher weiß das mein älterer weißer Bruder?"

„Ich folgte deiner Spur und habe gesehen, dass du dein Pferd antriebst wie einer, der sich nahe am Ziel befindet."

„Du hast richtig gedacht. Wohkadeh wäre jetzt am Ziel, aber diese Bleichgesichter verfolgten ihn. Sein Pferd war zu ermattet und konnte den Sprung über dieses Wasser nicht tun, es stürzte. Wohkadeh kam darunter zu liegen und verlor die Besinnung. Als er erwachte, war er mit Riemen gebunden." Und in der Siouxsprache fügte er knirschend hinzu: „Sie sind Feiglinge! Neun Männer fesseln einen Knaben, dessen Seele von ihm gewichen war! Hätte ich mit ihnen kämpfen können, so gehörten jetzt ihre Skalpe mir."

„Sie haben dich sogar geschlagen?"

„Sprich nicht davon, denn dieses Wort riecht nach Blut! Mein weißer Bruder wird mir die Fesseln abnehmen und dann wird Wohkadeh als Mann an ihnen handeln."

Er sagte das mit solcher Zuversicht, dass der Dicke Jemmy lächelnd fragte. „Hast du nicht gehört, dass ich ihnen nichts zu befehlen habe?"

„Oh, mein weißer Bruder fürchtet sich vor hundert solchen Männern nicht. Ein jeder von ihnen ist Wingkan[1]."

„Meinst du? Woher willst du wissen, dass ich mich vor ihnen nicht fürchte?"

„Wohkadeh hat offene Augen und Ohren. Er hörte oft von den beiden berühmten weißen Kriegern sprechen, die Davy-honskeh und Jemmy-petahtscheh[2] genannt werden, und hat sie an ihren Gestalten und Worten erkannt."

Der kleine Jäger wollte antworten, wurde aber von Brake unterbrochen. „Halt, Mann! So haben wir nicht gewettet! Ich habe Euch zwar erlaubt, mit dem Kerl zu reden; aber das muss in englischer Sprache geschehen. Euer Kauderwelsch kann ich nicht dulden, denn ich muss da gewärtig sein, dass ihr miteinander gegen uns Pläne schmiedet. Übrigens genügt es uns, erfahren zu haben, dass

[1] Siouxsprache: ein altes Weib

[2] Siouxsprache: Langer Davy und Kurzer Jemmy

der Indsman des Englischen mächtig ist. Wir brauchen euch nicht mehr und ihr könnt dahin gehen, woher ihr gekommen seid. Und wenn das nicht schnell geschieht, so werde ich euch Beine machen."

Jemmys Blick flog zu Davy hinüber und der gab ihm mit einer Wimper einen verstohlenen Wink, den niemand bemerkte. Für den Dicken aber war dieses blitzschnelle Zucken des Augenlides verständlich. Der Lange hatte ihn auf die Büsche aufmerksam gemacht, die seitwärts von ihm standen. Jemmy richtete einen kurzen, aber scharf forschenden Blick hinüber und bemerkte, dass nahe am Boden die Läufe zweier Doppelgewehre ein wenig zwischen den Zweigen hervorragten. Dort lagen also zwei Männer im Anschlag. Wer waren sie? Freunde oder Feinde? Die Sorglosigkeit, die Davy zeigte, beruhigte ihn. Er antwortete Brake:

„Die Beine, die Ihr mir machen wollt, möchte ich wohl sehen! Ich habe keine solche Veranlassung zum schnellen Davonlaufen wie ihr."

„Wie wir? Wem sollten wir davonlaufen?"

„Demjenigen, dem gestern noch diese beiden Pferde gehört haben. Verstanden?" Jemmy deutete bei diesen Worten auf zwei braune Wallache, die eng nebeneinander standen, als ob sie wüssten, dass sie zusammengehörten.

„Was?", rief Brake. „Wofür haltet Ihr uns? Wir sind ehrliche Prospectors[1], die hinüber nach Idaho wollen, wo jetzt neue Goldlager entdeckt worden sind."

„Und weil es euch zu dieser Reise an den nötigen Pferden mangelt, seid ihr nebenbei auch ebenso ehrliche Horse-pilfers[2]. Uns täuscht ihr nicht."

„Mann, sag noch ein solches Wort, so schieße ich dich nieder! Wir haben alle diese Pferde gekauft und bezahlt."

„Wo denn, mein ehrlicher Mister Brake?"

„Bereits unten in Omaha."

„So! Und da habt ihr euch dort wohl auch einen Vorrat von

[1] Goldsucher [2] Pferdediebe

Hufschwärze mitgenommen? Warum sind denn die beiden Braunen so frisch wie aus der Fenz[1] heraus? Warum haben sie geschwärzte Hufe, während eure anderen Gäule abgetrieben sind und in verwahrlosten Pantoffeln laufen? Ich sage euch, dass die Braunen noch gestern einen anderen Herrn gehabt haben und dass der Diebstahl von Pferden hier im Westen mit dem schönen Tod durch den Strang bestraft wird."

„Lügner! Verleumder!", brüllte Brake, sich nach seinem Gewehr bückend.

„Nein, er hat Recht!", ertönte da eine Stimme zwischen den Büschen hervor. „Ihr seid elende Pferdediebe und sollt euren Lohn haben. Schießen wir sie nieder, Martin!"

„Nicht schießen!", rief der Lange Davy. „Nehmt die Kolben! Eine Kugel sind sie nicht wert."

Er holte mit dem umgekehrten Gewehr aus und versetzte Brake einen Hieb, dass er besinnungslos zu Boden stürzte. Aus den Büschen sprangen zwei Gestalten hervor, ein kräftiger Knabe und ein Mann. Mit hoch erhobenen Büchsen warfen sie sich auf die angeblichen Prospektoren.

Jemmy hatte sich gebückt und mit zwei schnellen Schnitten die Fesseln Wohkadehs gelöst. Der Indianer schnellte empor, sprang auf einen der Feinde zu, ergriff ihn beim Genick, riss ihn nieder und schleuderte ihn über das Wasser hinüber, wo sein Jagdmesser lag. Kein Mensch hätte ihm eine solche Körperstärke zugetraut. Dem Weißen nachspringen, mit der Rechten das Messer ergreifen, auf den Feind knien und dessen Haarschopf mit der Linken erfassen, das war das Werk eines Augenblicks. „Help – help – for God's sake – help!", kreischte der Mann in höchster Todesangst auf.

Wohkadeh hatte das Messer zum tödlichen Stoß erhoben. Sein blitzendes Auge fiel auf das vor Entsetzen verzerrte Gesicht des Feindes – und die Hand mit dem Messer sank nieder. „Hast du Angst?", fragte er.

[1] Einzäunung

„Ja! Gnade, Gnade!“

„Sag, dass du ein Hund bist!“

„Gern, sehr gern! Ich bin ein Hund!“

„So bleib zu deiner Schande leben. Ein Indianer stirbt mutig und ohne Klage, du aber wimmerst um Barmherzigkeit. Wohkadeh kann den Skalp eines Hundes nicht tragen. Du hast mich geschlagen, dafür gehörte deine Kopfhaut mir. Aber ein räudiger Hund kann keinen roten Mann beleidigen. Lauf fort; es ekelt Wohkadeh vor dir!“

Er gab ihm einen Tritt mit dem Fuß. Im nächsten Augenblick war der Mann verschwunden.

Das war alles viel schneller geschehen, als man es zu erzählen vermag. Brake lag am Boden, drei andere neben ihm. Die Übrigen hatten sich schleunigst ohne ihre Waffen aus dem Staub gemacht. Ihre Pferde waren ihnen nachgelaufen. Nur die beiden Braunen standen noch da und rieben ihre Köpfe an den Schultern der beiden Helfer, die sich so unerwartet eingestellt hatten.

Der Knabe mochte ungefähr das sechzehnte Jahr vollendet haben, doch war sein Körper über dieses Alter hinaus entwickelt. Helle Gesichtsfarbe, blondes Haar und blaugraue Augen wiesen auf germanische Abstammung hin. In seinem Gürtel steckte ein Messer, dessen Griff von seltener indianischer Arbeit war, und das Doppelgewehr, das er in der Hand hielt, schien für ihn fast zu schwer zu sein. Seine Wangen hatten sich im Kampf gerötet, aber er stand doch so ruhig da, als hätte es etwas für ihn ganz Alltägliches gegeben. Wer ihn jetzt betrachtete, war jedenfalls geneigt anzunehmen, dass solche Auftritte für ihn nichts Seltenes seien.

Einen eigentümlichen Anblick bot sein Begleiter, ein kleiner, schmächtiger Mann mit bartlosem Gesicht. Er trug indianische Schuhe und Lederhosen und dazu einen dunkelblauen Frack, der mit hohen Achselpuffen, Patten und blank geputzten Messingknöpfen versehen war. Dieses Kleidungsstück stammte wohl aus Urgroßvaters Zeiten. Damals wurde ja ein Tuch gefertigt, das für eine Ewigkeit gemacht zu sein schien. Freilich war der Frack verschossen und an den Nähten fleißig mit Tinte aufgefärbt, aber es war noch kein einziges Löchlein darin zu bemerken. Solch alten Kleidungsstücken begegnet man im ‚Far West' sehr oft.

Auf dem Kopf trug der kleine Mann einen riesigen schwarzen Amazonenhut, den eine große, gelb gefärbte, unechte Straußenfeder schmückte. Dieses Prachtstück hatte jedenfalls vor Jahren irgendeiner Lady des Ostens gehört und war dann durch ein launenhaftes Schicksal nach dem fernen Westen verschlagen worden. Da die breite Krempe gut gegen Sonne und Regen schützte, hatte der jetzige Besitzer wohl keine Bedenken gehabt, ihm die gegenwärtige Bestimmung zu geben. Bewaffnet war das Männchen nur mit Büchse und Messer. Selbst der Gürtel fehlte, ein sicheres Zeichen, dass sich der Mann nicht auf einem weiten Jagdzug befand.

Er schritt auf der kleinen Walstatt hin und her und betrachtete einige Gegenstände, die von den Besiegten in der Eile der Flucht zurückgelassen worden waren. Dabei konnte man bemerken, dass er mit dem linken Fuß hinkte. Wohkadeh war der Erste, dem dieser Umstand auffiel. Er trat zu ihm, legte ihm die Hand an den Arm und fragte:

„Ist mein weißer Bruder vielleicht der Jäger, den die Bleichgesichter den Hobble-Frank nennen?"

Der Kleine nickte ein wenig überrascht und entgegnete bejahend in englischer Sprache. Da deutete der Indianer auf den jungen Weißen und erkundigte sich weiter: „Und dieser hier ist Martin Baumann, der Sohn des berühmten Mato-poka?"

Mato-poka ist ein aus der Sioux- und Utahsprache zusammengetragenes Wort und bedeutet Bärentöter.

„Ja", bestätigte der Gefragte.

„So seid ihr es, die ich suche."

„Zu uns willst du? Willst du vielleicht etwas kaufen? Wir haben einen Store und handeln mit allem, was ein Jäger braucht."

„Nein. Wohkadeh hat eine Botschaft an euch auszurichten."

„Von wem?"

Der Indianer warf einen forschenden Blick rundum und erklärte dann: „Hier ist nicht der Ort dazu. Euer Wigwam liegt nicht weit von hier an diesem Wasser?“

„In einer Stunde können wir dort sein.“

„So lasst uns dahin gehen. Wenn wir an eurem Feuer sitzen, werde ich euch mitteilen, was ich zu sagen habe. Kommt!“

Er sprang über das Wasser, holte sein Pferd herüber, das ihn nun wohl die kurze Strecke noch zu tragen vermochte, stieg auf und ritt davon, ohne sich umzusehen, ob die anderen ihm auch folgten.

„Der macht kurzen Prozess!“, meinte der Hobble-Frank.

„Soll er euch etwa eine Rede halten, die noch dünner und länger ist, als ich es bin?“, lachte der Lange Davy. „So ein Roter weiß genau, was er tut, und ich rate euch, ihm augenblicklich zu folgen.“

„Und ihr? Was werdet ihr tun?“

„Wir reiten mit. Wenn euer Palast so nahe ist, wäre es ja die niederträchtigste Unhöflichkeit von euch, uns nicht auf einen Schluck und zwei Bissen einzuladen. Und da ihr einen Kramladen habt, können wir euch vielleicht auch einige Dollars verdienen lassen.“

„So? Habt ihr denn einige Dollars bei euch?“, fragte der Kleine in einem Ton, der hören ließ, dass er die beiden Jäger nicht gerade für Millionäre hielt.

„Das geht euch erst dann etwas an, wenn wir kaufen wollen. Verstanden?“

„Hm, ja freilich! Aber wenn wir jetzt fortgehen, was soll dann mit den Kerlen werden, die uns die zwei Pferde gestohlen haben? Wollen wir nicht wenigstens ihrem Anführer, diesem Brake, ein Andenken hinterlassen, das ihn an uns erinnert?“

„Nein. Lasst sie laufen, Mann! Sie sind feige Diebe, die vor einem Bowiemesser davonrennen. Es macht euch keine Ehre, wenn ihr euch noch länger mit ihnen beschäftigt. Die Pferde habt ihr ja wieder. Damit basta!“

„Hättet ihr nur besser ausgeholt, als ihr ihn niederschlugt. Der Kerl hat nur das Bewusstsein verloren.“

„Ich habe das mit Absicht getan. Es ist kein sehr angenehmes Gefühl, einen Menschen erschlagen zu haben, den man auf andere Weise unschädlich machen kann."

„Na, mögt Recht haben. Kommt also zu euren Pferden!"

„Wie? Ihr wisst, wo unsere Pferde sind?"

„Freilich. Wir müssten schlechte Westmänner sein, wenn wir nicht umhergespäht hätten, bevor wir euch unsere Anwesenheit merken ließen."

Der Schmächtige stieg auf das eine der wiedererlangten Tiere. Sein junger Begleiter sprang auf das andere. Beide ritten genau auf die Stelle zu, wo Jemmy und Davy ihre Pferde in den Sträuchern versteckt hatten.

Unweit davon waren ihre eigenen angepflockt, auf denen sie die Spur der Diebe aufgenommen hatten und die sie jetzt am Zügel mitführten. Nun folgten die vier der Fährte des Indianers, den sie bald vor sich erblickten. Doch ließ er sie nicht ganz an sich herankommen, sondern ritt immer vor ihnen her, so als wüsste er genau die Richtung, die er einzuschlagen hatte, um das Ziel zu erreichen.

Der Hobble-Frank hielt sich an der Seite des Dicken Jemmy, an dem er Wohlgefallen zu finden schien. „Wollt Ihr mir wohl sagen, Sir, was ihr eigentlich in dieser Gegend sucht?", meinte er.

„Wir wollten ein wenig hinauf nach Montana, wo es eine viel bessere Jagd gibt als diesseits der Big Horn Mountains. Dort findet man doch verständige Waldläufer und Savannenmänner, die die Jagd eben um der Jagd willen betreiben. Hier aber schlachtet man Tiere förmlich ab. Die Sonntagsbüchse wütet unter den Büffeln, die zu Tausenden getötet werden, nur weil ihre Häute sich besser zu Treibriemen eignen als gewöhnliches Rindsleder. Es ist ein Sünde und eine Schande! Nicht wahr?"

„Recht habt Ihr, Sir. Das war früher ganz anders. Da stellte sich der Jäger dem Wild ehrlich gegenüber, um sich das Fleisch, das er brauchte, mit Gefahr seines Lebens zu erkämpfen. Jetzt aber ist die Jagd meist nur ein feiges Morden aus dem Hinterhalt und die

Jäger von altem Schrot und Korn sterben nachgerade aus. Leute wie ihr beide sind jetzt selten. Geld traue ich euch freilich nicht viel zu, aber einen guten Klang haben eure Namen. Das muss man gern gestehen."

„Kennt ihr denn unsere Namen?"

„Will's meinen."

„Woher?"

„Dieser Wohkadeh hat sie ja genannt, als ich mit Martin im Busch lag und euch belauschte. Eigentlich habt Ihr gar nicht so die richtige Gestalt für einen Westmann. Eure Hüfte ist mehr geeignet für einen Müller oder Bäckermeister im alten Germany. Aber..."

„Was?", fiel der Dicke schnell ein. „Ihr redet da von Deutschland. Kennt Ihr es vielleicht?"

„Na, und ob! Ich bin ein Deutscher mit Haut und Haar!"

„Und ich mit Leib und Seele!"

„Ist's wahr?", fragte Frank, indem er sein Pferd anhielt. „Eigentlich konnte ich es mir gleich denken. Einen Yankee von Eurem Körperumfang kann es ja kaum geben. Ich aber freue mich königlich, einen Landsmann getroffen zu haben. Her mit Eurer Hand, Mann! Ihr seid mir herzlich willkommen!"

Sie schlugen ein, dass beiden die Hände schmerzten. Der Dicke aber meinte: „Treibt nur Euer Pferd wieder an! Wir brauchen ja deshalb nicht hier halten zu bleiben. Wie lange seid Ihr denn bereits in den Staaten?"

„Mehr als zehn Jahre."

„So habt Ihr wohl indessen Euer Deutsch verlernt?"

Beide hatten bisher Englisch gesprochen. Bei der letzten Frage richtete Frank seine kleine Gestalt möglichst hoch im Sattel auf und entgegnete beleidigt. „Ich? Meine Sprache verlernt? Da kommen Sie bei mir verkehrt an! Ich bin ein Deutscher und bleibe ein Deutscher. Wissen Sie ungefähr, wo dazumal meine Wiege gestanden hat?"

„Nein. Ich war ja nicht dabei."

„Na, allemal nur in Sachsen! Verstehen Sie? Ich habe schon mit manchem Deutschen gesprochen, aber ich habe niemals jemand so gut verstanden, als wenn er eben in Sachsen geboren war. Sachsen ist das Herz von Deutschland. Dresden is klassisch, die Elbe is klassisch, Leipzig is klassisch und die Sächsische Schweiz ooch. Die schönste Gegend is die Strecke zwischen Pirna und Meißen, und so ziemlich zwischen diesen beiden Städten habe ich das Licht der Welt erblickt. Und später habe ich ganz in derselben Gegend meine Laufbahn angefangen. Ich war nämlich Forschtgehilfe in Moritzburg, was ein berühmtes königliches Jagdschloss is mit einer famosen Bildergalerie und großen Karpfenteichen. Mein bester Freund war der dortige Schulmeister, mit dem ich alle Abende Sechsundsechzig gespielt und nachher von den Künsten und Wissenschaften gesprochen habe. Dort habe ich mir ne ganz besondere allgemeine Bildung angeeignet. Oder zweifeln Sie etwa daran? Sie machen mir so ein verbohrtes Gesicht?“

„Ich mag nicht darüber streiten, obgleich ich früher Gymnasiast gewesen bin und mensa dekliniert habe.“

Der Kleine warf Jemmy von der Seite einen pfiffigen Blick zu und frage: „Mensa dekliniert? Da haben Sie sich wohl versprochen?“

„Wüsste nicht, wieso?“

„Na, dann ist's mit Ihrem Gymnasium ooch nich sehr weit her. Es heißt nicht dekliniert, sondern deklamiert und auch nicht Mensa, sondern Pensa. Sie haben Ihre Pensa deklamiert, vielleicht des Sängers Fluch von Hufeland oder den Freischütz von Frau Maria Leineweber. Aber deshalb keine Feindschaft nich? Es hat eben jeder so viel gelernt, wie er kann, mehr nich, und wenn ich einen Deutschen sehe, so freue ich mich darüber, ooch wenn er nich gerade ein gescheiter Kerl is oder gar ein Sachse. Also, wie steht's? Wollen wir gute Freunde sein?“

„Gewiss!“, lachte der Dicke. „Ich habe immer gehört, dass die Sachsen die gemütlichsten Leute sind. Warum aber haben Sie Ihre schöne Heimat verlassen?“

„Eben wegen der Kunst und der Wissenschaft."

„Wieso?"

„Das kam ganz plötzlich und folgendermaßen: Wir sprachen von der Politik und der Weltgeschichte, abends in der Wirtschaft. Wir waren unser drei am Tisch, nämlich der Hausknecht, der Nachtwächter und ich. Der Schulmeister saß am anderen Tisch bei den Vornehmen. Weil ich aber stets ein sehr leutseliger Mensch gewesen bin, hatte ich mich zu den zweien gesetzt, die ooch ganz glücklich waren über diese Art von Herablassung. Bei der Weltgeschichte nun kamen wir ooch off den alten Papa Wrangel zu sprechen und dass der sich das Zeitwort mehrschtenteels[1] so angewöhnt gehabt hatte, dass er es bei jeder Gelegenheit zum Vorschein brachte. Da fingen nun die beiden Kerle an, sich mit mir über die richtige Aussprache dieses Wortes zu streiten. Jeder hatte eine andere Ansicht. Ich sagte, es müsse gesprochen werden: mehrschtenteels; der Hausknecht aber meinte: mehrschtenteils, und der Nachtwächter sagte gar meistenteels. Bei diesem Streit kam ich nach und nach in die Wolle, aber als gebildeter Beamter und Staatsbürger bewahrte ich mir die Kraft, meine Selbstüberwindung zu beherrschen, und wendete mich an meinen Freund, den Schulmeister. Doch er mochte schlechte Laune haben oder so ein bisschen Anflug von gelehrtem Übermut, kurz und gut, er gab mir nicht Recht und sagte, wir hätten alle dreie Unrecht. Er behauptete, in dem Wort mehrschtenteels müssten zwei ‚ei' stehen. Weil ich nun aber ganz gewiss weiß, dass ich Recht habe, wurde ich unangenehm. Und als dann noch der Nachtwächter sagte, ich könne ooch nich richtig sprechen, da tat ich denn, was jeder Ehrenmann getan haben würde: Ich warf ihm mein beleidigtes Ehrgefühl an den Kopp und das Bierglas dazu. Jetzt freilich gab es verschiedene Szenen ohne Kulissen und das Ende war, dass ich wegen Störung der öffentlichen Unruhe und wegen Verletzung eines beabsichtigten Körpers in Anklagezustand versetzt wurde. Ich sollte bestraft und abgesetzt werden. Die Bestrafung und Ab-

[1] Mundartlicher Ausdruck für ‚meistenteils'

setzung hätte ich mir wohl gefallen gelassen, aber dass ich ooch meine Anstellung verlieren sollte, das war mir zu viel. Das konnte ich nich verwinden. Als ich die Strafe und die Absetzung überstanden hatte, ging ich auf und davon. Und weil ich alles, was ich einmal mache, ooch gleich ordentlich mache, ging ich sofort nach Amerika. Also is eigentlich nur der alte Wrangel daran schuld, dass Sie mich heute hier getroffen haben."

„Ich bin ihm sehr dankbar dafür, denn Sie gefallen mir", versicherte der Dicke, indem er dem Landsmann freundlich zunickte.

„So? Is das wahr? Nun, ich habe ooch gleich so ne Art von heimlicher Zuneigung für Sie empfunden und das hat natürlich seinen guten Grund. Erstens sind Sie kein übler Kerl, zweitens bin ich ooch nich ganz ohne und so können wir drittens recht gute Freunde werden. Beigestanden haben wir einander ooch schon und so is eigentlich das Band fertig, das uns lieblich umschlingen soll. Sie werden gütigst bemerken, dass ich mich stets in gewählten Ausdrücken bewege und daraus können Sie schließen, dass ich mich Ihrer Freundschaftsempfindungen nicht unwürdig erweisen werde. Der Sachse ist immer nobel, und wenn mich heute ein Indianer skalpieren wollte, so würde ich höflich zu ihm sagen: „Bitte, bemühen Sie sich freundlichst! Hier haben Sie meine Skalplocke!"

Da meinte Jemmy lachend: „Wollte er dann ebenso höflich sein, so müsste er Ihnen Ihre Kopfhaut lassen. Aber, um nun auch von einem anderen zu sprechen: Ist Ihr Begleiter wirklich der Sohn des bekannten Bärenjägers Baumann?"

„Ja. Baumann is mein Geschäftsteilhaber und sein Sohn, der Martin, nennt mich Onkel, obgleich ich das einzige Kind meiner Eltern bin und ooch nie verheiratet war. Wir trafen uns drunten in St. Louis, damals, als das Goldfieber die Diggers nach den Schwarzen Hügeln zog. Wir hatten uns beide ein Sümmchen gespart und beschlossen, hier oben nen Laden anzulegen. Das war jedenfalls vorteilhafter, als mit nach Gold zu graben. Die Sache gelang recht gut. Ich übernahm den Laden und Baumann ging off die Jagd, um für den Schnabel zu sorgen. Später aber stellte sich's heraus, dass hier am Ort kein Gold zu finden war. Die Diggers zogen fort und nun wohnten wir allein da mit unseren Vorräten. Nur nach und nach wurden wir sie an Jäger los, die zufällig hier vorüberkamen. Das letzte Geschäft machten wir vor zwei Wochen. Da suchte uns ne kleine Gesellschaft off, die Baumann anstellen wollte, sie nach dem Yellowstone River zu begleiten. Dort sollten nämlich Halbedelsteine in Massen zu finden sein und diese Leute waren Steinschleifer. Baumann ließ sich bereit finden, machte sich eine ansehnliche Bezahlung aus, verkaufte ihnen eine bedeutende Menge Pulver und Blei und anderes Brauchbare und ging dann mit ihnen fort. Jetzt bin ich nun mit seinem Sohn und einem Neger, den wir von St. Louis mitgenommen haben, ganz allein im Blockhaus."

„Das Gebiet des Yellowstone River ist aber eine äußerst gefährliche Gegend. Zwischen hier und dort jagen jetzt die Schlangenindianer."

„Sie haben das Kriegsbeil vergraben."

„Und ich hörte, dass sie es in neuester Zeit wieder ausgegraben haben sollen. Ihr Freund befindet sich ganz gewiss in Gefahr. Dazu der Bote, der heute zu Ihnen kommt. Ich ahne nichts Gutes."

„Dieser Indianer ist ein Sioux."

„Aber er zögerte, seine Botschaft auszurichten. Das ist kein gutes Zeichen. Mit einer frohen Nachricht braucht man nicht zurückhalten, und er sagte mir auch, dass er vom hohen Gebirge im Westen komme."

„So will ich schnell zu ihm." Der kleine Sachse spornte sein Pferd an, um Wohkadeh zu erreichen. Sobald dieser es merkte, stieß er dem seinigen die Fersen in die Weichen und eilte voran. Wenn Hobble-Frank nicht ein Wettrennen unternehmen wollte, musste er darauf verzichten, bereits jetzt mit dem Indianer zu sprechen.

Indessen hatte sich der Sohn des Bärenjägers zu dem Langen Davy gehalten. Dem lag natürlich auch daran, etwas über die Verhältnisse der neuen Bekannten zu erfahren. Er erhielt zwar die Auskunft, aber nicht so ausführlich, wie es sein Wunsch war. Der Knabe war sehr zurückhaltend und einsilbig.

Endlich wand sich der Bach in einer Krümmung um eine Anhöhe, auf der die Nahenden eine Blockhütte erblickten, deren Lage sie zu einem kleinen Fort machte, das sicheren Schutz gegen einen Indianerangriff bot.

Die Höhe fiel an drei Seiten so steil ab, dass man sie kaum erklimmen konnte. Die vierte Seite war mit einer doppelten Fenz versehen. Unten gab es ein Maisfeld und ein kleines, mit Tabak bebautes Stück Land. In dessen Nähe weideten zwei Pferde. Martin deutete auf die Tiere und erklärte: „Von dort haben uns die Männer unsere Pferde gestohlen, als wir nicht daheim waren. Wo mag Bob, unser Neger, sein?“

Er steckte zwei Finger in den Mund und stieß einen schrillen Pfiff aus. Da lugte ein schwarzer Kopf hinter den hohen Maispflanzen hervor. Zwischen den breitgezogenen, wulstigen Lippen wurden zwei Reihen von Zähnen sichtbar, auf die ein Jaguar hätte stolz sein können. Dann kam die herkulische Gestalt des Negers zum Vorschein. Er hatte einen schweren, dicken Pfahl in der Hand und sagte unter Grinsen:

„Bob sich verstecken und aufpassen. Wenn Spitzbuben wiederkommen und auch noch zwei andere Pferde stehlen wollen, dann ihnen mit diesem Stock die Köpfe einschlagen.“

Er schwang den Pfahl mit einer Leichtigkeit, als sei er eine Weidenrute.

Der Indianer kümmerte sich gar nicht um ihn. Er ritt an ihm vorüber, die vierte, zugängliche Seite der Höhe bis zur Doppelfenz empor, sprang vom Rücken seines Pferdes darüber hinweg und verschwand hinter der Einzäunung.

„Was sein Redman für ein grob Kerl!“, zürnte der Neger. „Reiten an Masser Bob vorüber, ohne sagen: Good day! Springen über Fenz und gar nicht warten, bis Massa Martin ihm erlauben, einzutreten. Masser Bob ihn werden höflich machen!“ Der gute Schwarze gab sich selbst den Titel Masser Bob, also Mister oder Herr

Robert. Er war ein freier Neger und fühlte sich gekränkt, weil er von dem Indianer nicht begrüßt worden war.

„Du wirst ihn nicht beleidigen", warnte Martin. „Er ist unser Freund."

„Das sein ein ander Sache. Wenn Redman sein Freund von Massa, so sein auch Freund von Masser Bob. Massa Pferde wiederhaben? Spitzbuben tot gemacht?"

„Nein. Sie sind entflohen. Öffne die Fenz!"

Bob stieg mit langen Schritten voran und schob oben die beiden Teile des schweren Tores auseinander, als seien sie aus Papier geschnitten. Dann ritten die anderen in den Raum, der von der Fenz umschlossen wurde.

3. Im Blockhaus

In der Mitte des Platzes erhob sich die viereckige Blockhütte, die aus ineinander gefügten Holzstämmen errichtet war. Die Tür stand offen. Als die Männer eintraten, sahen sie den Indianer in der Mitte des einzigen Raumes sitzen, der das Innere der Hütte bildete. Wo sich sein Pferd befand, schien ihn gar nicht zu kümmern. Es war mit den anderen in die Umfriedung hereingekommen.

Jetzt begrüßten Martin und Hobble-Frank die beiden Jäger mit herzlichem Handschlag. Die Gäste blickten sich im Raum um. Im hinteren Teil hatte sich der Laden befunden, dessen Vorräte aber sehr auf die Neige gegangen waren. Einige auf Pfähle geschlagene Kistendeckel bildeten die Tische. Die Sessel waren ebenso zusammengenagelt. In einer Ecke gewahrte man die Lagerstätten. Sie waren so kostbar, dass man die Bewohner des Blockhauses darum beneiden konnte, denn sie bestanden aus einer ganzen Anzahl übereinander gelegter Felle des fürchterlichen grauen Bären, der das gefährlichste Raubtier Amerikas ist. Richtet sich ein solcher ausgewachsener Grizzly auf den Hinterpranken auf, so ist er leicht noch einen halber Meter größer als ein Mann von guter Körperlänge. Einen solchen Bären erlegt zu haben, gilt bei den Indianern als größtes Heldenstück, und selbst der viel besser bewaffnete Weiße geht diesem Tier lieber aus dem Weg, als dass er sich ohne Not in einen Kampf mit ihm einlässt.

Verschiedene Waffen und Beutestücke von Jagden hingen an den Wänden und in der Nähe des Kamins waren mächtige Stücke Rauchfleisch an hölzernen Pflöcken befestigt.

Es war Abend geworden, und da das Dämmerlicht nur spärlich durch die kleinen, nicht mit Glas, sondern nur mit Läden versehenen Fensteröffnungen einzudringen vermochte, war es in der Hütte ziemlich dunkel. „Masser Bob Feuer anbrennen“, erklärte daher der Neger.

Er brachte trockenes Buschholz herbeigeschleppt und machte

mittels seines Punks[1] Feuer auf dem Herd. Der Zunder zu diesem Feuerzeug besteht aus trockenem, leicht glimmendem Moder, der aus der Höhlung verfaulter Bäume genommen wird.

Die riesige Gestalt des Negers wurde während der erwähnten Beschäftigung von der Flamme grell beleuchtet. Er trug einen weiten Anzug aus dem einfachsten Kaliko, aber keine Kopfbedeckung. Das hatte seinen Grund. Der gute Bob war nämlich ein wenig eitel. Er wollte nicht als reiner Afrikaner gelten. Leider aber war sein Kopf mit einem dichten Wald kurzer, krauser Locken versehen, und da gerade diese Wolle seine Abstammung auf das Überzeugendste verriet, hatte er sich alle Mühe gegeben, glauben zu machen, dass er schlichtes Haar besitze. Er hatte darum den Kopf fest mit Hirschtalg eingerieben und das unbändige Wollgewirr in unzählige dünne Zöpfchen geflochten, die wie die Stacheln eines Igels nach allen Richtungen von seinem Kopf abstanden. Das gab bei der Beleuchtung durch das Herdfeuer einen abenteuerlichen Anblick.

Bis jetzt waren nur wenige Worte gewechselt worden. Nun aber meinte Hobble-Frank in englischer Sprache zu dem Indianer: „Mein roter Bruder befindet sich in unserem Haus. Er ist uns willkommen und mag seine Botschaft ausrichten.“

Der Rote warf einen forschenden Blick rundum und fragte: „Wie kann Wohkadeh sprechen, wenn er noch nicht den Rauch des Friedens schmecken durfte?“

Da nahm Martin, der Sohn des Bärenjägers, ein indianisches Kalumet von der Wand und stopfte es mit Tabak. Als sich nun die anderen in die Nähe des Roten gesetzt hatten, steckte er den Tabak in Brand, tat sechs Züge, blies den Rauch nach oben, nach unten und nach den vier Himmelsrichtungen und sagte: „Wohkadeh ist unser Freund und wir sind seine Brüder. Er mag mit uns die Pfeife des Friedens rauchen und uns nachher seine Botschaft sagen.“

Darauf reichte er dem Indianer die Pfeife. Dieser nahm sie in Empfang, erhob sich, tat die gleichen sechs Züge und erklärte

[1] Präriefeuerzeug

sodann: „Wohkadeh hat die Bleichgesichter noch nie gesehen. Er wurde zu ihnen gesandt und sie erretteten ihn aus der Gefangenschaft. Ihre Feinde sind auch seine Feinde, und seine Freunde mögen auch die ihrigen sein. Howgh[1]!"

Dieses ‚Howgh' heißt bei den Indianern so viel wie: ja, jawohl, ganz gewiss. Es wird als Zeichen der Bekräftigung oder der Zustimmung gebraucht, besonders in den Pausen oder am Schluss einer Rede.

Wohkadeh gab die Pfeife weiter. Während sie die Runde machte, setzte er sich wieder und wartete. Er benahm sich bei dieser Begrüßung wie ein alter, erfahrener Häuptling, und auch Martin, der noch ein halber Knabe war, zeigte einen Ernst, der seine Überzeugung erkennen ließ, dass er in Abwesenheit seines Vaters der Hausherr sei.

Als der Letzte die Pfeife weggelegt hatte, begann Wohkadeh: „Kennen meine weißen Brüder das Bleichgesicht, das von den Sioux Nonpeh-tahan[2] genannt wird?"

„Du meinst Old Shatterhand?", erkundigte sich der Lange Davy. „Gesehen habe ich ihn noch nicht, aber gehört hat wohl ein jeder von ihm. Was ist's mit ihm?"

„Er liebt die roten Männer, obwohl er ein Bleichgesicht ist. Er ist der berühmteste Pfadfinder. Seine Kugel geht nie fehl und mit der unbewaffneten Faust fällt er den stärksten Feind. Darum wird er Old Shatterhand genannt. Er schont das Blut und das Leben seiner Feinde, er verwundet sie bloß, um sie kampfunfähig zu machen, und nur, wenn es sein eigenes Leben gilt, tötet er den Gegner. Vor mehreren Monaten wurde er droben am Yellowstone von den Sioux-Ogellallah überfallen. Er stand aber auf einem Felsen und sie konnten ihn mit ihren Kugeln nicht erreichen. Da trat er hervor und erbot sich, mit dreien von ihnen zu kämpfen, sie mit dem Tomahawk und er ohne Waffe. Er hat sie alle drei mit der Faust erschlagen, darunter Pethaschitscha[3], den stärksten Mann

[1] Sprich: Hau
[2] Die Hand, die zerschmettert, also Shatterhand = Schmetterhand
[3] Böses Feuer

des Stammes. Großes Wehegeheul erhob sich in den Bergen und Klagen in den Wigwams der Ogellallah. Es ist bis heute noch nicht verstummt. Jetzt sind die tapfersten Krieger des Stammes aufgebrochen nach dem Yellowstone River, um an den Gräbern der drei Erschlagenen ihre Todesgesänge ertönen zu lassen. Der Weiße, der ihnen während dieses Zuges begegnet, ist verloren. Er wird auf den Gräbern der von Old Shatterhand Getöteten an den Marterpfahl gebunden und muss langsam unter Qualen sterben, damit seine Seele die Geister der drei Toten in den ewigen Jagdgründen bediene."

Wohkadeh machte eine Pause und sagte dann ruhig und mit dumpfer Betonung: „Der Bärenjäger und seine Freunde sind von ihnen im Schlaf überrascht und gefangen worden!"

Martin sprang von seinem Sitz auf und rief: „Bob, sattle schleunigst die Pferde! Frank, du magst schnell Munition und Mundvorrat einpacken und ich will indessen die Gewehre ölen und die Messer schleifen! In spätestens einer Stunde brechen wir zum Yellowstone auf!"

„Selbstverständlich!", rief Frank, indem er sich rasch erhob. „The devil, das soll den Roten schlecht bekommen!"

Auch der Neger erhob sich, raffte den Pfahl auf, den er vorhin mit hereingenommen hatte, und erklärte: „Masser Bob mitgehen! Masser Bob totschlagen all rot Hunde von Ogellallah!"

Da hob der Indianer die Hand und sagte: „Sind meine weißen Brüder Mücken, die zornig umherfliegen, wenn sie gereizt werden? Oder sind sie Männer, die wissen, dass die ruhige Beratung der Tat vorangehen muss? Wohkadeh hat noch nicht ausgesprochen."

„Mein Vater befindet sich in Gefahr, das genügt!", brauste der Jüngling auf.

Da warnte Jemmy, der Dicke: „Beruhigt Euch, mein junger Freund! Eile will Weile haben. Lasst Wohkadeh erzählen, bevor wir handeln!"

„Handeln? Ihr wollt auch mit?"

„Das bedarf keiner Frage. Wir haben das Kalumet miteinander geraucht und sind Freunde und Brüder. Der Lange Davy und der Dicke Jemmy haben noch keinen im Stich gelassen, der ihre Hilfe brauchte. Ob wir beide nach Montana reiten, um dort Büffel zu jagen, oder ob wir vorher einen Abstecher zum Yellowstone machen, um mit den Sioux-Ogellallah einen Walzer zu tanzen, das ist uns einerlei. Aber es muss alles in der gehörigen Ordnung vor sich gehen, sonst macht es so alten Jägern, wie wir beide sind, keinen rechten Spaß. Setzt Euch also wieder und bleibt ruhig, wie es sich geziemt!"

„Das ist richtig!", stimmte der kleine Sachse bei. „Aufregung tut in keiner Lage gut. Wir müssen überlegsam sein."

Nachdem die drei sich wieder gesetzt hatten, fuhr der junge Indianer fort: „Wohkadeh ist ein Mandan, die Freunde der Bleichgesichter sind. Später wurde er gezwungen, ein Ogellallah zu sein. Aber er wartete nur auf die Gelegenheit, die Ogellallah zu verlassen. Jetzt musste er mit ihren Kriegern nach dem Yellowstone ziehen. Er war dabei, als sie den Bärenjäger und seine Begleiter des Nachts im Schlaf überfielen. Die Ogellallah müssen während dieses Ritts vorsichtig sein, denn dort in den Bergen wohnen ihre grimmigsten Feinde, die Schoschonen. Wohkadeh wurde als Kundschafter ausgesandt, um die Wigwams der Schoschonen auszuspähen. Aber er tat dies nicht, sondern er ritt in größter Eile nach Osten zur Hütte des Bärenjägers, um den Sohn und den Freund von Baumanns Schicksal zu benachrichtigen."

„Das ist brav, das werde ich niemals vergessen!", rief Martin. „Weiß denn mein Vater davon?"

„Wohkadeh hat es ihm gesagt und sich den Weg beschreiben lassen. Er hat so heimlich mit dem Bärenjäger gesprochen, dass keiner der Ogellallah es bemerken konnte."

„Aber sie werden es ahnen, wenn du nicht zu ihnen zurückkehrst!"

„Nein. Sie werden glauben, Wohkadeh sei von den Schoschonen getötet worden."

„Hat dir mein Vater bestimmte Weisungen für uns mitgegeben?"

„Nein. Wohkadeh soll euch sagen, dass er mit seinen Begleitern gefangen ist. Nun wird mein junger weißer Bruder selbst wissen, was er zu tun hat."

„Natürlich weiß ich es! Aufbrechen werde ich, und zwar sofort, um den Vater zu befreien."

Er wollte abermals aufspringen. Doch Jemmy ergriff ihn am Arm und hielt ihn zurück. „Stop, my boy! Wir haben ja noch nicht alles erfahren. Wohkadeh mag uns sagen, an welcher Stelle Euer Vater überfallen wurde."

Der Indianer berichtete: „Das Wasser, das die Bleichgesichter den Pulverfluss nennen, entsteht aus fünf Armen. An dem südwestlichen ist der Überfall geschehen."

„Gut. Das wäre also südwestlich von Murphy. Diese Gegend ist mir nicht ganz unbekannt. Und welche Richtung haben hierauf die Ogellallah eingeschlagen?"

„Nach den südlichen Ausläufern der Berge, die von den Weißen das Dicke Horn genannt werden."

„Also der Big Horn-Berge. Und weiter?"

„Sie zogen an dem Kopf des bösen Geistes vorüber..."

„Ah, am Devils head!"

„...zu dem Wasser, das dort entspringt und in den Fluss des Dicken Horns läuft. Dort hörten wir von den feindlichen Schoschonen und Wohkadeh wurde als Späher ausgesandt. Er weiß also nicht, wie die Ogellallah weitergeritten sind."

„Das ist auch nicht nötig. Wir haben Augen und werden ihre Fährte finden. Wann geschah der Überfall?"

„Es sind seitdem vier Tage vergangen."

„O weh! Wann soll die große Leichenfeier stattfinden?"

„Zum Tag des vollen Mondes. An diesem Tag sind seinerzeit die drei getötet worden."

Jemmy rechnete in Gedanken nach und bemerkte dann: „Wenn das der Fall ist, so haben wir noch Zeit genug. Es sind noch volle zwölf Tage bis zum Vollmond. Wie stark sind die Ogellallah?"

„Als ich sie verließ, zählten sie fünf mal zehn und noch sechs."

„Also sechsundfünfzig Krieger. Wie viele Gefangene haben sie?"

„Mit dem Bärenjäger sind es sechs."

„So wissen wir vorerst genug und können uns zum Aufbruch rüsten. Martin Baumann, was gedenkt Ihr zu tun?"

Der junge Mann war wieder von seinem Sitz aufgestanden, hob die Rechte wie zum Schwur und sprach feierlich: „Ich gelobe hiermit, meinen Vater zu retten oder seinen Tod zu rächen, selbst wenn ich ganz allein die Sioux verfolgen und mit ihnen kämpfen müsste. Ich werde wohl sterben, aber meinen Schwur nicht brechen."

„Nein, allein sollst du nicht ziehen", sagte der kleine Hobble-Frank. „Ich werde mit dir reiten und dich auf keinen Fall verlassen."

„Und Masser Bob auch mitgehen", erklärte der Neger, „um alt Massa Baumann befreien und Sioux-Ogellallah totprügeln. Sie alle müssen in die Hölle!" Er ballte die Faust und knirschte mit den Zähnen.

„Auch ich reite mit!", sprach Jemmy der Dicke. „Es soll mir eine Freude sein, den Roten ihre Gefangenen zu entreißen. Und du, Davy?"

„Red nicht so dumm!", antwortete der Lange gleichmütig. „Meinst du, ich bleibe hier und flicke meine Schuhe oder mahle Kaffee, während ihr euch so ein prächtiges Abenteuer leistet?"

„Gut, alter Waschbär! Sei nur zufrieden, du darfst schon mit. Aber was wird unser roter Bruder Wohkadeh tun?"

Der Indianer erwiderte: „Wohkadeh ist ein Mandan, niemals aber ein Ogellallah. Seine weißen Brüder mögen ihm ein Gewehr geben mit Pulver und Blei. Er wird sie begleiten und mit ihnen sterben oder die Feinde besiegen!"

„Braver Kerl!", meinte der kleine Sachse. „Eine Büchse sollst du haben und alles andere auch, sogar ein frisches Pferd, denn wir haben ja vier Stück, also eins überzählig. Das deinige ist übermüdet und kann nebenherlaufen, bis es sich erholt hat. Wann aber brechen wir auf, ihr Leute?"

„Sofort!“, erklärte Martin.

„Allerdings dürfen wir keine Zeit versäumen“, stimmte der Dicke bei. „Aber es ist auch nicht ratsam, uns zu übereilen. Wir kommen durch wasser- und wildarme Gegenden und müssen uns mit Mundvorrat versehen. Auch wissen wir nicht, ob die neun Pferdediebe, denen wir heute das Einmaleins vorgebetet haben, nicht noch Böses gegen uns im Schild führen. Wir müssen uns unbedingt überzeugen, ob sie die Gegend verlassen haben oder verlassen werden. Und wie steht es mit diesem Haus? Wollt Ihr es unbeschützt zurücklassen?“

„Ja“, bestätigte Martin.

„So kann es leicht sein, dass Ihr es bei der Rückkehr eingeäschert oder wenigstens ausgeräumt findet.“

„Gegen das Ausräumen können wir uns schützen.“

Der Jüngling nahm eine Hacke und hackte den festgestampften Lehmboden im Viereck auf. Da zeigte es sich, dass es hier eine geheime Falltür gab, unter der sich eine geräumige Vertiefung befand, worin man alles, was nicht mitzunehmen war, verbergen konnte. War dann der Lehm wieder über der geschlossenen Tür festgestampft, so konnte kein Unberufener das Dasein dieses Verstecks erraten. Und selbst wenn das Gebäude in Brand gesteckt werden sollte, stand zu erwarten, dass der Lehm des Bodens die versteckten Gegenstände gegen das Verderben schützen werde.

Die Männer machten sich jetzt an die Arbeit, den Inhalt des Raumes, so weit er nicht zu ihrer Ausrüstung zu gebrauchen war, in die Vertiefung zu schaffen. Auch mit den Bärenfellen wurde das getan. Es befand sich eins von ganz besonderer Größe und Schönheit darunter. Als Jemmy es bewundernd betrachtete, nahm es Martin aus seiner Hand und warf es in das Loch hinab. „Fort damit!“, rief er. „Ich kann diesen Pelz nicht sehen, ohne an die schrecklichsten Stunden meines Lebens zu denken.“

„Das klingt ja so, als hättet Ihr bereits ein sehr langes Leben oder eine ganze Reihe von schweren Ereignissen hinter Euch, mein Junge.“

„Vielleicht habe ich auch wirklich bereits mehr erlebt als mancher alte Trapper."

„Oho! Nicht aufschneiden!"

Martins Augen richteten sich mit beinahe zornigem Blick auf den Dicken. „Meint Ihr etwa, der Sohn eines Bärenjägers habe keine Gelegenheit zu Erlebnissen? Ich sage Euch, dass ich bereits als sechsjähriger Bube mit dem Kerl gekämpft habe, der in dem Pelz lebte, den Ihr soeben bewundert habt."

„Ein sechsjähriges Kind mit einem solchen Grizzly? Ich weiß, dass die Kinder des wilden Westens aus anderem Holz geschnitzt sind als die Buben, die da vorn in den Städten die Beinchen in ihrer Väter Wärmflaschen stemmen. Ich habe manch einen Jungen gesehen, der in New York ein Abc-Schütze wäre, hier aber seine Rifle zu gebrauchen wusste wie ein Alter. Doch – hm! Wie ist es damals mit dem Bären zugegangen?"

„Das war in den Bergen von Colorado. Ich hatte die Mutter noch und dazu ein allerliebstes Schwesterchen von drei Jahren. Der Vater war fortgegangen, um Fleisch zu schießen. Die Mutter war draußen vor der Hütte, um Holz zum Feuer klein zu hacken, denn es war Winter und sehr kalt in den Bergen. Ich befand mich mit der kleinen Lucy ganz allein in der Stube. Sie saß zwischen der Tür und dem Tisch am Boden und spielte mit der Puppe, die ich ihr aus einem Holzscheit geschnitzt hatte, und ich stand auf dem Tisch, um mit dem großen Holzmesser ein M und ein L in den dicken Balken zu schneiden, der unter dem spitzen Dach von der einen Blockhauswand zur gegenüberliegenden lief. Das waren die Anfangsbuchstaben meines Vornamens und des der lieben Lucy. So wollte ich nach Bubenart uns beide verewigen. In diese schwere Arbeit vertieft, hörte ich, dass die Tür mit Gewalt aus dem Riegel gestoßen wurde. Ich glaubte, die Mutter sei so geräuschvoll eingetreten, weil sie Holz auf den Armen habe, und schaute mich gar nicht um, sondern sagte nur: „Mutter, das ist für Lucy und mich. Dann kommst auch du mit Vater dran."

Statt ihrer Antwort hörte ich ein tiefes Brummen. Ich drehte mich um. Nun müsst ihr wissen, Mesch'schurs, dass es noch nicht Tag war, aber draußen leuchtete der Schnee und auf dem großen Herd brannte ein Holzklotz, dessen Flamme die Stube erleuchtete. Was ich bei ihrem Schein erblickte, war grässlich. Gerade vor der armen, kleinen Lucy, die vor Entsetzen keinen Laut hervorbrachte, stand ein riesiger grauer Bär. Sein Fell war mit Eis bezottelt und sein Atem dampfte. Das sprachlose Schwesterchen hielt ihm bittend die hölzerne Puppe entgegen, als wollte es sagen: ‚Da nimm meine Puppe, aber tu nur mir nichts, du böser, lieber Bär!' Doch der Grizzly hatte kein Erbarmen. Mit einem Tatzenschlag warf er Luzy nieder und dann zermalmte er mit einem einzigen Biss ihr blondes Köpfchen. Noch heute höre ich das Malmen und Krachen. – Heavens! Ich kann es nicht vergessen, nie, nie...!"

Martin hielt in seiner Erinnerung inne. Keiner unterbrach die Stille, bis er fortfuhr:

„Auch ich konnte mich vor Entsetzen nicht bewegen. Ich wollte um Hilfe rufen, brachte aber keinen Laut hervor. So sah ich die Glieder des Schwesterchens im Rachen des Untiers verschwinden, bis nichts mehr übrig war als die hölzerne Puppe, die zu Boden gefallen war. Ich hatte das lange Messer krampfhaft in der Hand. Nun kam der Bär auf mich zu und richtete sich mit den Vorderpranken am Tisch auf. In diesem Augenblick gewann ich den Gebrauch meiner Glieder wieder. Sein schrecklicher Atem traf mich bereits im Gesicht. Da nahm ich das Messer zwischen die Zähne, umfasste den Balken mit den Armen und schwang mich hinauf. Der Bär wollte mir nach und riss dabei den Tisch um. Das war meine Rettung.

Jetzt rief ich freilich um Hilfe, doch vergebens. Die Mutter kam nicht, obgleich sie meine Stimme hören musste, denn die Tür stand offen und ein kalter Luftstrom drang hinein. Der Grizzly richtete sich in seiner vollen Länge auf, um mich vom Balken herabzuholen. Ihr habt seinen Pelz gesehen und werdet es mir also glauben, wenn ich sage, dass er mich mit seinen Vordertatzen gerade noch erreichen konnte. Aber ich hatte das Messer in der Hand, hielt mich mit der Linken fest und stach mit der Rechten in die Pranke, die er nach mir ausstreckte.

Was soll ich euch den Kampf beschreiben, meinen Jammer und meine Angst! Wie lange ich mich verteidigt habe, weiß ich nicht. In einer solchen Lage wird eine Viertelstunde zur Ewigkeit. Meine Kräfte schwanden und beide Vordertatzen des Bären waren zerstochen und zerschnitten, als ich trotz seines Brummens das Bellen unseres Hundes hörte, den der Vater mitgenommen hatte. Vor der Hütte erhob er seine Stimme, wie ich niemals wieder die Stimme eines Hundes gehört habe. Dann kam er hereingestürzt und warf sich augenblicklich auf das riesige Raubtier. Er war ein hässlicher Köter, aber ungemein stark und uns treu ergeben. Er fasste den Bären bei der Kehle, um sie ihm zu zerreißen. Der Bär aber zerfleischte ihn mit seinen gewaltigen Tatzen. Nach wenigen Augenblicken war der Hund tot – in Stücke zerrissen, und der wütende Grizzly wendete sich nun wieder gegen mich."

„Und Euer Vater?", fragte Davy, der wie die anderen mit größter Spannung zugehört hatte. „Wo der Hund ist, kann der Herr nicht fern sein."

„Allerdings, denn eben richtete sich der Grizzly wieder unter dem Balken auf, um nach mir zu langen, den Rücken der Tür zugekehrt, da erschien der Vater am Eingang, bleich wie der leibhaftige Tod. „Vater, Hilfe!", schrie ich auf, einen Stoß nach dem Bären führend.

Der Vater antwortete nicht. Auch ihm war die Kehle wie zugeschnürt. Er hob das geladene Gewehr – jetzt wird er schießen! Doch nein, er senkte es wieder. Er war so aufgeregt, dass der Lauf in seinen Händen wankte. Er warf die Waffe weg, riss das Bowiemesser aus dem Gürtel und sprang von hinten auf das Tier ein. Den Bären mit der linken Hand beim Pelz packend, trat er seitwärts vor und stieß ihm die lange Klinge bis ans Heft zwischen die bekannten beiden Rippen. Aber augenblicklich sprang er auch wieder zurück, um nicht von dem Bären im Todeskampf gefasst zu werden. Das gewaltige Tier stand unbeweglich, röchelte und stöhnte ganz unbeschreiblich, griff dann mit den Vorderpranken ins Leere und brach tot zusammen. Wie sich später herausstellte, war ihm die Klinge gerade ins Herz gedrungen."

„Gott sei Dank!", meinte Jemmy, indem er tief und laut aufatmete. „Das war Hilfe in der größten Not. Aber Eure Mutter, mein junger Sir?"

„Die – oh, ich habe sie nicht wieder gesehen." Martin wendete sich ab und wischte sich mit einer raschen Handbewegung zwei Tränen aus den Augen.

„Nicht wieder gesehen? Wieso?"

„Als der Vater mich vom Balken herabgeholt hatte, er zitternd und ich noch an allen Gliedern bebend, fragte er nach der kleinen Schwester. Laut aufschluchzend erzählte ich ihm, was geschehen war. Ich habe nie wieder ein Gesicht gesehen wie das des Vaters damals. Es war aschfahl und wie von Stein. Einen Schrei stieß er aus, einen einzigen, aber was für einen! Dann war er still. Er setzte sich auf die Bank und vergrub das Gesicht in den Händen. Auf meine liebkosenden Worte antwortete er nicht. Aber als ich dann hinausgehen wollte, um nach ihr zu suchen, fasste er mich beim Arm, dass ich vor Schmerz laut aufschrie. ‚Bleib!', gebot er mir. ‚Das ist nichts für dich!'

Hierauf saß mein Vater lange Zeit, bis das Feuer niedergebrannt war. Und dann schloss er mich ein und begann hinter der Hütte zu arbeiten. Ich versuchte, das Moos, das zwischen die Ritzen in der Wand gestopft war, an einer Stelle zu entfernen. Es gelang. Als ich nun hinausblickte, sah ich, dass er eine tiefe Grube aushob – der Bär hatte, bevor er in die Hütte kam, meine Mutter überfallen und zerrissen. Ich habe nicht einmal gesehen, wie Vater sie zur Ruhe gebettet hat, denn er überraschte mich beim Lauschen und sorgte dafür, dass ich nicht wieder an die Wand gelangen konnte."

„Schrecklich, schrecklich!", stöhnte Jemmy, indem er sich mit dem Ärmel seines Pelzes die Augen wischte.

„Ja freilich war es schrecklich! Der Vater ist damals eine lange

Zeit krank gewesen und der nächste Nachbar schickte einen Mann herüber, ihn zu pflegen und für mich zu sorgen. Dann aber, als Vater wieder gesund war, haben wir jene Gegend verlassen und – sind Bärenjäger geworden. Wenn Vater hört, dass sich irgendwo ein Bär hat sehen lassen, so lässt es ihm keine Ruhe, bis er ihm eine Kugel oder Klinge gegeben hat. Und ich – nun, ich kann euch sagen, dass ich auch bereits das meinige getan habe, meine arme, kleine Schwester zu rächen. Erst wollte mir freilich das Herz laut schlagen, als ich den Lauf auf einen Bären hielt. Aber ich besitze einen Talisman, der mich beschützt, sodass ich jedem Grizzly gegenüber so ruhig bin, als wollte ich einen Waschbären schießen."

„Talisman?", fragte Davy. „Pah! Gibt's nicht. Junger Mann, glaubt nicht an solchen Unsinn! Das ist eine Sünde gegen das erste Gebot!"

„Nein, denn der Talisman, den ich meine, ist von anderer Art, als ihr denkt. Seht ihn Euch an! Dort hängt er unter der Bibel."

Er deutete nach der Wand, wo auf einem Brettchen eine große, alte Bibel lag. Darunter hing an einem Pflock ein Stück Holz, anderthalb Finger lang und einen Finger dick. Man sah deutlich, dass der obere Teil einen Kopf darstellen solle. „Hm!", brummte Davy, der streng auf seinen Glauben hielt. „Ich will nicht befürchten, dass dieses Ding ein Götzenbild vorstellen soll."

„Nein, ich bin kein Heide. Ihr seht hier die hölzerne Puppe, die ich damals dem Schwesterchen zum Spielen geschnitzt hatte. Ich habe dieses Andenken an jene schrecklichen Augenblicke aufbewahrt und hänge es stets um den Hals, wenn ich den Vater auf Bärenjagd begleite. Naht mir Gefahr, so greife ich nach der Puppe und – der Bär ist verloren. Darauf könnt Ihr Euch verlassen!"

Da legte ihm Jemmy in tiefer Rührung die Hand auf die Schulter und meinte: „Martin, Ihr seid ein braver Boy. Nehmt an, dass ich Euer Freund bin, und Ihr werdet Euch nicht täuschen! So dick wie ich selber bin, so dick ist auch das Vertrauen, das Ihr auf mich setzen könnt. Ich werde es Euch beweisen!"

4. Old Shatterhand

Es war am Nachmittag des darauf folgenden vierten Tages, als die sechs Reiter das Gebiet der südlichen Pulverflussquellen hinter sich hatten.

Die Strecken, die sich vom Missouri bis zum Felsengebirge hinziehen, gehören noch heutigen Tages zu den unwirtlichsten Teilen der Vereinigten Staaten. Dieses Gebiet besteht fast ganz aus einsamer, baumloser Prärie, wo der Jäger oft lange Zeit reiten kann, bevor er einen Busch oder eine Wasserquelle findet. Das Land steigt nach Westen zu allmählich an. Es bildet sanfte Erhöhungen und sodann Hügel, die immer höher, schroffer und zerklüfteter werden, je weiter man nach Westen kommt. Aber der Mangel an Holz und Wasser bleibt. Darum wird diese Gegend inmitten des Staates Wyoming von den Indianern Mahka-zeschitscha und von den Weißen Bad Lands genannt. Beide Ausdrücke bedeuten das Gleiche, nämlich so viel wie schlechtes Land.

Weiter im Norden, wo die Quellgebiete des Cheyenne-, Powder-, Tongue- und Big Horn-Flusses liegen, wird das Land besser. Das Gras ist saftiger, die Büsche treten zu ausgedehnteren Strauchwäldern zusammen und endlich schreitet der Fuß des Westmanns sogar im Schatten hundertjähriger Baumriesen dahin.

Südwestlich von Wyoming befinden sich die Jagdgründe der Schoschonen oder Schlangenindianer, östlich die der Sioux und südlich die der Cheyennes und Arapahoes. Jeder Stamm zerfällt wieder in Unterabteilungen, und da eine jede dieser Abteilungen ihre eigenen Wege geht, so ist es kein Wunder, dass es einen immer währenden Wechsel von Krieg und Frieden zwischen ihnen gibt. Und ist der rote Mann je einmal zu längerer Ruhe geneigt, so kommt das Bleichgesicht und sticht ihn so lange, erst mit Nadeln, dann mit Messern, bis der Indianer das vergrabene Kriegsbeil wieder hervorsucht und von neuem zu kämpfen beginnt. So erklärt es sich, dass da, wo die Weidegründe so vieler verschiedener Stämme und Abteilungen zusammenstoßen, die Sicherheit des

Einzelnen sehr fraglich, ja höchst gefährdet ist. Die Schoschonen oder Schlangenindianer sind stets erbitterte Feinde der Sioux gewesen und darum haben die Strecken, die sich von Dakota aus südlich vom Yellowstone-Fluss nach den Big Horn-Bergen ziehen, sehr oft das Blut des roten und auch des weißen Mannes getrunken.

Der Dicke Jemmy und der Lange Davy wussten das und waren mit Sorgfalt darauf bedacht, einem Zusammentreffen mit Indianern, gleichviel welchen Stammes, auszuweichen.

Man ließ Wohkadeh voranreiten, da er dieselbe Strecke bereits auf dem Herweg durcheilt hatte. Er war jetzt mit einer Büchse bewaffnet und trug an seinem Gürtel mehrere Beutel mit all den Kleinigkeiten, die dem Präriemann unentbehrlich sind. Jemmy und Davy hatten ihr Äußeres nicht verändert. Der Dicke ritt seinen hohen Klepper und Davy hing seine ewig langen Beine an den Seiten seines kleinen, störrischen Maultiers herab, das ab und zu den bekannten Versuch, seinen Reiter abzuwerfen, vergeblich wiederholte. Davy brauchte dann nur den einen Fuß rechts oder links, wo es gerade notwendig war, auf die Erde zu setzen, um festen Halt zu haben. Er glich auf seinem Tier einem jener Bewohner der australischen Inseln, die ihre schmalen, gefährlichen Boote mit Auslegern versehen und aus diesem Grund niemals umkippen können. Davys Ausleger waren seine beiden Beine.

Auch Frank trug dieselbe Kleidung, in der ihn die beiden Freunde zum ersten Mal gesehen hatten. Mokassins, Leggins, blauen Frack und Amazonenhut mit langer, gelber Feder. Der kleine Sachse saß ausgezeichnet zu Pferd und machte trotz seines sonderbaren Äußeren den Eindruck eines tüchtigen Westmanns.

Eine Lust war es, Martin Baumann im Sattel zu sehen. Er ritt mindestens ebenso gut wie Wohkadeh. Er schien wie mit dem Pferd verwachsen und hatte jene weit vorgebeugte Haltung, die dem Tier die Last erleichtert und den Reiter befähigt, die Anstrengung eines monatelangen Ritts ohne Übermüdung auszuhalten. Martin trug einen ledernen Trapperanzug und seine ganze

Ausrüstung und Bewaffnung ließ nichts zu wünschen übrig. Sein frisches Gesicht und sein helles Auge machten ganz den Eindruck, dass er, obgleich noch ein halber Knabe, nötigenfalls doch als Mann zu handeln verstehen werde.

Lustig war es, den schwarzen Bob zu betrachten. Das Reiten hatte niemals zu seinen Leidenschaften gehört und so saß er in einer geradezu unbeschreiblichen Haltung zu Pferd. Er hatte seine liebe Not mit dem Tier und das wieder mit ihm, denn er vermochte nicht, auch nur zehn Minuten lang einen festen Sitz zu bewahren. Hatte er sich einmal ganz an den Hals des Pferdes vorgeschoben, so brachte ihn jeder Schritt des Tieres wieder ein wenig nach hinten. So rutschte und rutschte er, bis er sich in der Gefahr befand, hinten herunterzufallen. Dann schob er sich möglichst weit vor und die Rutschpartie begann von neuem, wobei er in die drolligsten Stellungen geriet. Anstatt des Sattels hatte er nur eine Decke aufgeschnallt, weil er durch frühere Versuche wusste, dass es ihm unmöglich sei, sich im Sattel zu halten. Bob war bei einigermaßen schnellem Tempo immer hinter den Sattel zu sitzen gekommen. Die Beine hielt er weitab vom Pferd. Wurde ihm gesagt, er solle festen Schluss nehmen, so antwortete er: „Warum soll Masser Bob drücken mit den Beinen armes Pferd? Pferd ihm ja nichts zu Leid getan! Bobs Beine keine Kneipzange!“

Die Reiter hatten den Rand einer nicht sehr tiefen fast kreisförmigen Senkung erreicht, deren Durchmesser vielleicht sechs englische Meilen[1] betragen mochte. An drei Seiten von kaum merklichen Bodenanschwellungen umgeben, wurde diese Senkung im Westen von einer ansehnlichen Höhe begrenzt, die von Sträuchern und Bäumen bewachsern zu sein schien. Hier hatte es früher eine seeartige Wasseransammlung gegeben. Der Boden bestand aus tiefem Sand und zeigte außer wenigen harten Grasbüscheln nur jenen grau schimmernden, nutzlosen Wildwuchs von Beifuß, der die unfruchtbaren Gegenden des fernen Westens kennzeichnet. Wie Davy erklärte, hatte dieser Ort den Namen Pa’p-pa-are,

[1] 1 engl. Meile = 1,609 km

See des Blutes, weil hier einmal eine Schar Schoschonen von Weißen niedergemetzelt worden war.

Wohkadeh trieb sein Pferd, ohne zu zaudern, in den Sand und schlug die gerade Richtung nach der erwähnten Höhe ein. Besondere Gefahr bot die Talmulde nicht, da die Gegend frei und offen war und jeder Reiter oder Fußgänger weithin sofort entdeckt worden wäre.

Sie mochten wohl eine halbe Stunde geritten sein, als Wohkadeh sein Pferd anhielt. „Uff!“, rief er aus.

„Was gibt's?“, fragte Jemmy.

„Schi-schi!“ Dieses Wort aus der Mandansprache heißt eigentlich Füße, hat aber auch die Bedeutung von Spur oder Fährte.

„Eine Fährte?“, fragte der Dicke weiter. „Von einem Menschen oder einem Tier?“ – „Wohkadeh weiß es nicht. Meine Brüder mögen sie selbst betrachten.“ – „Good luck! Ein Indsman weiß nicht, ob die Spur von einem Menschen oder von einem Viehzeug stammt! Muss ja eine eigentümliche Fährte sein. Wollen sie uns doch mal betrachten. Aber steigt hübsch ab und reitet mir nicht darauf herum, ihr Leute, sonst ist sie nicht mehr zu erkennen!“ – „Sie wird dann immer noch zu erkennen sein“, meinte der Indianer. „Sie ist groß und lang, sie kommt von weit von Süden her und geht weit nach Norden.“

Die Reiter saßen ab, um die rätselhafte Spur zu untersuchen. Die Fußtapfen eines Menschen von der Fährte eines Tieres zu unterscheiden, versteht jeder Indianerknabe. Dass Wohkadeh sich außer Stande sah, diese Unterscheidung zu treffen, war geradezu eine Unbegreiflichkeit. Doch auch Jemmy schüttelte den Kopf, als er die Tapfen betrachtet hatte, blickte nach links, woher die Fährte kam, dann nach rechts, wohin sie führte, schüttelte abermals den Kopf und sagte endlich zu dem Langen Davy: „Nun, alter Freund, hast du in deinem Leben bereits einmal so etwas gesehen?“

Der Gefragte kratzte sich erst hinter dem rechten und sodann hinter dem linken Ohr, spuckte zweimal aus, was bei ihm stets ein Zeichen von Verlegenheit war, und entgegnete schließlich:

„Nein, noch niemals."
„Und Ihr, Mister Frank?"
Der Sachse bestaunte gleichfalls die Spur und meinte: „Aus diesen Tapfen werde der Teufel klug!"
„Ja", pflichtete Jemmy bei. „Sicher ist nur, dass irgendein Geschöpf hier vorübergekommen ist. Aber was für eines? Wie viele Beine hat es gehabt?"
„Vier", antworteten alle außer dem Indianer.
„Ja, das sieht man genau. Nun aber soll mir einer sagen, mit welcher Art oder Gattung von Vierbeinern wir es zu tun haben!"
„Ein Hirsch ist's nicht", meinte Frank.
„Gott behüte! Ein Hirsch macht Zeit seines Lebens nicht so riesige Eindrücke."
„Etwa ein Bär?"
„Freilich lässt ein Bär in solchem Sand große und deutliche Silben zurück, dass sie sogar ein Blinder mit den Fingern lesen könnte; aber diese Fährte stammt auch von keinem Bären. Die Eindrücke sind nicht lang und nach hinten ausgewischt wie bei einem Sohlengänger, sondern beinahe kreisrund, über eine Handspanne im Durchmesser und gerade eingetreten, wie mit einem Siegel gestemmt. Sie sind nur wenig nach hinten ausgeworfen und unten am Grund gänzlich eben. Das Tier hat sonach nicht Zehen oder Krallen, sondern Hufe gehabt."
„Also ein Pferd?", meinte Frank.
„Hm!", brummte Jemmy. „Ein Pferd kann's aber auch nicht gewesen sein. Man müsste doch wenigstens eine kleine Andeutung der Hufeisen oder, falls das Tier barfüßig gewesen wäre, des Tragrandes und des Strahls finden. Die Fährte ist höchsten Falls zwei Stunden alt, eine zu kurze Zeit, als dass sich inzwischen diese Andeutung hätte verlieren können. Und, was die Hauptsache ist, kann es jemals ein Pferd mit so ungewöhnlich großen Hufen geben? Wenn wir in Asien oder Afrika wären und nicht in dieser alten, gemütlichen Savanne, so würde ich behaupten, dass ein Elefantengroßvater hier vorübergestampft sei."

„Ja, gerade so sieht es aus!“, lachte der Lange Davy.
„Was? Hast du etwa schon einmal einen Elefanten gesehen?“
„Zwei sogar. Einen in Philadelphia bei Barnum[1] und einen hier, nämlich dich, Dicker!“
„Wenn du einen Witz machen willst, so kaufe dir für zehn Dollar einen besseren! Verstanden? Groß genug für einen Elefanten wären die Tapfen, das gebe ich zu. Aber solch ein Tier hat eine ganz andere Schrittweite. Daran hast du nicht gedacht, Davy. Ein Kamel ist's auch nicht gewesen, sonst würde ich behaupten, du seist vor zwei Stunden hier vorbeigestiegen. Und nun will ich gestehen, dass ich mit meiner Weisheit zu Ende bin.“
Die Männer gingen eine Strecke vorwärts und wieder zurück, um die eigenartige Fährte zu betrachten. Aber keiner konnte eine nur halbwegs glaubhafte Ansicht äußern.
„Was sagt mein roter Bruder dazu?“, fragte Jemmy.
„Hijokeh!“, entgegnete der Indianer, indem er mit der Hand eine Bewegung der Ehrfurcht machte.
„Der Geist der Prärie, meinst du?“
„Ja, denn es war weder ein Mensch noch ein Tier.“
„Heigh-ho! Eure Geister scheinen entsetzlich große Füße zu haben. Oder leidet der Geist der Prärie am Fußrheumatismus und hat Filzschuhe angezogen?“
„Mein weißer Bruder sollte nicht spotten. Der Geist der Savanne kann in allen Gestalten erscheinen. Wir wollen still weiterreiten.“
„Nein, das werde ich nicht tun. Ich muss unbedingt wissen, woran ich bin. Noch niemals habe ich eine solche Fährte gesehen und werde ihr folgen, bis ich weiß, wer sie hinterlassen hat.“
„Mein Bruder wird ins Verderben laufen. Der Geist duldet es nicht, dass man nach ihm forscht.“
„Madness! Wenn der Dicke Jemmy später von dieser Fährte erzählt und nicht sagen kann, von wem sie stammte, so wird er ausgelacht. Für einen guten Westmann ist es geradezu Ehrensache, dies Geheimnis aufzuklären.“

[1] Seinerzeit weltbekanntes Zirkusunternehmen

„Wir haben nicht Zeit, solche Umwege zu machen.“

„Das verlange ich auch nicht von euch. Wir haben noch vier Stunden bis zum Abend, dann müssen wir lagern. Kennt mein roter Bruder vielleicht einen Ort, wo wir rasten können?“

„Ja. Wenn wir geradeaus reiten, kommen wir an eine Stelle, wo die Höhe eine Öffnung hat. Es schneidet ein Tal dort ein, in das zur linken Hand nach einer Reitstunde eine Seitenschlucht mündet. In dieser Schlucht werden wir ruhen, denn dort gibt es Büsche und Bäume, die unser Feuer unsichtbar machen, und auch einen Quell, der uns Wasser liefern wird.“

„Das ist leicht zu finden. Reitet also weiter! Ich werde dieser Fährte folgen und sodann am Lagerplatz wieder zu euch stoßen.“

„Mein weißer Bruder mag sich warnen lassen!“

„Ach was!“, rief der Lange Davy. „Jemmy hat durchaus Recht. Es wäre eine Schande für uns, diese geradezu unbegreifliche Fährte entdeckt zu haben, ohne ihr nachzuspüren. Man sagt, dass es vor der Erschaffung der Erde Tiere gegeben habe, gegen die ein Büffel sich ausnehmen würde wie ein Regenwurm neben einem Mississippidampfer. Vielleicht ist so ein Untier von damals übrig geblieben und rennt nun hier im Sand herum, um an den Körnern auszuzählen, wie viele Jahrhunderte alt es ist. Ich glaube, Mamma heißt so ein Vieh.“

„Mammut!“, verbesserte der Dicke.

„Kann auch sein! Welche Schande für uns, wenn wir auf so eine vorweltliche Fährte träfen und nicht wenigstens einer hätte versucht, das Tier zu Gesicht zu bekommen. Ich reite mit, Jemmy!“

„Das geht nicht, weil wir beide, ohne alle Überhebung zu sagen, die meiste Erfahrung besitzen und gewissermaßen die Anführer sind. Gleichzeitig dürfen wir uns also nicht entfernen. Lieber mag ein anderer mit mir reiten.“

„Mister Jemmy hat Recht“, meinte Martin. „Ich werde mit ihm gehen.“

„Nein, mein junger Freund“, entgegnete Jemmy. „Ich weiß, in Eurem Alter ist man zu solchen Abenteuern stets bereit. Aber der

Ritt ist vielleicht gefährlich und wir haben die stillschweigende Verpflichtung übernommen, über Euch zu wachen, um Euch unbeschädigt mit Eurem Vater zu vereinigen.“

„So gehe ich mit!“, rief der lahme Frank.

„Ja, dagegen will ich nichts haben. Mister Frank hat bereits damals in Moritzburg mit dem Hausknecht und dem Nachtwächter gekämpft und wird sich also wohl nicht vor einem Mammut fürchten.“

„Ich? Mich fürchten? Kann mir gar nicht einfallen!“

„Also bleibt es dabei. Die anderen reiten weiter, nur wir beide schwenken rechts ab.“

Und so geschah es denn auch. Die Übrigen setzten den unterbrochenen Ritt fort, während Jemmy und Frank in nördlicher Richtung der Fährte folgten.

Da die beiden einen Umweg vor sich hatten, spornten sie ihre Tiere zu größerer Eile an, und so kam es, dass sie bereits nach kurzer Zeit ihre Gefährten aus den Augen verloren. Später wich die Fährte von ihrer bisherigen Richtung ab und wendete sich nach Westen, der fernen Höhe zu, sodass Jemmy und Frank nun in gleicher Richtung mit ihren Freunden ritten, allerdings wohl eine halbe Stunde von ihnen entfernt.

Sie hatten sich bisher schweigsam verhalten. Jemmys starkknochiger Gaul hatte seine langen Beine so emsig vor sich geworfen, dass Franks Pferd Mühe gehabt hatte, ihm in dem tiefen Sand zu folgen. Jetzt wechselte der Dicke vom anstrengenden Trab in langsamen Schritt und so konnte Frank sich leicht an seiner Seite halten. Im Allgemeinen bediente sich die kleine Schar untereinander vorzugsweise der englischen Sprache. Jetzt aber befanden sich die beiden Deutschen allein und so zogen sie die Muttersprache vor.

„Nich wahr“, begann Frank, „das vorhin mit dem Mammut, das war doch eigentlich Spaß?“

„Natürlich.“

„Ich habe mir's gleich gedacht, denn solche Mammutersch gibt's ja heutzutage gar nicht mehr.“

„Haben Sie denn schon einmal von diesen vorweltlichen Tieren gehört?“

„Ich? Na und ob! Wissen Sie, der Moritzburger Schulmeister damals, der eigentlich meine geistige Mutter gewesen is, der hatte was los, besonders in der Pflanzenzoologie. Der kannte jeden Baum, von der Fichte bis zum Sauerampfer runter, und ooch jedes Tier, von der Seeschlange bis zum kleinsten Floh herab. Von dem habe ich damals gerade massenhaft gelernt.“

„Das freut mich ungemein“, lachte der Dicke. „Vielleicht kann ich nun von Ihnen lernen.“

„Das versteht sich von selber. Zum Beispiel gerade übers Mammut kann ich Ihnen die beste maßgebliche Auskunft erteilen.“

„Haben Sie etwa eins gesehen?“

„Nee, denn damals vor der Erschaffung der Welt war ich noch gar nich bei der jetzigen Polizei angemeldet. Aber der Schulmeister hat das Mammut in alten Handschriften gefunden. Was denken Sie wohl, wie groß das Ungetüm gewesen ist?“

„Bedeutend größer als der Elefant.“

„Elefant? Das zieht noch lange nich! Wenn das Mammut mal über einen Stein gestolpert is und es hat niedergeguckt, um den Stein zu betrachten, so is dieser Stein merschtenteels eine ägyptische Pyramide gewesen. Denken Sie sich nun die Höhe von so einem Tier! Und wenn sich ihm mal eine Fliege off die Schwanzspitze gesetzt hat, so is es das erst nach vierzehn Tagen im Verstand gewahr geworden. Nun denken Sie sich mal die Länge von so einem Geschöpf!“

„Donnerwetter!“, sagte Jemmy bewundernd. „Und wie Sie das alles so genau wissen!“

„Ja, ja, wäre damals nich der Streit wegen dem Leibwort von Vater Wrangel ausgebrochen, so hätte ich's nolens Koblenz bis zur Forschtakademie gebracht und hätte es dann nich nötig gehabt, mich im wilden Westen herumzutreiben und von den Sioux lahmschießen zu lassen!“

„Ah, Sie sind nicht lahm geboren?“

Frank blickte den Dicken vorwurfsvoll an. „Lahm geboren? Nee, ich habe meine gesunden Beine gehabt, solange ich mich off mich selber besinnen kann. Aber als ich damals mit dem Baumann in die Schwarzen Berge kam, um unter den Goldsuchern den Krämerladen zu eröffnen, da habe ich mal eine schwache Stunde gehabt und daran habe ich heute noch zu hinken."

„Wie ist denn das gekommen?"

„Ganz unverhofft, wie alles kommt, was man vorher nich weiß. Es is, als wäre es heute, so leibhaftig steht der Tag vor meinem geistigen Angesicht. Die Sterne funkelten, und die Ochsenfrösche brüllten laut im nahen Sumpf, denn es war leider nich bei Tag, sondern bei Nacht. Baumann war abwesend, um sich in Fort Fettermann mit neuen Vorräten zu versehen. Martin schlief und der Neger Bob, der fortgeritten war, um Schulden einzukassieren, hatte sich noch nich wieder sehen lassen. Nur sein Pferd war ohne ihn ins traute Heim zurückgekehrt. Am anderen Morgen kam er nachgehinkt, mit verstauchten Gliedern und ohne einen Pfennig Geld. Er war von unseren sämtlichen Schuldnern hinaus- und nachher vom Pferd ooch noch abgeworfen worden. Also die Sterne strahlten vom Himmel herab, da klopfte es an unserer Tür. Hier im Westen muss man vorsichtig sein. Darum machte ich nich sogleich off, sondern ich fragte von innen, wer herein wolle. Um die Sache kurz zu machen, es waren fünf Siouxindianer, die Felle gegen Pulver umtauschen wollten. Die Roten sagten, dass sie noch die ganze Nacht hindurch marschieren müssten, und das rührte mein gutes sächsisches Herz – ich ließ sie herein."

„Welch eine Unvorsichtigkeit!"

„Warum? Furcht habe ich nie gekannt, und ehe ich die Tür öffnete, machte ich die Bedingung, dass sie alle Waffen draußen ablegen müssten. Ich muss zu ihrer Ehre gestehen, dass sie diesem Verlangen redlich nachgekommen sind. Natürlich aber hatte ich, während ich sie bediente, den Revolver in der Hand, was sie als Wilde mir nich übel nehmen konnten. Ich machte wirklich ein glänzendes Geschäft mit ihnen: schlechtes Pulver gegen gute

Biberfelle. Wenn Rote und Weiße miteinander handeln, sind die Roten allemal die Betrogenen. Das tut mir zwar Leid, aber ich allein kann's leider nich ändern. Neben der Tür hingen drei geladene Gewehre. Als die Indsmen gingen, blieb der letzte unter der Tür stehen, drehte sich nochmals um und fragte mich, ob ich nich vielleicht einen Schluck Feuerwasser zugeben wolle. Nun ist's zwar verboten, den Indianern Branntwein zu verabreichen, aber ich bin ein guter Kerl und wollte ihnen den Gefallen tun. Ich wandte mich also um und ging nach der hinteren Ecke, wo eine Flasche Brandy stand. In dem Augenblick, da ich mich damit umdrehte, sah ich den Menschen mit einem Gewehr, das er vom Pflock gerissen hatte, verschwinden. Natürlich setzte ich schnell die Flasche nieder, ergriff die nächste Büchse und sprang zur Tür hinaus. Da ich so schnell aus dem Lichten ins Dunkel gekommen war, konnte ich nich sofort scharf sehen. Ich hörte rasche Schritte und dann blitzte es drüben an der Fenz hell off. Ein Schuss krachte und ich hatte das Gefühl, als hätte mich jemand off den Fuß geschlagen. Jetzt sah ich den Roten, der sich über die Fenz schwingen wollte. Ich legte an und drückte ab, fühlte aber zu gleicher Zeit einen so stechenden Schmerz im Fuß, dass ich zusammenknickte. Die Kugel ging fehl und das Gewehr war verloren. Nur mit Mühe kam ich in die Hütte zurück. Der Schuss des Indianers war mir in den linken Fuß gegangen. Erst nach Monaten habe ich ihn wieder gebrauchen können, aber der Hobble-Frank bin ich geworden. Den Roten aber habe ich mir genau gemerkt. Ich werde sein Gesicht niemals vergessen, und wehe ihm, wenn er mir irgendwo und irgendwann begegnen sollte! Wir Sachsen sind als die urgemütlichsten Germanen bekannt, aber unsere nationalen Vorzüge können uns doch nimmermehr verpflichten, uns nächtlicherweile, wenn die Sterne vom Himmel strahlen, ungestraft bestehlen und lahmschießen zu lassen. Ich glaube, der Sioux gehörte zu den Ogellallah, und wenn – was haben Sie denn?"

Frank unterbrach sich mit dieser Frage, denn der Dicke Jemmy hatte sein Pferd angehalten und einen Ruf der Überraschung ausgestoßen. Sie hatten die größte Breite der sandigen Einsenkung hinter sich. Hier gab es eine Stelle mit felsigem Boden und da, wo der Fels wieder in den Sand verlief, war Jemmy halten geblieben. „Was ich habe?“, entgegnete er. „Das möchte ich selbst auch fragen. Habe ich denn eigentlich Augen?“

Er blickte verwundert vom Pferd herab auf den Sand. Jetzt sah auch Frank, was sein Gefährte meinte. „Ist es denn möglich?“, rief er aus. „Die Fährte ist ja plötzlich ganz anders!“

„Freilich! Erst war es die reine Elefantenspur und jetzt sind's die deutlichsten Pferdetapfen. Das Tier ist ein Indianerpferd: Es hat keine Hufeisen.“

„Is es denn ooch wirklich die gleiche Fährte?“

„Natürlich! Da hinter uns tritt der Fels zu Tage, aber die Stelle ist kaum zwanzig Fuß[1] breit. Gleich da drüben läuft die Elefantenspur herein und hier kommt sie als Pferdespur wieder heraus. Eine unerhörte Geschichte!“

„Jetzt möchte ich wohl wissen, was der Moritzburger Lehrer sagen würde, wenn er mit hier wäre!“

„Der würde kein klügeres Gesicht machen als Sie und ich!“

„Hm! Mit Erlaubnis, geistreich sieht das Ihrige gerade nich aus, Herr Pfefferkorn. Aber zu lösen muss das Rätsel sein, denn der berühmte Archidiakonus hat gesagt: ‚Gebt mir einen festen Punkt in der Luft, so hebe ich jede Tür aus ihren Angeln!‘“

„Archimedes meinen Sie!“

„Ja, aber Diakonus war er nebenbei, denn als am Sonnabend Nachmittag die feindlichen Soldaten kamen, lernte er gerade die Predigt für morgen auswendig und rief ihnen entgegen: ‚Stört mich nich und macht leise!‘ Da schlugen sie ihn tot. Darum is der Punkt in der Luft wieder verloren gegangen.“

„Vielleicht finden Sie ihn wieder. Aber zunächst wollen wir die seltsame Fährte weiter verfolgen!“

Die nunmehrige Pferdespur war immerfort deutlich zu erkennen und führte nach ungefähr einer halben Stunde aus der sandi-

[1] 1 Fuß = etwa 30 cm

gen Fläche heraus auf besseren Boden. Dort gab es Gras und vereinzeltes Strauchwerk. Der Höhenzug lag nahe. Ein dichter Wald zog sich an ihm empor, der unten mit einzelnen Bäumen begann und dann nach oben hin immer geschlossener wurde. Auch hier war die Spur deutlich zu erkennen. Nach einiger Zeit aber kam wieder Felsboden und die Fährte verschwand abermals, ohne dass man ihre Fortsetzung finden konnte.

„Unbegreiflich!", erklärte Jemmy. „Schließlich ist es wirklich der Geist der Savanne gewesen! Ich möchte doch gar zu gern wissen, wie ein Geist aussieht."

„Der Wunsch kann erfüllt werden. Sehen Sie sich ihn gefälligst an, meine Herren!"

Diese Worte erklangen in deutscher Sprache hinter dem Busch hervor, an dem sie halten geblieben waren. Einen Ruf des Schreckens ausstoßend, fuhren die beiden herum. Der Mann, der gesprochen hatte, verließ das Gesträuch, das ihm als Deckung gedient hatte.

Er war von nicht sehr hoher und nicht sehr breiter Gestalt. Ein dunkelblonder Vollbart umrahmte sein sonnenverbranntes Gesicht. Er trug ausgefranste Leggins und ein ebenso an den Nähten ausgefranstes Jagdhemd, lange Stiefel, die er bis über die Knie emporgezogen hatte, und einen breitkrempigen Filzhut, in dessen Schnur rundum die Ohrenspitzen des grauen Bären steckten. In dem breiten, aus einzelnen Riemen geflochtenen Gürtel hingen zwei Revolver, ein Bowiemesser und mehrere Lederbeutel. Der Gürtel schien rundum mit Patronen gefüllt zu sein. Von der linken Schulter nach der rechten Hüfte trug der Mann einen aus mehrfachen Riemen geflochtenen Lasso und um den Hals an einer starken Seidenschnur eine mit Kolibribälgen verzierte Friedenspfeife, in deren Kopf indianische Zeichen eingegraben waren. In der Rechten hielt er ein kurzläufiges Gewehr, dessen Schloss von eigentümlicher Bauart war.

Der echte Präriejäger gibt nichts auf Glanz und Sauberkeit. Je mitgenommener er aussieht, desto mehr hat er mitgemacht. Er betrachtet einen jeden, der auf sein Äußeres etwas hält, mit Geringschätzung. Der größte Gräuel ist ihm ein blankgeputztes Gewehr. Nach seiner Überzeugung hat kein Westläufer Zeit, sich mit solchem Schnickschnack zu befassen.

Nun sah an diesem Mann alles so sauber aus, als sei er erst gestern von St. Louis nach dem Westen aufgebrochen. Sein Gewehr schien vor einer Stunde aus der Hand des Büchsenmachers hervorgegangen zu sein. Seine Stiefel waren makellos, eingefettet und die Sporen ohne eine Spur von Rost. Seinem Anzug war kaum eine Strapaze anzusehen, und wahrhaftig, er hatte sogar seine Hände rein gewaschen. Die beiden starrten ihn an und vergaßen vor Überraschung, ihm zu antworten.

„Nun“, fuhr der Fremde lächelnd fort, „ich denke, Sie wünschen den Geist der Savanne zu sehen? Wenn Sie den meinen, dessen Spur Sie gefolgt sind, so steht er vor Ihnen.“

„Das is toll! Da bleibt mir merschtenteels gleich der Verstand stillstehen!“, rief Frank aus.

„Ah, ein Sachse! Nicht wahr?“

„Sogar ein geborener! Und off alle Fälle sind Sie ein reiner unvermischter Deutscher?“

„Ja, ich habe die Ehre. Und der andere Herr?“

„Ooch aus der schönen Gegend. Der freudige Schreck is ihm auf die Sprache gefallen. Lange dauern tut's aber bei ihm nich, so kann er wieder reden.“

Frank hatte Recht, denn jetzt sprang Jemmy aus dem Sattel und streckte dem Fremden die Hand entgegen. „Ist's möglich?“, rief er aus. „Hier, unweit des Devils Head einen Deutschen zu treffen! Kaum sollte man es glauben!“

„Meine Überraschung muss doppelt groß sein, denn ich treffe ja deren zwei. Und wenn mich nicht alles täuscht, so nennt man Sie den Dicken Jemmy?“

„Was? Sogar meinen Namen kennen Sie?“

„Trifft man hier einen dicken Jäger auf einem solchen Kamelgaul, so ist's der Jemmy. Aber wo Sie sind, da kann der Lange Davy mit seinem Maultier nicht fern sein. Oder irre ich mich da vielleicht?“

„Nein; er ist wirklich in der Nähe, gar nicht weit von hier im Süden, wo das Tal in die Berge geht."
„Ah! Lagern Sie heute dort?"
„Gewiss. – Mein Gefährte hier heißt Frank."
Frank war auch abgestiegen. Er gab dem Fremden die Hand. Dieser betrachtete ihn scharf, nickte ihm dann zu und fragte: „Wohl gar der Hobble-Frank?"
„Nanu, ooch meinen Namen wissen Sie?"
„Ich sehe, dass Sie hinken, und Frank heißen Sie. Da lag die Frage nahe. Sie hausen mit Baumann, dem Bärenjäger zusammen?"
„Wer hat Ihnen das gesagt?"
„Baumann selbst. Ich kam mit ihm vor längerer Zeit ein wenig zusammen. Wo befindet er sich jetzt? Daheim? Ich glaube, das ist ungefähr vier Tagesritte von hier?"
„Ganz genau. Aber er ist nich dort. Er ist den Ogellallah in die Hände gefallen und wir sind unterwegs, um zu sehen, was wir für ihn tun können."
„Sie erschrecken mich! Wo ist das geschehen?"
„Gar nicht weit von hier, in der Nähe des Devils Head. Sie schleppen ihn mit noch fünf Gefährten nach dem Yellowstone, um ihn am Grab des Bösen Feuers zu töten."
Der Fremde horchte auf. „Aus Rache jedenfalls?", fragte er.
„Ja freilich. Haben Sie vielleicht mal von Old Shatterhand gehört?"
„Ich glaube, mich zu entsinnen, ja." Es spielte dabei ein eigenartiges Lächeln um die Lippen des Sprechers.
„Der hat das Böse Feuer und noch zwei andere Sioux getötet. Nun sind die Ogellallah unterwegs, um das Grab der drei zu besuchen, und dabei is ihnen Baumann in die Hände gefallen."
„Wie haben Sie das erfahren?"
Frank erzählte von Wohkadeh und von allem, was seit dem Erscheinen dieses jungen Indianers geschehen war. Der Fremde hörte ihm sehr aufmerksam und sehr ernst zu. Nur manchmal, wenn der

Hinkende allzu sehr in seine heimatliche Umgangssprache verfiel, flog ein schnelles Lächeln über sein Gesicht. Als der Bericht beendet war, sagte er: „Ich wünsche Ihnen von ganzem Herzen ein gutes Gelingen. Besonders beschäftigt mich der junge Martin Baumann. Vielleicht bekomme ich ihn einmal zu sehen."

„Das kann leicht geschehen", meinte Jemmy. „Sie brauchen ja nur mit uns zu gehen oder vielmehr mit uns zu reiten. Wo haben Sie Ihr Pferd?"

„Gleich hier in der Nähe. Ich habe es für die wenigen Augenblicke verlassen, um Sie vorüberreiten zu sehen."

„Haben Sie denn unser Kommen bemerkt?"

„Gewiss. Ich sah Sie bereits vor einer halben Stunde da draußen halten, um sich über die ungeheuerliche Fährte zu beraten."

„Wie? Was wissen Sie davon?"

„Weiter nichts, als dass es meine eigene Spur ist."

„Was, die Ihrige? Zum Kuckuck! So sind Sie es, der uns genasführt hat?"

„Haben Sie sich wirklich täuschen lassen? Das ist eine große Genugtuung für mich, einem Westmann wie dem Dicken Jemmy ein Schnippchen geschlagen zu haben. Allerdings galt das nicht Ihnen, sondern ganz anderen Leuten."

Der Dicke schien nicht zu wissen, was er von dem Sprecher denken solle. Er betrachtete ihn kopfschüttelnd vom Kopf bis zu den Füßen und forschte sodann: „Wer sind Sie denn eigentlich?"

Der andere lachte belustigt auf und entgegnete: „Nicht wahr, Sie bemerken sofort, dass ich hier im fernen Westen ein Neuling bin?"

„Ja. Den Greenfish[1] sieht man Ihnen sofort an. Mit Ihrem Feiertagsgewehr können Sie getrost auf Sperlinge gehen und Ihre Ausrüstung tragen Sie bestimmt erst seit wenigen Tagen auf dem Leib. Sie müssen in größerer Gesellschaft hier sein und gehören jedenfalls zu einem Trupp von Sonntagsjägern. Wo haben Sie die Eisenbahn verlassen?"

[1] So viel wie Neuling

„In St. Louis.“

„Was? So weit im Osten? Unmöglich! Wie lange Zeit befinden Sie sich hier im Westen?“

„Diesmal seit acht Monaten.“

„Bitte, nehmen Sie es mir nicht übel, aber das glaubt kein Mensch! Ich wette, Sie sind Lehrer oder Professor und reiten mit etlichen Kameraden hier herum, um Pflanzen, Steine und Schmetterlinge zu sammeln. Da lassen Sie sich einen guten Rat geben: Machen Sie sich schleunigst aus dem Staub! Diese Gegend ist kein Feld für Sie. Das Leben hängt hier nicht stündlich, sondern in jeder Minute an einem Haar. Sie wissen gar nicht, in welcher Gefahr Sie da schweben.“

„Oh, das weiß ich ganz genau! Hier in der Nähe lagern zum Beispiel über vierzig Schoschonen.“

„Heavens! Ist's wahr? Jetzt weiß ich wirklich nicht, was ich von Ihnen denken soll!“

„Denken sie, dass ich diesen Roten ebenso gut wie Ihnen eine Nase drehen kann. Ich habe schon manchen tüchtigen Westmann getroffen, der sich in mir getäuscht hat, weil er den landläufigen Maßstab an mich legte. Bitte, kommen Sie!“

Der Unbekannte drehte sich um und schritt langsam zwischen die Büsche hinein. Die beiden folgten, ihre Pferde an den Zügeln führend. Nach kurzer Zeit kamen sie an eine wundervolle Schierlingstanne, die wohl über dreißig Meter hoch war; bei diesem Baum eine große Seltenheit. Neben ihr stand ein Pferd, ein prächtiger Rappenhengst mit roten Nüstern und jenem Haarwirbel in der langen Mähne, der bei den Indianern als sicheres Kennzeichen vorzüglicher Eigenschaften gilt. Sattel und Riemenzeug waren von indianischer Arbeit. Hinter dem Sattel war ein Gummimantel aufgeschnallt. Aus einer der Seitentaschen ragte die Hülle eines Fernrohrs hervor. Auf der Erde lag ein schwerer, doppelläufiger Bärentöter. Als Jemmy dieses Gewehr erblickte, tat er einige rasche Schritte, hob es auf, betrachtete es und rief:

„Dieses Gewehr ist – es ist – ah, ich habe es noch nie gesehen, aber ich erkenne es sofort! Dieser Bärentöter und die Silberbüchse des Apatschenhäuptlings Winnetou sind die berühmtesten Gewehre des Westens. Der Bärentöter gehört..."

Er hielt inne und starrte den Besitzer fassungslos an. Dann fuhr er fort: „Ihnen gehört dieses Gewehr und der Stutzen in Ihrer Hand ist auch keine Feiertagsrifle, sondern einer von den wenigen Henrystutzen, die es geben soll. Frank, Frank, wissen Sie, wer dieser Mann hier ist?"

„Nee. Ich habe weder sein Taufzeugnis noch seinen Impfschein gelesen."

„Mensch, lassen Sie den Spaß! Sie stehen vor Old Shatterhand!"

„Old Shat..." Der Hinkende fuhr einige Schritte zurück. „Alle guten Geister!", stieß er hervor. „Old Shatterhand! Den habe ich mir allerdings ganz anders vorgestellt!"

„Ich mir ja auch!"

„Wie denn, meine Herren?", fragte der Jäger lächelnd.

„Lang und breit wie ein Koloss von Varus!", antwortete der gelehrte Hobble-Frank.

„Ja, von riesenhafter Gestalt", stimmte der Dicke bei.

„So sehen sie, dass mein Ruf größer ist als meine Person. Was von einem an dem ersten Lagerfeuer erzählt wird, das vergrößert man am zweiten um das Drei- und am dritten um das Sechsfache. So kommt es, dass man für ein wahres Wunder gehalten wird."

„Was man aber von Ihnen erzählt, das ist..."

„Pah!", unterbrach er kurz. „Lassen wir das! Ich will Ihnen jetzt lieber erklären, auf welche Weise die unförmlichen Fußtapfen entstanden sind! Betrachten Sie diese vier fast kreisrunden dicken Schilfgeflechte, die mit Riemen und Schnallen versehen sind! Ich habe sie mir gestern in einer müßigen Stunde verfertigt, um heute meine etwaigen Verfolger irrezuführen. Schnallt man sie dem Pferd an, so hinterlässt es, besonders im sandigen Boden, eine Fährte, die man für die eines Elefanten halten möchte. Allerdings erschweren sie das Reiten und halten auch nicht allzu lange."

„Großartig!“, staunte Frank. „Jetzt endlich wird es taghell in meiner Geisternacht! Also Vexierhufe sind’s! Was würde der Moritzburger Lehrer dazu sagen!“

„Ich habe nicht die Ehre, diesen Herrn zu kennen, aber ich habe das Vergnügen, Sie beide getäuscht zu haben. An der felsigen Stelle konnte keine Spur zurückbleiben. Darum stieg ich dort ab, um den Tier die Schilfschuhe abzunehmen und in der Schnelligkeit des Reitens nicht behindert zu sein. Ich traf diese Vorsichtsmaßnahme, weil ich aus gewissen Anzeichen auf die Gegenwart feindlicher Indianer schließen musste. Und diese Vermutung bestätigte sich, als ich an diese Tanne kam.“

„Gibt es da Spuren der Indianer?“

„Nein. Der Baum bezeichnet den Punkt, wo ich heute mit Winnetou zusammentreffen will, und...“

„Winnetou?“, unterbrach ihn Jemmy. „Ist der Häuptling der Apatschen hier?“

„Ja. Mein Freund ist bereits vor mir angekommen und hat mir dieses Zeichen zurückgelassen, dass er heute noch wiederkommen wird. Wo er sich unterdessen befindet, weiß ich nicht. Jedenfalls beschleicht er die Schoschonen.“

„Weiß Winnetou von ihrer Anwesenheit?“

„Er ist’s, der mich auf sie aufmerksam gemacht hat. Er hat mit dem Messer seine Zeichen in die Rinde des Baumes gegraben. Ich weiß, dass er da war und wiederkommen wird und dass sich vierzig Schoschonen in der Nähe befinden. Das Weitere muss ich abwarten.“

„Und Sie bleiben hier?“

„Bis Winnetou kommt, ja. Dann werde ich mit ihm Ihren Lagerplatz aufsuchen. Wir haben zwar ein anderes Ziel. Doch wenn er einverstanden ist, bin ich bereit, mit zum Yellowstone zu reiten.“

„Das wollen Sie?“, fragte Jemmy, aufs Höchste erfreut. „In diesem Fall möchte ich darauf schwören, dass wir die Gefangenen befreien.“

„Nicht zu zuversichtlich! Ich bin..."

Old Shatterhand hielt inne, denn Frank hatte einen unterdrückten Warnungsruf ausgestoßen. Er deutete mit der Hand zwischen die Büsche hindurch, hinaus auf die Sandebene, wo seitwärts ein Trupp berittener Indianer sichtbar geworden war.

„Schnell auf die Pferde und fort zu den Ihrigen!", riet Old Shatterhand. „Jetzt sind Sie noch nicht bemerkt worden. Ich komme nach."

„Die Kerle werden unsere Spur finden!", sagte Jemmy, indem er sich schleunigst in den Sattel schwang.

„Nur fort, fort! Das ist die einzige Rettung für Sie!"

„Aber Sie werden ja von ihnen entdeckt!"

„Sorgen Sie sich nicht um mich! Vorwärts, vorwärts!"

Schon saßen die beiden im Sattel und jagten davon. Old Shatterhand warf einen forschenden Blick umher. Jemmy und Frank hatten ebenso wenig wie er in dem Steingrieß eine Spur zurückgelassen. Das Geröll zog sich, erst breit und dann immer schmaler werdend, an der steilen Berglehne empor, bis es sich unter dichten Tannen verlor. Er hängte den Henrystutzen an den Sattel, nahm den Bärentöter über die Schulter und sagte seinem Pferd nur das eine Wort der Apatschensprache: „Peniyil – kommen!"

Als er nun mit großen, eiligen Schritten die steile Böschung möglichst schnell emporzuklettern begann, folgte ihm das Tier wie ein Hund. Man hätte es nicht für möglich gehalten, dass ein Pferd hier hinaufkommen könne, und doch langten beide nach kurzer Anstrengung droben unter den Bäumen an. Er legte dem Tier die Hand auf den Hals. „Dih-il-husch – leg dich!" Sofort legte es sich nieder und blieb bewegungslos liegen.

Die Schoschonen hatten jetzt die Fährte bemerkt. Sie folgten ihr und kamen rasch näher. Obwohl seit dem Verschwinden der beiden Deutschen kaum zwei Minuten vergangen waren, befanden sich die Indianer schon an der Schierlingstanne. Einige saßen ab, um die verschwundenen Spuren zu suchen.

„Sagatsch, sagatsch, mioni, mioni – hier, hier, fort, fort“, rief einer. Er hatte gefunden, was er suchte. Der Umstand aber, dass eine der drei Pferdespuren jetzt fehlte, fiel ihm anscheinend nicht auf. Die Roten verschwanden. Old Shatterhand hörte in seinem Versteck, dass sie den beiden Flüchtlingen im Galopp folgten.

Da ließ sein Pferd ein leises Schnauben hören, ein sicheres Zeichen, dass es seinen Herrn auf etwas aufmerksam machen wollte. Das Tier blickte ihn mit großen, klugen Augen an und wendete dann den Kopf zur Seite, bergaufwärts. Der Jäger nahm den Stutzen zur Hand, kniete schussbereit nieder und hielt den Blick scharf nach oben gerichtet. Die Bäume standen hier so dicht, dass man nicht weit sehen konnte. Bald jedoch setzte er die Büchse wieder ab. Er hatte, unter den niedrigsten Ästen in die Höhe blickend, ein Paar mit Stachelschweinborsten verzierte Mokassins erspäht und er wusste, dass der Mann, der diese Schuhe trug, sein bester Freund war.

Der Nahende war genauso gekleidet wie Old Shatterhand, nur dass er anstatt der hohen Stiefel Mokassins trug. Auch hatte er keine Kopfbedeckung. Sein langes, dichtes, schwarzes Haar war in einen hohen, helmartigen Schopf geordnet und mit einer Klapperschlangenhaut durchflochten. Keine Adlerfeder schmückte seine indianische Figur. Dieser Mann bedurfte keines solchen Zeichens, um als Häuptling erkannt und geehrt zu werden. Um den Hals trug er den Medizinbeutel, die Friedenspfeife und eine dreifache Kette von Bärenkrallen, Siegeszeichen, die er sich mit Lebensgefahr erkämpft hatte. In der Hand hielt er ein doppelläufiges Gewehr, dessen Holzteile dicht mit silbernen Nägeln beschlagen waren. Das war die berühmte Silberbüchse, deren Kugel niemals ihr Ziel verfehlte. Die Züge seines ernsten, männlich schönen Gesichts waren fast römisch zu nennen. Die Backenknochen standen kaum merklich vor und die Hautfarbe war ein mattes Hellbraun mit einem leisen Bronzehauch.

Das war Winnetou, der Apatschenhäutling, der herrlichste der Indianer. Sein Name lebte in jeder Blockhütte und an jedem Lagerfeuer. Gerecht, klug, treu, tapfer bis zur Verwegenheit, ohne Falsch, ein Freund und Beschützer aller Hilfsbedürftigen, gleich viel, ob sie rot oder weiß von Farbe waren, so war er bekannt über die ganze Länge und Breite der Vereinigten Staaten und selbst über deren Grenzen hinaus.

Old Shatterhand hatte sich vom Boden erhoben. Er wollte sprechen, wurde aber durch eine Handbewegung Winnetous zum Schweigen aufgefordert. Ein zweiter Wink des Apatschen bedeutete ihm, zu horchen.

Von fern her ließen sich eintönige Klänge vernehmen. Sie kamen schnell näher. Es waren Molltöne im Vierachteltakt, die zwei ersten Achtel auf der kleinen Terz und das Viertel weiterhin auf der Prim, ungefähr wie c c a – c c a.

Und dann erklang auf der hohen Quinte e ein schriller Jubelton.

Jetzt hörten die beiden Lauscher lautes Pferdegetrappel und nun waren auch die Laute zu verstehen, die gesungen wurden. Es war nur das eine Wort. „Tso-ikwo, tso-ikwo!“ Das bedeutet Skalphaut. Da wusste Old Shatterhand, dass die beiden Deutschen nicht entkommen waren.

Die Schoschonen ritten nun vorüber, auf indianische Weise einer hinter dem anderen. In der Mitte aber hatten zwei die beiden Gefangenen zwischen sich. Die weißen Jäger waren ihrer Waffen beraubt und mit Lassos auf ihre Pferde gebunden. Mit keinem Blick verrieten sie, dass sie einen verborgenen Helfer hier in der Nähe wussten. Die Schar verschwand. Eine kurze Zeit noch hörte man das eintönige „tso-ikwo, tso-ikwo“, hierauf wurde es still.

Winnetou drehte sich um und verließ schweigend die Stelle, wo er neben Old Shatterhand gestanden hatte. Old Shatterhand wartete. Nach vielleicht zehn Minuten kehrte der Apatsche zurück, sein Pferd am Zügel führend, das in Rasse und Farbe dem Old Shatterhands glich. Es war Iltschi[1], der Bruder von Old Shatterhands Rapphengst Hatatitla[2], den ihm Winnetou einst geschenkt hatte. Fast unbegreiflich war es, wie es dem Tier gelingen konnte, sich auf dem abschüssigen Boden so sicher durch den dichten Wald zu bewegen. Jetzt fragte der Weiße:

„Der Häuptling der Apatschen hat den Ort entdeckt, wo die Krieger der Schoschonen ihr Lager aufgeschlagen haben?“

„Winnetou ist ihrer Fährte gefolgt“, entgegnete der Gefragte. „Sie sind da, wo vor Zeiten das Wasser aus den Bergen in den See des Blutes floss, im trockenen Flussbett aufwärts geritten. Dann führt die Spur links über die Höhe in ein kesselförmiges Tal, wo sie ihre Zelte errichtet haben.“

„Sind es Wohnzelte?“

„Nein, Kriegszelte! Der Anführer ist Oihtka-petay[3]. Winnetou hat sein Gesicht von weitem gesehen und ihn an den drei Narben auf den Wangen erkannt.“

„Und was hat mein Bruder beschlossen?“

[1] Wind [2] Blitz [3] Tapferer Büffel

„Winnetou hatte nicht die Absicht, sich den Schoschonen zu zeigen. Er fürchtete sie nicht; aber da sie sich auf dem Kriegspfad befinden, wäre ein Kampf unvermeidlich, und er möchte doch keinen von ihnen töten, weil sie ihm nichts getan haben. Nun aber haben sie die beiden Bleichgesichter gefangen genommen. Mein Bruder Scharlih will die zwei befreien und so wird Winnetou doch mit ihnen kämpfen müssen."

Mit solcher Sicherheit sprach der Apatsche von den Gedanken und Absichten seines Freundes, und Old Shatterhand fand das so selbstverständlich, dass er gar keine Bemerkung darüber machte, sondern sich nur erkundigte: „Hat mein Bruder erraten, wer die Bleichgesichter sind?"

„Winnetou hat die Gestalt des Dicken gesehen und weiß, dass dieser Mann Jemmy-petahtscheh ist, der Dicke Jemmy. Der andere hinkte, als er vom Pferd stieg. Sein Tier war so frisch und sein Anzug so in Ordnung, dass sich der Kleine noch nicht lange im Sattel befinden kann. Er wohnt also nicht weit von hier und darum wird er wohl Inda-aguan-hischguhl-dentschu sein, den die Bleichgesichter Hobble-Frank nennen. Er ist der Gefährte des Bärenjägers."

Die Apatschen haben kein besonderes Wort für hinken. Die vier Worte des Häuptlings bedeuten: ‚Der Mann, der schlecht zu Fuß geht'.

„Mein roter Bruder hat die Namen der beiden Jäger erraten", bestätigte Old Shatterhand. „Er hat den Hobble-Frank hinken sehen; folglich war Winnetou in unserer Nähe, als ich mit ihnen sprach?"

„Ja. Winnetou hatte das Lager der Schoschonen beschlichen und beobachtet, dass eine Abteilung von ihnen davon ritt, in der Richtung nach dem See des Blutes. Da er nun wusste, dass sein weißer Bruder dorthin kommen werde, ritt er über die Höhen und durch den Wald gerade auf den Baum der Zusammenkunft zu. Zuletzt hinderte ihn Iltschi, schnell vorwärts zu reiten, um seinen Bruder zu warnen. Deshalb ließ er ihn zurück und schlich zu Fuß weiter.

Von hier oben sah er dann Old Shatterhand mit den beiden Bleichgesichtern unten stehen. Winnetou vermutete, dass die beiden Weißen nicht allein an den See des Blutes und zum Devils Head gekommen sind. Sie werden auf Old Shatterhands Fährte getroffen sein und sich von ihren Gefährten getrennt haben, um ihr für einige Zeit zu folgen."

Das war abermals ein Beweis seines ungewöhnlichen Scharfsinns. Old Shatterhand erzählte ihm in kurzen Worten, was er von Jemmy und Frank erfahren hatte. Der Apatsche hörte aufmerksam zu und sagte dann:

„Uff! So haben sich die Hunde der Sioux vergeblich auf die Beine gemacht. Sie sollen erfahren, dass es Old Shatterhand und Winnetou nicht dulden, dass der Bärenjäger den Tod am Marterpfahl stirbt. Wir werden heute den Dicken und den Hinkenden befreien und sodann mit ihnen und ihren Kameraden hinauf zum To-äng-li tlitsu[1] reiten."

„Mein roter Bruder hat meinen Wunsch erraten. Wir sind nicht in diese Gegend gekommen, um das Blut der roten Männer zu vergießen. Aber wir werden es auch nicht geschehen lassen, dass Unschuldige von den Sioux-Ogellallah geopfert werden. Winnetou mag mir zu denen folgen, die zu ihrer Rettung ausgezogen sind!"

Sie führten ihre Pferde die steile Böschung hinab, stiegen auf und ritten dann in der gleichen Richtung fort, die Jemmy und Frank vorher bei ihrer missglückten Flucht eingeschlagen hatten.

Der Anbruch der Dunkelheit war zu erwarten. Darum ließen die beiden ihre Tiere weit ausgreifen. Bald erreichten sie die Stelle, wo die Schoschonen die Flüchtlinge ereilt hatten. Dort hielten sie für einige Augenblicke an, um die Spuren zu untersuchen. „Es ist gar nicht gekämpft worden", meinte Winnetou.

„Nein. Hätten sich die zwei Jäger verteidigt, so wären sie den Schoschonen gewiss nicht unverletzt in die Hände gefallen. Sie haben klugerweise eingesehen, dass ein Kampf nur zu ihrem Nachteil ausschlagen könne, und sich lieber freiwillig ergeben."

[1] Gelber Fluss = Yellowstone River

Winnetou machte eine seiner eigenartigen, scharf bezeichnenden Handbewegungen und sagte: „Tapferkeit ist die Zierde des Mannes, durch Klugheit aber vermag er mehr Feinde zu besiegen als durch den Tomahawk.“

Sie ritten weiter, gerade südwärts, am Fuß des Höhenzuges entlang, links von sich die Bodensenkung des einstigen Sees.

„Hat mein Bruder bereits einen Plan zur Befreiung der beiden Weißen erdacht?“, fragte Old Shatterhand.

„Winnetou braucht keinen Plan. Er wird zu den Schoschonen zurückkehren und ihnen die Gefangenen entführen. Diese Schlangenindianer haben ja bewiesen, dass sie kein Hirn in ihren Köpfen haben.“

Old Shatterhand wusste sogleich, was er meinte. „Ja“, sagte er. „Keiner von ihnen hat daran gedacht, dass die weißen Jäger sich nicht allein hier befinden. Sonst hätten sie jedenfalls einige Kundschafter ausgesandt. Wir haben es also mit Leuten zu tun, deren Klugheit wir nicht zu fürchten brauchen. Wäre Oihtka-petay, ihr Häuptling, bei dieser Abteilung gewesen, hätte er sicher einige Kundschafter zurückgelassen.“

„Sie würden nichts finden, denn Winnetou und Old Shatterhand würden die Augen dieser Männer auf sich ziehen und irreleiten.“

Jetzt hatten sie die Stelle erreicht, wo die Talschlucht fast genau in westlicher Richtung in die Höhe stieg. Dort fanden sie die Spuren der Gesuchten, doch war es bereits so dunkel, dass die Eindrücke nicht mehr deutlich zu erkennen waren. Sie bogen nach rechts ab, der Fährte nach.

Die Schlucht war ziemlich breit und auch leicht gangbar, sodass die beiden Reiter trotz der Dunkelheit schnell vorwärts kamen. Da ihre Pferde barfuß waren, verursachten die Huftritte auf dem weichen Boden so wenig Geräusch, dass es nur ganz in der Nähe gehört werden konnte.

Plötzlich schien es, als zweige eine enge Seitenschlucht links ab. Die beiden hielten an. Hatten die vier Gesuchten ihr Lager hier errichten wollen?

Als sie so still dastanden, scharrte Winnetous Rappe leise den Boden und ließ jenes bezeichnende Schnauben vernehmen, das stets ein Zeichen dafür war, dass sein Pferd etwas Fremdes, vielleicht Feindseliges witterte.

„Wir sind auf dem richtigen Weg“, meinte Old Shatterhand. „Reiten wir links ab. Iltschi will uns sagen, dass sich da drin jemand befindet.“

Sie mochten ungefähr zehn Minuten langsam vorwärts geritten sein, da machte die Schlucht eine Wendung, und, als sie die Krümmung hinter sich hatten, erblickten sie in einer Entfernung von vielleicht hundert Schritten ein Feuer. Die Schlucht hatte sich da erweitert und bildete eine von Bäumen bestandene Ausbuchtung, in deren Mitte ein Quell aus dem Boden drang, um sein spärliches Wasser bald wieder im sandigen Grund verlaufen zu lassen.

Am Quell traten die Bäume zurück, sodass ein kleiner freier Platz gebildet wurde, auf dem das Feuer brannte.

Die beiden sahen drei Personen daran sitzen, deren Gesichtszüge sie jedoch wegen der beträchtlichen Entfernung nicht zu erkennen vermochten.

„Es sind nur drei, wir aber suchen vier“, sagte Winnetou. „Bevor wir unsere Gegenwart merken lassen, wollen wir sehen, wen wir vor uns haben.“

Sie saßen ab. „Es genügt, wenn ich allein hingehe“, meinte Old Shatterhand.

„Gut! Winnetou wird warten.“

Er nahm die Pferde bei den Zügeln und trat mit ihnen möglichst weit zur Seite an die Felswand. Old Shatterhand huschte vorsichtig vorwärts bis unter die Bäume und schlich dann von Stamm zu Stamm weiter, bis er sich hinter dem letzten der Bäume niederlegte und nun die drei in aller Ruhe beobachten konnte. Sogar ihre Worte konnte er verstehen.

Es war der Lange Davy mit Wohkadeh und Martin Baumann. Bob, der Neger, war nicht da. Der gute Schwarze war begeistert von dem abenteuerlichen Ritt und fühlte sich überaus wichtig.

Darum war er nach dem Essen vom Feuer aufgestanden und hatte erklärt, dass er für die Sicherheit seines jungen Massa und der anderen beiden Massers wachen werde. Davy hatte ihm vergebens erklärt, dass dies jetzt gar nicht nötig sei.

Anstatt nun den Eingang der Schlucht, woher allem Ermessen nach jede etwaige Gefahr kommen musste, zu bewachen, war Bob beflissen, gerade in entgegengesetzter Richtung herumzuschleichen. Dort hatte er nichts Verdächtiges bemerkt und so kehrte er gerade in dem Augenblick, als Old Shatterhand hinter dem Baum anlangte, zum Feuer zurück, setzte sich aber nicht nieder, sondern ging weiter.

„Bob“, mahnte Davy, „bleib doch da! Was soll das Herumstreichen nützen! Es sind ganz gewiss keine Indsmen in der Nähe.“

„Wie Massa Davy das können wissen!“, entgegnete Bob. „Indsmen kann sein überall, rechts, links, hüben, drüben, oben, unten, hinten, vorn...“

„Und in deinem Kopf!“, lachte der Lange.

„Massa mögen lachen. Bob kennen seine Pflicht. Masser Bob sein groß und berühmt Westmann, er machen kein Fehler. Wenn Indsman kommen, Masser Bob ihn sofort schlagen tot.“

Er hatte sich nämlich eine junge, dürre Fichte abgebrochen und hielt deren wohl zehn Zoll[1] starken Stamm in den gewaltigen Fäusten. Mit dieser Waffe fühlte er sich sicherer als mit der Flinte in der Hand. Würdevoll schritt er jetzt in entgegengesetzter Richtung davon. Da er gerader auf den Punkt zuhielt, wo Winnetou stand, war mit Wahrscheinlichkeit ein kleiner Zwischenfall zu erwarten. Deshalb blieb Old Shatterhand noch ruhig hinter dem Baum liegen.

Er hatte sich nicht verrechnet. Der Neger näherte sich der betreffenden Stelle. Es ist eine alte Erfahrung, dass indianische Pferde sich nicht leicht mit Schwarzen befreunden. Die beiden Rappen witterten Bob von weitem und wurden unruhig. Winnetou hatte die dunkle Hautfarbe des Nahenden bemerkt, und da er von Old

[1] 1 Zoll = ein zwölftel Fuß = etwa 2,5 cm;

Shatterhand gehört hatte, dass ein Neger bei den Gesuchten sei, war er jetzt überzeugt, Freunde vor sich zu haben. Darum verhielt er sich nicht feindselig, sondern ließ den Schwarzen ruhig herankommen.

Eines der Pferde schnaubte. Bob hörte es. Er blieb stehen und horchte. Ein abermaliges Schnauben brachte ihn zu der Überzeugung, dass da etwas nicht stimme.

„Wer da sein?“, rief er.

Keine Antwort.

„Bob fragen, wer da sein! Wenn nicht antworten, so schlagen Masser Bob tot, wer da sein!“

Abermals keine Antwort.

„Nun, dann sterben müssen all, wer da sein!“

Der Schwarze erhob den Knüttel und trat näher. Winnetous Hengst sträubte die Mähne, seine Augen funkelten. Er stieg vorn hoch und schlug mit den Vorderhufen nach Bob. Der Neger sah eine hohe, riesige Gestalt vor sich. Er bemerkte die funkelnden Augen und hörte das drohende Schnauben. Einer der Hufe sauste an seinem Kopf vorüber und im Niedergehen schleuderte ihn das Pferd zur Seite.

Sonst war Bob ein mutiger Kerl, aber mit einem solchen Gegner sich einzulassen, das war ihm doch zu gefährlich. Er ließ den Knüttel fallen, riss aus und schrie dabei aus Leibeskräften: „Woe to me! Help, help, help! Er wollen Masser Bob erschlagen! Er wollen Masser Bob verschlingen! Help, help, help!“

Die drei am Feuer Sitzenden sprangen auf. „Was gibt's?“, fragte Davy. – „A giant, ein Riese, ein Gespenst, ein Geist wollen Masser Bob erwürgen!“ – „Unsinn! Wo denn?“ – „Dort, am Felsen es sein!“ – „Lass dich nicht auslachen, Schwarzer! Gespenster gibt es nicht.“ – „Masser Bob haben es sehen!“ – „Es wird ein seltsam geformter Fels sein.“ – „Nein, es nicht sein Fels!“ – „Oder ein Baum!“ – „Auch nicht sein Baum. Es sein lebendig!“ – „Du hast dich getäuscht.“ – „Masser Bob sich nicht täuschen. Gespenst so groß, so, so!“ Dabei streckte er beide Hände möglichst hoch über seinen Kopf empor. „Es haben Augen wie Feuer, sperren sein Maul auf wie Drache und blasen Masser Bob an, dass er hinfallen. Masser Bob haben sehen großen Bart, so groß, so lang!“

Jedenfalls hatte er trotz der Dunkelheit die langen Mähnenhaare des Rappen erblickt und hielt sie nun für den Bart des Riesen.

„Du bist nicht bei Sinnen!“, behauptete Davy.

„Oh, Masser Bob sein bei Sinn, sehr bei Sinn! Er weiß, was er haben sehen. Massa Davy nur gehen hin und es auch ansehen!“

„Nun, so wollen wir doch einmal schauen, welchen Gegenstand du für einen Riesen oder ein Gespenst gehalten hast!“

Er wollte gehen. Da erklang es hinter ihm: „Bleibt nur hier, Mister Davy! Es handelt sich nicht um ein Gespenst.“

Der Lange fuhr herum und riss seine Büchse an die Wange. Wohkadeh hielt im gleichen Augenblick sein Gewehr schussfertig und Martin Baumann legte auch das seinige an. Alle drei Läufe waren auf Old Shatterhand gerichtet, der sich erhoben hatte und hinter dem Baum hervorgetreten war.

„Good evening!“, grüßte er. „Tut Euer Schießzeug weg, Mesch'schurs! Ich komme als Freund und soll euch vom Dicken Jemmy und vom Hobble-Frank grüßen.“

Da ließ der Lange Davy die Büchse sinken und die anderen folgten seinem Beispiel.

„Uns von ihnen grüßen?“, fragte er erstaunt. „So habt Ihr sie getroffen?“ – „Ja freilich, und zwar da unten am Rand des Blutsees, wohin sie der Elefantenfährte gefolgt waren.“ – „Das stimmt. Haben sie denn entdeckt, wer dieser Elefant war?“ – „Ja, mein Pferd war es.“ – „Zounds! Hat es denn gar so riesenhafte Plattfüße, Sir?“ – „Nein, es hat vielmehr gar zierliche Hufe. Aber sie waren mit Schilfschuhen umkleidet, um feindliche Indsmen zu täuschen.“

Der Lange begriff sogleich, worum es sich handelte: „Ah, wie gescheit! Schnallt dieser fremde Mister seinem Pferd Elefantensohlen an, um die Leute, die dann die Fährte sehen, irre zu machen! Mann, dieser Gedanke ist sehr gut. Er ist so ausgezeichnet, als hätte ich ihn selbst erfunden!“ – „Ja, der Lange Davy hat von allen Jägern, die zwischen den zwei Meeren reiten und laufen, stets die besten Gedanken!“ – „Spottet nicht, Sir! So klug wie Ihr bin ich wohl auch. Verstanden?“

Davys Auge flog dabei mit einem geringschätzigen Blick über die saubere Erscheinung Old Shatterhands.

„Das bezweifle ich gar nicht“, lautete die Antwort. „Und weil Ihr so klug seid, werdet Ihr mir wohl auch sagen können, wer das Gespenst ist, das Euer guter Bob gesehen hat?“ – „Ich will einen Zentner Flintenkugeln verzehren, und zwar ohne Butter und Petersilie, wenn es nicht Euer Pferd war.“ – „Meine, dass Ihr es ziemlich erraten habt.“ – „Das zu erraten, braucht man nicht Gymnasiast gewesen zu sein wie der Dicke Jemmy. Aber nun sagt mir doch, wo der Kerl mit Frank eigentlich steckt! Warum kommt Ihr allein?“ – „Weil sie abgehalten sind, selbst zu kommen. Sie wurden von einer Schar Schoschonen zum Abendessen eingeladen.“

Der Lange machte eine Bewegung des Schreckens. „Heavens! Wollt Ihr damit vielleicht sagen, dass man sie gefangen nahm?“ – „Ja, sie wurden überfallen und fortgeführt.“ – „Von den Schoschonen? Gefangen? Fortgeführt? Das werden wir uns verbitten! Wohkadeh, Martin, Bob, schnell zu Pferd! Wir müssen den Schoschonen nach!“ – „Stopp, Sir!“, mahnte Old Shatterhand. „Wisst Ihr denn, wo die Schoschonen zu finden sind?“ – „Nein. Aber ich hoffe, dass Ihr es uns sagen könnt!“ – „Und wie viele Krieger sie zählen?“ – „Krieger? Meint Ihr, es fällt mir ein, die Krieger zu zählen, wenn es gilt, meinen Dicken Jemmy herauszuhauen? Es mögen hundert sein oder nur zwei, das ist gleich: Heraus muss er!“ – „So wartet wenigstens noch ein wenig, bevor Ihr zuschlagt! Ich denke, wir haben uns zunächst noch einiges zu sagen. Ich bin nicht allein. Da kommt ein Kamerad, der Euch einen Guten Abend bieten möchte.“

Winnetou hatte bemerkt, dass Old Shatterhand mit den Männern sprach. Deshalb kam er nun mit den Pferden herbei. Der Lange Davy war zwar überrascht, einen Roten in Gesellschaft des Weißen zu sehen, schien ihn aber nicht für besonders beachtenswert zu finden, denn er sagte:

„Eine Rothaut! Und auch wie aus dem Ei geschält, gerade wie Ihr. Ein Westmann seid Ihr wohl eigentlich nicht?“ – „Nein, eigentlich nicht; das habt Ihr wieder sogleich erraten.“ – „Dachte es mir! Und dieser Indsman ist sicher ein ansässiger, der sich vom Großen Vater in Washington einige Hände voll Land hat schenken lassen.“ – „Jetzt täuscht Ihr Euch, Sir!“ – „Schwerlich.“ – „Ganz gewiss. Mein Gefährte ist nicht der Mann, der sich vom Präsidenten der Vereinigten Staaten Land schenken lässt. Er wird vielmehr...“

Er wurde von Wohkadeh unterbrochen, der einen Ruf freudigen Erstaunens ausstieß. Der junge Indianer war nämlich zu Winnetou getreten und hatte das Gewehr in dessen Hand bemerkt. „Uff, uff!“, rief er aus. „Mazakan-maza-ska – die Silberbüchse!“

Der Lange verstand so viel von der Sprache der Sioux, dass er wusste, was Wohkadeh meinte. „Die Silberbüchse?“, fragte er. „Wo? Ah, hier, tatsächlich!“

„Es ist Mazakan-maza-ska“, wiederholte Wohkadeh. „Dieser rote Krieger ist also Winnetou, der große Häuptling der Apatschen!“

„Lack-a-day!“, rief der Lange. „Aber wenn dieser rote Gentleman wirklich Winnetou ist, dann müsst ja...“

Davy hielt mitten in der Rede inne. Bei dem Gedanken, der ihm gekommen war, vergaß er den Mund zu schließen. Er starrte Old Shatterhand an, schlug dann die Hände zusammen, tat einen Luftsprung und fuhr schließlich fort:

„Na, da habe ich freilich einen Pudel geschossen, der größer als ein ausgewachsener Elefant ist! Wenn dieser Indsman Winnetou ist, dann seid Ihr kein anderer als Old Shatterhand, denn diese beiden gehören ebenso zusammen wie der Dicke Jemmy und ich. Also sagt, ist's richtig, Sir?“

„Ja, Ihr habt Euch nicht getäuscht.“

„So möchte ich vor Freude gleich alle Sterne vom Himmel herunterlangen und da auf die Bäume setzen, um den Abend, an dem ich euch kennen lerne, durch eine Festbeleuchtung zu feiern! Willkommen, Mesch'schurs, willkommen an unserem Lagerfeuer! Verzeiht die Dummheit, die wir gemacht haben!"

Davy streckte beide Hände entgegen und drückte die ihrigen mit Begeisterung. Bob, der Neger, sagte gar nichts. Er schämte sich, ein Pferd für ein Gespenst gehalten zu haben. Wohkadeh war bis an die Bäume zurückgetreten und ließ die Augen mit bewunderndem Ausdruck auf den beiden Ankömmlingen ruhen, eine Zurückhaltung, die ihm seine Jugend gebot. Auch Martin Baumann betrachtete sich die beiden Männer, von denen er bereits so viele Heldentaten gehört hatte, sehr genau, freilich nicht aus solcher Entfernung wie der junge Indianer. Aber auch er fühlte, dass er zwei Vorbildern gegenüberstand, denen nachzueifern sein heißes Bestreben war.

Winnetou hatte sich von Davy die Hand drücken lassen. Den drei anderen nickte er grüßend zu. Das entsprach so seiner ernsten Art. Old Shatterhand dagegen, von heiterer Lebensweise und mehr aufgeschlossen, gab ihnen der Reihe nach die Rechte. Das ergriff Wohkadeh so, dass er leise versicherte: „Wohkadeh wird sein Leben gern für Old Shatterhand geben! Howgh!"

Nach dieser Begrüßung setzten sich Old Shatterhand und Winnetou ans Feuer. Der weiße Jäger erzählte. Der Apatsche sagte kein Wort dazu, aber er nahm seine Pfeife und stopfte sie. Das war für den Langen Davy das erfreuliche Zeichen, dass er mit ihnen Kameradschaft rauchen wolle. Seine Vermutung bestätigte sich, denn Old Shatterhand erklärte am Schluss seines Berichts, Winnetou und er würden noch heute Jemmy und Frank befreien und sodann mit hinauf zum Yellowstone River reiten.

Durch das Rauchen des Kalumets wurde dann dieses Versprechen feierlich bekräftigt.

Der Lange Davy war ergrimmt darüber, seinen Jemmy in der Gewalt der Schoschonen zu wissen, und Martin fühlte große Sorge um Hobble-Frank. Beide waren bereit, ihr Leben an deren Befreiung zu wagen, und drängten zum Aufbruch.

Die anderen willigten ein. So schnell wie möglich ritten die sechs den gleichen Weg zurück, den sie gekommen waren, die beiden Schluchten abwärts. Am Ausgang der Hauptschlucht bogen sie links nach Norden ein. Sie waren noch nicht weit gekommen, so hielt Winnetou sein Pferd an. Die anderen taten sofort das Gleiche.

„Winnetou wird voranreiten", erklärte er. „Meine Brüder mögen mir nicht schneller als im raschen Schritt folgen und dabei jedes Geräusch vermeiden. Sie werden alles tun, was Old Shatterhand anordnet."

Er stieg ab und beschäftigte sich eine kurze Zeit lang mit den vier Hufen seines Pferdes. Dann saß er wieder auf und ritt davon. Das klang so leise und dumpf, wie wenn ein Mensch mit der Faust auf die Erde schlägt. Die Übrigen folgten ihm etwas langsamer.

„Was hat er gemacht?", fragte Davy.

„Habt Ihr nicht gesehen, wie ich ihm vorhin, während er neben mir ritt, die Schilfschuhe hinüberreichte?", entgegnete Old Shatterhand. „Er hat sie seinem Rappen angeschnallt, um nicht gehört zu werden und selber besser hören zu können."

„Warum das?"

„Die Schoschonen, die Eure Gefährten gefangen nahmen, sind nicht auf den Gedanken gekommen, dass die beiden Weißen vielleicht Kameraden in der Nähe haben könnten. Der Tapfere Büffel aber, der Häuptling, ist klüger und bedächtiger als seine Krieger. Er wird sich sagen, dass zwei Jäger sich nicht allein in diese gefährliche Gegend wagen, und es ist möglich, dass er noch nachträglich Kundschafter aussendet."

„Pah! Das wäre wohl ein unnützes Beginnen. Wie wollten uns die Kerle in dieser Dunkelheit finden? Sie wissen nicht, wo wir sind, und können auch die Spuren nicht sehen."

„Euer Name gilt als der eines guten Westmannes und so muss ich mich über Eure Rede wundern, Mister Davy. Die Schoschonen haben hier ihre Jagd- und Weidegründe, die Gegend ist ihnen demnach bekannt."

„Gewiss.“

„Nun, so schließt nur weiter! Werden vorsichtige Jäger sich etwa hier im Freien, im Sand des einstigen Sees lagern?“

„Auf keinen Fall, sondern zwischen den Bergen.“

„Also in einem Tal oder einer Schlucht. Nun könnt Ihr aber diese ganze Gegend abreiten, so werdet Ihr außer dem alten Wasserlauf, dem die Schoschonen gefolgt sind, keinen anderen Taleinschnitt finden als den, wo ihr auch tatsächlich gelagert habt. Nur dort seid ihr somit zu suchen.“

„Verteufelt! Ihr habt Recht, Sir!“

„Aber noch weiter: Gefährten pflegen sich in Gegenden wie der hiesigen nur auf ganz kurze Zeit zu trennen. Daraus folgte, dass ihr nicht weit von Jemmy und Frank entfernt sein konntet. Euer Lager musste sich also gar nicht weit von hier in der Schlucht befinden, und da es dort Seitenschluchten gibt, die jeder verständige Westmann für Lagerzwecke der Hauptschlucht vorzieht, wissen die Schoschonen sehr wohl, wo ihr euch etwa aufhaltet. Das weiß auch Winnetou. Darum ist er vorangeritten, um zu verhüten, dass wir von etwaigen Kundschaftern bemerkt werden.“

Davy brummte halblaut vor sich hin und meinte dann: „Sehr wohl, Sir! Aber nun scheint mir wieder das Unternehmen des Apatschen recht aussichtslos zu sein. Wie kann er denn in dieser Dunkelheit etwaige Kundschafter bemerken, ohne dass auch sie ihn sehen oder wenigsten hören?“

„So dürft Ihr freilich nicht fragen, wenn von Winnetou die Rede ist. Zunächst hat er ein ausgezeichnetes, wunderbar abgerichtetes Pferd. Es hat zum Beispiel vorhin am Eingang der Nebenschlucht deutlich gesagt, dass ihr euch darin befandet, und es wird auch jetzt, zumal wir gegen den Wind reiten, seinen Herrn auf eine ansehnliche Entfernung hin von dem Nahen eines jeden anderen Wesens unterrichten. Sodann kennt Ihr eben den Apatschen nicht. Er hat Sinne von der Schärfe eines wilden Tieres, und was Gesicht, Gehör oder Geruch ihm nicht sagen, das merkt er infolge jenes eigenartigen – ich möchte sagen – sechsten Sinnes, den nur

Leute besitzen, die von Jugend auf in der Wildnis leben. Es ist eine Art Ahnungsvermögen, eine Art Instinkt, auf den sich Winnetou so fest verlassen kann wie auf seine Augen."

„Hm, habe auch ein wenig davon."

„Ich auch. Aber mit Winnetou können wir uns in dieser Beziehung nicht vergleichen. Ferner dürft ihr nicht vergessen, dass sein Pferd die Schuhe trägt, während die Schoschonen, falls wirklich einige von ihnen unterwegs wären, lauten Hufschlag kaum vermeiden können. Erst wenn sie in die Schlucht kommen, werden sie zu Fuß weiterschleichen."

„Hm, wenn Ihr einem das in dieser Weise klarmacht, so muss man Euch unbedingt beistimmen. Ich will Euch offen sagen, dass ich gar manches durchgemacht und manchem gescheiten Kerl ein Schnippchen geschlagen habe. Deshalb war ich immer der Meinung, ein recht kluger alter Knabe zu sein. Jetzt aber muss ich vor Euch klein beigeben. Winnetou sagte vorhin, dass wir uns in Eure Anordnungen fügen sollen und das hat mich im Stillen so ein klein bisschen wurmen wollen. Nun gebe ich zu, dass er recht getan hat. Ihr seid uns gewaltig überlegen und ich will mich in Zukunft gern unter Eure Führung stellen."

„So war es nicht gemeint. Ich maße mir keinen Vorrang an. Jeder dient den anderen mit seinen Gaben und Erfahrungen und keiner kann ohne Genehmigung der anderen etwas beginnen. So muss es sein und so werden auch wir es halten."

„Well! Das wird sich finden. Was aber werden wir tun, falls wir Kundschaftern begegnen, Sir? Die werden ausgelöscht, nicht wahr?"

„Nein. Wisst Ihr, Menschenblut ist eine zu kostbare Flüssigkeit. Winnetou und Old Shatterhand haben davon noch keinen einzigen Tropfen vergossen, wenn es nicht unbedingt notwendig war. Ich bin ein Freund der Indsmen und kenne die Gründe, die sie immer und immer wieder zwingen, ihre guten Rechte bis aufs Messer zu verteidigen. Der rote Mann kämpft den Verzweiflungskampf. Er muss unterliegen; aber ein jeder Indianerschädel, der später aus der Erde geackert wird, wird einen stummen Schrei zum Himmel senden. Ich schone den Indianer, selbst wenn er mir als Feind entgegentritt, denn ich weiß, dass er von anderen dazu gezwungen wird. Darum kann es mir auch heute nicht einfallen, einen Mord zu begehen."

„Aber wie wollt Ihr die Schoschonen unschädlich machen, ohne sie zu töten? Einen Kampf wird es, falls sie uns begegnen, auf alle Fälle geben. Sie werden sich wehren, mit der Büchse, dem Tomahawk, dem Messer!"

„Pah! Abwarten! wir werden – halt, ich glaube, da kommt der Apatsche!"

Ohne, dass sie ihn gehört hatten, hielt im nächsten Augenblick Winnetou vor ihnen. „Zwei Kundschafter!", berichtete er kurz.

„Gut!", erwiderte Old Shatterhand. „Winnetou, Davy und ich bleiben hier. Die anderen reiten schnell hinaus in den Sand. Sie nehmen unsere Pferde mit und warten, bis wir rufen."

Er sprang ab, Davy auch. Winnetou hatte die Zügel seines Iltschi bereits Wohkadeh übergeben. Die Gewehre wurden an den Sätteln der Tiere befestigt. In einigen Sekunden waren die drei anderen verschwunden.

„Was tun wir?", fragte Davy.

„Ihr habt nichts zu tun, als aufzupassen", entgegnete Old Shatterhand. „Lehnt Euch hier an den Baum, damit Ihr nicht zu sehen seid! Horcht, sie kommen!"

„Ni, darteh, schi ohij – diesen ich, du jenen!", flüsterte der Apatsche, eine Handbewegung nach rechts und links machend. Dann war er nicht mehr zu sehen.

Der Lange Davy lehnte sich eng an den erwähnten Baum. Kaum zwei Schritte von ihm hatte sich Old Shatterhand platt auf die Erde gelegt. Die zwei Schoschonen kamen ziemlich schnell heran. Sie sprachen miteinander. Ihre Sprache bewies, dass sie wirklich Schoschonen waren. Das genügte. Jetzt waren sie da – jetzt vorüber.

Der Lange sah, wie sich Old Shatterhand vom Boden erhob und einen kräftigen Anlauf nahm.

„Soghuk – Hund!“, rief einer der beiden Kundschafter. Ein weiteres Wort fiel nicht.

Davy sprang vor. Er sah zwei Gestalten auf einem Pferd oder vielmehr vier Gestalten auf zwei Pferden sitzen: die beiden Angreifer hinter den Überfallenen. Die Tiere scheuten. Sie schlugen aus, hinten, vorn, bockten zur Seite – vergebens. Die beiden Männer hatten ihre Opfer und auch deren Pferde fest. Nach kurzem Kampf zwischen Mensch und Tier waren die Angreifer Sieger. Die Pferde standen still.

„Esah – fertig?“, fragte der Weiße nach rechts hinüber.

„Esah!“, erwiderte Winnetou.

Old Shatterhand sprang ab, den einen Kundschafter in den Armen. Der Mann war besinnungslos. „Hallo Leute, kommt herbei!“

Auf diesen lauten Ruf kamen Wohkadeh, Martin und Bob wieder herangeritten.

„Wir haben sie. Sie werden mit den Lassos auf ihren Pferden festgebunden und sollen uns begleiten. Auf diese Weise besitzen wir zwei Geiseln, die uns von Nutzen sein werden.“

Die Schoschonen, denen die Gurgeln zusammengedrückt worden waren, kamen bald wieder zu sich. Sie waren entwaffnet und an den Händen gefesselt worden. Außerdem erhielten sie jeder ein Tuch vor den Mund, sodass sie zwar durch die Nase atmen, aber nicht sprechen oder gar rufen konnten. Nun schnürte man sie auf die Pferde, die Arme nach hinten und die Beine unter dem Leib des Pferdes weg mit dem unzerreißbaren Lasso verbunden. Old Shatterhand sagte ihnen, dass sie beim geringsten Widerstand getötet würden. Dann wurde der Ritt fortgesetzt. Obgleich man die Kundschafter ergriffen hatte, trabte Winnetou wieder voran.

Nach einiger Zeit wurde der einstige Wasserlauf erreicht, dem man links in die Berge hinein folgen musste. Die Reiter schwenkten ab. Es wurde kein Wort gesprochen, denn es war ja möglich, dass einer der Kundschafter der englischen Sprache mächtig war.

Nach Verlauf einer halben Stunde traf man auf Winnetou, der, bisher weit voranreitend, hier halten geblieben war. „Meine Brüder mögen absteigen“, befahl er. „Die Schoschonen sind hier durch den Wald zur Höhe hinauf. Wir müssen ihnen nach.“

Das war nun wegen der Gefangenen, die ja auf den Pferden sitzen bleiben mussten, nicht leicht. Unter den Bäumen war es völlig dunkel. Die Männer mussten mit der einen Hand vorwärts tasten und mit der anderen das Pferd nachziehen. Winnetou und Old Shatterhand hatten dabei das Schwierigste übernommen. Sie schritten voran, die Pferde der Gefangenen führend. Jetzt zeigte es sich, welchen Wert Iltschi und Hatatitla hatten. Sie liefen wie die Hunde hinter ihren Herren her und ließen trotz des beschwerlichen Weges nicht das leiseste Schnaufen hören, während das Atmen der anderen Pferde ziemlich weit zu vernehmen war.

Endlich war diese Anstrengung überwunden. Der Apatsche hielt an. „Meine Brüder sind am Ziel“, erklärte er. „Sie mögen die Pferde anbinden und dann helfen, die Gefangenen an die Bäume zu fesseln!“

Diesem Gebot leistete man Folge. Die beiden Schoschonen wurden an je einen Baum gefesselt. Dann forderte der Apatsche seine Gefährten auf, ihm zu folgen.

Er führte sie nur wenige Schritte weit. Von da senkte sich die Höhe, auf die man von Osten her gelangt war, nach Westen ziemlich steil abwärts. Da unten lag der Talkessel, von dem Winnetou gesprochen hatte, und von dort leuchtete ein Feuer herauf. Man sah aber nur einen Schein, sonst nichts. Alles andere lag in tiefer Dunkelheit.

„Also da unten sitzt mein Dicker“, meinte Davy. „Was wird er machen?“

„Was ein Gefangener bei den Indianern machen kann – nichts“, erklärte der junge Baumann.

„Oho! Da kennt Ihr den Jemmy schlecht, my boy! Der hat sich gewiss schon ausgesonnen, auf welche Weise er ohne Erlaubnis der Roten bereits heute Nacht ein wenig spazieren gehen kann.“

„Das dürfte er ohne uns kaum fertig bringen“, widersprach Old Shatterhand. „Auch wird er wohl auf uns rechnen.“

„Nun, so wollen wir auch keine Zeit verlieren und schnell hinab, Sir!“

„Das müssen wir freilich, leise und vorsichtig, einer hinter dem anderen. Es muss aber jemand bei den Pferden und den Gefangenen zurückbleiben, auf den wir uns verlassen können. Das ist Wohkadeh!“

„Uff!“, stieß der junge Indianer hervor, ganz entzückt über das große Vertrauen, das Old Shatterhand ihm schenkte.

Es war eigentlich ein Wagnis, den jugendlichen Indsman allein bei den Gefangenen und Pferden, die die ganze Habe ihrer Reiter trugen, zurückzulassen; doch die Aufrichtigkeit, mit der Wohkadeh Old Shatterhand gesagt hatte, dass sein Leben ihm gehöre, hatte ihm das Herz des Jägers gewonnen. Übrigens traute Old Shatterhand dem roten Jüngling die Kaltblütigkeit zu, die zu diesem verantwortungsvollen Posten gehörte.

„Mein junger roter Bruder wird bei den Gefangenen sitzen, das Messer in der Hand“, riet er ihm, „Und sollte einer der Schoschonen einen Fluchtversuch wagen oder nur ein Geräusch verursachen wollen, so wird er ihn unschädlich machen.“

„Wohkadeh wird es tun!“ Das versicherte er in einem Ton, dem man anhörte, wie ernst es ihm mit diesem Versprechen war. Er zog sein Bowiemesser hervor und ließ sich zwischen den Gefangenen nieder, die nochmals verwarnt wurden. Dann begannen die fünf den beschwerlichen Abstieg.

Die Senkung war, wie bereits erwähnt, ziemlich steil.

Die Bäume standen eng beisammen und dazwischen gab es so viel Unterholz, dass die kühnen Männer bei der notwendigen Vorsicht nur sehr langsam vorwärts kamen. Es durfte kein Geräusch verursacht werden. Das Knicken eines Astes konnte ihre Annäherung verraten.

Winnetou stieg voran. Seine Augen waren bei Nacht am schärfsten. Hinter ihm befand sich Martin Baumann. Dann kam der Lange Davy, gefolgt vom Neger Bob. Old Shatterhand machte den Letzten.

Über drei Viertelstunden waren vergangen, bis eine Strecke zurückgelegt war, zu der am Tag gute zehn Minuten gebraucht worden wären. Jetzt befanden sich die Männer unten im Talkessel, am Rand des Waldes. Die Talsohle bestand aus baumlosem Grasboden. Nur hier und da erhob sich ein einzelner Strauch.

Das Feuer brannte ziemlich hell, gar nicht auf indianische Weise geschürt. Das war ein Zeichen, dass sich die Schoschonen sicher fühlten.

Während nämlich die Weißen das Holz aufeinander legen, sodass es vom Feuer ganz angegriffen wird und eine hoch emporlodernde, weithin sichtbare und viel Rauch verbreitende Flamme entsteht, legen die Indianer die Holzscheite so, dass sie wie Halbmesser eines Kreises im Mittelpunkt zusammenstoßen. Hier in der Mitte brennt die kleine Flamme, die dadurch genährt wird, dass die Scheite, je nachdem sie verbrennen, nachgeschoben werden. Das gibt ein Feuer, das allen Zwecken der Roten genügt, eine kleine, leicht zu verbergende Flamme bildet und so wenig Rauch erzeugt, dass er in einiger Entfernung kaum bemerkt werden kann. Dazu verstehen sie die Art des Holzes so auszuwählen, dass es beim Verbrennen möglichst wenig Geruch verbreitet. Der Geruch des Rauches ist im Westen äußerst gefährlich. Die scharfe Nase des Indsman spürt ihn bereits aus weiter Entfernung.

Das Feuer hier war aber, wie schon gesagt, nach Art der Weißen genährt und der Geruch gebratenen Fleisches hatte sich über das ganze Tal verbreitet.

Man sah drei große Zelte stehen. Sie bildeten die Ecken eines spitzwinkligen Dreiecks, dessen Höhe gerade nach den fünf Lauschern zeigte. Das ihnen am nächsten stehende Zelt war mit Adlerfedern geschmückt, war also das des Häuptlings. Im Mittelpunkt des Dreiecks brannte das Feuer.

Die Pferde der Roten weideten frei und ungefesselt im Gras. Die Krieger saßen am Feuer und schnitten sich ihre Anteile von dem Braten, der an einem Ast über der Flamme briet. Trotz der Sicherheit, in der sie sich wähnten, hatten sie einige Wachen ausgestellt, die langsam auf und ab wanderten.

„Eine verteufelte Geschichte!“, brummte Davy. „Wie bekommen wir unsere Kameraden heraus? Was meint ihr, Mesch’schurs?“

„Zunächst möchten wir Eure eigene Meinung vernehmen, Mister Davy“, erwiderte Old Shatterhand.

„Die meinige? Zounds! Ich habe keine.“

„So habt die Gewogenheit, ein wenig nachzudenken!“

„Wird auch nichts helfen. Habe mir die Sache so ziemlich anders gedacht. Die roten Schlingel haben keinen Verstand. Da hocken sie alle inmitten der Zelte um das Feuer, sodass es gar nicht möglich ist, in eins davon zu gelangen! Das konnten sie unterlassen!“

„Ihr scheint Bequemlichkeit zu lieben, Sir. Wünscht Ihr vielleicht, dass die Indsmen von den Zelten bis hierher eine Pferdebahn anlegen, um Euch Euern Dicken Jemmy herzufahren? Na, da dürft Ihr nicht in den Westen gehen!“

„Schon gut. Wenn man nur wenigstens wüsste, in welchem Zelt die beiden stecken?“

„Vermutlich in dem des Häuptlings.“

„Dann will ich einen Vorschlag machen. Wir schleichen uns so nahe wie möglich heran und fallen über sie her, sobald sie uns bemerken. Dabei erheben wir ein solches Geschrei und machen so entsetzlichen Lärm, dass sie denken, wir seien hundert Personen. Sie werden vor Schreck davonlaufen. Wir holen die Gefangenen aus dem Zelt und laufen gleichfalls davon, und zwar so schnell wie möglich. Gefällt Euch dieser Plan?“

„Ganz und gar nicht.“

„Oho! Meint Ihr, dass Ihr Euch etwas Besseres ausdenken werdet?“

„Ob etwas Besseres, das will ich nicht behaupten, etwas Unverständigeres aber jedenfalls nicht.“

„Sir? Soll das eine Beleidigung sein? Ich bin nämlich der Lange Davy!“

„Das weiß ich seit einiger Zeit. Von einer Beleidigung ist keine Rede. Ihr seht von hier aus, dass die Indsmen ihre Waffen handgerecht haben. Sie werden nicht so dumm sein, unsere Zahl so hoch zu überschätzen, wie Ihr es wünscht. Fallen wir über sie her, so werden sie wohl für einen Augenblick verblüfft sein, aber eben nur für einen Augenblick. Dann haben wir eine zehnfache Übermacht gegen uns. Und selbst wenn wir siegten, würde viel Blut fließen, und das kann man vermeiden. Ist's nicht besser, einen Weg zu finden, der uns ohne Blutvergießen zum Ziel führt?"

„Ja, Sir, wenn Ihr einen solchen Weg wüsstet, würde ich Euch loben."

„Vielleicht ist er bereits entdeckt. Ich will hören, was Winnetou zu meinem Plan sagt."

Er sprach eine kurze Weile mit dem Häuptling, und zwar in der Mundart der Apatschen, die die anderen nicht verstanden. Darauf wendete er sich wieder an den Langen Davy: „Ja, ich werde mit Winnetou den Streich allein ausführen. Ihr bleibt ruhig hier. Selbst wenn wir uns binnen zwei Stunden nicht sehen lassen, geht Ihr nicht von der Stelle und hütet Euch, etwas zu unternehmen. Nur falls Ihr eine Grille dreimal laut zirpen hört, habt Ihr einzugreifen."

„In welcher Weise?"

„Indem Ihr schnell, aber möglichst leise und unbemerkt zu dem Zelt kommt, das uns am nächsten liegt. Ich werden mich mit Winnetou dort anschleichen. Wenn Ihr von uns gebraucht werdet, gebe ich das erwähnte Zeichen."

Das Zirpen der Grille wird mittels eines Grashalms nachgeahmt. Man faltet die Hände so zusammen, dass die beiden Daumen nebeneinander zu liegen kommen, und klemmt dazwischen einen Grashalm so ein, dass er straff angespannt ist. Zwischen den beiden unteren Gliedern der Daumen befindet sich eine schmale Lücke, worin der Grashalm schwingen kann. Bläst man nun mit einem kurzen Frr-frr-frr auf den Halm, indem man den Mund fest an die Daumen legt, so entsteht ein Zirpen, das dem der Grille ähnlich ist. Eine längere Übung gehört freilich dazu.

Der Lange Davy war mit Old Shatterhands Vorschlag einverstanden.

Da sagte Winnetou: „Wir wollen beginnen."

„Gut! Nehmen wir unser Zeichen mit?"

„Ja! Die Schoschonen sollen erfahren, wer bei ihnen war."

Viele Westmänner und auch hervorragende Indianer bedienen sich nämlich bestimmter Zeichen, um Freunden oder Feinden ihre Anwesenheit bekannt zu geben. Mancher Indianer schneidet zum Beispiel sein Zeichen in das Ohr, in die Wange, in die Stirn oder Hand des von ihm Getöteten. Wer dann später die Leiche findet und das Zeichen kennt, der weiß, wer den Toten besiegt und skalpiert hat.

Winnetou und Old Shatterhand schnitten sich einige kurze Zweige von dem nächsten Strauch und steckten sie in ihre Gürtel. Sie konnten damit die Zeichen herstellen, die jedem Roten als die ihrigen bekannt waren. Ihre Gewehre ließen sie zurück.

Dann brachen sie auf, indem sie sich lang auf die Erde legten und sich vorwärts bewegten, dem erwähnten Zelt entgegen, das in einer Entfernung von ungefähr achtzig Schritt vor ihnen lag.

Das Anschleichen eines Westmannes an seine Feinde ist keine leichte Sache. Wenn man nicht in besonders gefährlichen Fällen Ursache hat, keine Spur zurückzulassen, so kann man ja auf Händen und Knien kriechen. Das gibt dann allerdings eine erkennbare Fährte, besonders im Gras. Ist man aber gezwungen, jede Spur zu vermeiden, so darf man sich nur auf den Fingerspitzen und Zehen fortbewegen. Da man dabei die Arme und Beine lang ausstrecken muss, damit der Körper ganz nahe am Erdboden gehalten wird, den er aber nicht berühren darf, so ruht die ganze Last eben nur auf den Finger- und Zehenspitzen. Es gehört eine ungewöhnliche Körperkraft, Gewandtheit und langjährige Übung dazu, das auch nur für eine kurze Zeit auszuhalten. Wie die Schwimmer von einem Schwimmkrampf sprechen, so reden die Westmänner von einem Anschleichkrampf, der gewiss nicht weniger gefährlich ist. Er kann ja die Entdeckung und den Tod zur Folge haben.

Während sich der Westmann auf diese Weise an den Feind schleicht, muss er den Boden genau berücksichtigen und darf weder Hand noch Fußspitze eher niedersetzen, als bis er die betreffende Stelle gewissenhaft untersucht hat. Wenn zum Beispiel Hand oder Fuß auf einen kleinen Zweig treffen, der dürr ist und knickt, so kann dieses leise Knacken die schlimmsten Folgen nach sich ziehen. Es gibt geübte Jäger, die sofort unterscheiden können, ob das Geräusch von einem Tier oder einem Menschen hervorgerufen wurde. Die Sinne des Westmanns werden mit der Zeit derartig scharf, dass er, an der Erde liegend, sogar das Rascheln vernimmt, das ein laufender Käfer verursacht. Ob ein dürres Blatt von selbst abgefallen oder von einem verborgenen Feind unachtsam abgestreift wurde, das hört er ganz gewiss.

Ein im Anschleichen Geübter wird auch die Zehenspitzen ganz genau auf die Stelle setzen, die er vorher mit den Fingerspitzen berührte, weil dadurch eine weniger sichtbare Spur entsteht, die sich dann auch leichter und schneller wieder verwischen lässt.

Es ist nämlich häufig notwendig, die Fährte unkenntlich zu machen. Der Westmann bedient sich des Ausdrucks ‚auslöschen'. Hat man sich an ein Lager geschlichen, so beginnt auf dem Rückweg erst der anstrengendste und schwierigste Teil des Unternehmens. Niemand soll erfahren, dass man hier war. Darum muss man sich auf allen vieren, mit den Füßen voran, rückwärts bewegen und dabei jeden Eindruck auslöschen, den man hinterlassen hat. Das geschieht mit der rechten Hand, indem man auf den beiden Fuß- und auf den Fingerspitzen der linken Hand das Gleichgewicht hält. Wer es einmal versucht, in dieser schwierigen Stellung auch nur eine Minute lang zu verharren, der wird bald einsehen, welche Anstrengungen dem Jäger hierbei verursacht werden.

So war es auch hier. Old Shatterhand voran und Winnetou hinter ihm bewegten sich nunmehr langsam in der beschriebenen Weise vorwärts. Der Weiße musste den Boden Zoll für Zoll tastend untersuchen und der Indianer musste sich bemühen, sich ganz genau in den Eindrücken, die der Erste hervorgebracht hatte, zu halten. Darum kamen sie nur äußerst langsam vorwärts.

Das Gras war fast meterhoch. Einerseits war das gut, weil es Deckung bot, andererseits aber von Nachteil, weil im hohen Gras eine jede Fährte sichtbar ist.

Bald erkannten sie die Einzelheiten. Zwischen dem feindlichen Lager und ihnen ging eine Wache langsam auf und ab. Wie war es da möglich, unbemerkt an das Zelt zu gelangen?

„Soll Winnetou den Wächter nehmen?", flüsterte der Häuptling der Apatschen.

„Nein", entgegnete Old Shatterhand. „Ich kenne meinen Hieb und kann mich darauf verlassen."

Leise wie Schlangen wanden sie sich durchs Gras und näher, immer näher kamen sie zu dem Wachtposten. Der schien noch jung zu sein und hatte keine andere Waffe bei sich als das Messer in seinem Gürtel und ein Gewehr, das er bequem geschultert hielt. Gekleidet war er in Büffelfell. Seine Züge konnte man nicht erkennen, da sein Gesicht mit roten und schwarzen Querstrichen – den Kriegsfarben – bemalt war.

Der Rote blickte gar nicht zu den beiden herüber, sondern schien seine Aufmerksamkeit vorzugsweise auf das Lager zu richten. Vielleicht lockte ihn der Duft des Fleisches, das über dem Feuer briet, mehr, als es für einen Wachtposten geraten ist. Doch selbst wenn er nach der Stelle, wo sich die Anschleichenden befanden, gespäht hätte, wäre es ihm unmöglich gewesen, sie zu bemerken, da ihre dunklen Gestalten von der ebenso dunklen Grasfläche nicht zu unterscheiden waren. Sie bewegten sich nämlich schlauerweise nur in dem Schatten, den das Zelt nach der dem Feuer entgegengesetzten Seite warf.

So waren sie dem Indianer bereits bis auf acht Schritt nahe gekommen.

Der Posten hatte, auf der gleichen Linie hin und her schreitend, das Gras in einem geraden Strich niedergetreten. Ein Angriff auf ihn musste auf dieser Linie erfolgen, wenn keine weiteren Spuren entstehen sollten.

Jetzt hatte der Schoschone am äußersten Punkt der Linie kehrtgemacht und kam langsam wieder zurück. Er schritt an den beiden vorüber und befand sich nun im Schatten, geradeso wie sie.

„Schnell!“, flüsterte Winnetou.

Old Shatterhand richtete sich auf. Zwei riesige Sprünge brachten ihn hinter den Indianer, der das Geräusch hörte und sich rasch umdrehte. Aber schon schwebte Old Shatterhands Faust über ihm. Ein Hieb an die Schläfe und der Posten brach zusammen.

Mit zwei gleichen Sprüngen stand Winnetou bei ihm. „Ist er betäubt?“, fragte er.

„Ja.“

„Mein Bruder mag ihn binden. Winnetou wird an seine Stelle treten.“

Das Gewehr des Wächters vom Boden aufnehmend und schulternd, schritt er davon, ganz in der Haltung, die vorher der Schoschone innegehabt hatte. Von weitem musste er für den

Wächter gehalten werden. So wanderte er nun auf und ab. Unterdessen war Old Shatterhand bis zum Zelt des Häuptlings vorgedrungen. Der Jäger versuchte, die Zeltwand ein wenig empor zu schieben, um in das Innere zu schauen. Da dies die scharf angespannte Leinwand verhinderte, musste er sie erst von der Bodenstange lösen.

Aber das durfte nur mit äußerster Vorsicht geschehen. Es konnte ja von innen bemerkt werden und in diesem Fall war alles verloren. Doch es glückte. Sich fest auf die Erde legend, brachte er nun die Augen so nahe wie möglich an den Boden. Leise, leise schob er den Rand der Zeltwand empor. Jetzt konnte er hineinblicken.

Was er sah, überraschte ihn. Die Gefangenen befanden sich nämlich nicht darin, auch keiner der Schoschonen. Nur der Häuptling saß auf dem Büffelfell, rauchte scharf duftenden Kinnikinnik, ein Gemisch aus Tabak und Weidenrinde oder Blättern des wilden Hanfs, und blickte zum halb offenen Zelt hinaus zum Lagerfeuer. Er kehrte Old Shatterhand den Rücken zu.

Der Jäger wusste gar wohl, was hier zu tun sei, wollte aber doch nicht ohne Verständigung mit dem Apatschen handeln. Deshalb ließ er die Zeltwand wieder herab, wendete sich zurück, riss einen Grashalm ab und nahm ihn in der vorhin beschriebenen Weise zwischen die beiden Daumen. Ein leises, einmaliges Zirpen ließ sich hören.

„Mahakoht-oh-hobit-to – die Grille singt!“, erklang die Stimme eines Schoschonen vom Feuer her.

Wenn er gewusst hätte, was für eine Grille das war! Das Zirpen war für Winnetou das Zeichen, heranzukommen. Der Apatsche behielt seine langsame, würdevolle Bewegung bei, bis er in den Schatten des Zeltes trat und nun von den Schoschonen nicht mehr gesehen werden konnte. Da legte er das Gewehr ins Gras, ließ sich nieder und schlich möglichst rasch zum Zelt hin. Hier flüsterte er: „Warum ruft mich mein Bruder?“ – „Weil sich unser Plan ändern muss“, entgegnete Old Shatterhand ebenso leise. „Die

Gefangenen befinden sich nicht in diesem Zelt." – „Das ist nicht gut, denn nun müssen wir zurück und von der anderen Seite zu den übrigen Zelten schleichen. Aber das dauert so lange, dass es indessen Morgen werden kann." – „Vielleicht ist das gar nicht nötig, denn Oihtka-petay, der Tapfere Büffel, sitzt drin." – „Uff! Der Häuptling selbst! Ist er allein?" – „Ja." – „So brauchen wir die Gefangenen ja nicht zu holen." – „Das dachte ich auch. Wenn wir ihren Häuptling gefangen nehmen, können wir die Schoschonen zwingen, den Dicken Jemmy und den Hobble-Frank freizugeben." – „Mein Bruder hat Recht. Aber können die Schoschonen vom Feuer aus in das Zelt blicken?" – „Ja! Nur reicht der Schein des Feuers nicht bis zur Rückwand." – „Sie werden aber doch gleich bemerken, dass ihr Häuptling nicht mehr dort sitzt." – „So werden sie denken, dass er sich in den Schatten zurückgezogen hat. Mein Bruder Winnetou mag bereit sein, mir zu helfen, falls mein erster Griff nicht glücken sollte."

Das war so leise geflüstert, dass kein Hauch davon im Inneren des Zeltes zu hören war.

Jetzt schob Winnetou die Leinwand leise und langsam empor, so weit, bis Old Shatterhand, der sich fest an den Boden schmiegte, hineinkriechen konnte. Das tat der kühne Jäger so geräuschlos, dass der Tapfere Büffel unmöglich etwas von der ihm nahenden Gefahr bemerken konnte.

Nun befand sich Old Shatterhand im Zelt. Der Apatsche kroch mit dem halben Körper nach, um nötigenfalls augenblicklich Hilfe leisten zu können. Old Shatterhand streckte die Rechte aus. Er konnte den Schoschonen gerade erreichen. Ein schneller, kraftvoller Griff nach dem Hals – der Tapfere Büffel ließ die Pfeife fallen und schlug ein-, zweimal mit den Armen ins Leere. Dann sanken sie herab; der Atem war ihm ausgegangen.

Old Shatterhand zerrte ihn aus dem Lichtkreis zurück ins Zeltdunkel und kroch, ihn nach sich ziehend, wieder zum Zelt hinaus.

„Gelungen!", flüsterte Winnetou. „Wie aber bringen wir ihn fort? Wir müssen ihn tragen und doch dabei unsere Spur auslöschen."

– „Das ist allerdings schwierig.“ – „Und was tun wir mit dem Wächter, den wir gefesselt haben?“ – „Den nehmen wir auch mit. Je mehr Schoschonen sich in unserer Hand befinden, desto eher geben die Roten ihre beiden Gefangenen frei.“ – „So wird mein Bruder den Häuptling tragen und Winnetou trägt den anderen. Dabei können wir aber die Spuren nicht auslöschen und deshalb müssen wir noch einmal zurück.“ – „Leider! Es wird dabei kostbare Zeit verstreichen und wir...“

Er hielt inne. Es trat etwas ein, wodurch all ihren Bedenken ein schnelles Ende bereitet wurde. Ein lauter, schriller Schrei war erklungen. „Tukhuavat, tukhuavat!“, rief eine Stimme. „Feinde, Feinde!“

„Der Wachtposten ist wieder zu sich gekommen. Schnell fort!“, flüsterte Old Shatterhand. „Wir nehmen ihn mit!“

Schon flog Winnetou in großen Sätzen zu der Stelle, wo der gefesselte Schoschone lag, riss ihn hoch und rannte mit ihm davon.

Old Shatterhand blieb trotz der großen Gefahr noch einige Augenblicke hinter dem Zelt. Er zog die kleinen Ästchen hervor, die er abgeschnitten hatte, hob die Zeltwand nochmals empor und steckte die Hölzer so in den Boden, dass sie sich wie spanische Reiter kreuzten dann nahm er den Häuptling auf und eilte mit ihm von dannen.

Die Schoschonen hatten nahe um das Feuer gesessen. Ihre Augen konnten sich, wie Old Shatterhand richtig vermutet hatte, nicht augenblicklich an das nächtliche Dunkel gewöhnen. Sie waren aufgesprungen und starrten zwar in die Nacht hinaus, konnten aber nichts sehen. Zudem hatten sie nicht unterscheiden können, von welcher Seite der Hilferuf erklungen war. So kam es, dass Winnetou und Old Shatterhand der gefährliche Rückzug gelang.

Der Apatsche hatte unterwegs sogar einmal stehen bleiben müssen. Es war ihm unmöglich gewesen, dem Schoschonen mit der Hand den Mund völlig zu verschließen. Zwar war es dem Gefangenen nicht geglückt, abermals um Hilfe zu rufen, aber er hatte doch ein so lautes Stöhnen hervorbringen können, dass Winnetou einen Augenblick anhalten musste, um ihm mit der Hand die Kehle zuzuschnüren.

„By Jove, wen bringt Ihr da?“, fragte der Lange Davy, als die beiden ihre Gefangenen auf den Boden legten.

„Noch mehr Geiseln“, erwiderte Old Shatterhand. „Gebt ihnen nur schnell Knebel in den Mund und der Häuptling muss gefesselt werden!“

„Der Häuptling? Heavens! Welch ein Streich! Davon wird man noch lange Zeit erzählen! Den Tapferen Büffel mitten unter seinen Kriegern herauszuholen, das bringen nur Old Shatterhand und Winnetou fertig!“

„Jetzt keine unnötigen Reden! Wir müssen fort, hinauf zur Höhe, wo unsere Pferde sind.“

„Mein Bruder braucht sich nicht zu beeilen“, sagte der Apatsche. „Wir können hier besser sehen als da oben, was die Schoschonen beginnen werden.“

„Winnetou hat Recht“, gab Old Shatterhand zu. „Es wird den Schoschonen nicht einfallen, hierher zu kommen. Sie wissen nicht, mit wem und mit wie vielen sie es zu tun haben. Vielmehr werden sie sich darauf beschränken müssen, ihr Lager zu sichern. Erst mit Anbruch des Tages ist es ihnen möglich, etwas zu unternehmen.“

„Winnetou wird ihnen eine Warnung sagen, die ihnen den Mut nimmt, ihr Lager zu verlassen.“

Der Apatsche hielt die Mündung seines Revolvers nahe an die Erde. Old Shatterhand verstand ihn sogleich.

„Halt!“, warnte er. „Sie dürfen das Aufblitzen des Schusses nicht sehen, damit sie nicht erfahren, wo wir uns befinden. Ich denke, es wird ein Echo geben, wodurch sie getäuscht werden. Gebt eure Jacken und Röcke her, Mesch'schurs!“

Der Lange Davy nahm seinen zweifelhaften Gummimantel von der Schulter, auch die anderen befolgten Old Shatterhands Aufforderung. Die Kleidungsstücke wurden vorgehalten und dann drückte Winnetou zweimal ab. Die Schüsse krachten. Sie hallten von den Talwänden wider, und da das Aufblitzen nicht zu sehen gewesen war, konnten die Schoschonen nicht wissen, an welcher Stelle geschossen worden war. Ihre Antwort war ein durchdringendes Geheul.

Als sie den Ruf ‚Tukhuavat, tukhuavat – Feinde, Feinde!' gehört hatten, waren sie, wie bereits erwähnt, vom Feuer aufgesprungen und hatten sich bemüht, nach den Gegnern auszuschauen. Nur langsam gewöhnten sich ihre Augen an die Dunkelheit und dann befanden sich Old Shatterhand und Winnetou bereits in Sicherheit.

Mehrere der roten Krieger traten an den Eingang des Häuptlingszeltes. Sie blickten hinein und fanden es leer. „Der Tapfere Büffel ist bereits fort, die Wache zu befragen", meinte einer von ihnen.

„Mein Bruder irrt sich", entgegnete ein anderer. „Der Häuptling konnte das Zelt nicht verlassen, ohne von uns gesehen zu werden."

„Er ist aber nicht hier!"

„Und er kann auch nicht fort sein!"

„So hat ihn Takwantona, der Geist des Unheils verschwinden lassen!"

Da schob ein alter Krieger die anderen beiseite und erklärte: „Der böse Geist kann töten und Unglück bringen, aber einen Krieger nicht verschwinden lassen. Wenn der Häuptling nicht aus dem Zelt getreten und dennoch verschwunden ist, so kann er nur..."

Er hielt inne. Vorher war nur ein Teil des Tuches, das die Tür bildete, zur Seite geschoben. Jetzt hatte man es aber völlig entfernt und nun beleuchtete der Schein des Feuers das Zeltinnere ganz.

Der Alte trat herein und bückte sich nieder. „Uff!", rief er aus. „Der Häuptling ist geraubt worden!"

Keiner antwortete. „Meine Brüder glauben es nicht?", fragte er. „Sie mögen herblicken. Hier ist die Leinwand des Zeltes gelockert und hier stecken die Zweige in der Erde. Ich kenne dieses

Merkmal. Es ist das Zeichen von Nonpeh-tahan, den die Bleichgesichter Old Shatterhand nennen. Er ist hier gewesen und hat uns den Tapferen Büffel geraubt."

Da ertönten die zwei Schüsse des Apatschen. Das löste die Zungen der Schoschonen. Sie stießen jenes durchdringende Geheul aus.

„Löscht schnell das Feuer!", gebot der Alte. „Wir dürfen den Feinden kein sicheres Ziel bieten."

Man gehorchte ihm, indem man die brennenden Äste schnell auseinander riss und das Feuer austrat. Es wurde also dunkel im Lager. Da der Häuptling verschwunden war, ordneten sich die Schoschonen freiwillig dem ältesten Krieger unter. Jeder hatte zu seinen Waffen gegriffen und auf Befehl des Alten bildeten die Krieger rund um die Zelte einen Kreis, um den Feind zu empfangen, von welcher Seite er auch kommen möge.

Es waren vier Posten ausgestellt gewesen, um das Lager nach den vier Himmelsgegenden zu bewachen. Drei von ihnen hatten sich, als die Schüsse fielen, schleunigst zu den Ihrigen zurückgezogen. Der vierte hingegen fehlte. Und gerade er war der angesehenste von ihnen, Moh-aw[1], der Sohn des Häuptlings. Einer der Waghalsigsten erbot sich, nach ihm zu forschen. Er legte sich ins Gras und schlich in die Nacht hinaus in der Richtung, wo der Vermisste gesucht werden musste. Nach einiger Zeit kehrte er mit dem Gewehr Moh-aws zurück. Das war ein sicherer Beweis, dass dem Sohn des Häuptlings ein Unglück widerfahren sei.

Der Alte hielt eine kurze Beratung mit den hervorragendsten Kriegern. Es wurde beschlossen, das Zelt, worin sich die Gefangenen befanden, ganz besonders zu bewachen, die Pferde in unmittelbarer Nähe des Lagers anzupflocken und den Anbruch des Tages abzuwarten.

Indessen hatten die Jäger dafür gesorgt, dass ihre beiden Gefangenen nicht laut werden konnten, und sich selbst dann still und beobachtend verhalten. Es war nichts zu hören als nach einiger Zeit der vom Gras gedämpfte Tritt der Pferde.

[1] Moskito

„Meine Brüder mögen aufhorchen! Die Schoschonen suchen ihre Pferde zusammen. Sie werden sie nahe bei den Zelten anbinden und dann nicht eher etwas unternehmen, als bis der Tag anbricht", erklärte Winnetou. „Wir können gehen."

„Ja, ziehen wir uns zurück", stimmte Old Shatterhand bei. „Wir freilich werden nicht bis zum Morgen warten. Oihtka-petay soll baldigst erfahren, was wir von ihm verlangen."

Noch wusste er nicht, dass der nächtliche Fang noch wertvoller war, als er bisher vermutet hatte. Er hob den Tapferen Büffel, der inzwischen wieder zum Bewusstsein gekommen war, vom Boden auf, nahm ihn über die Schulter und begann bergan zu steigen. Die andern folgten ihm, Winnetou den ‚Moskito' tragend. Nach mühevollem Emporklimmen gelangten sie wieder an die Stelle, wo sie Wohkadeh zurückgelassen hatten.

Der Lange Davy wand seinen Lasso los und sagte: „Gebt die Kerle her, wir wollen sie bei den anderen anbinden."

„Nein!", entgegnete Old Shatterhand. „Wir verlassen diese Stelle."

„Warum? Meint Ihr, dass wir hier nicht sicher sind? Oh, die Schoschonen werden uns gern in Ruhe lassen! Die sind froh, wenn ihnen nichts geschieht."

„Das weiß ich ebenso gut wie Ihr, Mister Davy. Aber wir müssen mit dem Häuptling sprechen, vielleicht auch mit den anderen. Es ist also nötig, ihnen die Knebel abzunehmen, und wenn wir das hier tun, so könnten sie leicht durch einen Ruf den Ihrigen ein Zeichen geben, das von hier aus da unten deutlich zu hören ist."

„Mein Bruder hat Recht", bestätigte der Apatsche. „Winnetou war heute hier, um die Schoschonen zu beobachten. Er kennt einen Ort, wo er mit seinen Brüdern und den Gefangenen lagern kann."

„Wir müssen ein Feuer haben", bemerkte Old Shatterhand. „Ist das dort möglich?"

„Ja. Man binde die Gefangenen auf die Pferde!"

Das geschah und dann setzte sich der kleine Zug in Bewegung, bei Nacht, durch den dichten Wald, Winnetou als Führer voran.

Begreiflicherweise ging dieser Marsch nur langsam vorwärts, Schritt um Schritt. Nach einer halben Stunde war eine Strecke zurückgelegt, zu der am Tag wohl nur wenige Minuten gebraucht worden wären. Da hielt der Apatsche an.

Die Gefangenen wussten natürlich nicht, in wessen Hände sie geraten seien. Die beiden Kundschafter hatten wegen der Dunkelheit nicht sehen können, dass noch zwei weitere Gefangene gemacht worden waren. Hinwieder wussten diese zwei nichts von der Überrumpelung der Kundschafter, und der Häuptling hatte keine Ahnung, dass auch sein Sohn mit ihm ergriffen worden war. Aus diesem Grunde wurden sie, als man jetzt hielt, voneinander getrennt, nachdem man sie wieder von den Pferden genommen hatte.

Old Shatterhand beabsichtigte, den Tapferen Büffel nicht merken zu lassen, wie stark der Feind sei, dem er in die Hände gefallen war. Darum traf er die Maßnahme, mit dem Häuptling zunächst allein zu verhandeln. Die Übrigen mussten sich zurückziehen. Dann raffte er das am Boden liegende dürre Geäst zusammen, um ein Feuer anzuzünden.

Er befand sich mit dem Schoschonen auf einer nur wenige Schritt breiten freien Stelle. Der Apatsche hatte heute am Tag gesehen, wie gut sie sich zu einem verborgenen Lagerplatz eigne, und seinem Ortssinn war es selbst in dieser Dunkelheit gelungen, sie wieder aufzufinden.

Der Platz war rings von Bäumen umgeben, unter denen Farnkräuter und Dorngesträuch eine ziemlich dichte Einfassung bildeten, die den Schein des Feuers nicht weit dringen ließ. Mit Hilfe seines Punks steckte Old Shatterhand das trockene Geäst leicht in Brand und hieb sich dann mit einem Tomahawk von den umstehenden Bäumen die unteren, dürr gewordenen Zweige ab, um mit ihnen das Feuer zu unterhalten. Es sollte ja nur die kleine freie Stelle beleuchten, brauchte also nicht groß zu sein.

Der Schoschone lag am Boden und beobachtete das Tun des weißen Jägers mit finsteren Blicken. Als Old Shatterhand mit seinen Vorbereitungen fertig war, zog er den Gefangenen ans Feuer, richtete ihn in sitzende Stellung auf und nahm ihm die Knebel ab. Der Indianer verriet durch keine Miene und keinen Atemzug, dass ihm dies Erleichterung bereite. Für einen indianischen Krieger wäre es eine Schande, merken zu lassen, was er denkt und empfindet. Old Shatterhand setzte sich ihm an der anderen Seite des Feuers gegenüber und betrachtete zunächst seinen Feind. Der Häuptling war kräftig gebaut und trug einen Büffellederanzug von indianischem Schnitt, ohne jede Verzierung. Nur die Nähte waren mit Skalphaaren versehen und am Gürtel hingen wohl gegen zwanzig Skalpe, nicht etwa vollständige Kopfhäute, die zu viel Platz beansprucht hätten, sondern nur die handtellergroßen Wirbelhäute. Sein Gesicht war nicht bemalt, sodass die drei roten Narben auf den Wangen deutlich zu sehen waren.

Mit unbewegten Zügen saß er da und starrte in das Feuer dem Weißen keinen Blick gönnend.

„Oihtka-petay trägt nicht die Farben des Krieges", begann Old Shatterhand. „Warum tritt er da gegen friedliche Leute feindlich auf?"

Er erhielt keine Antwort. Deshalb fuhr er fort: „Der Häuptling der Schoschonen ist wohl vor Angst stumm geworden, da er mir auf meine Frage keine Antwort gibt?"

Der Jäger wusste Recht gut, wie ein Indianer behandelt werden musste. Der Erfolg zeigte sich sogleich, denn der Gefangene warf ihm einen zornigen Blick zu und antwortete: „Oihtka-petay weiß nicht, was Angst ist. Er fürchtet nicht den Feind und nicht den Tod."

„Und dennoch verhält er sich so, als fürchte er sich. Ein mutiger Krieger malt sich die Farben des Krieges ins Gesicht, bevor er zum Angriff schreitet. Das ist ehrlich, das ist mutig; denn so weiß der Gegner, dass er sich verteidigen muss. Der Häuptling der Schoschonen aber ist ohne Farbe. Er hat das Gesicht des Friedens gehabt und dennoch die Weißen angegriffen. Oder habe ich nicht Recht? Findet der Tapfere Büffel ein Wort zu seiner Verteidigung?"

Der Indianer senkte den Blick und sagte: „Der Tapfere Büffel war nicht bei den Seinen, als sie den Bleichgesichtern nachjagten."

„Das ist keine Entschuldigung. Wäre er ein ehrlicher und mutiger Mann, so hätte er die Bleichgesichter sofort wieder freigelassen. Ich habe überhaupt noch nicht vernommen, dass die Krieger der Schoschonen den Tomahawk des Krieges ausgegraben haben. Ihre Zelte stehen wie im tiefen Frieden an den Tongue- und Bighorngewässern. Sie verkehren in den Siedlungen der Weißen und doch fällt der Tapfere Büffel Männer an, die ihn niemals beleidigt haben. Kann er etwas dagegen sagen, wenn ein Tapferer meint, dass nur ein Feigling in dieser Weise handelt?"

Es war nur ein halber Blick, den der Rote auf den Weißen warf; aber dieser Blick bewies, dass der Indianer vor Grimm bebte. Dennoch klang seine Stimme ruhig, als er erwiderte: „Bist du vielleicht ein Tapferer? Hast du einen Namen?"

„Ja", bestätigte der Gefragte gleichmütig.

„Die Bleichgesichter dürfen Waffen und Namen tragen, auch wenn sie Memmen sind. Die größten Schwachherzen unter ihnen haben die längsten Namen. Den meinigen kennst du. Also wirst du wissen, dass der Tapfere Büffel kein Schwachherz ist."

„So lass die beiden gefangenen Weißen frei und kämpfe nachher offen und ehrlich mit ihnen!"

„Sie haben es gewagt, am See des Blutes zu erscheinen. Dieses Gebiet ist uns heilig, denn die Geister erschlagener Schoschonen irren dort umher. Die weißen Gefangenen müssen sterben."

„Dann stirbst auch du!"

„Der Tapfere Büffel hat dir bereits gesagt, dass er den Tod nicht fürchtet; er wünscht ihn sich sogar!"

„Weshalb?"

„Er ist gefangen worden, aus seinem eigenen Wigwam von einem Bleichgesicht geholt worden. Er hat seine Ehre verloren, er kann nicht leben. Er muss sterben, ohne den Kriegsgesang anstimmen zu können. Er wird in seinem Grab nicht stolz und aufrecht auf seinem Streitross sitzen, behängt mit den Skalpen seiner Feinde, sondern er wird im Sand liegen und zerhackt werden von stinkenden Aasgeiern."

Während er das langsam und eintönig sagte, ohne einen Zug seines Gesichtes zu bewegen, sprach aus jedem Wort ein Gefühl, das fast an Trostlosigkeit grenzte. Und nach seinen Anschauungen hatte er vollkommen Recht. Es war eine ungeheure Schande für ihn, aus seinem Zelt, aus der Umgebung seiner bewaffneten Krieger als Gefangener herausgeholt worden zu sein.

Old Shatterhand fühlte eine warme Regung für den Mann, aber er ließ sich von diesem Mitleid nichts anmerken. Das wäre für den Roten eine Beleidigung gewesen und hätte den Todesgedanken in ihm nur noch tiefer Wurzel schlagen lassen. Deshalb sagte er: „Oihtka-petay hat sein Schicksal verdient; aber er kann leben bleiben, obgleich er mein Gefangener ist. Ich bin bereit, ihm die Freiheit wiederzugeben, wenn er den Seinen gebietet, für ihn die beiden Bleichgesichter freizulassen."

Es klang wie stolzer Hohn, als der Rote entgegnete: „Oihtkapetay kann nicht mehr leben. Er wünscht zu sterben. Binde ihn getrost an den Marterpfahl! Er darf zwar nicht von den Taten sprechen, die seinen Ruhm verbreitet haben, aber er wird trotz aller Todesqualen nicht mit der Wimper zucken."

„Ich werde dich nicht an den Todespfahl binden, denn ich bin ein Christ. Selbst wenn ich ein Tier töten muss, töte ich es so, dass es keine Qualen zu erdulden hat. Überdies würdest du nutzlos sterben. Ich würde nach deinem Tod die Gefangenen doch aus den Händen der Deinen befreien."

„Versuche es! Mich konntest du beschleichen, durch einen hinterlistigen Griff betäuben und im Dunkel der Nacht fortschleppen. Jetzt sind die Krieger der Schoschonen gewarnt. Es wird dir unmöglich sein, die Bleichgesichter zu befreien. Sie haben es gewagt, am See des Blutes zu erscheinen, und werden das mit einem langsamen Tod büßen. Hast du den Tapferen Büffel besiegt, so wird er sterben. Aber es lebt Moh-aw, sein einziger Sohn, der

Stolz seiner Seele, der ihn rächen wird. Schon jetzt hat sich Moh-aw das Gesicht mit den Farben des Krieges bestrichen, denn er war dazu bestimmt, den Streich des Todes gegen die gefangenen Bleichgesichter zu führen. Er wird seinen Leib mit ihrem warmen Blut bemalen und dann geschützt sein gegen alle Feindschaft der Bleichgesichter."

Da raschelte es im Gestrüpp. Martin Baumann kam, beugte sich zu Old Shatterhands Ohr und flüsterte ihm zu: „Sir, ich soll Euch sagen, dass der gefangene Wachtposten der Sohn des Häuptlings ist. Winnetou hat es ihm entlockt."

Diese Kunde kam dem Jäger sehr gelegen. Er antwortete ebenso leise: „Winnetou mag ihn mir augenblicklich schicken. Der Lange Davy soll ihn tragen und dann hier bei ihm sitzen bleiben."

Martin entfernte sich. Old Shatterhand wandte sich wieder an den Indianer, indem er erklärte: „Ich fürchte Moh-aw nicht. Seit wann trägt er einen Namen und wo hörte man von seinen Taten? Ich nehme ihn ebenso gefangen wie dich selbst."

Diesmal konnte sich der Tapfere Büffel doch nicht ganz beherrschen. Es war verächtlich von seinem Sohn gesprochen worden. Seine Brauen zogen sich zusammen, seine Augen leuchteten und er fragte zornig: „Wer bist du, dass du in dieser Weise von Moh-aw zu reden wagst? Du wirst dich vor seinem Blick in die Erde verkriechen! Er hat mit den Sioux-Ogellallah gekämpft und mehrere von ihnen bezwungen. Er hat die Augen des Adlers und das Gehör der Nachtvögel. Kein Feind vermag ihn zu überraschen und er wird den Tapferen Büffel, seinen Vater, blutig rächen."

Da kam der Lange Davy herbeigeschritten, auf seiner Schulter den jungen Indianer. Er stieg mit seinen langen Beinen gleich über das dichteste Gestrüpp, legte den Gefangenen zur Erde nieder und sagte: „Da bringe ich den Buben."

„Setzt ihn aufrecht, Mister Davy, und nehmt Platz neben ihm! Auch den Knebel könnt Ihr wieder entfernen."

„Ay, Sir! Möchte aber wissen, was der Knabe vorbringen könnte."

Als Moh-aw aufrecht saß, blickten sich die beiden Schoschonen erschrocken in die Augen. Der Häuptling sagte nichts und bewegte sich nicht. Doch trotz seiner dunklen Hautfarbe war zu sehen, dass ihm das Blut aus dem Gesicht gewichen war. Der Sohn aber rief: „Uff! Auch Oihtka-petay ist gefangen! Das wird ein Heulen geben in den Wigwams der Schoschonen. Der große Geist hat sein Angesicht verhüllt vor seinen Kindern."

„Schweig!", donnerte ihn sein Vater an. „Keine Squaw der Schoschonen wird eine Träne weinen, wenn Oithka-petay und Moh-aw von den Nebeln des Todes verschlungen werden. Sie haben ihre Augen und Ohren verschlossen gehabt und sind ohne Hirn gewesen wie die Kröte, die sich ohne Gegenwehr von der Schlange verschlingen lässt. Schande über den Vater und Schande über den Sohn!"

Da wendete sich Old Shatterhand zu Davy und gab ihm den leisen Befehl: „Holt alle anderen herbei, nur Winnetou soll sich noch nicht sehen lassen!" Der Lange stand auf und entfernte sich.

„Nun", fragte Old Shatterhand, „sieht der Tapfere Büffel vielleicht, dass ich mich vor dem Blick seines Sohnes in die Erde verkrieche? Ich will euch nicht beleidigen. Der Häuptling der Schoschonen ist berühmt als tapferer Krieger und weise im Rat der Alten. Moh-aw, sein Sohn, wird in seine Fußtapfen treten und ebenso tapfer und weise sein. Ich gebe ihnen die Freiheit gegen die Freiheit der beiden gefangenen weißen Jäger." Über das Gesicht des Sohnes zuckte es wie Freude. Sein Vater aber warf ihm darob einen zornigen Blick zu und grollte: „Der Tapfere Büffel und sein Moh-aw sind ohne Kampf in die Hände eines elenden Bleichgesichts gefallen. Sie verdienen nicht, länger zu leben. Nur durch ihren Tod können sie diese Schande sühnen. Und so mögen auch die gefangenen Bleichgesichter sterben und mit ihnen alle, die noch in die Gefangenschaft der Schoschonen gera..."

Er hielt inne. Sein Blick ruhte erschrocken auf den zwei Kundschaftern, die jetzt von Davy, Bob und Martin herbeigebracht wurden.

„Warum spricht der Tapfere Büffel nicht weiter?“, fragte Old Shatterhand. „Fühlt er, dass der Schreck nach seinem Herzen greift?“

Der Häuptling senkte den Kopf und blickte wortlos vor sich nieder. Hinter ihm bewegten sich die Zweige, ohne dass er es bemerkte. Old Shatterhand sah den Kopf des Apatschen erscheinen und warf ihm einen fragenden Blick zu. Ein leises Nicken war die Antwort.

„Jetzt sieht Oihtka-petay, dass seine Hoffnung auf neuen Sieg vergeblich ist“, fuhr Old. Shatterhand fort. „Aber wir sind nicht ausgezogen, um die tapferen Krieger der Schoschonen zu töten, sondern um die Ogellallah zu züchtigen. Wir erlauben euch nach euern Zelten zurückzukehren.“

Damit stand er auf, trat zu dem Häuptling und löste dessen Fesseln. Er wusste, dass er ein gewagtes Spiel begann. Aber er war ein Kenner des Westens und seiner Bewohner und hegte die Überzeugung, dass er dieses Spiel nicht verlieren werde.

Der Häuptling hatte seine ganze Selbstbeherrschung verloren. Was dieser Weiße tat, war ja ganz unbegreiflich, ganz unsinnig! Er gab seinen Feind frei, ohne seine Freunde dafür herauszubekommen. Und nun trat Old Shatterhand auch zu Moh-aw und öffnete dessen Bande. Der Tapfere Büffel starrte ihn fassungslos an. Dann riss er mit einem Ruck dem neben ihm sitzenden Martin das Messer aus dem Gürtel und schnellte empor. Ein wilder Hohn glühte in seinen Augen.

„Frei sollen wir sein?“, rief er aus. „Frei? Sollen wir erleben, dass die alten Squaws mit Fingern auf uns zeigen und dabei erzählen, wir seien von namenlosen Hunden angegriffen und niedergerissen worden? Sollen wir in den ewigen Jagdgründen am Boden liegen und Mäuse fressen, während sich unsere roten Brüder an den Lenden niemals sterbender Bären und Büffel laben? Unsere Namen sind befleckt. Kein Feindesblut, nur unser eigenes Blut kann den Fleck wieder herunterwaschen. Oihtka-petay wird sterben und die Seele seines Sohnes vor sich hersenden!“

Er zückte das Messer und sprang auf seinen Sohn zu, um ihm die Klinge ins Herz zu stoßen und dann sich selbst zu töten. Moh-aw bewegte sich nicht; er war bereit, den Stoß von der Hand des Vaters zu empfangen.

„Oihtka-petay!“, rief es da laut hinter dem Häuptling. Dieser Stimme war nicht zu widerstehen. Den Arm mit dem Messer hoch erhoben, drehte er sich um. Vor ihm stand der Häuptling der Apatschen. Der Schoschone ließ den Arm sinken.

„Winnetou!“, rief er aus.

„Hält der Häuptling der Schoschonen Winnetou für einen Kojoten?“, fragte der Apatsche.

Kojote heißt der kleine Wolf des Westens. Das Tier ist feig und geht oft im Verein mit dem Aasgeier an gefallene Tiere, sodass es eine große Schande ist, mit einem Kojoten verglichen zu werden.

„Wer wagt es, das zu sagen!“, antwortete der Gefragte.

„Oihtka-petay hat es selbst gesagt. Hat er nicht diejenigen, die ihn besiegten, namenlose Hunde genannt?“

Da ließ der Schoschone das Messer fallen. „Ist Winnetou der Sieger?“

„Nein, aber sein weißer Bruder, der hier neben ihm steht.“ Er deutete auf Old Shatterhand.

„Uff! Uff! Uff!“, stieß der Tapfere Büffel hervor. „Ist dieser weiße Mann Nonpeh-tahan, den die Bleichgesichter Old Shatterhand nennen?“

Sein Blick ging fragend zwischen Old Shatterhand und Winnetou hin und her. Der Apatsche erwiderte:

„Die Augen meines roten Bruders waren ermüdet und ebenso müde war sein Geist. Sonst hätte er bereits nachgedacht. Wer dem Tapferen Büffel mit einem einzigen Griff den Atem nimmt, muss ein Held sein, der einen großen Namen trägt!“

Der Schoschone fuhr sich mit der Hand nach dem Kopf und rief: „Oihtka-petay hat ein Hirn gehabt, aber keine Gedanken darin.“

„Ja, hier steht Old Shatterhand, sein Besieger. Braucht mein roter Bruder deshalb in den Tod zu gehen?“

„Nein“, erklang es unter einem tiefen, erlösenden Seufzer. „Er darf leben bleiben.“

„Ja, denn dadurch, dass er freiwillig in die ewigen Jagdgründe gehen wollte, hat Oihtka-petay bewiesen, dass er ein starkes Herz besitzt. Und Old Shatterhand war es, der Moh-aw mit einem Schlag seiner Schmetterhand zu Boden schlug. Ist das eine Schande für den jungen, tapferen Krieger?“

„Nein. Auch er kann leben.“

„Und Old Shatterhand und Winnetou waren es, die die Kundschafter der Schoschonen gefangen nahmen, nicht als Feinde, sondern um gegen sie die gefangenen Bleichgesichter auszutauschen. Weiß mein roter Bruder nicht, dass Old Shatterhand und Winnetou die Freunde aller braven roten Krieger sind?“

„Ja, das weiß Oihtka-petay.“

„So mag er wählen, was er sein will, unser Bruder oder unser Feind! Ist er unser Bruder, so werden seine Feinde auch die unsrigen sein. Wählt er aber die Feindschaft, nun so werden wir ihn, seinen Sohn und seine Kundschafter freigeben. Aber es wird viel Blut fließen um die Freiheit der beiden weißen Jäger und die Kinder der Schoschonen werden ihre Häupter verhüllen und Klagelieder anstimmen in jedem Wigwam und an jedem Lagerfeuer. Er mag also wählen. Winnetou hat gesprochen!“

Es trat tiefe Stille ein. Der Eindruck, den die Persönlichkeit und die Rede des Apatschen gemacht hatten, war groß. Oihtka-petay bückte sich nieder, ergriff das Messer, das ihm entfallen war, stieß die Klinge bis an das Heft in die Erde und rief: „So, wie die Schärfe dieses Messers verschwunden ist, so sei verschwunden alle Feindschaft zwischen den Kriegern der Schoschonen und den tapferen Kriegern, die hier bei ihnen stehen!“

Er zog das Messer wieder heraus, hielt die Klinge drohend empor und fuhr fort: „Und das Messer treffe alle Feinde, die gegen die Schoschonen und ihre Brüder sind! Howgh!“

„Howgh, howgh!“, ertönte es rundum.

„Mein Bruder hat eine kluge Wahl getroffen“, sagte Old Shatterhand.

„Er sehe hier Davy-honskeh, den berühmten Jäger. Kennt er die Namen der Bleichgesichter, die als Gefangene in seinem Zelt liegen?“

„Nein.“

„Es ist Jemmy-petahtscheh mit dem Hinkenden Frank, dem Gefährten Mato-pokas, des Bärenjägers.“

„Mato-poka?“, rief der Schoschone überrascht. „Warum hat das der Hinkende nicht gesagt? Ist nicht Mato-poka der Bruder der Schoschonen? Hat er nicht Oihtka-petay das Leben gerettet, als die Sioux-Ogellallah seiner Fährte folgten?“

„Das Leben hat er dir gerettet? Nun, hier erblickst du Martin, seinen Sohn, und Bob, seinen schwarzen Diener. Sie sind ausgezogen, ihm zu helfen, und wir begleiten sie, denn Mato-poka, der Bärenjäger, ist in die Hände der Ogellallah gefallen und soll samt seinen fünf Gefährten von ihnen getötet werden.“

„Die Hunde der Ogellallah wollen den Bärenjäger martern? Der große Manitou wird sie vernichten. Ihre Seelen sollen aus den Leibern fahren und ihre Gebeine sollen im Sonnenstrahl bleichen! Wo kann man auf ihre Fährte treffen?“

„Sie sind hinauf in die Berge des Yellowstone River, wo das Grabmal des Bösen Feuers steht.“

„Hat nicht mein Bruder Old Shatterhand das Böse Feuer und zwei seiner Krieger mit der bloßen Faust erschlagen? So sollen auch die fallen, die es gewagt haben, sich an dem Bärenjäger zu vergreifen! Meine Brüder mögen mir hinabfolgen zum Lager meiner Krieger! Dort soll die Pfeife des Friedens geraucht werden und dort werden die Männer am Beratungsfeuer sitzen.“

Alle waren bereit dazu. Auch die beiden Kundschafter wurden von ihren Fesseln befreit und nun holte man die Pferde herbei.

„Sir, Ihr seid doch ein verwünschter Kerl!“, raunte der Lange Davy Old Shatterhand zu. „Alles, was Ihr beginnt, ist verteufelt kühn und gelingt doch so vorzüglich, als handle es sich nur um eine Kleinigkeit. Ich ziehe meinen Hut vor Euch.“ Er riss seinen krempelosen Zylinder herab und schwenkte ihn so nachdrücklich hin und her, als wollte er einen Karpfenteich ausschöpfen.

Dann brach man auf. Die Pferde hinter sich herziehend, tasteten sich die Jäger wieder nach dem Abhang zurück. Das Feuer war vorher ausgelöscht worden. Oben an der Talsenkung hielt Moh-aw beide Hände an den Mund und schrie in die stille Tiefe hinab: „Kuna, kuna, kothko – das Feuer, das Feuer, brennt das Beratungsfeuer an!" Das Echo gab den Ruf vielfach zurück. Er war unten gehört und verstanden worden, denn man vernahm laute Stimmen. „Hang pa – wer kommt?", ertönte ein lauter Ruf aus dem Tal herauf.

„Moh-aw, Moh-aw!", antwortete der Sohn des Häuptlings.

Darauf ließ sich ein lautes, jubelndes ‚ha-ha-hih' hören und wenige Augenblicke später war die Flamme des schnell wieder angezündeten Feuers zu sehen. Das war ein sicheres Zeichen, dass die Schoschonen die Stimme des jungen Indianers erkannt hatten. Dennoch waren sie so vorsichtig, den Nahenden einige Leute entgegenzusenden, die sich überzeugen sollten, dass man wirklich nichts zu befürchten habe.

Als dann der Häuptling mit seiner Begleitung das Lager erreichte, fühlten die Seinen wohl Freude über seine Rückkehr. Auch waren sie begierig zu erfahren, wie es mit dem rätselhaften Verschwinden zugegangen sei, doch keiner ließ sich davon etwas anmerken. Erstaunt waren sie, als die fremden Bleichgesichter mit ihm auftauchten. Nur waren sie zu sehr gewöhnt, ihre Gefühle zu verbergen, als dass sie ein Zeichen der Überraschung hätten sehen lassen. Allein der alte Krieger, der inzwischen den Befehl geführt hatte, trat seinem Häuptling entgegen und sagte:

„Oihtka-petay ist ein großer Zauberer. Er verschwindet aus seinem Zelt, wie das Wort verschwindet, wenn es gesprochen wurde."

„Haben meine Brüder wirklich geglaubt, der Tapfere Büffel sei verschwunden, ohne Spur, wie der Rauch, der in die Lüfte steigt?", fragte der Häuptling. „Haben sie nicht Augen gehabt, zu sehen, was geschehen war?"

„Die Krieger der Schoschonen haben Augen. Sie fanden das Zeichen des berühmten weißen Jägers und erkannten, dass

Nonpeh-tahan mit ihrem Häuptling gesprochen hatte." Das war eine rücksichtsvolle Umschreibung der Tatsache, dass der Tapfere Büffel durch Old Shatterhand entführt worden war.

„Meine Brüder haben richtig vermutet", erklärte der Häuptling. „Hier steht Nonpeh-tahan, der weiße Jäger, der seine Feinde mit der Faust niederschlägt. Und an seiner Seite befindet sich Winnetou, der große Häuptling der Apatschen."

„Uff, uff!", ertönte es im Kreis.

Bewundernd und achtungsvoll ruhten die Blicke der Schoschonen auf den beiden bekannten Männern, und indem sie ehrerbietig von ihnen zurücktraten, erweiterte sich der Kreis, der sich um die Ankömmlinge gebildet hatte.

„Diese Krieger sind gekommen, die Pfeife des Friedens mit uns zu rauchen", fuhr nun der Häuptling fort. „Sie wollten ihre beiden Gefährten befreien, die dort im Zelt liegen. Sie hatten das Leben des Tapferen Büffels und seines Sohnes in ihrer Hand und haben es doch nicht genommen. Darum mögen die Krieger der Schoschonen die Fesseln der Gefangenen lösen. Meine Brüder werden dafür die Skalpe vieler Sioux-Ogellallah erbeuten, die wie die Mäuse aus ihren Löchern gekrochen sind, um von dem Habicht erwürgt zu werden. Mit Anbruch des Tages werden wir ihrer Fährte folgen. Jetzt aber mögen sich die Krieger um das Feuer der Beratung versammeln, um den großen Geist zu fragen, ob er den Kriegszug gelingen lassen wird!"

Keiner sprach ein Wort, obgleich die Kunde, die sie vernahmen, aufregend war. Einige begaben sich still in das betreffende Zelt, um den Befehl des Häuptlings auszuführen, und brachten bald die Gefangenen an das Feuer. Die zwei kamen wankend und unsicheren Schrittes herbei. Die Fesseln hatten so tief eingeschnitten, dass der Blutumlauf gehindert war.

„Alter Waschbär, was hast du denn für Dummheiten gemacht?", begrüßte der Lange Davy seinen dicken Freund. „Nur so ein Frosch wie du kann dem Storch geradezu in den Schnabel springen!"

„Mach nur den deinigen zu, sonst springe ich augenblicklich

auch dir hinein!“, entgegnete Jemmy ärgerlich, indem er sich die wunden Handgelenke rieb.

„Na, Alter, beruhige dich! Es war nicht so bös gemeint und du weißt ja, dass ich mich herzlich freue, dich wieder frei zu sehen.“

„Schön! Aber meine Freiheit werde ich wohl am meisten Old Shatterhand zu danken haben.“ Und sich an ihn wendend, fuhr er fort: „Sagt mir, wie ich es Euch danken kann! Mein Leben ist zwar nur des Dicken Jemmy Leben, aber ich bin in jedem Augenblick bereit, es Euch zur Verfügung zu stellen.“

„Nicht mir schuldet Ihr Dank“, wehrte Old Shatterhand ab. „Eure Gefährten haben brav mitgewirkt. Und vor allem müsst Ihr Euch hier an Winnetou wenden, ohne dessen Hilfe es gar nicht möglich gewesen wäre, so schnell und sicher zur Stelle zu sein.“

Der Dicke überflog mit bewunderndem Blick die schlanke und doch so kraftvolle Gestalt des Apatschen. Er bot ihm dann die Hand und sagte: „Ich habe es gewusst, dass Winnetou nahe sein muss, wenn Old Shatterhand sich sehen lässt. Da ich ein Frosch sein soll, so mag hier dieser Storch, den man den Langen Davy nennt, mich auf der Stelle verschlingen, wenn Ihr nicht der bravste Indsman seid, dem ich je meine Hand gegeben habe.“

Der Neger Bob war mit einem Ausruf der Freude zum Hobble-Frank getreten und rief: „Endlich, endlich Masser Bob wieder sehen seinen guten Massa Frank! Masser Bob haben wollen totschlagen all ganz Schoschone-Indianer; aber Massa Shatterhand haben wollen mit Massa Winnetou ganz allein machen die Befreiung. Darum die Schoschonen noch einmal sind leben geblieben.“

Der Schwarze ergriff Franks Hände und streichelte deren wunde Stellen mit rührender Zärtlichkeit.

7. Der graue Bär

Wie eine lange, dünne Schlange wand sich der Zug der Schoschonen durch die Blue Grass Prairie, die sich vom Devils Head bis zum Big Horn River zwischen dem No Water Creek und dem No Wood Creek hinzieht. Dieses so genannte Blaugras kommt im Westen nicht häufig vor. Es kann auf einem Boden, der ihm die nötige Feuchtigkeit bietet, die Höhe eines Mannes erreichen. In diesem Fall bietet es dem Westmann große Schwierigkeiten und er handelt klug, wenn er den Pfaden folgt, die die Büffel in dem dichten Grasmeer ausgetreten haben. Die über ihm zusammenwogenden Halme rauben ihm die nötige Fernsicht und es ist bei trübem Wetter oft geschehen, dass erfahrene Jäger, denen ein Kompass fehlte und denen es unmöglich war, den Stand der Sonne zu bestimmen, nach einem beschwerlichen Ritt am Abend an dem gleichen Ort hielten, wo sie am Morgen aufgebrochen waren. Gar mancher ist, indem er so im Kreise ritt, auf seine eigene Fährte gestoßen und hat sie vielleicht gar für die eines anderen gehalten.

Selbst den erwähnten Büffelpfaden zu folgen, ist nicht ganz gefahrlos. Man kann da unerwartet einen Feind, Mensch oder Tier, vor sich sehen. Plötzlich auf einen alten Büffel, der sich als grimmiger Einsiedler von der Herde trennte, zu stoßen, ist ebenso bedenklich, wie ahnungslos auf einen feindlichen Indianer zu treffen, der, sein Gewehr im Anschlag, drei Schritte entfernt vor einem steht. Dann heißt es blitzschnell handeln. Derjenige, dessen Schuss zuerst fällt, ist der Überlebende.

Die Schoschonen ritten im Gänsemarsch, einer hinter dem anderen, sodass jedes Pferd in die Spuren des vorhergehenden trat. Diese Ordnung halten die Indianer stets dann ein, wenn sie nicht genau wissen, ob Gefahr besteht. Außerdem wird dann die Vorsicht gebraucht, Späher vorauszusenden. Es sind die scharfsinnigsten und schlausten Männer des Zuges, denen selbst das gegen den Wind gerichtete Neigen eines Halmes oder das leise Knicken eines abbrechenden Zweiges nicht entgeht.

In sich zusammengesunken und weit vorgebeugt, hängt so ein Kundschafter auf seinem Pferd, als sei ihm die Kunst des Reitens etwas ganz und gar Fremdes. Seine Augen scheinen geschlossen zu sein. Er rührt kein Glied seines Körpers. Auch sein Gaul bewegt nur wie schläfrig, gewohnheitsmäßig die Beine. Wer beide aus dem Hinterhalt beobachtet, könnte glauben, der Reiter sei im Sattel eingeschlafen. Aber ganz im Gegenteil! Die Aufmerksamkeit des Spähers ist desto angespannter, je weniger er es merken lässt. So tief seine Augenlider gesenkt sein mögen, sein scharfer Blick dringt doch wachsam darunter hervor.

Ein leiser Ton lässt sich hören, eben nur für das Ohr eines solchen Spähers wahrnehmbar. Hinter den nahen Büschen kauert ein Feind, der sein Gewehr erhoben hat, um es auf den Kundschafter zu richten. Dabei hat er mit dem Kolben den Hornknopf seines Rockes gestreift. Das kaum merkbare Geräusch ist dem Späher nicht entgangen. Ein kurzer, scharfer Blick nach dem Busch, ein Griff in die Zügel – der Reiter wirft sich seitlich vom Pferd, bleibt aber mit einem Fuß im Sattel und mit einem Arm im Halsriemen des Tieres hängen, sodass sein Körper völlig hinter dem seines Pferdes liegt und von der Kugel des Feindes nicht getroffen werden kann. Der Gaul, plötzlich aus seiner scheinbaren Schwerfälligkeit erwacht, macht zwei, drei Sprünge zur Seite und verschwindet mit seinem Reiter im Dickicht oder hinter schützenden Bäumen. Das ist in kaum zwei Sekunden geschehen, bevor der Feind den Späher genau aufs Korn nehmen konnte, und der Schütze im Hinterhalt hat nun alle Veranlassung, schnell auf seine eigene Sicherheit bedacht zu sein.

Solche Kundschafter ritten auch den Schoschonen in ziemlich weiter Entfernung voran. An der Spitze des Haupttrupps befanden sich Old Shatterhand, Winnetou und der Tapfere Büffel. Ihnen folgten die Weißen mit Wohkadeh und Bob.

Der Neger war trotz der Übung, die ihm der Ritt bisher geboten hatte, kein besserer Reiter geworden. Die Haut seiner Beine war nicht abgehärtet. Er hatte sich wund geritten und saß nun noch jämmerlicher zu Pferd als vorher. Unter immer währendem Ah und Oh rutschte er von einer Seite auf die andere. Er ächzte und stöhnte in allen Tonarten und versicherte unter den fürchterlichsten Grimassen, dass er die Sioux seine Qualen grauenvoll entgelten lassen werde.

Um weicher zu sitzen, hatte er sich aus abgeschnittenem Blaugras eine Unterlage hergestellt. Da es ihm aber nicht gelang, ihr auf dem Rücken des Pferdes einen festen Halt zu geben, rutschte sie von Zeit zu Zeit herab und er natürlich mit, sodass er in fast regelmäßigen Zeitabständen auf die Erde zu sitzen kam. Das entlockte selbst den sonst so ernsten Schoschonen ein heiteres Lächeln, und als einer von ihnen, der ein wenig Englisch verstand, ihn den Sliding-Bob, den Rutsch-Bob nannte, ging das Wort von Mund zu Mund und wurde zum Spitznamen, dessen man sich später gelegentlich gern bediente.

Der westliche Rand des Blickfeldes hatte bisher eine ebene Linie gebildet. Jetzt begann er sich stellenweise zu erheben. Berge lagen dort, nicht bläulich und mit verschwommenen Umrissen, sondern scharf und deutlich gezeichnet, trotz der weiten Entfernung, die man noch durchreiten musste.

In jenen Gegenden ist die Sicht oft so klar, dass Punkte, die in meilenweiter Ferne liegen, so nahe zu sein scheinen, dass man meint, sie in wenigen Minuten erreichen zu können. Und dabei ist die Luft so voll von Elektrizität, dass sich zum Beispiel zwei Menschen nur mit den Händen oder Ellbogen zu berühren brauchen, um leichte Funken überspringen zu lassen. Diese elektrische Spannung strebt nach Ausgleich, den sie in immer währenden Entladungen findet. Es wetterleuchtet unausgesetzt rundum, ohne dass Wolken vorhanden sind. Oft scheint der ganze Gesichtskreis in Flammen zu stehen, doch wird das Wohlbefinden von Mensch und Tier dadurch nicht im Mindesten gestört. Ist die Dunkelheit des Abends hereingebrochen, so bietet dieses immer währende Leuchten und Glühen einen unbeschreiblichen Anblick und selbst der an dieses Schauspiel gewöhnte Westmann kann sich diesem Eindruck nicht entziehen. Er, der gelernt hat, sich nur auf sich selbst zu verlassen, fühlt sich klein und ohnmächtig solchen geheimnisvollen Kräften gegenüber. Er denkt an Gott, den er vielleicht seit langer Zeit vergessen hat, und als fromme Jugenderinnerung steigen in seinem Gedächtnis die in der Schule so oft gehörten Worte des Psalmisten auf: „Wo soll ich hingehen vor deinem Geist, und wo soll ich hinfliehen vor deinem Angesicht? Führe ich gen Himmel, siehe, so bist du da; bettete ich mich in die Hölle, siehe, so bist du auch da; nähme ich Flügel der Morgenröte und flöge ans Ende der Welt, so würde doch deine Hand daselbst mich führen und deine Rechte mich halten!“ Ganz dasselbe denkt und fühlt auch der Indianer, ‚Wakan-tanka-wakuon-pehta‘, das ‚Wigwamfeuer des Großen Geistes‘, nennt der Sioux dieses Wetterleuchten. ‚Manitou ni-meh warrenton‘, zu deutsch: ‚Ich habe Manitou im Blitz gesehen‘, sagt der Utah-Indianer, wenn er den Seinen berichtet, dass er seinen Weg bei dieser ‚elektrischen Beleuchtung‘ zurückgelegt habe.

Diese elektrischen Entladungen können im Kriegsfall sehr gefährlich werden. Der Indianer glaubt nämlich, dass der Krieger, der des Nachts getötet wird, in den ewigen Jagdgründen in immer währender Finsternis leben müsse. Deshalb sucht er jeden nächtlichen Kampf möglichst zu vermeiden und führt den Angriff am liebsten im ersten Morgenlicht aus. Wer aber im ‚Feuer des Großen Geistes‘, im Wetterleuchten stirbt, der ist nicht im Dunkeln in das Jenseits gegangen und wird auch dort die Jagd- und Kriegspfade erleuchtet finden. Aus diesem Grund scheut sich der Indsman nicht, beim Schein zuckender Wetter anzugreifen, und gar mancher, der das nicht wusste oder nicht beachtete, hat seine Unwissenheit oder Unvorsichtigkeit mit Skalp und Leben büßen müssen.

Der kleine Hobble-Frank hatte dieses Wetterleuchten noch nie beobachtet. Darum sagte er zu dem Dicken Jemmy, hinter dem er ritt: „Herr Pfefferkorn, Sie waren drüben in Deutschland mal Gymnasiast und werden sich wohl noch ein bisschen off Ihren psychikalischen Unterricht besinnen können. Warum blitzt und leuchtet es denn eigentlich hier so sehr?"

„Es heißt physikalisch und nicht psychikalisch", verbesserte der Dicke.

„Ob ich sage psychikalisch oder physikalisch, das bleibt sich gleich. Die Hauptsache is, dass man den Yxilump richtig ausspricht."

„Ypsilon heißt es."

„Was? Wie? Ich soll nich mal wissen, wie der vorletzte Buchstabe des Alphabets ausgesprochen wird? Wenn Sie mir das noch mal sagen, da kann was drauf erfolgen, was Sie sehr leicht in eine Gemütskrankheit versetzen kann. So was lässt sich ein Verehrer der Wissenschaft nich gefallen. Sie wissen mir off meine Frage keine akademische Antwort zu versetzen und deshalb versuchen Sie nun, sich off Schleichwegen aus der Falle rauszubeißen. Aber wenn Sie denken, dass Ihnen das gelingt, da irren Sie sich mehrschtenteels in mir. Können Sie mir Antwort geben oder nich?"

„Natürlich!", lachte der Dicke.

„Nun, dann los damit! Also, warum wetterleuchtet es hier gar so sehr?"

„Weil viel Elektrizität vorhanden ist."

„So? Ach! Das nennen Sie ne Antwort? Nun, dazu braucht man wohl kein Gymnasiast gewesen zu sein! Ich habe zwar keine Alma Vater besucht, ich bin kein Student gewesen und habe ooch niemals kommersiert und den Alexander gerieben, aber ich weiß doch ganz genau, dass Elektrizität vorhanden sein muss, wenn es leuchtet. Jede Wirkung hat ihre Ursache. Wenn einer eine Ohrfeige gekriegt hat, da muss ein anderer vorhanden sein, der ihm die Maulschelle gab. Und wenn es wetterleuchtet, so – so..."

„...so muss einer da sein, der es angebrannt hat", fiel Jemmy ein.

Der Hobble-Frank war zunächst still, um sich die Worte des Dicken zu überlegen; dann aber brach er zornig los: „Hören Sie, Herr Pfefferkorn, es is gut, dass wir noch keine Brüderschaft miteinander gemacht haben, denn jetzt würde ich sie off der Stelle wieder aufheben und das wäre doch ein ewiger Schandfleck für Ihr bürgerliches Wappenschild. Warum fallen Sie mir denn eigentlich so in meine schönste Rede? Wenn ich in meiner scharfsinnigen, bescheidenen Weise die Elektrizität mit einer Ohrfeige vergleiche, so haben Sie nich das mindeste Recht, sich wie ein Räuberhauptmann meines Vergleichs zu bemächtigen. – Es war also die Rede vom Wetterleuchten. Sie sagen, es wetterleuchtet wegen der vorhandenen Elektrizität. Nun aber frage ich weiter, warum gerade hier in dieser Gegend so viel Elektrizität vorhanden is? Ich habe doch noch nirgends eine solche Menge beisammen gefunden. Jetzt haben Sie die beste Gelegenheit, Ihr Examen zu bestehen."

Der Dicke Jemmy lachte laut auf. Deshalb erkundigte sich der Kleine:

„Was lachen Sie denn so? Lachen Sie etwa nur aus Verlegenheit? Ich bin sehr neugierig, off welche Weise Sie sich herausbeißen werden, mein bester Herr Pfefferkorn!"

„Ja", erwiderte Jemmy, „Ihre Frage ist freilich recht schwierig zu beantworten. An ihr könnte sich selbst ein Professor vergebens abmühen."

„So! Eine andere Antwort haben Sie also nich?"

„Vielleicht doch."

„Dann lassen Sie mal hören! Ich bin ganz Ohr."

„Vielleicht ist der Metallreichtum des Felsengebirges an dieser Ansammlung der Elektrizität schuld."

„Der Metallreichtum? Mit dem hat die Elektrizität nischt zu tun."

„O doch! Warum wird sie vom Blitzableiter angezogen?"

„Sie läuft aber unten wieder hinaus, folglich mag sie gar nischt von ihm wissen, und es wird gar mancher Baum vom Blitz erschlagen, ohne dass er nur das kleinste Stückchen Eisen in der Westentasche stecken hatte. Nee, das kann ich nich gelten lassen. Da müssten zum Beispiel alle Eisengießereien vom Blitz getroffen werden."

„Oder ist's, weil wir uns hier dem magnetischen Pol nähern?"
„Wo liegt denn der?"
„Im nördlichen Amerika, allerdings noch eine gute Strecke von hier."
„So lassen Sie ihn nur immer liegen! Der is ja auch ganz unschuldig an diesem Wetterleuchten."
„Oder staut sich die Elektrizität bei der ungeheuer schnellen Erdumdrehung an den riesigen Höhen des Felsengebirges?"
„An so eine Stauung is nich zu denken. Die Elektrizität is doch nich so dick wie Sirup. Sie geht ganz leicht über die Berge hinweg. Nee, Sie haben Ihr Examen nich bestanden."
„Nun, wenn Sie der Mann sind, mich zu prüfen, so müssen Sie wohl im Stande sein, es besser zu machen."
„Natürlich! Mir hat der Moritzburger Schulmeister mal in einer vertraulichen Stunde mitgeteilt, dass die Elektrizität durch Reibung entsteht. Das geben Sie doch zu?"
„Gewiss."
„Folglich muss, wo Reibung vorhanden is, Elektrizität entstehen."
„Zum Beispiel beim Kartoffelreiben!"
„Lassen Sie Ihre Quartanerwitze beiseite, Herr Pfefferkorn, besonders, wenn Sie mit einem Mann von meinen wissenschaftlichen Kenntnissen sprechen. Mit der Elektrizität mache ich gar nich viel Federlesens. Off ein bisschen Reibung mehr oder weniger kommt mir's gar nich an, besonders hier in dieser Gegend. Da gibt es gewaltige Prärien, gewaltige Berge. Wenn nun der Wind oder gar der Sturm darüber saust, so entsteht eine ungeheure Reibung. Oder nich?"
„Ja", gab Jemmy schalkhaft zu.
„Der Sturm reibt den Boden. Die Millionen von Grashalmen reiben sich aneinander. Die ungezählten Äste, Zweige und Blätter der Bäume reiben sich ebenso. Die Büffel wälzen sich in den Wallows[1], was großartige Reibung gibt. Kurz und gut, es findet

[1] Runde Bodenvertiefungen von acht bis zehn Fuß Durchmesser, durch die Büffel in den Boden gewälzt

in dieser Gegend eine Reibung statt wie sonst nirgendwo, und da is es selbstverständlich, dass sich ein riesiger Vorrat von Elektrizität anhäufen muss. Da haben Sie die einfachste, unanfechtbarste Erklärung. Wollen Sie etwa noch mehr?"

„Nein, nein", lachte Jemmy. „Ich habe genug!"

„So nehmen Sie die Aufklärung mit Ernst und ergebener Hochachtung hin. Das Lachen aber haben Sie gar nich nötig. Wäre uns dieser famose Old Shatterhand nich zu Hilfe gekommen, so hätten Sie trotz Ihrer Pfiffigkeit den gefährlichen Salto quartale hinüber in die ewigen Jagdgründe machen müssen."

„Mortale heißt es, nicht quartale!"

„Schweigen Sie! So etwas kommt mir in diesem Vierteljahr nich wieder vor; deshalb sage ich quartale. Unser wissenschaftliches Gespräch is überhaupt jetzt finis parterra, denn wir sind den Bergen nahe und da vorn halten unsere Kundschafter. Sie müssen also etwas Wichtiges entdeckt haben."

Der kleine Pseudogelehrte hatte während seiner drolligen Auseinandersetzung wenig darauf geachtet, dass indessen eine bedeutende Strecke zurückgelegt worden war. Das Blaugras war verschwunden. An seine Stelle traten Festucagräser, reichlich mit duftenden Cumarinhalmen durchsetzt, und in einiger Entfernung entfaltete sich bereits ein reichlicher Strauchwuchs, über den die Wipfel einiger Rotahorne emporragten. Diese Bäume lieben den feuchten Boden und bildeten also ein erfreuliches Zeichen dafür, dass man nach dem heißen Ritt wohl bald auf einen erquickenden Trunk rechnen könne.

Dort bei den Büschen hielten die Kundschafter. Als ihnen der Reiterzug nahte, winkten sie mit den Händen zur Vorsicht, und einer rief: „Neragpan, neragpan!"

Dieses Wort hat die Bedeutung von Fährte. Die Kundschafter mahnten also zur Vorsicht, damit die von ihnen gefundene Fährte nicht zerstört werde, bevor sie von den Anführern ‚gelesen' worden sei.

Wohkadeh beachtete ihre Winke nicht, er ritt zu ihnen hin.

„Ep hets!“, rief ihm derjenige, der vorher gerufen hatte, unwillig zu.

Das heißt ‚junger Mann‘ und bedeutete also eine Zurechtweisung. Ein junger Mann handelt wohl nicht so überlegt wie ein bejahrter. Der Ausdruck enthielt einen Tadel, ohne Wohkadeh jedoch beleidigen zu sollen. Trotzdem antwortete er ernst: „Haben meine Brüder die Winter gezählt, seit denen Wohkadeh lebt? Er weiß genau, was er tut, und kennt diese Fährte, denn die Tapfen seiner Füße sind auch dabei. Hier lagerte er mit den Sioux-Ogellallah, bevor sie ihn aussandten, nach den Zelten der Schoschonen zu suchen. Sie sind jedenfalls von hier gerade nach Westen geritten, um den Fluss des Dicken Horns zu erreichen, und werden Wohkadeh Zeichen zurückgelassen haben, mit deren Hilfe er ihnen schnell zu folgen vermag.“

Die Stelle, wo sie hielten, zeigte Spuren, die andeuteten, dass vor einigen Tagen ein ansehnlicher Reitertrupp hier gelagert habe. Diese Zeichen waren aber nur für ein geübtes Auge zu erkennen. Das niedergetretene Gras hatte sich wieder völlig aufgerichtet, doch fehlten den nahen Büschen die Zweigspitzen, die von den Pferden abgefressen worden waren. Nach Wohkadehs Erklärung schien es zwecklos, sich hier länger aufzuhalten. Zwar stand die Sonne im Scheitelpunkt, es war also die Zeit der größten Tageshitze und die Pferde bedurften einer kurzen Ruhe, doch wollte man sie ihnen nicht eher gewähren, als bis Wasser gefunden wurde.

Der bisher ebene Boden begann nun zu steigen. Von vorn, rechts und links traten lang gestreckte Bergrücken heran. Die Reiter folgten einer breiten Senkung, die sich zwischen den Höhen hindurchwand. Sie war mit dem geschilderten hohen Gras bewachsen, doch zeigte sich jetzt auch immer mehr Buschwerk, zwar zunächst nur harte Arten, bald aber traten auch weichere auf, strauchartige Balsampappeln, die sich nicht zu Bäumen zu entwickeln schienen, und wilde Birnen von der Gattung, die der Amerikaner Spiked Hawthorn nennt.

Nun wurden auch die vorher nur vereinzelt stehenden Bäume zahlreicher: weiße Eschen, Kastanien, Zürgelbäume, Makrokarpa-Eichen, Linden und andere, an deren Stämmen purpurrot blühender Osterluzey emporkletterte.

Als der Weg dann hinter einer Höhe scharf nach Norden bog, sahen die Reiter bereits dicht bewaldete Berge vor sich. Dort musste Wasser zu finden sein. Zwei wild zerklüftete Höhen ragten einander gegenüber ziemlich steil empor. Zwischen sie drängte sich ein schmales Tal, auf dessen Sohle ein Wässerchen sein leises Lied murmelte. Sollte man einbiegen oder der bisherigen Richtung folgen?

Old Shatterhand musterte mit scharfem Blick den Saum des Waldes. Bald nickte er befriedigt vor sich hin und sagte: „Unser Weg führt hier links in das Tal hinein.“

„Weshalb?“, wunderte sich der Lange Davy.

„Seht Ihr nicht den Fichtenast dort im Stamm der Linde stecken?“

„Ay, Sir. Ist freilich auffällig, dass ein Nadelholz an einem Laubbaum wächst.“

„Es soll ein Zeichen für Wohkadeh sein. Die Sioux haben es so an dem Lindenstamm angebracht, dass es in das Tal zeigt. Diese Richtung haben sie demnach eingeschlagen und ich denke, wir werden noch auf mehrere solcher Wegweiser treffen. Also vorwärts!“

Winnetou war bereits schweigend vorangeritten, nachdem er nur einen kurzen Blick auf die Linde geworfen hatte. Das war so seine Art. Er pflegte zu handeln, ohne viel zu sagen.

Als der Zug eine kurze Strecke zurückgelegt hatte, fand sich eine Stelle, die sich besonders gut zum Lagern eignete. Hier wurde angehalten. Es gab Wasser, Schatten und vortreffliches Futtergras für die Pferde. Die Reiter stiegen ab und erlaubten den Tieren zu grasen. Die Schoschonen waren reichlich mit getrocknetem Fleisch versehen und die Weißen hatten noch von dem Proviant, den sie aus der Blockhütte des Bärenjägers mitgenommen hatten. Es wurde gegessen und dann streckten sich die Männer zu einem kurzen Schlummer ins Gras oder sie saßen in Gruppen beisammen, um sich zu unterhalten.

Der Unruhigste von allen war Bob, der Neger. Da er sich wund geritten hatte, schmerzten ihn die verletzten Stellen. „Masser Bob sein krank, sehr krank“, jammerte er. „Masser Bob nicht haben mehr seine Haut an den Beinen. Ganze Haut sein fort und nun kleben Hose an Beinen und tun so weh Masser Bob. Wer sein schuld daran? Die Sioux. Wenn Masser Bob sie finden, dann werden er sie totschlagen, bis sie nicht mehr sein können lebendig. Masser Bob nicht können reiten, nicht sitzen, nicht stehen, nicht liegen. Es sein, als haben Masser Bob Feuer an seinen Beinen.“

„Dagegen gibt es ein Mittel“, meinte Martin Baumann. „Such dir Colt'sfoot[1] und leg die Blätter auf die Wunden.“

„Wo aber wachsen Colt'sfoot?“

„Besonders an Waldrändern. Vielleicht ist gerade hier welcher zu finden.“

„Aber Masser Bob nicht kennen diese Pflanze. Wie können er sie finden?“

„Komm! Ich will mit suchen.“

Die beiden wollten sich entfernen. Jemmy hatte ihre Worte gehört und warnte: „Nehmt eure Gewehre mit! Man kann hier nie wissen, was der nächste Augenblick bringt.“

Martin griff wortlos nach seiner Waffe und auch der Neger schulterte seine Büchse.

„Yes!“, sagte er. „Masser Bob mitnehmen auch seine Rifle. Wenn kommt Sioux oder wildes Tier, er sogleich erschießen alles, um zu beschützen sein jung Massa Martin. Come on!“

Die beiden schritten langsam am Talrand entlang, aber es war kein Huflattich zu sehen. So entfernten sie sich weiter und weiter vom Lagerplatz. Es war still und sonnig im Tal. Schmetterlinge gaukelten um die Blumen. Käfer summten und brummten von Ort zu Ort. Das Wasser plätscherte so friedlich und die Wipfel der Bäume badeten sich im Sonnenschein.

[1] Huflattich

Da blieb der voranschreitende Martin stehen und deutete auf eine Linie, die sich in kurzer Entfernung schnurgerade von dem kleinen Bach durch das Gras zur Talwand zog, wo sie unter den Bäumen verschwand.

Sie gingen hin und nahmen die Fährte in Augenschein. Das Gras war vom Wasser bis hinüber zu den Bäumen mehrere Fußbreit nicht nur nieder-, sondern so ausgetreten, dass der nackte Boden zum Vorschein gekommen war. Martin und Bob standen also vor einem richtigen Pfad.

„Das sein gewesen kein Tier“, meinte der Neger. „Hier sein laufen ein Mann mit Stiefeln immer hin und her. Massa Martin werden Recht geben Masser Bob.“

Der Jüngling aber schüttelte den Kopf. Er untersuchte den Pfad genau und erwiderte: „Die Sache ist befremdend. Man kann keine Huf- oder Krallenspur erkennen. Der Boden ist so festgetreten, dass man nicht einmal bestimmen kann, zu welcher Zeit dieser Pfad zum letzten Mal beschritten wurde. Ich möchte wetten, dass nur ein Huftier einen solchen Weg auszutreten vermag.“

„O schön, sehr schön!“, freute sich der Neger. „Vielleicht es sein ein Opossum. Das sein Masser Bob sehr willkommen.“

Das Opossum ist die virginische Beutelratte, die bis zu einem halben Meter lang werden kann. Sie besitzt zwar ein zartes, weißes und fettes Fleisch, hat aber einen so eigentümlichen, widerlichen Geruch, dass sie von Weißen niemals gegessen wird. Der Neger dagegen verschmäht sie nicht und es gibt sogar manchen Schwarzen, der auf diesen unangenehm duftenden Braten leidenschaftlich versessen ist. Zu dieser Art von Feinschmeckern gehörte auch Bob.

„Was fällt dir ein!“, lachte Martin. „Ein Opossum hier? Gehört denn die Beutelratte zu den Huftieren?“

„Wohin Opossum gehören, das sein Masser Bob ganz gleich. Opossum sein ein fein, herrlich Fleisch und Masser Bob jetzt werden versuchen, ob Opossum sich werden lassen fangen.“

Er wollte fort, der Fährte nach, Martin aber hielt ihn zurück.

„Bleib und mach dich nicht lächerlich! Von einem Opossum kann hier keine Rede sein. Es wäre ja viel zu klein, um eine solche Spur auszutreten. Hier handelt es sich um ein großes Tier, vielleicht um einen Elk!"

„Elk, o Elk!", rief Bob, indem er mit der Zunge schnalzte. „Elk geben viel, viel Fleisch und Talg und Haut. Elk sein gut, sein sehr gut! Bob werden Elk sogleich schießen."

„Bleib, bleib! Es kann doch kein Elk sein, denn dann wäre hier das Gras abgeäst."

„So werden Masser Bob nachsehen, was es sein. Vielleicht sein es doch ein Opossum. Oh! Wenn Masser Bob ein Opossum finden, dann er machen einen großen Schmaus." Er lief der Fährte nach, der mit Wald bedeckten Talwand zu.

„Warte doch nur, Bob!", mahnte Martin. „Es kann doch auch ein Raubtier sein!"

„Opossum sein Raubtier, fressen Vögel und ander klein Viehzeug, Masser Bob es fangen." Er ließ sich nicht warnen und ging weiter. Der Gedanke an seinen Lieblingsbraten verdrängte die hier so nötige Vorsicht. Martin folgte ihm, um im Fall einer unangenehmen Überraschung schnell bei der Hand zu sein; aber der Neger war dem jungen Mann stets eine Strecke voran.

So erreichten sie den Waldrand, wo der Boden ebenso wie auf der anderen Seite des Tales ziemlich steil emporzusteigen begann. Der Pfad lief schnurgerade zwischen die Bäume hinein und dann zwischen großen Felsbrocken empor. Er war auch hier so fest, dass eine ausgesprochene Einzelspur nicht zu erkennen war.

Immer weit voran kletterte der Neger die Höhe hinauf. Die Bäume standen ziemlich dicht und zwischen ihren Stämmen hatte sich allerlei Unterholz breit gemacht, sodass der Wildpfad nun durch ein regelrechtes Dickicht führte. Da hörte Martin die jubelnde Stimme des Negers: „Massa kommen, schnell kommen! Masser Bob haben funden das Nest von Opossum."

Der Jüngling folgte so rasch wie möglich diesem Ruf. Von einem Opossum konnte keine Rede sein und so war zu befürchten, dass sich Bob in eine Gefahr begab, von deren Größe er gar keine Ahnung hatte. „Bleib stehen!“, warnte daher Martin. „Unternimm nichts, bis ich komme.“

„Oh, hier sein schon Loch, die Haustür zu Nest von Opossum! Masser Bob nun dem Opossum machen seinen Besuch.“

Jetzt erreichte Martin die Stelle, wo sich der Neger befand. Es lagen da eine Anzahl übereinander getürmter Felsstücke. Zwei davon waren gegeneinander gelehnt und bildeten eine Höhle, vor der ein aus Haselnussbüschen, wilden Maulbeersträuchern, Himbeer- und Brombeerranken bestehendes Gestrüpp wucherte. Durch dieses Gestrüpp war ein Gang gebahnt. Die bisher verfolgte Spur führte hinein, doch zeigten zahlreiche, nach rechts und links führende Fährten, dass der Bewohner der Höhle nicht nur zwischen ihr und dem Wasser verkehrte, sondern auch noch anderweitige Ausflüge unternahm.

Der Neger hatte sich niedergekauert und befand sich bereits mit seinem Vorderleib im Gestrüpp, um in die Höhle zu kriechen. Jetzt erkannte Martin zu seinem Schreck, dass seine Befürchtung nicht grundlos gewesen war. Aus den Spuren sah er nun deutlich, mit welch einem Tier er es zu tun habe. „Um Gottes willen, zurück, zurück!“, rief er. „Das ist die Höhle eines Bären!“

Gleichzeitig fasste er Bob bei den Beinen, um ihn zurückzuziehen. Der Neger aber schien ihn nicht verstanden zu haben, denn er antwortete: „Warum mich halten? Masser Bob sein tapfer, er werden besiegen ganzes Nest voll Opossum.“

„Kein Opossum, sondern ein Bär, ein Bär!“

Martin hielt den Schwarzen aus Leibeskräften fest. Da ließ sich ein tiefes, zorniges Brummen hören und zu gleicher Zeit stieß Bob einen Schrei des Schreckens aus. „Jessus! Ein Vieh, ein Ungetüm! O Masser Bob, o Masser Bob!“

Er schob sich blitzschnell aus dem Gestrüpp heraus und sprang auf. Martin sah trotz der dunklen Haut des Schwarzen, dass Bob vor Schreck das Blut aus dem Gesicht gewichen war. „Ist der Bär noch drin in der Höhle?“, fragte der Knabe.

Bob fuhr mit den Armen in der Luft herum und bewegte die Lippen, brachte aber keine Antwort hervor. Er hatte sein Gewehr fallen lassen. Seine Augen verdrehten sich und seine Zähne knirschten aufeinander.

Da raschelte es im Gestrüpp – der Kopf eines Grizzly, eines grauen Bären, blickte daraus hervor. Das gab dem Neger die Sprache wieder. „Fort, Fort!“, schrie er. „Masser Bob hinauf auf Baum!“

Er tat einen gewaltigen Sprung vorwärts nach einer dünnen, schlanken Birke und fuhr mit der Schnelligkeit eines Eichhörnchens am Stamm empor.

Martin war leichenblass geworden, doch nicht aus Angst. Mit einem flinken Griff raffte er das Gewehr des Negers auf und sprang hinter eine starke Buche. Er lehnte das Gewehr an den Stamm und griff dann zu seiner eigenen Doppelbüchse, die an seiner Schulter hing.

Der Bär war langsam zwischen dem Dorngesträuch hervorgetreten. Seine kleinen Augen blickten erst nach dem Neger, der mit den Händen an den unteren Ästen der Birke hing, und sodann nach Martin, der ihm entfernter stand. Er senkte den Kopf, öffnete den geifernden Rachen und ließ die Zunge heraushängen. So schien er zu überlegen, gegen welchen der beiden Feinde er sich zunächst wenden solle. Dann richtete er sich langsam und wackelnd auf den Hinterpranken auf. Der Grizzly war über zwei Meter hoch und verbreitete jenen durchdringenden Geruch, der allen Raubtieren der Wildnis mehr oder weniger eigen ist.

Von dem Augenblick an, da Bob von der Erde aufsprang, war noch keine Minute vergangen. Als der Neger das riesige Tier in einer Entfernung von kaum vier Schritt so drohend aufgerichtet sah, zeterte er: „For gods sake! Bär wollen fressen Masser Bob! Hinauf, schnell, schnell!“

Mit krampfhaften Bewegungen turnte er immer höher. Leider aber war die Birke so schwach, dass sie sich unter der Last des riesigen Schwarzen bog. Er zog die Füße möglichst weit empor und klammerte sich mit Armen und Beinen an, konnte sich aber doch nicht in reitender Stellung halten. Der dünne Wipfel des Bäumchens neigte sich nieder und Bob hing nun wie eine große Fledermaus an allen vieren von da herab.

Der Bär schien zu begreifen, dass dieser Feind leichter zu besiegen sei als der andere. Er wendete sich der Birke zu und bot Martin seine linke Seite. Der Jüngling hatte nach der Brust gegriffen. Dort hing unter dem Jagdhemd die kleine Puppe, das blutige Andenken an sein unglückliches Schwesterchen.

„Lucy, Lucy!", flüsterte er. „Ich räche dich!" Er legte mit sicherer Hand die Büchse an. Der Schuss krachte, dann noch einer.

Bob ließ vor Schreck los. „Jessus, Jessus!", schrie er.„Masser Bob sein tot, quite dead!"

Er stürzte herunter und die Birke schnellte in ihre natürliche Lage zurück.

Der Bär war zusammengezuckt, als hätte er einen Stoß oder Schlag erhalten. Er sperrte den fürchterlichen, mit gelben Zähnen bewehrten Rachen auf und tat noch zwei schwerfällige Schritte weiter auf den am Boden liegenden Neger zu, der aus Leibeskräften zeterte.

Im gleichen Augenblick sprang der kühne Knabe zwischen ihn und das Tier. Sein abgeschossenes Gewehr hatte er fortgeworfen und die Büchse des Schwarzen ergriffen, deren Lauf er nun auf den Bären richtete. Er und das Tier standen kaum zwei Meter voneinander entfernt. Martins Augen blitzten kühn und um seinen zusammengepressten Mund lag jener entschlossene Zug, der deutlich sagte: du oder ich!

Aber anstatt loszudrücken, ließ er das Gewehr sinken und sprang zurück. Er hatte mit scharfem Blick erkannt, dass ein dritter Schuss nicht nötig sei. Der Bär stand still. Ein röchelndes Brummen drang aus seiner Kehle, ein brüllendes Stöhnen folgte. Ein Zittern durchlief den Körper, die Vorderpranken sanken nieder, ein dunkler Blutstrom quoll über die Zunge, dann brach das Tier zusammen. – Ein krampfhaftes Zucken – der Körper wälzte sich halb zur Seite und blieb dann unbeweglich neben dem Neger liegen.

„Help, Help – Hilfe, Hilfe!“, wimmerte Bob, der vor Schreck noch immer auf dem Boden lag und mit den Armen in der Luft herumfuhr.

„Mensch, Kerl, Bob!“, zürnte Martin. „Was jammerst du, alter Feigling! Der Bär ist doch tot! Ich wette, dass ihm beide Kugeln mitten ins Herz drangen.“

Jetzt schnellte Bob empor. Er zeigte, dass alle seine Gelenke in bester Ordnung waren, und rief frohlockend: „Tot, tot sein der Bär! Oh, oh, oh Masser Bob und Massa Martin haben besiegt das Ungeheuer! Masser Bob hab machen eine Bärenjagd. Oh, was sein Masser Bob für ein kühner und berühmter Westmann! All Leut werden sagen, was für ein Mut haben der tollkühn und furchtlos Masser Bob!“

„Ja“, lachte Martin, „tollkühn war es von dir, wie eine reife Zwetschge gerade vor dem Rachen des Bären vom Baum zu fallen!“

Der Schwarze machte ein verwundertes Gesicht. „Fallen?“, fragte er. „Nicht fallen! Masser Bob sein sprungen dem Bären entgegen. Masser Bob wollen zeigen, dass er sich nicht fürchten vor Bär. Oho! Was sein Bär gegen Masser Bob!“ Damit machte er mutig einen Schritt auf den Bären zu, blieb aber dann doch in achtungsvoller Entfernung vor dem toten Tier stehen.

Da ließen sich laute Stimmen und eilige Schritte hören. „By Jove, ein Bärenpfad!“, erklang es vom Wasser herauf. „Das kann nur ein riesiger Grizzly sein. Martin und Bob haben das nicht verstanden und sind dem Tier ahnungslos entgegengelaufen. Schnell nach!“

Das war die Stimme Old Shatterhands. Der erfahrene Westmann war gleich beim ersten Blick auf die Spur nicht im Zweifel darüber gewesen, was für ein Tier sie ausgetreten habe.

„Ja, ein Grizzly ist's“, hörte man den beistimmenden Ruf des dicken Jemmy. „Vielleicht sind sie alle beide verloren. Vorwärts, hinein in den Wald!“

Das Gewirr weiterer Stimmen und eiliger Schritte war zu vernehmen.

„Hallo!“, rief Martin Baumann den Kommenden entgegen. „Habt keine Sorge! Wir sind wohlauf.“

Old Shatterhand und Winnetou waren die Ersten, die am Schauplatz der Bärenjagd erschienen.

„Wahrhaftig ein Grizzly!“, rief Old Shatterhand beim Anblick des erlegten Tieres. „Ein ganz gewaltiger Kerl! Und Ihr lebt, Master Martin! Welch ein großes Glück!“

Er trat zu dem Bären und untersuchte die Wunde. „Gerade ins Herz getroffen, und zwar aus ganz geringer Entfernung! Das ist ein meisterhaftes Jägerstück. Ich brauche wohl nicht erst zu fragen, wer das Tier erlegt hat.“

Da trat Bob vor und sagte mit einem stolzen, selbstbewussten Grinsen: „Masser Bob haben besiegt den Bären. Masser Bob sein der Mann, der schuld ist, dass Bär haben geben müssen Leben.“

„Du, Bob? Das klingt gar nicht sehr wahrscheinlich.“

„Oh! Es sein wahr, sehr wahr! Masser Bob haben sich hinsetzen vor Bär seiner Nase, damit Bär sehen nur ihn, nicht aber Massa Martin, der müssen schießen.“

Old Shatterhand lächelte. Seinem geübten Auge konnte nichts entgehen. Sein Blick fiel auf die grünen Birkenblätter, die am Boden lagen. Bob hatte sie beim Klettern von den Zweigen gestreift. Einige dieser Zweige waren dabei geknickt worden und hingen noch an den Ästen.

„Ja, Masser Bob scheint sehr tapfer gewesen zu sein“, bestätigte der Westmann. „Als er den Bären erblickte, kletterte er vor Angst hier auf diese Birke, ohne zu bedenken, dass sie zu schwach sei, ihn zu tragen. Sie bog sich und er fiel herab, gerade vor das Tier hin. Er wäre sicherlich verloren gewesen, wenn sein junger Herr die Schüsse nicht rechtzeitig abgegeben hätte. Ist es nicht so, Master Martin?“

Martin musste bejahen, obgleich es ihm Leid tat, den sonst so braven Neger Lügen strafen zu müssen. Bob aber suchte sich zu rechtfertigen: „Ja, Masser Bob sein klettern auf Birkenbaum, damit Bär ihm nachklettern und nichts tun dem guten Massa Martin.“

Er musste aber leider wahrnehmen, dass dieser Versicherung kein Glaube geschenkt wurde.

Nun wollten alle wissen, wie es bei diesem gefährlichen Jagdabenteuer wirklich zugegangen sei, und Martin erzählte den Hergang der Sache. Er tat es in einfachen, schlichten Worten, ohne alle Ausschmückung. Dennoch erkannten die Zuhörer, welch eine Kaltblütigkeit und welchen Mut er dabei entwickelt hatte.

„Mein lieber, junger Freund", nahm als erster Old Shatterhand das Wort. „Ich will Euch gern gestehen, dass selbst der erfahrenste Jäger sich nicht besser hätte benehmen können als Ihr. Wenn Ihr so fortfahrt, wird aus Euch einmal ein Mann, der viel von sich reden machen wird."

Und auch der sonst so schweigsame Winnetou meinte freundlich: „Mein kleiner weißer Bruder hat die Entschlossenheit eines alten Kriegers. Er ist ein würdiger Sohn des berühmten Bärenjägers. Der Häuptling der Apatschen reicht ihm seine Hand."

Den Schoschonen war der Bär eine willkommene Beute. Sein Rippenfleisch ist wohlschmeckend, die Schinken sind noch besser und die Tatzen gelten sogar als Leckerbissen. Nur Herz und Leber werfen die Indianer weg, da sie beides für giftig halten. Ganz besonders willkommen ist ihnen das Bärenfett, woraus sie sich eine ölige Flüssigkeit bereiten. Dieses Bärenöl gebrauchen sie zum Anrühren der verschiedenen Farben, mit denen sie sich bemalen, zum Beispiel der Kriegsfarben oder des Ockers, dessen sich die Sioux zum Färben ihrer Haarscheitellinie bedienen. Auch reiben sie sich mit diesem Öl die Haut ein, um sich gegen Insektenstiche zu schützen.

Auf eine fragende Handbewegung des Häuptlings der Schoschonen hatte Martin geantwortet: „Meine Brüder mögen das Fleisch des Bären nehmen. Das Fell aber behalte ich."

Kurze Zeit später war das Tier aus dem Fell geschält und das Fleisch wurde verteilt. Während die Mehrzahl der Schoschonen das Wildbret mit ihren haarscharfen Skalpmessern in dünne, breite Streifen schnitt, machten sich die anderen an die vorläufige Zubereitung des Felles. Es wurden alle noch anhaftenden Fleischreste sorgfältig entfernt und dann spaltete man mit einem Tomahawk den Schädel des Bären, um zum Hirn zu gelangen, womit die Innenseite der Haut eingerieben wurde.

Das ging alles so schnell, dass die Arbeit nach kaum einer Viertelstunde beendet war und die Krieger nach dem Lagerplatz zurückkehren konnten. Das Fell wurde auf eines der überzähligen Pferde der Schoschonen gebunden und das Fleisch legte man unter die Sättel. Hier wurde es dann durch das Reiten so weich und gar, dass es am Abend verspeist werden konnte. Einem europäischen Feinschmecker würde freilich eine solche Zubereitungsart nicht sehr zuträglich erscheinen.

Die Mittagsruhe war durch das Jagdabenteuer unterbrochen worden und sollte nun nicht fortgesetzt werden. Man brach auf.

Der Weg führte tiefer in das Tal hinein, schlängelte sich zwischen einigen Bergen hindurch und mündete dann in die gleiche breite Niederung, der die Truppe vorher gefolgt war. Es zeigte sich, dass man eine bedeutende Krümmung abgeschnitten hatte. Die Sioux mussten also den Weg, den sie einzuschlagen hatten, gut kennen. Sie hatten von Zeit zu Zeit, besonders wenn sich die Richtung änderte, weitere Zeichen für Wohkadeh zurückgelassen.

Im Laufe des Nachmittags gelangte der Reiterzug an ein länglich rund geformtes Tal, das einen Durchmesser von mehreren Meilen hatte und ringsum von steilen Felswänden umgeben war. In der Mitte dieses Tales erhob sich ein einzelner, kegelförmiger Berg, dessen kahle Seiten weiß im Sonnenlicht glänzten. Auf seinem Gipfel war ein niedriges, breites Steingebilde zu erkennen, das der Gestalt einer Schildkröte ähnelte.

Für den Geologen unterlag es keinem Zweifel, dass es hier einmal einen See gegeben hatte, dessen Ufer von den ringsum liegenden Höhen gebildet wurde. Die Spitze des Berges, der sich jetzt inmitten des Tales erhob, hatte als Insel aus den Fluten geragt.

Es ist durch planmäßige Beobachtungen erwiesen worden, dass in der Tertiärzeit eine große Anzahl Süßwasserseen die Landstrecken von Nordamerika bedeckt hat. Diese großen Wasseransammlungen haben sich verlaufen und die einstigen Seen sind zu Tälern und zugleich zu Grabstätten der damals lebenden Geschöpfe geworden. Der Naturforscher, besonders der Paläontologe, kann sich dort mit ungeahnten Schätzen an Fossilien bereichern.

Man findet da die Zähne und Kinnladen des Hippopotamus, das dem Flusspferd ähnlich gestaltet war, Reste des ungehörnten Rhinozeros und von Schildkröten zu Tausenden. Es gibt da Knochenreste des wiederkäuenden Schweines, des Hyänodon, des vorsintflutlichen Kamels und Pferdes und sogar einer gewaltigen

Tigerart, die mit säbelförmigen Zähnen bewaffnet war. Gegenwärtig gibt es auf dem ganzen Erdball nur etwa zehn Pferdearten, während allein in Nordamerika gegen dreißig fossile Pferdegattungen nachgewiesen worden sind. Eine davon hat nur die Größe eines Neufundländers gehabt. In jener Urzeit weideten Elefanten an den Ufern der nordamerikanischen Seen und Schweine wälzten sich im Schlamm, einige Arten nur katzengroß, andere von der Größe eines Hippopotamus. Auf den jetzt baumlosen Ebenen von Wyoming spendeten Palmen, deren Blätter eine Länge von vier Metern hatten, ihren Schatten. Elefantengroße Geschöpfe wohnten unter diesen Palmen. Die eine Art hatte Hörner zu beiden Seiten der Nase, die andere seitwärts der Augen, eine dritte nur ein einziges Horn oberhalb der Nase.

Wenn der Indianer einmal irgendwie auf solche urweltlichen Reste stößt, so wendet er sich still und ehrfurchtsvoll ab. Er kann ihren Ursprung nicht begreifen, und da ihm alles Geheimnisvolle ‚große Medizin' ist, so sind ihm diese Reste heilig, und nur zuweilen versucht er, sich anhand einer Sage ihr Vorhandensein zu erklären.

Das Tal also, an dessen Rand jetzt die Reiter hielten, war in jener Zeit auch ein See gewesen. Die Sioux-Ogellallah hatten ein Zeichen zurückgelassen, das Wohkadeh quer hindurch weisen sollte. Aber Old Shatterhand, der jetzt an der Spitze ritt, folgte dieser Weisung nicht, sondern lenkte sein Pferd nach links, um seinen Weg längs der Randberge zu nehmen.

„Hier steckt der Wegweiser!", mahnte Davy, indem er auf den Baum deutete, in dessen Stamm ein fremder Zweig angebracht war. „Das ist das Zeichen der Ogellallah. Weshalb wollt Ihr ihm nicht folgen?"

„Weil ich einen besseren Weg weiß", erwiderte der Gefragte. „Von jetzt an kenne ich die Gegend genau. Hier dieser Berg ist ‚Keah-paheh', der Schildkrötenhügel. Er ist der Berg Ararat dieser Indianer. Auch die Angehörigen der roten Rasse haben das Gedächtnis an eine große Wasserflut, eine Sintflut, bewahrt. Die

Krähenindianer erzählen, dass, als alle Menschen ertranken, nur ein einziges Paar übrig blieb. Der Große Geist rettete es, indem er ihm eine riesige Schildkröte sandte. Die beiden fanden mit all ihrer Habe auf dem Rücken des Tieres Platz und wohnten da, bis sich die Flut zu senken begann. Der Berg, den wir hier sehen, ist höher als die anderen rundum. Deshalb ragte er zuerst als Insel aus der Flut. Die Schildkröte kroch auf dieses Eiland und das Menschenpaar stieg dort von ihrem Rücken herab. Die Seele des Tieres kehrte zum Großen Geist zurück. Der Körper aber blieb dort oben und versteinerte, um als Andenken an die ersten Vorfahren der jetzigen roten Männer zu dienen. Das erzählte mir Schunktanka, der Große Hund, ein Krieger der Krähenindianer, mit dem ich im vorigen Sommer dort am Schildkrötenhügel lagerte."

„Also wollt Ihr nicht dem Weg folgen, den die Sioux-Ogellallah geritten sind?"

„Nein. Ich kenne einen näheren, der uns in beträchtlich kürzerer Zeit zum Ziel führt. Es gibt nicht viel Zugänge zum Yellowstonegebiet. Die Ogellallah scheinen den kürzesten gar nicht zu kennen. Nach der Richtung, die sie eingeschlagen haben, ist zu vermuten, dass sie sich nach Botelers Ranch wenden, von da den Yellowstone entlang gehen, um nach dem Feuerlochfluss zu kommen. Das Grab, wo Mister Baumann mit seinen Begleitern geopfert werden soll, liegt nämlich keineswegs am Yellowstone River selbst, sondern am Feuerlochfluss. Um ihn zu erreichen, reiten die Sioux-Ogellallah einen großen Bogen, und die Gegend, durch die sie kommen, bietet ihnen so viele und große Schwierigkeiten, dass sie keine ansehnlichen Tagesstrecken zurücklegen können. Der Weg aber, den ich einschlage, läuft in fast schnurgerader Linie fort, führt uns nach dem Pelican Creek und, nachdem wir ihn überschritten haben, zwischen ihm und den Schwefelhügeln zu der Stelle, wo der Yellowstonefluss aus dem gleichnamigen See tritt. Von da suchen wir den Brückenfluss auf, in dessen Nähe wir wohl die Spuren der Sioux finden werden, und reiten dann nach dem oberen Geiserbassin, das am Feuerlochfluss liegt. Dieser Weg ist zwar auch beschwerlich, doch nicht so sehr wie der Umweg der Feinde, und so ist es vielleicht möglich, dass wir noch eher als sie am Ziel ankommen."

Ein längst vertrocknetes Flüsschen hatte sich vor Zeiten von Westen her in das alte Seebecken ergossen und dabei tief in das Ufer eingeschnitten. Sein Bett war sehr schmal und die Mündung so mit dichtem Pflanzenwuchs verkleidet, dass ein scharfer Blick dazu gehörte, sie zu entdecken. Da hinein lenkte Old Shatterhand sein Pferd. Nachdem die Gestrüppwand durchbrochen war, bot der Pflanzenwuchs keine bedeutenden Schwierigkeiten mehr. Man konnte ohne große Hindernisse dem einstigen Wasserlauf entgegenreiten, bis der enge Einschnitt in so genanntes Undulating-Land mündete. Dieses Land bestand aus kleinen Prärien, die durch waldige Hügel voneinander getrennt waren, und da diese Hügel meist eine westöstliche Richtung hatten, lagen sie dem Trupp günstig.

Gegen Abend erreichte man einen Wasserlauf, der zum Gebiet des Big Horn River zu gehören schien. Hier gelangte man an eine Stelle, die sich so vortrefflich zum Lagerplatz eignete, dass man zu halten beschloss, obgleich die Dunkelheit noch nicht hereingebrochen war. Der Bach erweiterte sich zu einem kleinen, flachen Teich, an dessen Ufern Gras in Menge zu finden war. In dem klaren, bis auf den Grund durchsichtigen Wasser standen zahlreiche Forellen, die Hoffnung auf ein leckeres Nachtmahl gaben. Auf der einen Seite stieg das Ufer steil empor, auf der anderen war es eben und von dichtem Baumwuchs eingefasst. Unzählige am Boden liegende Äste ließen vermuten, dass hier im letzten Winter ziemlich starker Schneebruch entstanden sei. Dieses Astwerk bildete eine Art von Verhau um den Platz, wodurch die Sicherheit vergrößert wurde, und da das Holz vollkommen dürr war, so brauchte man um genügenden Brennstoff für die Lagerfeuer keine Sorge zu haben.

„Forellengreifen!", rief der Dicke Jemmy, indem er erfreut von seinem Gaul sprang. „Das soll heut ein wahrer Hochzeitsschmaus werden!“

„Nicht so eilig!“, warnte Old Shatterhand. „Vor allem müssen wir dafür sorgen, dass uns die Fische nicht entwischen können. Holt Holz herbei! Wir müssen zwei Gitter einschlagen.“

Nachdem die Pferde versorgt waren, wurden dünne Äste zugespitzt und zunächst unten am Ausfluss des Teiches eng nebeneinander in den weichen Boden des Baches gesteckt, sodass kein Fisch hindurchzuschlüpfen vermochte. Sodann wurde ein ähnliches Gitter auch oberhalb des Weihers hergestellt, aber nicht am Einfluss des Wassers, sondern noch weiter aufwärts, sodass es vielleicht zwanzig Schritt vom oberen Ende des Teiches entfernt war. Nun war auch hier ein Entkommen der Fische unmöglich.

Der Dicke Jemmy begann, seine großen Aufschlagstiefel auszuziehen. Den Gürtel hatte er bereits abgeschnallt und nebst der Büchse ans Ufer gelegt.

„Du, Dicker“, sagte der Lange Davy zu ihm, „ich glaube gar, du willst ins Wasser!“

„Natürlich! Das gibt einen Hauptspaß.“

„Das überlass doch lieber Leuten, die länger sind als du. Einer, der kaum über einen Stuhl hinwegzugucken vermag, kann leicht ein wenig unter Wasser geraten.“

„Würde auch nichts schaden. Ich kann ja schwimmen. Überdies ist der Teich ja gar nicht tief.“ Jemmy trat nahe an den Weiher heran, um sich genau von dessen Tiefe zu überzeugen. „Höchstens einen Meter“, meinte er.

„Das täuscht. Wenn man auf den Grund blicken kann, so scheint er höher zu liegen, als es in Wirklichkeit der Fall ist.“

„Pah! Komm her und schau hinein! Man sieht jedes Steinchen unten und da – alle Wetter, brr, puh, puh!“ Er hatte sich zu weit vornüber gebeugt und das Gleichgewicht verloren. Mit dem Kopf voran stürzte er in den Teich. Nun war gerade hier die tiefste Stelle. Der kleine, dicke Jäger ging unter, kam aber sofort wieder zum Vorschein. Er war ein vorzüglicher Schwimmer. Leider aber hatte er den Pelz noch an und der war natürlich mit ihm unter Wasser gegangen. Sein breitkrempiger Hut schwamm wie das Blatt einer Victoria regia[1] auf der kühlen Flut.

„Heigh-day!“, lachte der Lange Davy. „Gentlemen, schaut euch mal die Forelle an, die da zu fangen ist! Dieser dicke Fisch gibt viele Portionen.“

Der kleine Sachse hatte in der Nähe gestanden. Im Gespräch pflegte er sich gern an Jemmy zu reiben; aber er schätzte ihn doch, da der Dicke ja ein Deutscher war. „O weh!“, rief er erschrocken, indem er herbeigelaufen kam. „Was haben Sie denn gemacht, Herr Pfefferkorn? Warum sind Sie denn in den Teich gesprungen? Sind Sie etwa nass geworden?“

„Durch und durch“, erwiderte der schwimmende und prustende Jemmy lachend.

„Durch und durch! Das kann die allerschönste Erkältung geben. Und noch dazu im Pelz! Steigen Sie nur gleich heraus! Den Hut will ich versorgen. Ich fische ihn da mit dem Ast heraus.“ Er ergriff einen langen Ast und angelte damit nach der Kopfbedeckung. Die Angel war ein wenig zu kurz, darum beugte er sich möglichst weit vor.

„Nehmen Sie sich in Acht!“, warnte Jemmy, indem er aus dem Wasser stieg. „Ich kann ihn mir ja selber holen. Nass bin ich nun einmal.“

„Reden Sie doch nich!“, entgegnete Frank. „Wenn Sie meinen, dass ich so ungeschickt bin grad wie Sie, da können Sie mich dauern. Ich falle nich ins Wasser. Und wenn der verflixte Hut auch weiter hinüberschwimmt, da dehne ich mich eben noch e bissel mehr aus und – o jeh, da sitz ich wirklich ooch schon in der Patsche! Na, so was lebt doch nich!“

Er war ins Wasser gefallen. Das sah so drollig aus, dass alle Weißen lachten. Die Indianer aber blieben äußerlich ernst, obgleich sie sich innerlich sicher auch über den heiteren Vorgang belustigten.

„Nun, wer ist nicht so ungeschickt wie ich?“, fragte Jemmy, dem die Lachtränen in den Augen standen.

[1] Seerosenart

Frank plätscherte im Wasser und machte ein sehr zorniges Gesicht. „Was gibt's denn da zu lachen?", rief er. „Ich schwimme hier als das Opfer meiner Gefälligkeit und samaritanischen Nächstenliebe und werde zum Dank für meine Barmherzigkeit ooch noch ausgelacht. Das werde ich mir merken. Verstehen Sie mich?"

„Ich lache ja nicht, sondern ich weine! Sehen Sie das nicht?"

„Schweigen Sie! Foppen lasse ich mich nicht. Es möchte alles noch sein, aber dass ich sogar den Frack dabei anhabe, das geht mir doch nahe. Und dort schwimmt nun mein Amazonenhut ganz brüderlich neben dem Ihrigen. Kastor und Phylax, wie's in der Mythologie und auch in der Sternenkunde heißt. Es ist geradezu..."

„Kastor und Pollux heißt es!", fiel Jemmy ein.

„Seien Sie ja still! Pollux! Ich habe als Forschtbeamter so viel mit Jagdhunden zu tun gehabt, dass ich ganz genau weiß, ob es Pollux oder Phylax heißt. Solche Verbesserungen verbitte ich mir! Dennoch will ich das edle Brüderpaar herausfischen. Eigentlich sollte ich den Ihrigen drin lassen. Verdient haben Sie es nich an mir, dass ich mich Ihres Hutes wegen noch nasser mache."

Er stieg den beiden Hüten nach und brachte sie heraus. „So", sagte er. „Da sind sie gerettet. Jetzt wollen wir Ihren Pelz auswinden und nachher meinen Frack. Die beiden werden bitterliche Tränen weinen, es tropft schon jetzt."

Die zwei Verunglückten hatten jetzt so viel mit ihren durchnässten Anzügen zu tun, dass sie sich zu ihrem Leidwesen nicht an dem nun beginnenden Fischfang beteiligen konnten. Dieses Teichfischen ging sehr schnell vonstatten. Einige der Schoschonen stiegen am unteren Ende des Weihers ins Wasser, bildeten quer hindurch eine eng geschlossene Reihe und trieben, indem sie langsam vorrückten, die Fische aufwärts und aus dem Teich in den Oberlauf des Baches hinein. An den beiden Ufern des Baches hatten sich andere Rothäute platt auf den Boden gelegt, sodass sie mit den Armen ins Wasser langen konnten. Den in die Enge getriebenen Forellen war es unmöglich, durch das obere Gitter zu schlüpfen, und der Rückweg war ihnen auch versperrt. Die Indianer schöpften nun die zusammengedrängten Tiere förmlich heraus und warfen sie über ihre Köpfe hinweg aufs trockene Land. In wenigen Minuten war der reichliche Fischfang beendet.

Nun wurden flache Gruben hergestellt und mit Steinen ausgelegt. Die ausgenommenen Fische wurden auf diese Steine gelegt und mit einer zweiten Steinschicht bedeckt, auf der man Feuer anfachte. Als man dann nach einiger Zeit die Asche entfernte, waren die Forellen zwischen den heißen Steinen in ihrer eigenen Feuchtigkeit so weich gedämpft, dass das Fleisch beim Berühren von den Gräten fiel.

Nach dem Essen wurden die Pferde zusammengetrieben und die Wachen ausgestellt.

Darauf zündete man mehrere Lagerfeuer an, um die sich die Männer nun nach Belieben lagerten. Natürlich fanden sich die Weißen zusammen. Old Shatterhand, der Dicke Jemmy und der kleine Frank waren Deutsche. Der Lange Davy hatte von seinem dicken Freund so viel Deutsch gelernt, dass er es verstehen, wenn auch nicht sprechen konnte, und da der Vater Martin Baumanns auch aus Deutschland stammte, war der junge Mann der deutschen Sprache so weit mächtig, dass man sich ihrer jetzt beim Lagergespräch bedienen konnte. Auch Bob verstand einige Brocken, wie ja die Neger überhaupt ein gutes Sprachengedächtnis haben.

Eine solche Unterhaltung am Feuer, im Urwald oder in der Prärie, hat ihre eigentümlichen Reize. Da werden die Erlebnisse der Anwesenden erzählt und die Taten berühmter Jäger berichtet. Wie groß auch die Entfernungen im Wilden Westen sind, man glaubt gar nicht, wie schnell die Kunde von einer mutigen Tat, einer berühmten Person, einem hervorragenden Ereignis von Lagerfeuer zu Lagerfeuer fliegt. Haben die Schwarzfüße oben am Saskatchewan das Kriegsbeil ausgegraben, so sprechen die Komantschen am Rio Concho bereits in vierzehn Tagen davon, und wenn unter den Wallah-Wallah-Indianern im Washington-Territorium ein großer Medizinmann auftritt, so wissen die Dakotas des Coteau du Missouri bereits in kurzer Zeit davon zu erzählen.

Wie zu erwarten stand, kam die Rede auf die heutige Heldentat Martin Baumanns. Man ließ ihm alle Ehre widerfahren und auch der Hobble-Frank sagte: „Das is wahr; Martin hat seine Sache sehr gut gemacht. Aber er is nich der Einzige, der sich rühmen kann, so ein Abenteuer überlebt zu haben. Mein Bär damals war ooch nich von Pappe."

„Was?", staunte Jemmy. „Sie haben auch schon mit einem Bären zu tun gehabt?"

„Und wie! Ich mit ihm und er mit mir."

„Das müssen Sie erzählen!"

„Warum nich?" Frank räusperte sich verheißungsvoll und begann: „Ich befand mich damals noch keine Ewigkeit hier in den Vereinigten Staaten, das heißt, ich war noch ziemlich unerfahren in den hiesigen Angelegenheiten. Damit soll freilich nich gesagt sein, dass ich ungebildet gewesen wäre. Im Gegenteil, ich brachte eine gute Portion körperlicher und geistiger Vorzüge mit. Aber es will dennoch alles gelernt sein, und was man noch nich gesehen und betrieben hat, das kann man ooch nich kennen. Ein Bankier zum Beispiel, und wäre er noch so gescheit, kann nich so mir nischt dir nischt gleich die Oboe blasen, und ein gelehrter Professor der Experimentalastronomie kann nich ohne Unterweisung in den nötigen Kunstgriffen sofort Weichensteller werden. Das schicke ich zu meiner Entschuldigung und Verteidigung voraus. – Die Geschichte begab sich unten in Colorado in der Nähe des Arkansas. Ich hatte erscht in verschiedenen Städten allerlei getrieben und mir ein kleines Sümmchen gespart. Damit wollte ich einen Handel nach dem Westen anfangen und so trat ich denn mit einem hübschen Warenvorrat meine Reise als so genannter Pedlar an. Ich machte so gute Geschäfte, dass ich, als ich in der Gegend von Fort Lyon an den Arkansas kam, alles losgeworden war. Sogar das Wägelchen hatte ich mit Gewinn verkauft. Nun saß ich zu Pferd, die Büchse in der Hand und die Tasche voller Geld und beschloss, mal zum Vergnügen weiter ins Land hinein zu reiten. Ich hatte schon damals große Lust, ein berühmter Westmann zu werden."

„Der Sie ja auch geworden sind!", bemerkte Jemmy.

„Na, noch nich ganz. Aber ich denke, wenn wir jetzt off die Sioux losschlagen, werde ich wohl nich hinter der Front stehen bleiben wie Hannibal bei Waterloo, und dann is es ja möglich, dass ich einen berühmten Namen bekomme. Aber weiter! Colorado war damals erscht vor kurzer Zeit bekannt geworden. Man hatte ergiebige Goldfelder entdeckt und nun kamen die Prospekters und Diggers in Menge aus dem Osten. Wirkliche Ansiedler aber gab es nur wenige. Deshalb war ich einigermaßen erstaunt, als ich auf meinem Ritt plötzlich eine regelrechte Farm vor mir liegen sah. Sie bestand aus einem kleinen Blockhaus, mehreren Feldern und ziemlich großen Weideplätzen. Das Settlement lag an den Ufern des Purgatorio und diesem Umstand war es zuzuschreiben, dass sich Waldung in der Nähe befand. Besonders viele Ahornbäume standen da und ich wunderte mich darüber, dass in jedem Baumstamm unten eine Röhre steckte, woraus der Saft in untergestellte Gefäße tropfte. Es war im Frühjahr, der besten Zeit zur Bereitung des Ahornzuckers. In der Nähe des Blockhauses erblickte ich lange, breite, aber sehr flache hölzerne Bottiche, gefüllt mit dem Saft, der da verdampfen sollte. Das muss ich bemerken, weil einer davon bei meinem Abenteuer eine besondere Rolle spielt."

„Einem Yankee gehörte das Settlement aber sicherlich nicht", warf Old Shatterhand ein. „Der wäre gewiss nach den Goldfeldern gezogen, anstatt als Squatter hier ruhig sitzen zu bleiben."

„Ganz richtig! Der Mann war aus Norwegen und nahm mich sehr gastfreundlich off. Seine Familie bestand aus ihm, seiner Frau, zwei Söhnen und einer Tochter, und ich wurde eingeladen, so lange wie möglich zu bleiben. Das tat ich denn ooch gern und half mit in der Wirtschaft. Durch Gefälligkeiten und durch meine angeerbte Überlegenheit gewann ich das Vertrauen dieser Leute so, dass sie mich sogar ganz allein off der Farm ließen. Es sollte nämlich bei einem Nachbar ein so genanntes house-raising-frolic[1] stattfinden und die ganze Familie wollte daran teilnehmen. Ich aber sollte als Hüter zu Hause bleiben und über die Sicherheit der Farm wachen. Also, die anderen ritten ab und ich war allein. Nachbar wurde dort jeder genannt, der zu Pferd in einem halben Tag zu erreichen war. Grad so weit lag die betreffende Farm von uns und so war die Rückkehr meiner Gastfreunde vor Ablauf von zwei Tagen nich zu erwarten."

„Das war viel Vertrauen, das man Ihnen schenkte", meinte Jemmy.

„Warum? Meinen Sie etwa, mir hätte der Gedanke kommen können, mit der Farm auszureißen? Sehe ich etwa wie ein Spitzbube aus?"

„Davon ist keine Rede. Ich meinte es anders. Jene Gegend wurde doch damals mehr noch als heute von allerlei Gesindel durchzogen. Was hätten Sie als einzelner Mann gegen solch eine Schar tun können? Derartigen Menschen kommt es auf eine Kugel nicht an."

„Mir ooch nich! – Ich muss noch erwähnen, dass seitwärts von dem Haus ein hoher Hickory stand. Er war bis hoch hinauf zu den ersten Ästen seiner Rinde beraubt worden. Der Norweger hatte sie, wie er mir erzählte, zum Gelbfärben gebraucht. Nun war der Stamm sehr glatt und es gehörte eine große Geschicklichkeit dazu, hinaufzuklettern."

„Das wird wohl auch niemand verlangt haben", meinte Davy.

„Nee, verlangt hat's niemand, aber es können sich ungeahnte Begebenheiten ereignen, durch die sogar der edelste Mensch off so einen Baum getrieben wird. Sie werden dieses Naturgesetz bereits in wenigen Minuten bestätigen. Also, um auf die Hauptsache zu sprechen zu kommen: Ich befand mich ganz allein auf der Farm und dachte darüber nach, mit welcher Beschäftigung ich mir die langen Stunden der Einsamkeit versüßen könne. Richtig! Drin

[1] Richtfest

im Blockhaus war die Lehmdiele schadhaft geworden und zwischen den Holzstämmen der Wände war die Füllung heraus gebröckelt. Das musste ausgebessert werden und deshalb hatte sich der Norweger gleich neben der Hausecke eine Lehmgrube angelegt. Sie war ungefähr vier Ellen lang und drei breit und bis an den Rand gefüllt. Ganz begeistert von meinem Vorhaben, wollte ich gerade um die Ecke und stand – vor wem oder was?"

„Wohl gar vor einem Bären?", fragte Jemmy.

„Ja, vor einem Bären, der wahrscheinlich seine Höhle oben in den Ratonbergen verlassen hatte, um sich einmal Land und Leute anzusehen. Das war aber ganz gegen meinen geläuterten Geschmack. Der Kerl machte mir ein so verdächtiges Gesicht, dass ich mit einem Satz, wie ich ihn wohl nie wieder zu Stande bringen werde, zur Seite sprang. Aber ebenso rasch fuhr er off mich los. Das gab meinen Gliedern eine ungeahnte Gelenkigkeit und das Ausreißen erschien mir als eine wahre Wonne. Ich schnellte mich wie ein hinterindischer Königstiger nach dem Hickory hin, fasste an und fuhr wie eine Rakete an dem Stamm hinauf. Man glaubt gar nich, was der Mensch in so einer unsympathischen Lage zu leisten vermag."

„Jedenfalls waren Sie ein guter Kletterer?", meinte Jemmy.

„Das weniger, viel weniger sogar. Aber wenn ein Bär dahinter is, dann fragt man nich lange, ob sich das Klettern mit der Gesundheit verträgt, sondern man klettert eben, und zwar mit wahrer Leidenschaft. Unglücklicherweise war, wie bereits erwähnt, der Stamm zu glatt. Ich kam nich ganz bis zu den Ästen und mit dem Festhalten schien es auch seine Schwierigkeiten zu haben."

„O weh! Das kann gefährlich werden. Sie waren ohne Waffen. Was tat denn der Bär?"

„Etwas, was er mit gutem Gewissen hätte unterlassen können – er kam nämlich nachgeklettert."

„Ah, so war es glücklicherweise kein Grizzly!"

„Das berührte mich nich, denn damals war Bär für mich Bär. Ich klammerte mich krampfhaft fest und schaute herab. Richtig, der Kerl hatte sich unten am Stamm offgerichtet, umarmte ihn und kam langsam und gemütlich nachgeklettert. Die Sache schien ihm ungeheuren Spaß zu machen, denn er brummte höchst vergnügt vor sich hin, ungefähr wie eine schnurrende Katze, nur stärker. Bei mir aber brummte nich nur der Kopp, sondern der ganze Körper von der Anstrengung, mich festzuhalten. Der Bär kam immer näher. Ich konnte unmöglich länger an meiner Stelle bleiben, ich musste weiter hinauf. Kaum aber hatte ich die eine Hand gelöst, um weiterzugreifen, da verlor ich den Halt. Zwar griff ich schnell wieder zu, doch die Anziehungskraft der mütterlichen Erde ließ ihr Opfer nich wieder los. Noch einen kurzen angstvollen Stoßseufzer konnte ich mir gestatten, dann aber fuhr ich am Stamm herunter, so heftig wie ein zwanzigzentriger Stahlhammer und mit solcher Wucht off den Bären, dass er ooch mit hinunter musste. Er schoss zu Boden und ich off ihn druff."

Der kleine Mann erzählte so lebhaft und drastisch, dass seine Zuhörer ganz Ohr waren und bei der Art und Weise, wie er seinen Unfall schilderte, in ein laut schallendes Gelächter ausbrachen.

„Ja, lacht nur", brummte Frank. „Mir war es ganz und gar nich wie Lachen. Ich hatte das Gefühl, als seien alle Teile meines Körpers durcheinander gestoßen worden. Mir war ganz taub und dumm zu Mute, sodass ich für einige Sekunden gar nich ans Aufstehen dachte."

„Und der Bär?", fragte Jemmy.

„Der lag erscht ebenso still unter mir, wie ich sprachlos off ihm saß. Dann aber raffte er sich plötzlich off und das brachte mich zur Erkenntnis meiner persönlichen Verpflichtungen. Ich sprang ooch off und rannte fort – er hinter mir her, ob aus Angst wie ich oder in dem heißen Wunsch, die einmal angeknüpfte Bekanntschaft mit mir fortzusetzen, das weiß ich nich. Eigentlich wollte ich hin nach der Tür und ins Haus hinein. Dazu war aber die Zeit zu kurz und der Bär zu nahe. Die Angst verlieh mir die Schnelligkeit einer Schwalbe. Es war, als hätte sie mir die Länge meiner Beine verdoppelt und vervierfacht. Ich schoss vorwärts wie eine

Flintenkugel, um die Hausecke herum und – in die Lehmgrube hinein, grad bis unter die Arme. Alles hatte ich vergessen, Himmel und Erde, Europa und Amerika, alle meine Kenntnisse und den ganzen Lehm. Ich steckte drin wie die Schabe im Bäckerteig und – da tat es neben mir einen gewaltigen ‚slap', wie der Amerikaner sich ausdrückt. Gleich darauf erhielt ich einen Stoß wie vom Puffer eines Bahnwagens und der Lehm schlug mir über dem Kopp zusammen. Das Gesicht war gänzlich davon überzogen, nur das rechte Auge war freigeblieben. Ich drehte mich um und – schielte den Bären an, der infolge seines leichtsinnigen Gemüts vergessen hatte, off die Gegend zu achten, und mir also nachgesprungen war. Nur sein Kopp war zu sehen, aber der sah ooch schauderhaft aus. Wir blickten einander drei Sekunden lang lieblich an. Dann wendete er sich nach links und ich mich nach rechts, jeder in der lobenswerten Absicht, in eine freundlichere Umgebung zu gelangen. Natürlich ging bei ihm das Heraufklettern schneller als bei mir. Schon hatte ich Angst, dass er, der Grube entsprungen, stehen bleiben werde, um mich zu belagern. Aber kaum hatte er festen Fuß gefasst, so sauste er von dannen in der Richtung, aus der wir gekommen waren, und schwenkte um die Ecke, ohne mich nur eines einziges Blickes zu würdigen. Farewell, big muddy beast!"

Hobble-Frank war im Eifer des Erzählens aufgestanden und hatte seinen Bericht mit so entsprechenden Gebärden begleitet, dass seine Zuhörer lachten, wie diese einsame Gegend wohl noch nie ein Lachen vernommen hatte. Ob einer auch aufhörte, er musste immer wieder von neuem anfangen, es war zu drollig.

„Das ist allerdings ein recht lustiges Abenteuer", meinte endlich Old Shatterhand, „und das Beste daran ist, dass es so ungefährlich für Sie ablief, freilich für den Bären leider auch!"

„Für ihn ebenso?", fragte Frank. „Oho! Ich bin ja noch gar nich fertig. Als mein Bär um die Ecke verschwunden war, hörte ich ein Geräusch, wie wenn ein Möbelstück umgeworfen wird. Ich beachtete es aber nich, sondern war nur bemüht, mich aus der

Grube herauszuarbeiten. Das kostete mich bedeutende Anstrengungen, denn der Lehm war gewaltig zäh und ich kam nur dadurch frei, dass ich ihn im Besitz meiner Stiefel ließ. Jetzt musste ich vor allen Dingen das Gesicht reinigen. Ich ging also hinter das Haus, wo ein Wässerchen vorüberfloss, dem ich alles freundlich anvertraute, was als überflüssig an meiner äußeren Menschlichkeit haftete. Dann eilte ich nach vorn, um an der Fährte zu sehen, in welcher Richtung sich der Bär entfernt habe. Aber der Kerl war gar nich fort. Er saß dort unter dem Hickorybaum und – leckte sich eifrig ab."

„Den Lehm? Pah!", meinte Jemmy kopfschüttelnd. „So weit ich die Eigenschaft dieser Tiere kenne, ist er sofort ins Wasser gegangen."

„Das fiel ihm gar nich ein, denn er war gescheiter als Sie, Herr Jemmy. Der Bär liebt bekanntlich Süßigkeiten, und ich habe doch die hölzernen Bottiche erwähnt, worin der Zuckersaft verdunsten sollte. Der Bär war von dem Abenteuer so wenig erbaut gewesen, dass er nur daran gedacht hatte, in höchster Eile davonzukommen. Einer der Bottiche hatte ihm im Weg gestanden und er hatte in der Eile darüber hinwegspringen wollen. Dabei war er aber hineingesprungen und hatte den Bottich von den Unterlagen, off denen er stand, heruntergerissen. Da der Saft bereits sehr dickflüssig war, verbreitete er einen starken Zuckergeruch, über den das leichtsinnige Tier den Sturz vom Baum, den Sprung in die Grube und mich vergessen hatte. Anstatt mein ‚farewell' und die darin liegende Warnung zu beherzigen, hatte sich der Bär unter dem Baum häuslich niedergelassen, um mit größtem Behagen die Süßigkeit vom Lehm wegzulecken. Er war so sehr in diese angenehme Beschäftigung vertieft, dass er gar nich bemerkte, dass ich mich längs der Wand nach der Tür schlich und dann ins Haus schlüpfte. Jetzt war ich in Sicherheit und nahm meine Büchse vom Nagel. Da der Bär off den Hinterpranken saß und ich so lange zielen konnte, wie es mir beliebte, konnte ich gar keinen Fehlschuss tun. Die Kugel traf das Tier genau an der Stelle, wo nach Ansicht der Dichter die zarten Gefühle stecken sollen, nämlich gerade ins Herz. Der Bär zuckte zusammen, richtete sich weiter off, machte mit den Vorderpranken einige Erklärungen und sank dann tot zu Boden. Er hatte infolge seines Leichtsinns und seiner Genusssucht aufgehört, als lebendes Wesen zu bestehen."

„Hm", machte Old Shatterhand. „Was für eine Farbe hatte denn Ihr Bär?"

„Sein Fell war schwarz."

„Und seine Schnauze?"

„War gelb."

„Ah, so war es nur ein Baribal, vor dem Sie keine Angst zu haben brauchten."

„Oho! Es war ihm anzusehen, dass er Appetit nach Menschenfleisch hatte!"

„Glauben Sie das nicht! Der Baribal frisst viel lieber Früchte als Fleisch. Ich mache mich anheischig, es ohne alle Waffen mit so einem dummguten Tier aufzunehmen. Einige kräftige Faustschläge und es würde davonlaufen."

„Ja, das sind Sie! Sie schlagen ja, wie Ihr Name sagt, einen Menschen mit der Faust nieder. Ich aber bin viel zarter besaitet und möchte es ohne Waffen nich versuchen und – halt! Was läuft da?"

Frank war, wie bereits erwähnt, während des Erzählens von seinem Platz aufgestanden. Dabei war er auf einige Steintrümmer getreten, die nahe hinter ihm lagen, und hatte so ein Tierchen aufgescheucht, das sich unter den Steinen aufgehalten hatte. Es huschte blitzschnell über den Platz hinweg und fuhr in die Öffnung eines hohlen Baumstumpfes. Die Bewegungen des Tieres waren so flink gewesen, dass man nicht hatte sehen können, zu welcher Art es gehörte.

Einer war wie elektrisiert von dem kleinen Vorkommnis, nämlich der Neger Bob. Er sprang auf, rannte zu dem Baumstumpf und rief: „Ein Vieh, ein Vieh haben hier laufen, haben sich verstecken in Loch! Masser Bob wird holen Vieh aus Baum heraus."

„Vorsicht!“, warnte Old Shatterhand. „Du weißt ja gar nicht, was für ein Tier es war!“

„Oh, es sein nur so klein!“ Bob deutete mit den beiden Zeigefingern die Länge des Tieres an.

„Ein kleines Geschöpf kann unter Umständen gefährlicher werden als ein großes.“

„Ein Opossum sein nicht gefährlich.“

„Hast du denn gesehen, dass es ein Opossum war?“

„Ja, ja. Masser Bob haben sehen Opossum ganz deutlich. Es sein fett, sehr fett und geben einen Braten sehr schmackhaft, oh, viel schmackhaft!“ Er schnalzte mit der Zunge und leckte die Lippen, als habe er den Braten bereits vor sich.

„Und ich denke, du irrst dich. Ein Opossum ist nicht so behände, wie dieses Tierchen war.“

„Opossum auch schnell laufen, ganz schnell. Warum Massa Shatterhand nicht gönnen Masser Bob den guten Braten?“

„Nun, wenn du gar so überzeugt bist, dich nicht geirrt zu haben, so tu, was du willst! Uns aber bleibe mit dem Gericht vom Leibe!“

„Sehr gern vom Leibe bleiben! Masser Bob geben keinem Menschen vom Opossum. Er essen den Braten ganz allein. Jetzt aufpassen! Er ziehen Opossum aus Loch heraus!“ Bob streifte den rechten Ärmel hoch.

„Nicht so, nicht so!“, warnte Old Shatterhand. „Du musst das Tier mit der Linken ergreifen und in die Rechte das Messer nehmen. Sobald du die Beute gepackt hast, ziehst du sie heraus und kniest schnell darauf. Dann kann sich das Tier nicht bewegen und wehren und du schneidest ihm rasch die Kehle durch.“

„Schön! Das sein sehr schön! Masser Bob werden es so machen, denn Masser Bob sein großer Westmann und berühmter Jäger.“

Er streifte nun den linken Ärmel auf, nahm das Messer in die rechte Hand und griff dann in das Loch hinein, erst vorsichtig und zögernd, bis er, als er nichts fühlte, den Arm weiter hinter schob. Dann aber ließ er plötzlich das Messer fallen, stieß einen lauten

Schrei aus, zog heftige Grimassen und fuchtelte mit dem freien rechten Arm in der Luft herum.

„Heigh-ho, heigh-ho“, jammerte er. „Das tun weh, sehr weh!“

„Was denn? Hast du das Tier?“

„Ob Masser Bob es haben? Nein, Tier haben Masser Bob.“

„O weh! Hat es sich in deine Hand verbissen?“

„Sehr, ganz sehr verbissen!“

„So zieh, zieh nur!“

„Nein, denn das tun furchtbar weh!“

„Aber drin lassen kannst du die Hand doch auch nicht. Wenn sich so ein Tier einmal verbissen hat, lässt es nicht wieder los. Also zieh! Und wenn du es herausbringst, greifst du schnell mit der anderen Hand zu, um es festzuhalten, während ich ihm den Gnadenstoß versetze.“

Old Shatterhand nahm sein langes Messer aus dem Gürtel und trat zu Bob an den Baum. Der Schwarze zog jetzt den Arm zurück, freilich nur sehr langsam und unter Zähnefletschen und schmerzlichem Wimmern. Das Tier ließ wirklich nicht los und wurde bis an die Öffnung des Loches gezerrt. Jetzt tat der Neger noch einen raschen Ruck. Das Tier kam heraus und hing mit dem Gebiss an seiner linken Hand. Er fasste es mit der Rechten flink am hinteren Körperteil, in der Erwartung, dass Old Shatterhand nun das Messer gebrauchen werde. Stattdessen aber sprang der Westmann schleunigst zurück und rief: „Ein Skunk! Fort, fort, ihr Leute!“

Mit diesem Namen wird das amerikanische Stinktier bezeichnet. Es ist ein etwa 40 Zentimeter langes, zu den Mardern gehöriges Säugetier, hat einen fast ebenso langen, zweizeilig behaarten Schwanz und eine klumpige Nase am spitzen Kopf. Das Fell ist schwarz und mit zwei schneeweißen, an den Seiten getrennt fortlaufenden und auf der Schulter zusammenfließenden Längsstreifen versehen. Es lebt von Eiern, kleinen Tieren, wird aber auch den Hasen gefährlich, geht nur des Nachts auf Raub aus und verbringt die übrige Zeit in Erdlöchern und hohlen Bäumen. Dieses Tier verdient seinen lateinischen Namen Mephitis mit vollem Recht. Es hat nämlich unter dem Schwanz eine Drüse, aus der es, sobald es angegriffen wird, zu seiner Verteidigung eine übel riechende, scharfe, ölige Flüssigkeit ausspritzt. Der Gestank dieser gelben Flüssigkeit ist wahrhaft furchtbar und haftet mehrere Monate lang an den Kleidern, die davon benetzt wurden. Da der Skunk den Feind aus beträchtlicher Entfernung mit diesem stinkenden Saft zu treffen vermag, hält sich jeder, der das Tier kennt, möglichst entfernt von ihm. Denn wer angespritzt wird, kann sehr leicht in die Lage kommen, wochenlang von aller menschlichen Gesellschaft ausgeschlossen zu werden.

Anstatt eines Opossums hatte Bob also ein solches Stinktier gefangen. Die anderen Männer waren von ihren Plätzen aufgesprungen und eilten davon. „Wirf es weg! Schnell, schnell!“, riet der Dicke Jemmy dem Neger.

„Masser Bob nicht kann wegwerfen“, jammerte der Schwarze. „Es haben sich einbeißen in seine Hand und oh, au – au, oh! Faugh, it's a beastly shame, pfui Teufel! Jetzt haben es Masser Bob anspritzen. O Tod, o Hölle, o Teufel! Wie stinken Masser Bob! Kein Mensch kann aushalten. Masser Bob müssen ersticken. Fort, fort mit Tier, mit schreckliches Viehzeug!“ Er wollte es von der Hand abschütteln, aber alle seine Mühe war vergeblich.

„Wart! Masser Bob dich schon herunterbekommen, du dirty pig, du foul rascal!“ Er holte mit der rechten Faust aus und versetzte dem Tier einen gewaltigen Hieb auf den Kopf. Dieser Hieb betäubte den Skunk, trieb aber dessen Zähne noch tiefer in die Hand des Negers. Vor Schmerz aufbrüllend, riss Bob sein Messer vom Boden und schnitt dem Skunk die Gurgel durch.

„So!“, rief er. „Jetzt haben Masser Bob gesiegt. Oh, Masser Bob sich nicht fürchten, vor keinem Bären und vor keinem smelling beast! Alle Massers herkommen und sehen, wie Masser Bob haben totgemacht ein reißend Tier!“

Aber sie hüteten sich wohl, ihm zu nahe zu kommen, denn er verbreitete einen so entsetzlichen Geruch, dass sich alle trotz der

Entfernung die Nasen zuhielten. „Nun, warum nicht kommen?“, fragte er. „Warum nicht feiern Sieg mit Masser Bob?“

„Kerl, bist du toll?“, entrüstete sich der Dicke Jemmy. „Wer kann dir zu nahe kommen! Du duftest ja noch viel schlimmer als die Pest!“

„Ja, Masser Bob riechen sehr schlecht. Masser Bob es selber auch schon merken! Oh, oh, wer kann aushalten diesen Duft!“ Er machte ein schreckliches Gesicht.

„Wirf doch das Vieh weg!“, riet Old Shatterhand.

Bob versuchte dieser Weisung nachzukommen, es gelang ihm nicht. „Zähne sind zu tief in Masser Bobs Hand. Masser Bob können nicht aufmachen Maul von Vieh!“

Er zog und zerrte unter Ach und Oh an dem Kopf des Skunks, aber vergeblich. „The devil!“, schrie er zornig. „Skunk können doch nicht ewig hängen bleiben an Hand von Masser Bob! Sein denn niemand da, der wollen helfen arm Masser Bob?“

Das erbarmte den Hobble-Frank. Sein mitleidiges Herz trieb ihn zu dem Wagnis, den Neger von seinem toten Feind zu erlösen. Er näherte sich ihm, allerdings nur sehr langsam, und sagte: „Höre, Bob, ich will's mal versuchen. Du duftest mir zwar sehr nach Geruch, aber meine Menschlichkeit wird's wohl überwinden. Doch mache ich die Bedingung, dass du mich nich etwa berührst!“

„Masser Bob nicht kommen an Massa Frank!“, beteuerte der Neger.

„Nun gut! Aber ooch deine Kleider dürfen nich die meinigen streifen, sonst duften wir zu zweit, und ich will dir dieses ehrenvolle Recht doch lieber allein überlassen.“

„Massa Frank nur kommen! Masser Bob sich ganz sehr in Acht nehmen!“

Es war wirklich eine Art von Heldentum, dass der kleine Sachse jetzt zu dem Schwarzen trat. Berührte er nur leise eine Stelle an Bobs Gewand, das von der Flüssigkeit getroffen war, so verfiel er dem Schicksal eines Ausgestoßenen, wenn er es nicht vorzog, sich für immer seiner Kleidung zu entäußern.

Der widerliche Gestank nahm dem Hobble-Frank bei seiner Rettungstat fast den Atem. Aber er hielt tapfer aus. „Nun streck mir mal den Arm entgegen, Schwarzer!“, gebot er. „Gar zu nahe an dich heran will ich mich doch nich wagen.“

Bob gehorchte diesem Befehl und der Sachse fasste mit der einen Hand die obere und mit der anderen die untere Kinnlade des Tieres, um den Neger zu befreien. Es gelang ihm nur durch Aufbietung aller seiner Kräfte. Er musste das Maul des Skunks geradezu aufbrechen und sprang dann eilig wieder zurück. Es war ihm beinahe schwindlig geworden, so scheußlich roch der Neger.

Bob war recht froh, nun befreit zu sein. Seine Hand blutete zwar, aber er achtete nicht darauf, sondern kam zufrieden auf die anderen zu. Da aber hob Old Shatterhand sein Gewehr, richtete es auf Bobs Brust und befahl: „Bleib stehen, sonst erschieße ich dich!“

„O Himmel! Warum wollen totschießen arm gut Masser Bob?“

„Weil du uns ansteckst, wenn du uns berührst. Lauf schnell fort, am Wasser abwärts, möglichst weit, und wirf alle deine Kleider von dir.“

„Kleider abwerfen? Masser Bob soll hergeben sein schön Kalikorock und Hosen und Weste?“

„Alles! Dann kommst du zurück und setzt dich da in den Teich, sodass dir das Wasser bis an den Hals geht. Also schnell! Je länger du zögerst, desto länger behältst du den Gestank an dir.“

„Welch ein Unglück! Mein schön Anzug! Masser Bob ihn waschen und dann nicht mehr riechen!“

„Nein, Masser Bob wird mir gehorchen, sonst schieße ich ihn mausetot: Also: eins – zwei – und – drr...!“ Der Jäger schritt mit erhobenem Gewehr auf den Neger zu.

„Nein, nein!“, schrie Bob. „Nicht totschießen! Masser Bob laufen fort, schnell, sehr schnell!“

Er verschwand im Dunkel der Nacht. Natürlich war die Drohung Old Shatterhands nicht ernst gemeint gewesen. Sie bildete aber das beste Mittel, den Neger zum raschen Gehorsam zu bringen. Bob kehrte bald zurück und musste sich in den Teich setzen, um sich unaufhörlich abzuwaschen. Als Seife erhielt er dazu ein dickes Gemengsel von Bärenfett und Holzasche, die ja bei den Feuern genügend vorhanden war.

„Wie schade um schön Fett vom Bären!“, klagte er. „Masser Bob konnte damit einreiben sein Haar und sich machen viele schöne Löckchen. Masser Bob sein ein fein ringlet-man, kein gewöhnlicher Nigger, denn er können Löckchen flechten, so lang!“

„Wasch dich nur!“, lachte Jemmy. „Denke jetzt nicht an deine Schönheiten, sondern an unsere Nasen!“ Der Schwarze verbreitete nämlich, obwohl er sich seines Anzugs entledigt hatte, und obgleich er im Wasser saß, noch immer einen entsetzlichen Geruch.

„Aber“, fragte er, „wie lange müssen Masser Bob hier sitzen und waschen?“

„Solange wir hier bleiben, also bis morgen früh.“

„Das können Masser Bob nicht aushalten!“

„Du wirst gezwungen werden, es auszuhalten. Eine andere Frage ist, ob es die übrig gebliebenen Forellen aushalten. Ich weiß nicht, ob die Fische Geruchsnerven besitzen, aber wenn es der Fall ist, so werden sie über den Besuch, den du ihnen jetzt machst, nicht sehr erfreut sein.“

„Und wann darf Masser Bob seinen Anzug holen, um auch ihn zu waschen?“

„Gar nicht. Der bleibt liegen, wo er liegt, denn er ist unbrauchbar geworden.“

„Aber was wird da arm Masser Bob anziehen?“

„Ja, das ist freilich eine schlimme Angelegenheit. Es gibt keinen Ersatz für dein Gewand. Du wirst dich also wohl in das Grizzlyfell wickeln müssen, das Martin heute erbeutet hat. Vielleicht finden wir droben im Felsengebirge das verlassene Lager eines urweltlichen Schneidermeisters, woraus du dich mit Strümpfen und einem Überzieher versehen kannst. Bis dahin aber wirst du in unserem Zug die Nachhut bilden, denn wenigstens während der nächsten Tage darfst du uns nicht sehr nahe kommen. Also wasch nur fleißig, wasch! Denn je mehr du reibst, desto eher verliert sich der Geruch.“

Und Bob rieb aus Leibeskräften. Nur sein Kopf ragte aus dem Wasser hervor und es war wirklich lustig anzusehen, was für Grimassen er schnitt.

9. Der Namenlose

Die anderen waren indessen an das Lagerfeuer zurückgekehrt. Begreiflicherweise bildete zunächst das Abenteuer Bobs den Gegenstand der Unterhaltung. Dann wurde der Lange Davy gebeten, eines seiner Erlebnisse zu erzählen. Er kam diesem Wunsch nach und berichtete von einer Zusammenkunft mit dem Trapper Juggle-Fred, der als Meister im Schießen bekannt war. Nachdem er einige Kunststücke dieses Mannes beschrieben hatte, fügte er hinzu: „Aber es gibt noch mehr solche Schützen. Ich kenne zwei, die von niemand übertroffen werden: Winnetou und Old Shatterhand. Bitte, Sir, wollt Ihr uns nicht irgendeines Eurer Abenteuer schildern?"

Diese letzten Worte waren an Old Shatterhand gerichtet. Er antwortete nicht sofort. Vielmehr holte er tief Atem, als wolle er etwas in der Luft Liegendes durch den Geruchssinn prüfen.

„Ja, der Kerl dort im Wasser duftet noch ganz gehörig", meinte Jemmy.

„Ihm galt mein Atemzug nicht", entgegnete Old Shatterhand, indem er einen forschenden Blick seitwärts auf sein Pferd Hatatitla richtete, das aufgehört hatte zu grasen und die Luft witternd durch die Nüstern sog.

„So riecht ihr etwas anderes?", fragte Davy.

„Nein!" Dann wandte sich Old Shatterhand halblaut zu Winnetou: „Gonjuhn-eh-go!"

Das heißt auf Deutsch: „Pass auf!" Da die anderen die Sprache der Apatschen nicht verstanden, wussten sie nicht, was er meinte. Winnetou nickte, griff nach seiner Büchse und zog sie nahe an sich heran.

Old Shatterhands Pferd wendete den Kopf schnaufend nach dem Feuer, seine Augen funkelten.

„Dih-il-husch!", rief der Jäger dem Tier zu und es legte sich sofort ins Gras nieder, ohne ein weiteres Zeichen von Unruhe merken zu lassen.

Da auch Old Shatterhand jetzt seinen Stutzen an sich heranzog, fragte Jemmy: „Was habt Ihr, Sir? Euer Pferd scheint etwas zu wittern?“

„Es riecht den Geruch des Negers“, beruhigte der Gefragte.

„Aber ihr beide greift zu den Waffen!“

„Weil ich mit Euch vom Hüftschuss sprechen will. Ihr habt doch wohl bereits davon gehört?“

„Gewiss!“

Frank jedoch meinte, obgleich jetzt Englisch gesprochen war, in seinem sächsischen Tonfall: „Hören Sie Master Shatterhand, da werden Sie sich wohl mehrschtenteels eines falschen Ausdrucks bedient haben!“

„Wieso?“

„Das heißt nämlich nich Hüftschuss, sondern Hexenschuss. Wer den bekommt, der geht gebückt und lahm, denn es liegt ihm jämmerlich im Kreuz und in den Hüften. Der Ausdruck Hüftschuss is deshalb orthografisch-medizinisch ganz falsch.“

Old Shatterhand ließ es sich, während Frank sprach, nicht merken, dass er ebenso wie Winnetou den Waldrand jenseits des Baches und Teiches und die wirren Trümmer des Windbruchs mit scharfem Blick absuchte. Er hatte seinen Hut so weit in die Stirn gezogen, dass die Augen tief im Schatten lagen und man nicht genau zu sehen vermochte, nach welcher Richtung und auf welchen Gegenstand sie gerichtet waren. Dann erwiderte er unbefangen: „Bitte, mein bester Frank, ich weiß gar wohl, was Hexenschuss ist. Es war aber ein anderer Schuss gemeint.“

„Ach so! Nun, welcher denn?“

„Der Hüftschuss, wie ich sagte. Man nennt ihn auch Knieschuss. Damit meine ich den Schuss, bei dem man das Gewehr nicht wie gewöhnlich anlegt, sondern es nur bis an die Hüfte hebt oder an Schenkel und Knie legt.“

„Da kann man doch gar nich zielen!“

„Es ist allerdings schwierig, sich die nötige Fertigkeit anzueignen, und es gibt gar manchen guten Westmann, der sein Ziel niemals fehlt, aber beim Hüftschuss oder Knieschuss regelmäßig danebenschießt."

„Wozu hat man da den Hüftschuss erfunden? Es is doch besser, man zielt in der üblichen Weise, in der man des Treffens sicher is."

„Nein! Es gibt Lagen, in denen man ohne die erwähnte Fertigkeit des Todes sein würde. Der Hüftschuss wird nämlich nur vorgenommen, wenn man sitzt oder am Boden liegt und den Gegner nicht wissen lassen will, dass man überhaupt zu schießen beabsichtigt. Denkt Euch einmal, es befänden sich feindliche Indianer in der Nähe mit der Absicht, uns zu überfallen. Sie senden ihre Kundschafter aus, die sich anschleichen, um zu erfahren, wie stark wir sind, ob unser Lagerplatz ihrem Vorhaben günstig ist und ob wir die nötige Vorsicht walten lassen. Diese Kundschafter kommen auf Händen und Füßen herbeigekrochen."

„Aber sie müssen doch vorher von unseren Posten entdeckt werden!", warf Frank ein.

„Das ist nicht so gewiss, wie Ihr denkt. Ich zum Beispiel habe mich bis in das Zelt Oihtka-petays geschlichen, obwohl er Posten ausgestellt hatte, und obwohl der Boden aus einer flachen Grasebene bestand. Hier aber stehen rundum Bäume, die das Anschleichen außerordentlich erleichtern. Doch weiter! Die Kundschafter haben sich an unseren Posten vorübergeschlichen. Sie liegen am Rand des Waldes, hinter oder zwischen dem vom Windbruch aufgehäuften Holzgewirr, und beobachten uns. Gelingt es ihnen, zu den Ihrigen zurückzukehren, so sind wir verloren. Wir werden ahnungslos angegriffen und vernichtet. Das beste Gegenmittel ist, die Kundschafter unschädlich zu machen."

„Also sie zu erschießen?"

„Ja. Ich bin zwar gegen alles vermeidbare Blutvergießen, aber in einem solchen Fall wäre es ja Selbstmord, wenn man den Feind schonen wollte. Man muss ihm die Kugel geben."

„Gopi-aguan-neeschigo – sie sind nahe", flüsterte der Häuptling der Apatschen.

„Schi-teschi-go-aguan – ich sehe sie", entgegnete Old Shatterhand.

„Naki – zwei!"
„Ha-ah – ja!"
„Ni darteh, schi ohji; pi-es-itah tajassi – nimm du diesen und ich nehme jenen, in die Stirn!" Dabei ließ der Apatsche seine Hand von links nach rechts gleiten.
„Was habt Ihr nur für Heimlichkeiten?", fragte der Lange Davy.
„Nichts Ungewöhnliches. Ich sagte dem Häuptling in der Sprache der Apatschen, dass er mir helfen solle, Euch zu erklären, was für eine Bewandtnis es mit dem Knieschuss hat."
„Das weiß ich schon. Mir ist er freilich nie gelungen, so sehr ich mich geübt habe. Und um auf Eure vorigen Worte zurückzukommen, so müsste man doch die Kundschafter gesehen haben, bevor man sie erschießen kann."
„Allerdings!"
„In der Dunkelheit des Dickichts da drüben?"
„Ja!"
„Sie werden sich aber hüten, so weit hervorzukommen, dass man sie sehen kann!"
„Hm!"
Old Shatterhand musterte den Waldrand abermals, nickte befriedigt vor sich hin und antwortete: „Habt Ihr vielleicht einmal des Nachts im Meer die Augen einer Tinteraro, eines Haifisches, glänzen sehen?"
„Nein!"
„Nun, diese Augen sieht man ganz deutlich. Sie haben einen phosphoreszierenden Glanz. Jedes andere Auge, auch das des Menschen, besitzt denselben Glanz, allerdings nicht in der gleichen Stärke. Und je mehr des Nachts die Sehkraft eines Auges angestrengt wird, desto deutlicher ist es trotz der Dunkelheit zu bemerken. Befände sich zum Beispiel jetzt da drüben im Gebüsch ein Kundschafter, der uns beobachtete, ich würde seine Augen sehen und Winnetou ebenso."
„Das wäre stark!", meinte Davy. „Was sagst du dazu, alter Jemmy?"

„Ich denke, dass ich auch nicht blind bin“, entgegnete der Gefragte. „Zum Glück sind wir hier vor einem solchen Besuch sicher. Es ist immerhin eine heikle Sache, in eine Lage zu kommen, wo ein guter Knieschuss notwendig ist. Nicht wahr, Sir?“

„Ja“, nickte Old Shatterhand. „Schaut her, Mister Frank! Also gesetzt den Fall, da drüben befindet sich ein feindlicher Kundschafter, dessen Augen ich zwischen den Blättern glänzen sehe. Ich muss ihn töten, sonst gefährde ich mein eigenes Leben. Wenn ich aber das Gewehr an die Wange lege, sieht er, dass ich schießen will, und zieht sich augenblicklich zurück. Vielleicht hat er gar bereits seine Büchse auf mich gerichtet und feuert seinen Schuss eher ab als ich den meinigen. Das muss ich vermeiden, indem ich eben den Hüftschuss anwende. Dabei sitzt man ruhig und scheinbar unbefangen da, wie ich jetzt. Man greift zur Büchse und hebt sie langsam ein wenig, als wolle man etwas nachsehen oder nur mit ihr spielen. Man senkt, so wie ich jetzt, den Kopf, als blicke man abwärts, hat aber das Auge im Schatten der Hutkrempe und hält den Blick scharf auf das Ziel gerichtet, geradeso wie Winnetou und ich jetzt.“

Was er in Worten erklärte, tat er auch und der Apatsche desgleichen.

„Man drückt den Kolben mit dem rechten Arm fest an die Hüfte und den Lauf an das Knie, greift mit der linken Hand nach rechts hinüber und legt sie oberhalb des Schlosses an das Gewehr, das dadurch eine sichere Lage erhält, legt den Zeigefinger der rechten Hand an den Drücker, richtet den Lauf so, dass die Kugel nahe über den Augen, also in die Stirn des Kundschafters einschlagen muss, ein Zielen, das allerdings gelernt sein will, und drückt los – da!“

Sein Schuss blitzte auf und im gleichen Augenblick krachte auch das Gewehr des Apatschen. Beide sprangen rasch vom Boden auf. Winnetou schnellte, sein Gewehr von sich werfend und das Messer aus dem Gürtel reißend, wie ein Panther über den Bach hinüber und in das Dickicht hinein.

„Anemazokan koso! Kare! Empanoke! – Die Feuer löschen! Hinsetzen! Nicht sprechen!“, rief Old Shatterhand in der Mundart der Schoschonen. Zugleich stieß er mit dem Stiefelabsatz in das Feuer, an dem er gesessen hatte, und warf die brennenden Scheite in den Teich. Dann eilte er dem Apatschen nach.

Die Schoschonen waren ebenso wie die Weißen beim Knall der beiden Schüsse aufgesprungen. Die geistesgegenwärtigen roten Krieger befolgten im Augenblick Old Shatterhands Befehl, indem sie die restlichen Scheite ins Wasser schleuderten. Im Nu herrschte tiefe Dunkelheit und doch waren seit den Schüssen nur wenige Sekunden vergangen.

Auch das Gebot, still zu sein, wurde berücksichtigt, lediglich von einem nicht, nämlich von dem im Wasser sitzenden Neger, um dessen Kopf die Feuerbrände flogen, die zischend in der Flut verloschen. „Jessus, Jessus!“, schrie er auf. „Wer haben da schießen? Warum werfen Feuer auf arm Masser Bob? Soll Masser Bob verbrennen und versaufen? Soll er werden gekocht wie Forelle? Warum es dunkel werden? Oh, oh, Masser Bob sehen gar niemand mehr!“

„Schweig, Dummkopf!“, rief ihm Jemmy zu.

„Warum soll Masser Bob schweigen? Warum jetzt nicht...“

„Still! Sonst wirst du erschossen! Es sind Feinde hier!“

Von diesem Augenblick an war Masser Bobs Stimme nicht mehr zu hören. Er saß bewegungslos im Wasser, um seine teure Gegenwart dem Feind ja nicht zu verraten.

Schweigen herrschte rundum. Nur ein zeitweiliges Hufstampfen oder das Schnauben eines Pferdes ließ sich hören. Die so unerwartet aus ihrer Sicherheit aufgeschreckten Männer hatten sich eng zusammengeschart. Die Indianer sprachen kein Wort. Die Weißen aber flüsterten einander leise Bemerkungen zu.

Da ertönte laut Old Shatterhands Stimme: „Ein Feuer wieder anbrennen! Haltet euch aber fern davon, damit ihr nicht gesehen werdet!“

Jemmy und Davy knieten nieder, um diesen Befehl zu erfüllen, und zogen sich dann schleunigst wieder in die Dunkelheit zurück.

Im Schein des Feuers tauchten jetzt Winnetou und Old Shatterhand auf, jeder mit einem Gewehr in der Hand und einem Indianer auf der Schulter. Die anderen wollten sich um sie drängen, aber Old Shatterhand erklärte: „Jetzt gibt es keine Zeit zu Auseinandersetzungen. Diese beiden Toten werden auf zwei der Ersatzpferde gebunden und dann brechen wir auf. Es sind zwar nur die beiden hier am Lager gewesen, aber man kann nicht wissen, wie viele noch zu ihnen gehören. Also schnell!“

Beide Leichen hatten je ein rundes Loch in der Stirn und im Hinterkopf. Die Kugeln waren ihnen durch die Köpfe gegangen, ganz so, wie Winnetou zu Old Shatterhand gesagt hatte: „Pi-es-itah tajassi – in die Stirn.“

Die Gefährten waren wohl auch vortreffliche Schützen, eine so unglaubliche Sicherheit des Schusses aber setzte sie in helles Erstaunen und die Schoschonen flüsterten miteinander und warfen abergläubische Blicke auf die beiden berühmten Männer.

Der Aufbruch wurde schnell und still vorbereitet. Das Feuer wurde wieder verlöscht. Dann setzten sich Winnetou und Old Shatterhand an die Spitze des Zuges und der nächtliche Ritt begann. Wohin er gehen sollte, das fragte niemand. Man verließ sich auf die beiden Führer. Das Tal wurde bald so eng, dass einer hinter dem anderen reiten musste. Dieser Umstand und die gebotene Vorsicht ließen kein Gespräch aufkommen.

Natürlich hatte man den Neger nicht im Wasser sitzen lassen. Er hockte ohne Kleidung auf seinem Gaul und musste am Ende des Zuges reiten, weil er das duftende Vermächtnis des Stinktiers noch zu merklich an sich trug. Vom Langen Davy hatte er die alte, zerfetzte Santillodecke, die jenem als Sattel diente, erhalten und sie sich wie einen Südseeinsulanerschurz um die Hüften gewickelt. Bob war mit sich und seinem Schicksal zerfallen und brummte tief gekränkt vor sich hin.

So ging es möglichst still und möglichst schnell stundenlang fort, erst durch das enge Tal, dann eine breite, kahle Berglehne empor, drüben wieder hinab, über eine vielfach gewundene, schmale Prärie, und als der Tag endlich zu grauen begann, öffnete sich vor den Reitern ein steiler Pass, der zwischen hohe, dunkel bewaldete Berge hineinführte. Dort, am Fuß des Steilwegs, blieben die beiden Führer halten und stiegen von ihren Pferden. Die anderen folgten diesem Beispiel.

Die beiden Leichen wurden von den Pferden genommen und auf die Erde gelegt. Die Schoschonen bildeten einen weiten Kreis um die Stelle. Sie wussten, dass jetzt eine Untersuchung beginnen werde, deren Schwierigkeit sie recht gut kannten. Hier durften zunächst nur die Häuptlinge sprechen. Die Übrigen mussten abwarten, ob man sie zu Rate ziehen würde.

Die Toten waren nach indianischer Weise halb in Wollzeug, halb in Leder gekleidet. Ihr Alter war kaum mehr als zwanzig Jahre.

„Das dachte ich mir“, sagte Old Shatterhand. „Nur unerfahrene Krieger öffnen, wenn sie ein feindliches Lager beschleichen, die Augen so weit, dass man ihr Leuchten bemerken kann. Ein schlauer Kundschafter aber versteckt das Auge halb unter Lid und Wimper. Aber zu welchem Stamm gehören sie?“

Diese Frage war an Jemmy gerichtet. „Hm!“, brummte der Dicke. „Werdet Ihr es glauben, Sir, dass Eure Frage mich verlegen macht?“

„Ich glaube es, denn ich kann sie im Augenblick selbst auch nicht beantworten. Auf einem Kriegszug befinden sie sich. Das ist sicher, denn die Kriegsfarben in ihren Gesichtern sind zwar ziemlich verwischt, aber doch vorhanden. Schwarz und rot! Die Farben der Ogellallah. Dennoch scheinen die Kerle keine Sioux zu sein. Aus ihrer Kleidung ist nichts zu ersehen. Durchsuchen wir einmal ihre Taschen!“ Die Taschen waren völlig leer. Nicht die geringste Kleinigkeit war darin zu finden. Bei jeder Leiche hatte gestern Abend ein Gewehr gelegen. Auch diese Büchsen wurden untersucht. Sie waren geladen, zeigten aber kein Merkmal, woraus man auf die Stammesangehörigkeit der Erschossenen hätte schließen können.

„Vielleicht waren sie ganz ungefährlich für uns“, bemerkte der Lange Davy. „Sie sind zufällig in die Gegend gekommen, wo wir lagerten, und mussten uns zu ihrer eigenen Sicherheit beschleichen.“

Old Shatterhand schüttelte den Kopf und entgegnete: „Der Ort, wo wir lagerten, war so beschaffen, dass man nicht zufällig dorthin gelangt. Diese Leute hier sind unserer Spur gefolgt.“

„Das beweist noch nichts gegen sie!“

„Nein. Aber sie haben klugerweise alles von sich getan, was auf ihren Stamm schließen lassen könnte. Das ist verdächtig. Sie waren mit Gewehren, aber nicht mit Pulver und Blei versehen. Das ist noch verdächtiger, denn so entfernt sich kein Indianer von seiner Horde. Sie gehören unbedingt zu einem Trupp, dessen Kundschafter sie sind.“

„Hm! Vielleicht haben sie nicht einmal Pferde gehabt.“

„Nicht? Seht Euch doch einmal die Lederhose dieses einen an. Sind nicht die Beine an den inneren Seiten glatt gerieben? Wovon soll das sein, wenn nicht vom Reiten!“

„Von früher her vielleicht.“

Old Shatterhand kniete nieder und hielt seine Nase an die Hose. Dann sagte er, wieder aufstehend: „Riecht einmal dieses Beinkleid an! Der Pferdegeruch ist nicht zu verkennen. Da er aber in der Wildnis schnell vergeht, müssen die beiden Roten noch gestern zu Pferd gesessen haben.“

Da trat Wohkadeh herbei und sagte: „Die berühmten Männer mögen Wohkadeh erlauben, ein Wort zu sprechen, obwohl er noch jung und unerfahren ist!“

„Sprich immerhin!“, nickte ihm Old Shatterhand ermunternd zu.

„Wohkadeh kennt zwar nicht diese roten Krieger, aber er kennt das Jagdhemd des einen.“

Er bückte sich, hob den Saum des Jagdhemds auf, deutete auf einen Schnitt, der sich darin befand, und erklärte: „Wohkadeh hat sein Totem[1] hineingeschnitten, denn es sollte ihm gehören.“

[1] Namenszeichen

„Ah! Das ist ein wunderbares Zusammentreffen. Vielleicht erfahren wir nun Genaueres."

„Wohkadeh kann nichts Sicheres sagen, aber er vermutet, dass diese beiden jungen Krieger zum Stamm der Upsarokas[1] gehören."

„Welchen Grund hat mein junger Bruder zu dieser Vermutung?", fragte Old Shatterhand.

„Wohkadeh war dabei, als die Upsarokas von einigen Sioux-Ogellallah bestohlen wurden. Wir kamen von dem lang gestreckten Berg her, den die Bleichgesichter den Rücken des Fuchses nennen, und gingen über den nördlichen Arm des Cheyenneflusses, da, wo er sich zwischen den Three Peaks und dem Inyan Kara-Berg hindurchwindet. Während wir zwischen dem Berg und dem Fluss hinritten, bogen wir um die Ecke eines Waldes und sahen zehn und acht rote Männer, die im Wasser badeten. Die Ogellallah hielten eine kurze Beratung. Die Badenden waren Upsarokas, also Feinde. Es wurde beschlossen, ihnen die größte Schande anzutun, die einem roten Krieger widerfahren kann."

„Zounds!", rief Old Shatterhand. „Sie wollten ihnen doch nicht etwa die größten Heiligtümer, die Medizinbeutel, rauben?"

„Mein weißer Bruder hat es erraten. Die Sioux-Ogellallah ritten unter den Bäumen hin bis zur Stelle, wo an einem Gebüsch die Pferde der Upsarokas weideten. Dort lagen deren Kleider, Waffen und Medizinen. Die Ogellallah stiegen ab und schlichen sich hinzu. Es gelang ihnen, den Diebstahl auszuführen."

„Hatten die Badenden denn keine Wache zurückgelassen?"

„Nein. Sie konnten nicht vermuten, dass ein Trupp feindlicher Ogellallah dort auftauchen werde, wo damals die Rosse der Upsarokas weideten. Die Sioux raubten die Pferde und Medizinen und den größten Teil der Kleider und Waffen der Krähen. Dann stiegen sie wieder auf ihre Pferde und galoppierten davon. Als die Beute geteilt wurde, bekam Wohkadeh dieses Jagdhemd für sich. Er aber wollte kein Dieb sein, sondern schnitt nur sein Totem hinein und warf es dann heimlich weg."

[1] Krähenindianer

„Wann war das?“

„Vier Tage, bevor ich von den Ogellallah als Kundschafter gegen die Krieger der Schoschonen ausgesandt wurde.“

„So haben sich die Upsarokas möglichst schnell mit neuen Pferden, Kleidern und Waffen versehen und sind den Dieben nachgeritten. Dabei fanden sie dieses weggeworfene Jagdhemd, das der rechtmäßige Eigentümer wieder an sich nahm. Es gibt keine größere Schande für einen Indsman, als sich sein Heiligtum stehlen zu lassen. Er darf sich nicht eher wieder bei den Seinen sehen lassen, als bis er es sich wiedergeholt oder ein anderes geraubt und dabei dessen Besitzer getötet hat. Der Indianer, der auszieht, um einen verlorenen Medizinsack zu ersetzen, entwickelt eine beinahe wahnsinnige Verwegenheit. Es ist ihm ganz gleich, ob er einen Freund oder einen Feind tötet, und so bin ich überzeugt, dass wir gestern Abend einer schweren Gefahr entgangen sind. Wie nun, bester Jemmy, wenn wir gar nichts davon gemerkt hätten?“

„Hm!“, knurrte der Dicke, indem er sich mit der Hand unter den Hut fuhr, um sich verlegen zu kratzen. „In diesem Fall lägen wir jetzt wohl irgendwo in aller Ruhe, aber ohne Skalp und Leben. Ich verstehe zwar auch, des Nachts ein Auge zu erkennen, aber gestern war ich fest überzeugt, dass kein feindliches Wesen in der Nähe sei, und habe mich deshalb um dergleichen gar nicht gekümmert. Ihr meint also wohl, dass die Upsarokas hinter uns her sind?“

„Jedenfalls folgen sie uns, und nun, da wir zwei der Ihrigen getötet haben, erst recht.“

„Dann müssen wir also für heute Abend auf einen Überfall vorbereitet sein.“

„Damit müssen wir allerdings rechnen“, bestätigte Old Shatterhand. „Was sagt mein roter Bruder dazu? Sind die Upsarokas jetzt Feinde der Schoschonen?“ Diese Worte waren an Oihtka-petay gerichtet.

„Nein. Sie sind die Feinde der Sioux-Ogellallah, die auch unsere Feinde sind. Wir haben gegen sie nicht das Beil des Krieges ausgegraben. Aber ein Krieger, der eine Medizin sucht, ist der

Feind aller Menschen. Man muss sich gegen ihn schützen wie gegen ein wildes Tier. Meine weißen Brüder mögen klug sein und Vorkehrungen zu unserer Sicherheit treffen!"

Jetzt warf Old Shatterhand einen fragenden Blick auf Winnetou, der bisher noch kein Wort gesprochen hatte. Es war wirklich zum Verwundern, wie gut sich die beiden verstanden. Ohne dass Old Shatterhand irgendeinen Plan geäußert hatte, erriet Winnetou seine Gedanken, denn der Apatsche sagte: „Mein Bruder beabsichtigt das Richtige."

„Einen Bogen rückwärts reiten?"

„Ja. Winnetou stimmt bei."

„Das freut mich. In diesem Fall sind wir nicht die Angegriffenen, sondern die Angreifer. Wenn ich mich nicht irre, so erreicht man von hier aus in zwei Stunden einen Ort, der sich ausgezeichnet zur Ausführung meines Planes eignet."

„So wollen wir hier nicht unnötig die Zeit versäumen", meinte Davy. „Was aber fangen wir mit diesen Toten an?"

„Die Skalpe dieser beiden Krieger gehören Old Shatterhand und dem Häuptling der Apatschen, von denen sie getötet wurden", entschied Oihtka-petay.

„Ich bin ein Christ und skalpiere nicht", wehrte der weiße Jäger das Ansinnen ab.

Und Winnetou erklärte mit einer abweisenden Handbewegung: „Der Häuptling der Apatschen braucht nicht den Skalp dieser Knaben, um seinen Namen berühmt zu machen. Diese Toten sind unglücklich genug, da sie ohne ihre Heiligtümer in die ewigen Jagdgründe gegangen sind. Man soll nicht auch noch ihre Seelen töten, indem man ihnen die Skalplocke nimmt. Sie mögen ruhen unter Steinen, mit ihren Gewehren, denn sie sind als Krieger gestorben, die den Mut hatten, sich an das Lager ihres Feindes zu wagen."

Das hatte der Anführer der Schoschonen nicht erwartet. Er fragte mit allen Zeichen des Erstaunens: „Meine Brüder wollen denen, die nach ihrem Leben trachteten, ein Begräbnis geben?"

„Ja“, bestätigte Old Shatterhand. „Wir werden ihnen ihre Gewehre in die Hand geben, sie aufrecht setzen, mit den Gesichtern nach der Gegend der heiligen Steinbrüche, und dann Steine um sie aufschichten. So ehrt man die Krieger. Wenn dann ihre Brüder kommen, um uns zu verfolgen, so werden sie erkennen, dass wir nicht ihre Feinde, sondern ihre Freunde sind. Zeig, dass auch du ein edler Krieger bist, und gebiete deinen Männern, Steine zu holen, mit denen wir die Hügel errichten!“

Das Begriffsvermögen der Schoschonen reichte nicht aus, sich in die Ansichten der beiden Männer hineinzudenken, doch hegten sie vor ihnen eine solche Scheu, dass sie sich nicht weigerten, ihrem Wunsch zu entsprechen.

Die zwei Gefallenen wurden in sitzende Stellung aufgerichtet, einer rechts und der andere links vom Eingang des Passes, die Gesichter nach Nordost gerichtet. Sie erhielten ihre Gewehre in die Hände und wurden dann mit Steinen bedeckt. Als diese Arbeit beendet war, brach man wieder auf. Vorher aber sagte Winnetou zu Old Shatterhand: „Der Häuptling der Apatschen wird hier zurückbleiben, um die Ankunft der Upsarokas zu beobachten. Der junge Sohn des Bärenjägers mag an seiner Seite sein.“

Das war eine Auszeichnung für Martin Baumann, die ihn mit freudigem Stolz erfüllte. Die beiden blieben also zurück, während die anderen unter Old Shatterhands Führung weiterritten.

Jetzt, da es Tag war, ging der Ritt bedeutend schneller vor sich als während der vergangenen Nacht. Zuweilen eben, meist aber bergan, führte der Pass tief zwischen lang gezogenen Höhen hinein. Nach Verlauf von zwei Stunden, also der angegebenen Zeit, traten die Höhen zu einem Cañon zusammen, eng, hoch und fast lotrecht emporsteigend. Der Pass war so schmal, dass nur drei Reiter nebeneinander Platz fanden. Die Seitenwände waren nicht zu erklimmen. Gebüsche, worin man sich verstecken konnte, standen ringsum und dennoch war der Boden felsig genug, um keine Spuren aufzunehmen. Da blieb Old Shatterhand halten. Er deutete in den schnurgerade fortlaufenden Cañon hinein und erklärte:

„Wenn die Upsarokas kommen, werden wir sie hier eindringen lassen. Die Hälfte von uns versteckt sich hier unter der Anführung Oihtka-petays, zu dem später auch Winnetou stoßen wird, und bricht, sobald ich meinen Revolver abschieße, hinter dem Feind in die Enge ein. Die andere Hälfte stellt sich mit mir an den Ausgang des Passes. Auf diese Weise wird der Feind gänzlich eingeschlossen und hat nur die Wahl, entweder niedergeschossen zu werden oder sich freiwillig zu ergeben."

„Die Upsarokas müssten aber doch geradezu mit Ruten gepeitscht werden, wenn sie so dumm wären, in die Falle zu gehen", sagte der Dicke Jemmy.

„Sie werden natürlich nicht sofort hineinschlüpfen", entgegnete Old Shatterhand, „sondern werden hier halten und sich beraten. Da ist nun freilich die Hauptsache, dass sie durch nichts auf unsere Anwesenheit aufmerksam gemacht werden. Unsere Krieger müssen sich hier so gut verstecken, dass es unmöglich ist, sie zu bemerken. Der Tapfere Büffel ist ein kluger Krieger. Er wird entsprechende Anweisungen geben. Und wenn nachher Winnetou kommt, der mit hier bleiben soll, so führen zwei Männer, auf die ich mich wohl verlassen kann, den Befehl."

Das schmeichelte dem Häuptling der Schoschonen. Es stand zu erwarten, dass er sehr besorgt sein werde, das auf ihn gesetzte Vertrauen nicht zu enttäuschen. Er blieb mit dreißig seiner Leute zurück, während Old Shatterhand mit den anderen den Cañon durchritt.

Die Schlucht war so kurz, dass man, am Eingang stehend, den Ausgang recht wohl sehen konnte. Dort, wo sie plötzlich wieder zum breiten Pass wurde, bestand der Boden aus Humuserde, aus der riesige Bäume zum Himmel ragten. Zwischen ihren Stämmen lagen zahlreichen Felsstücke verstreut.

Hatten die Begleiter Old Shatterhands erwartet, dass er hier sofort anhalten werde, so hatten sie sich getäuscht. Er ritt vielmehr weiter und ließ dabei sein Pferd tänzeln, um eine recht deutliche, auffällige Fährte zu hinterlassen.

„Aber Sir“, mahnte der Dicke Jemmy, „ich denke, wir sollen hier am Ausgang der Schlucht bleiben!“

„Ja, das werden wir auch. Doch folgt mir nur vorher noch eine Strecke und sorgt dafür, dass wir eine gute Spur machen! Eigentlich solltet Ihr gar nicht fragen, Mister Jemmy. Was ich tue, das ist ja selbstverständlich.“

Old Shatterhand ritt wohl noch fast eine Viertelstunde weiter. Dann hielt er an, wendete sich zu den anderen zurück und fragte: „Nun Mesch'schurs, wisst ihr, warum ich so weit vorgeritten bin?“

„Um Kundschafter zu täuschen?“, riet Jemmy.

„Ja. Die Upsarokas werden sich nicht eher in den Pass wagen, als bis sie sich durch Kundschafter überzeugt haben, dass die vor ihnen liegende Schlucht sicher ist. Ich vermute, dass diese Kundschafter an einen Hinterhalt denken und deshalb äußerst vorsichtig sein werden. Wir lassen sie unbehelligt und warten dann das Übrige ruhig ab.“

„Und was tun wir jetzt?“

„Jetzt kehren wir zum Ausgang des Cañons zurück, aber nicht auf dieser Fährte, sondern wir biegen hier zur Seite in den Wald ein. Folgt mir nur!“

Die Seitenwände des Passes bildeten hier eine nicht sehr steile Böschung, die von den Pferden unschwer erklettert werden konnte. Old Shatterhand ritt den Seinigen voran ein gutes Stück die Steigung hinauf und bog dann nach dem Ausgang des Cañons zurück. Als er sein Pferd anhielt, befand sich seine Schar auf halber Höhe über dem Ende der Schlucht. Von hier aus konnte man selbst zu Pferd in wenigen Sekunden hinunter gelangen und den Ausgang besetzen.

Die Reiter saßen ab und banden die Pferde an die Bäume. Die Männer selbst nahmen im weichen Moos Platz. „Ob wir lange warten müssen?“, meinte Jemmy.

„Das können wir uns ziemlich genau ausrechnen“, entgegnete Old Shatterhand. „Die Upsarokas werden bei Anbruch des Tages nach ihren beiden Kundschaftern geforscht haben. Bis sie entdeckten, was am Lager geschehen ist, konnten wohl zwei Stunden vergehen. Dann werden sie aufbrechen, werden die beiden Grabhügel finden und untersuchen. Nehmen wir an, sie brauchen dazu und zu einer anschließenden Beratung eine Stunde, so ergibt das insgesamt drei Stunden. Wir haben von dem Lagerplatz bis hierher fünf Stunden gebraucht. Wenn die Feinde ebenso schnell reiten wie wir, werden sie also acht Stunden nach Tagesanbruch hier sein. Wir haben demnach von jetzt an noch ungefähr fünf Stunden Zeit."

„O weh! Was fangen wir während dieser kleinen Ewigkeit an?"

„Da brauchen Sie gar nich erscht zu fragen!", entgegnete der Hobble-Frank. „Wir sprechen e bissel von der Kunst und von den Wissenschaften. Das bildet den Kopf, veredelt das Herz, macht das Gemüt sanft und gibt dem natürlichen Charakter diejenige Festigkeit, die notwendig is, wenn man in den Stürmen des Lebens nich mit allen Winden davonfliegen will. Off die Kunst und off die Wissenschaft lasse ich nun mal nischt kommen. Diese beiden sind mein tägliches Brot, mein Anfang und mein Ende, mein – brrr! Was is denn das hier eigentlich für ein niederträchtiger Geruch? Das riecht doch noch viel schlimmer, als wäre hier eine gestorbene Leiche nich richtig eingescharrt worden! Oder – hm!"

Frank blickte um sich und gewahrte den Schwarzen, der hinter dem Baum lehnte, unter dem der Sachse saß. „Willst du gleich fort, du Sackerment!", schrie er ihn an. „Wie kannst du dich da an meinen Baum herandrücken! Denkst du etwa, ich habe meine Nase vom Maskenverleiher geborgt? Geh fort, Zuave, und flüchte nach Afrika! Unsere Nerven sind zu gepflegt für dich. Nelken, Reseda und Vergissmeinnicht, die lasse ich mir gefallen. Aber Skunk mag ich selbst der feinsten Dame nich ins smelling-bottle raten!"

„Masser Bob riechen gut, sehr gut!", verteidigte sich der Neger. „Masser Bob nicht stinken. Masser Bob haben sich waschen in Wasser, mit Asche und Fett vom Bären. Masser Bob sein ein fein, nobel Gentleman!"

„Was? Du willst ein Mann von hoher, wohlriechender Geburt

sein?“ Frank ergriff seine Büchse, legte auf Bob an und drohte: „Wenn du nich gleich verschwindest, schieße ich dir beide Kugeln fünfmal um den Leib herum!“

„Jessus, Jessus! Nicht schießen, nicht schießen!“, schrie der Schwarze. „Masser Bob gehen schon. Masser Bob setzen sich weit fort!“ Er zog sich schleunigst nach einem entfernten Ort zurück, wo er sich grollend niedersetzte.

Der kleine Sachse brachte seinen Vorschlag, über Kunst und Wissenschaft zu reden, nochmals zu Gehör, aber Old Shatterhand meinte: „Ich glaube, wir können unsere Zeit nützlicher anwenden. Wir haben in der vergangenen Nacht nicht geschlafen. Legt euch aufs Ohr und versucht, ein Nickerchen zu halten! Ich werde wachen.“

„Sie? Warum denn gerade Sie? Sie haben sich doch ebenso wenig wie wir in Orpheus’ Armen gewiegt.“

„Morpheus heißt es!“, verbesserte Jemmy.

„Kommen Sie mir schon wieder so? Warum verbessert mich denn kein anderer als nur immer Sie allein? Was Sie nur mit Ihrem Morpheus wollen! Ich weiß ganz genau, wie es heißen muss. Ich war ja Mitglied vom Gesangverein, der Orpheus hieß. Wenn man sich da mal so richtig ausgesungen hatte, da schlief sich’s hinterher ganz wunderbar. So ein Gesangverein is das beste Mittel gegen schlaflose Nachtgedanken und darum muss es eben Orpheus heißen.“

„Gut, lassen wir’s dabei!“, lachte der Dicke, indem er sich lang ins Moos streckte. „Ich will lieber schlafen, als mit Ihnen solche gelehrte Nüsse knacken.“

„Dazu fehlen Ihnen eben die Haare off den Zähnen. Wer nischt gelernt hat, der kann ooch nischt. Schlafen Sie also! Die Weltgeschichte erleidet keine Einbuße dabei.“

Und als er nun keinen anderen fand, den er von seiner geistigen Überlegenheit überzeugen konnte, machte er es sich auch bequem und versuchte, ein Schlummerchen zu tun. Die Schoschonen folgten diesem Beispiel und bald legten sich sogar die Pferde oder ließen müde die Köpfe hängen.

Old Shatterhand stieg von der Höhe hinab, durchschritt langsam den Cañon und blickte sich jenseits forschend um. Er lächelte befriedigt, denn es war hier keine Spur zu bemerken, die angedeutet hätte, wo sich der Tapfere Büffel mit seinen Leuten befand. Der Schoschone hatte also seine Maßnahmen gut getroffen. Nun kehrte Old Shatterhand wieder um und setzte sich am Ausgang der Schlucht auf einen Stein. Mit gesenktem Kopf saß er stundenlang unbeweglich. Woran dachte der berühmte Jäger? Vielleicht ließ er die Tage seines vielbewegten Lebens wie ein fesselndes Spiel an sich vorüberziehen.

Da ließ sich der Hufschlag eines Pferdes vernehmen. Er stand auf und lauschte um die Ecke des Felsens. Martin Baumann kam geritten. Also konnte sich Old Shatterhand zeigen. „Ist Winnetou auch da?“, fragte er auf Deutsch.

„Ja. Er wurde von Oihtka-petay angerufen und ist bei ihm geblieben, da Sie es so gewünscht haben. Auch ich soll zu ihnen zurückkehren.“

„Ist mir recht. Der Apatsche scheint Ihnen sein Wohlwollen zu schenken, junger Freund. Sie haben die Upsarokas gesehen. Wie viele waren es?“

„Sechzehn und zwei ledige Pferde, die wohl den beiden Toten gehörten. Zwei Kundschafter ritten ziemlich weit voraus. Man sah, dass sie sich genau nach unserer Fährte richteten.“

„Gut, sie werden bald die Männer kennen lernen, von denen diese Fährte stammt.“

„Wir hielten uns unter Bäumen gut versteckt und ließen sie verhältnismäßig nahe herankommen. Dann ritten wir im Galopp, um einen großen Vorsprung zu gewinnen. Vorher aber konnten wir noch bemerken, dass sich ein riesenhafter Krieger bei der Truppe befand. Er schien der Anführer zu sein, denn er ritt den anderen um einige Pferdelängen voran.“

„Konnten Sie ihre Bewaffnung erkennen?“

„Die Roten hatten alle Gewehre.“

„So ist es gut. Jetzt werden Sie meine Botschaft an Winnetou genau ausrichten. Im Cañon hier haben nur drei Pferde nebeneinander Platz. Ich bitte also den Apatschen, vom Gebrauch der Pferde abzusehen. Sobald die Feinde in dem Cañon verschwunden sind, mag er ihnen schnell zu Fuß folgen."

„Sind sie uns da nicht überlegen? Sie können uns leicht niederreiten."

„Nein. Während die Upsarokas nur drei Pferde in einer Reihe reiten können, ist es uns, wenn wir zu Fuß sind, möglich, fünf Mann nebeneinander aufzustellen. Das tun wir folgendermaßen: Die ersten fünf setzen sich einfach auf die Erde, die zweiten fünf knien hinter ihnen. Hinter diesen stehen die dritten fünf in gebückter Haltung und dann folgen die vierten fünf in aufrechter Stellung. So können zwanzig Mann genau und sicher zielen, ohne einander zu hindern. Die Übrigen bleiben in Reserve. Sagen Sie das dem Apatschen und fügen Sie auch hinzu, dass ich allein mit den Feinden verhandeln will. Wann werden die Feinde nach Winnetous Schätzung hier sein?"

„Er rechnet eine Stunde für ihren Aufenthalt bei den Gräbern."

„Also ganz wie ich..."

„...und zwei Stunden bis hierher. Da wir beide aber nur anderthalb Stunden geritten sind, so dürfen wir erwarten, dass noch weit über eine Stunde vergehen wird, bevor sie hier ankommen."

„Auch ich vermute das. Dennoch müssen wir uns bereit halten. Reiten Sie jetzt zurück!"

Martin wendete sein Pferd und trabte davon. Old Shatterhand stieg zu den schlafenden Gefährten hinauf und weckte sie. Er teilte ihnen seinen Plan mit und bestimmte, dass Davy, Jemmy, Frank, Wohkadeh und einer der Schoschonen das erste, sitzende Glied bilden sollten. Auch den Übrigen wies er ihre Plätze an und führte sie hinab, um die beabsichtigte Überrumpelung mit ihnen einzuüben. Es kam ja sehr viel darauf an, dass alles ebenso einheitlich wie blitzschnell ausgeführt werde. Er selbst wollte vor seinen Leuten stehen, zwischen ihnen und den Feinden, um mit dem Gegner verhandeln zu können. Zu diesem Zweck schnitt er sich einige lange, grüne Äste ab, die in der ganzen Welt, selbst bei den wildesten Völkern, als Zeichen der Unterhändler gebraucht werden.

Nach einigen Wiederholungen klappte alles ausgezeichnet. Dann, als Old Shatterhand überzeugt war, dass seine Leute ihre Pflicht erfüllen würden, zog er sich mit ihnen wieder in das Versteck zurück. Jetzt wurde ihnen die Zeit des Wartens länger als vorher. Endlich aber hörten die Harrenden den Schall von Huftritten eines Pferdes.

„Es scheint nur ein einziger Kundschafter zu sein, der vorausgesandt wurde, um nachzusehen, ob der Durchgang frei ist“, vermutete Jemmy.

„Das wäre sehr günstig für uns“, antwortete Old Shatterhand. „Wären es zwei, so würde einer die Meldung nach rückwärts bringen, während der andere wahrscheinlich hier unten wartete. Ihn müssten wir unschädlich machen, ohne dass es von den Seinen gemerkt wird.“

Jemmy hatte Recht. Es war nur ein Reiter, der unten langsam aus dem Cañon hervorkam und dort halten blieb, um sich vorsichtig umzuschauen. Er bemerkte weder rechts noch links etwas von einem Feind und sah dagegen die gerade fortlaufende Fährte, für deren Deutlichkeit Old Shatterhand so wohlweislich gesorgt hatte. Ganz beruhigte er sich dabei aber doch nicht, sondern ritt noch eine bedeutende Strecke weiter.

„Heavens!“, meinte Jemmy. „Der Rote wird doch nicht etwa bis zur Stelle reiten, wo wir vom Weg abgebogen sind! Dann wäre es verraten, dass wir uns hier befinden.“

„In diesem Fall kommt er nicht zu seinen Leuten zurück“, erklärte Old Shatterhand.

„Wie aber wollt Ihr das schaffen, ohne Lärm zu machen?“

„Mit dem da.“ Dabei deutete er auf seinen Lasso.

„Dann müsste die Schlinge dem Kundschafter gerade den Hals zuschnüren, dass er nicht schreien kann. Das ist aber ein verteufelt schweres Kunststück. Werdet Ihr es fertig bringen, Sir?“

„Habt keine Sorge! Streckt alle zehn Finger aus und sagt mir, welchen ich mit dem Lasso fassen soll! Aber genug damit. Von hier oben aus kann man nicht sehen, wie weit der Rote reitet. Ich muss hinab. Verhaltet euch indessen ruhig, und wenn ihr mich leise pfeifen hört, so kommt ihr schnell nach!“

Der Jäger nahm den Lasso von der Schulter und legte ihn, während er schnell die Steigung hinabglitt, in wurfgerechte Schlingen. Unten sah er zu seiner Beruhigung den Upsaroka wieder zurückkommen und fand gerade noch Zeit, sich hinter einen großen Felsbrocken zu ducken. Der Mann ritt im Trab an ihm vorüber und verschwand in dem engen Cañon.

Old Shatterhand gab das verabredete Zeichen und seine Leute kamen herbei. Sie brachten ihm seine beiden Gewehre und auch die grünen Zweige mit, die er, um beim Lassowerfen nicht behindert zu sein, bei ihnen liegen gelassen hatte.

Inzwischen verfolgte Old Shatterhand den Kundschafter mit seinen Blicken. Der Upsaroka hatte das Ende des Cañons erreicht und verschwand dort. Eine Minute später war seine ganze Schar zu sehen, die im Trab in die Enge einbog. Old Shatterhand ließ sie bis über die Hälfte der Schlucht heran. Dann zog er den Revolver und feuerte den verabredeten Schuss ab. Der Schall brach sich vielfältig an den engen, steilen Wänden und gelangte mit zehnfacher Stärke an die Ohren des Apatschen und seiner Schar. Sie stürmten in die Schlucht hinein, hinter den Upsarokas her, von denen sie zunächst gar nicht bemerkt wurden. Die Roten hatten, als sie den Schuss hörten, ihre Pferde sofort gezügelt. Nun sahen sie Old Shatterhand und seine Leute vorn hereindringen und die bereits beschriebene Aufstellung nehmen.

Der Anführer der feindlichen Indianer war, wie Martin Baumann bereits berichtet hatte, eine wirklich riesenhafte Gestalt. Er saß wie ein Kriegsgott zu Pferd. Die weiten Lederhosen hingen an den Nähten voller Flechten, gefertigt aus dem Haar der von ihm erlegten Feinde. Auf der breiten Brust trug er über dem hirschledernen Jagdrock eine Art Panzer, der aus schuppenförmig übereinander befestigten Skalptellern bestand. Im Gürtel steckten neben allerlei notwendigen Gegenständen ein großes Jagdmesser und ein riesiger Tomahawk, der nur von der Faust eines so reckenhaft gebauten Menschen geschwungen werden konnte, und auf dem Kopf saß der Schädel eines Kuguar[1], von dem das in lange, dicke Seile gedrehte Fell hernieder hing. Das Gesicht dieses Mannes war mit schwarzer, roter und gelber Farbe bemalt. In der Rechten hielt er eine schwere Büchse, aus der er wohl gar manchen tödlichen Schuss abgefeuert hatte.

Der Riese erkannte sofort, dass die ihm entgegenstarrenden Gewehrläufe den Waffen seiner Schar überlegen seien. „Zurück!“, rief er mit einer Stimme, deren Ton förmlich durch den Cañon donnerte.

Dabei riss er sein Pferd auf den Hinterhufen herum. Die Seinen taten das Gleiche. Da aber erblickten sie Winnetous Schar, deren Gewehre ihnen geradeso entgegenstarrten wie die anderen am Ende des Cañons. „Appanaheh – schlechte Medizin!“, schrie der Anführer erschrocken. „Kehrt abermals um! Dort steht ein Mann, der das Zeichen des Unterhändlers in der Hand hat. Unsere Ohren werden hören, was er uns sagen will.“

Er wendete sein Ross wieder und ritt langsam auf Old Shatterhand zu. Die Seinen folgten ihm. Diesen Vorteil ließ sich der Apatsche nicht entgehen. Er folgte auf dem Fuß und nahm so nahe hinter den Upsarokas Stellung, dass sie nun eng eingeschlossen waren.

Old Shatterhand tat dem Feind keinen einzigen Schritt entgegen. Der Upsaroka musterte ihn mit furchtlosem Blick und fragte: „Was will das Bleichgesicht hier? Warum stellt es sich mir und meinen Kriegern in den Weg?“

Der Jäger hielt den Blick gelassen aus und entgegnete: „Was will der rote Mann hier? Warum verfolgt er mich und meine Krieger?“

„Weil ihr zwei unserer Brüder getötet habt.“

[1] Puma

„Sie kamen als Feinde zu uns und Feinde macht man unschädlich."
„Woher weißt du, dass wir deine Feinde sind?"
„Weil ihr eure Medizin verloren habt."
Die Brauen des Riesen senkten sich tief herab. „Wer hat es dir gesagt?"
„Ich weiß es, weil die beiden Krieger, die an unseren Kugeln starben, ihre Medizinen nicht bei sich hatten."
„Du hast recht geraten. Ich bin nicht mehr, der ich war. Ich habe mit der Medizin auch meinen Namen verloren. Jetzt heiße ich Oihtikeh-eyakutschin-wakon[1]. Lasst uns vorüber, sonst töten wir euch!"
„Ergebt euch, sonst seid ihr es, die getötet werdet! Blicke vor und hinter dich! Ein Wink von mir und mehr als fünfmal zehn Kugeln schlagen in deine kleine Schar."
„Viele stinkige Kojoten töten den stärksten Büffel. Was wären deine Hunde gegen meine Krieger, wenn ihr uns nicht eingeschlossen hättet! Ich allein würde die Hälfte von euch niederschlagen." Der Riese zog seinen schweren Tomahawk und schwang ihn drohend.
„Und ich allein würde deine ganze Schar in die ewigen Jagdgründe senden!", entgegnete Old Shatterhand ruhig.
„Ist vielleicht Ihdatang[2] dein Name?"
„Ich kämpfe nicht mit meinem Namen, sondern mit meiner Hand."
Da leuchtete das Auge des Upsaroka auf. „Willst du das an mir wahr machen?"
„Ich fürchte dich nicht, sondern lache über deine leeren Worte!"
„So warte, bis ich mit meinen Kriegern gesprochen habe! Dann sollst du erfahren, ob Oihtikeh-eyakutschin-wakon nur redet und nicht auch handelt." Er wendete sich zu seinen Leuten zurück und sprach leise mit einigen von ihnen. Hierauf kehrte er sich wieder zu Old Shatterhand und fragte: „Weißt du, was ein Muh-mohwa ist?"
„Ich weiß es."

[1] Der Tapfere, der Medizin sucht
[2] Großmaul

„Wohlan! Wir brauchen Skalpe zur Medizin. Vier Männer sollen den Muh-mohwa kämpfen, du mit mir und einer deiner roten Männer mit einem meiner Krieger. Siegen wir, so töten und skalpieren wir euch alle; siegt aber ihr, so nehmt ihr uns Skalp und Leben. Hast du Mut?"

Der Upsaroka sprach diese Frage höhnisch aus. Old Shatterhand antwortete lächelnd: „Ich bin bereit. Leg deine Hand in die meinige zum Zeichen, dass deine Worte gelten!"

Er streckte ihm die Hand entgegen. Das hatte der Riese nicht erwartet, darum zögerte er unwillkürlich, einzuschlagen.

Muh-mohwa ist ein der Utahsprache entnommener Ausdruck und heißt wörtlich ‚Hand am Baum'. Dieser Kampf gilt bei manchen Stämmen als eine Art Gottesgericht. Zwei Männer werden durch starke Riemen mit einer Hand an einen Baumstamm gebunden und erhalten in die andere Hand die verabredete Waffe, Tomahawk oder Messer. Die Riemen sind so befestigt, dass sie den Kämpfern erlauben, sich im Kreis um den Stamm zu bewegen. Da die beiden mit den Gesichtern gegeneinander stehen müssen, ist der eine mit der rechten und der andere mit der linken Hand angebunden. Derjenige, der die Rechte zum Kampf frei hat, ist also gewöhnlich im Vorteil. In der Regel endet dieser schreckliche Kampf, bei dem die Gegner sich langsam zerfleischen, erst mit dem Tod des einen.

Der Namenlose drängte seine Verblüffung zurück und reichte dem Weißen seine Hand mit den Worten: „Ich willige ein! Wir versprechen uns gegenseitig: Keine Partei, deren Kämpfer fallen, darf sich weigern, sich töten zu lassen. Siegt von jeder Seite einer, so muss der Kampf zwischen den beiden Siegern zu Ende geführt werden."

Old Shatterhand durchschaute ihn, denn den Körperverhältnissen nach stand zu erwarten, dass ‚Der Tapfere, der Medizin sucht', nicht nur zuerst, sondern, falls der andere Upsaroka ja besiegt werden sollte, auch dann beim Entscheidungskampf als Sieger hervorgehen werde. Dennoch gab er die Antwort: „Einverstanden! Und damit du alle Sicherheit hast, werden wir die Pfeife des Schwurs darüber rauchen.“ Er deutete dabei auf die mit Kolibribälgen geschmückte Friedenspfeife, die an seinem Hals hing.

„Ja, wir werden sie rauchen“, stimmte der Riese bei, indem ein grimmig höhnisches Lächeln über seine scharf ausgeprägten Züge glitt. „Aber diese Pfeife des Schwurs wird nicht eine Pfeife des Friedens sein, denn wir werden kämpfen und nach dem Kampf werden eure Skalpe unsere Medizinstangen schmücken, und euer Fleisch soll von den Geiern zerrissen und verschlungen werden.“

„Vorher werden wir sehen, ob deine Fäuste ebenso stark und tapfer wie deine Worte sind“, bemerkte Old Shatterhand.

„Oihtikeh-eyakutschin-wakon ist noch nie besiegt worden!“, entgegnete der Upsaroka stolz.

„Aber er hat sich doch seine Medizin rauben lassen. Wenn seine Augen heute nicht schärfer sind als damals, so wird mein Skalp auf meinem Haupt bleiben.“

Das war eine scharfe Zurechtweisung. Der Rote fuhr dann auch sofort mit der Hand abermals nach der Waffe, doch Old Shatterhand zuckte die Schultern und warnte ihn: „Lass die Hand davon! Du wirst ja bald zeigen können, wie tapfer du bist. Jetzt aber wollen wir uns einen Ort suchen, der zum Muh-mohwa geeignet ist. Er gab Winnetou einen Wink und der Apatsche kehrte mit seiner Abteilung dorthin zurück, wo man die Pferde zurückgelassen hatte. Als sie dann angeritten kamen, holte auch die andere Abteilung ihre Tiere herbei. Auf diese Weise befanden sich die Krähenindianer keinen Augenblick ohne Aufsicht, sodass es ihnen unmöglich war, die Flucht zu ergreifen. Dann setzte sich der Zug in Bewegung.

Old Shatterhand hatte den Seinen den leisen Befehl gegeben, ja nicht etwa seinen oder Winnetous Namen zu verraten. Die Upsarokas sollten einstweilen nicht wissen, mit welchen Gegnern sie es zu tun hatten. Solange sie die Überzeugung besaßen, aus dem beabsichtigten Kampf als Sieger hervorzugehen, dachten sie wohl nicht daran, gegen die Verabredung zu handeln.

Der Dicke Jemmy hielt sich an Old Shatterhands Seite. Er war mit dessen Verhalten nicht ganz einverstanden. „Nehmt's nicht übel, Sir, dass ich ein Bedenken ausspreche", begann er. „Ihr habt gegen diese Roten als anständiger Kerl gehandelt. Aber ein solcher Anstand ist da wohl am unrechten Platz."

„Warum? Glaubt Ihr etwa, der Indianer habe kein Verständnis für eine edelmütige Gesinnung? Ich habe gar viele Rote kennen gelernt, an denen sich die Weißen ein Beispiel nehmen könnten."

„Das mag wohl sein. Aber diesen Krähenindianern ist nicht zu trauen. Sie wollen neue Medizinen haben und in einem solchen Fall sind Rücksichten von ihrer Seite nicht zu erwarten. Wir hatten sie so schön in unseren Händen. Sie konnten weder vor- noch rückwärts. Es war uns ein Leichtes, sie auszulöschen, wie man einige arme Zündhölzer ausbläst. Nun aber seid Ihr zu dem verteufelten Muh-mohwa gezwungen, und wer sagt Euch, dass dieser Riese Euch nicht niederschlägt oder niedersticht?"

„Pah! Ihr seid doch sonst kein so blutdürstiger Mann. Es wäre für uns, die wir ihnen so überlegen waren und sie in eine Falle gelockt hatten, in der sie sich nicht bewegen und nicht verteidigen konnten, eine Schande gewesen, sie niederzuschießen. Dabei will ich gar nicht davon sprechen, dass wir Christen sind."

„Hm! Recht habt Ihr freilich, als Christ sowohl wie auch als Mensch überhaupt. Aber mussten wir sie denn töten? Sie waren gezwungen, sich zu ergeben, und da stand es uns doch frei, ein friedliches Abkommen mit ihnen zu treffen."

„Sie hätten sich nicht ergeben, eben weil sie neue Medizinen suchen. Der Kampf wäre unvermeidlich gewesen. Und da ich nicht daran denke, Menschen abzuschlachten, denen Gott dieselben Rechte wie mir verliehen hat, so habe ich es vorgezogen, auf den Vorschlag des Riesen, den ich übrigens kenne, einzugehen."

„Wie? Der Kerl ist Euch bekannt?"

„Ja. Erinnert Ihr Euch vielleicht der Bemerkung, die ich machte, als wir am Berg der Schildkröte vorüberritten? Ich erzählte, dass ich dort einmal mit dem Upsarokakrieger Schunktanka gelagert habe. Er berichtete mir viel von seinem Stamm. Dabei erwähnte er mit großem Stolz seinen berühmten Bruder Kanteh-pehta, zu deutsch Feuerherz."

„Meinte er damit etwa den bekannten Medizinmann der Krähenindianer?"

„Den meinte er. Er erzählte mir die Taten seines Bruders und schilderte ihn mir als einen wahren Riesen von Gestalt, dem das linke Ohr fehle. Kanteh-pehta hat einst im Kampf mit den Sioux-Ogellallah einen Tomahawkhieb bekommen, der ihm das Ohr vom Kopf trennte und ihm dann noch tief in die Schulter drang. Nun seht Euch doch einmal diesen riesenhaften Upsaroka an! Ihm fehlt das linke Ohr und aus der Haltung seines linken Armes ersehe ich, dass er da einmal verletzt worden sein muss."

„Behold! Das wäre allerdings ein ganz besonderes Zusammentreffen! Aber dann bangt mir doch um Euch, Sir. Ihr seid zwar der tüchtigste Kerl, den es nur geben kann; doch dieser Kanteh-pehta ist wirklich noch nie besiegt worden. An Körperstärke ist er Euch unbedingt überlegen, während ich freilich überzeugt bin, dass er es in Bezug auf Gewandtheit mit Euch nicht aufzunehmen vermag. Wenn man jedoch mit dem einen Arm an den Baum gebunden ist, gibt wohl die Stärke, aber nicht die Gewandtheit den Ausschlag."

„Nun", lächelte Old Shatterhand, „wenn Ihr so besorgt um mich seid, so gibt es ein einfaches Mittel, mich vom sicheren Untergang zu retten."

„Welches Mittel?"

„Ihr kämpft an meiner Stelle mit der Krähe."

„Heigh-ho! Das fällt mir freilich nicht ein! Ich habe sonst keine zarten Nerven, aber dem Tod geradezu in die Arme laufen, das ist doch nicht nach meinem Geschmack. Übrigens habt Ihr die Suppe eingebrockt, Sir, und nun mögt Ihr sie auch mit Wonne genießen. Ich wünsche Euch von ganzem Herzen eine gesegnete Mahlzeit!"

Damit nahm Jemmy sein Pferd um einige Längen zurück, um

das unangenehme Anerbieten nicht noch einmal zu bekommen. An seiner Stelle lenkte Winnetou seinen Iltschi an Old Shatterhands Seite. „Mein Bruder Scharlih hat Kanteh-pehta, den Medizinmann der Upsarokas, erkannt?“, erkundigte er sich.

„Ja“, nickte der Gefragte. „Und die Augen meines roten Bruders waren ebenso scharf wie die meinen?“

„Die Krähe hat nur ein Ohr. Winnetou hat ihr Gesicht noch nie gesehen. Aber ‚Der Tapfere, der Medizin sucht‘ kann den Häuptling der Apatschen nicht täuschen. Er hat vernommen, was sein Bruder mit ihm gesprochen hat, und ist bereit zum Kampf.“

„Ich habe allerdings mit dem Häuptling der Apatschen gerechnet, denn ich möchte keinem anderen diese Ehrensache anvertrauen.“

Der Trupp hatte von dem Cañon aus vielleicht eine englische Meile zurückgelegt, als sich das Tal erweiterte. Die Reiter gelangten an eine kleine, rings von Bergen eingeschlossene Prärie, wie es dort so viele gibt. Es stand da mageres Gras nebst einigen Büschen. Nur ein einzelner Baum war auf der Ebene zu sehen, eine ziemlich hohe Linde von der Gattung, die wegen ihrer großen, weißhaarigen Blätter von den Indianern klangvoll Tusahganangaf-mahf, d. i. Weißblattbaum, genannt wird.

„Heng – dort!“, sagte der Anführer der Krähenindianer, indem er auf den Baum deutete.

„Howgh!“, nickte Winnetou und lenkte sein Pferd im Galopp der Linde zu.

Die anderen folgten nach dem Ort, wo der Zweikampf vor sich gehen sollte. Dort sprangen alle ab. Die Pferde wurden freigelassen und die Reiter lagerten sich in einem Kreis. Ein Fremder, der jetzt herbeigekommen wäre, hätte wohl nicht gedacht, dass hier Feinde einander gegenübersaßen, zumal den Upsarokas ihre Waffen gelassen worden waren. Old Shatterhand hatte ritterlich darauf verzichtet, sie ihnen abzufordern.

Der Jäger holte aus der Satteltasche ein wenig Tabak herbei, nahm die Pfeife vom Hals und stopfte sie. Dann stellte er sich in die Mitte des Kreises und begann: „Der Krieger macht nicht viel Worte, sondern er spricht in Taten. Wir töteten die Krieger der Upsarokas nicht, obgleich sich ihr Leben in unseren Händen befand. Sie haben uns zum Muh-mohwa herausgefordert und wir nahmen ihre Forderung an. Allerdings erwarten wir, dass sie ohne Tücke und Hinterlist an uns handeln, wie wir gegen sie. Sie werden uns das versprechen, indem sie die Pfeife des Schwurs mit uns rauchen. Howgh! – Ich habe gesprochen."

Er setzte sich. ‚Der Tapfere, der Medizin sucht', erhob sich und erwiderte: „Dem, was der weiße Mann gesagt hat, stimmen wir zu. Wir brauchen nicht hinterlistig zu sein, denn wir werden siegen. Aber er hat vergessen, die Bedingungen des Kampfes festzusetzen. – Die Kämpfer", fuhr er nach einer kleinen Pause fort, „werden mit der einen Hand an den Baum gebunden und erhalten ihre Messer in die andere Hand. Wer niederstürzt, ist besiegt, mag er tot sein oder noch leben. Vier Männer kämpfen mit entblößtem Oberleib, je zwei gegeneinander, ich gegen dieses Bleichgesicht und einer meiner Leute gegen einen der roten Krieger. Gehören die beiden Sieger verschiedenen Parteien an, so haben sie dann miteinander den Kampf zu entscheiden. Den Gefährten des Siegers gehört das Eigentum der besiegten Partei und keiner, dessen Leben verfallen ist, darf sich weigern, sich töten zu lassen. Die Krieger der Upsarokas sind bereit, auf diese Bedingungen die Pfeife des Schwurs zu rauchen. Howgh! – Ich habe gesprochen."

Damit setzte er sich. Old Shatterhand trat abermals in den Kreis und erklärte: „Wir sind mit allen Bedingungen der Upsarokas einverstanden. Ich werde jetzt die Pfeife des Friedens in Brand stecken. Sie wird heute eine Pfeife des Schwurs sein und auf ihrem Rauch mögen die Seelen der Besiegten in die ewigen Jagdgründe schweben, um später die Seelen der Sieger dort zu bedienen."

„Howgh, howgh!", ertönte es zustimmend im Kreis.

Old Shatterhand zog sein Punks hervor und brannte den Tabak an. Den Rauch blies er gegen den Himmel, gegen die Erde und in die vier Himmelsrichtungen und gab dann dem Anführer der

Upsarokas die Pfeife. Der Rote tat die gleichen sechs Züge und erklärte, dass das Abkommen hiermit beschworen und besiegelt sei. Die anderen beteiligten sich an dem Schwur, indem reihum ein jeder einen Zug tat. Dann wurde die Pfeife in einiger Entfernung mit der Mundspitze in die Erde gesteckt und alle legten die Waffen dabei nieder, je ein Schoschone und ein Upsaroka wurden als Wächter dort aufgestellt.

Nun trat der Namenlose, seines Sieges gewiss, zum Baum, warf die Oberkleider ab und rief: „Es kann beginnen. Bevor die Sonne um eines Messerrückens Breite weiter nach Westen gerückt ist, wird der Skalp eines weißen Hundes an meinem Gürtel hängen!"

Jetzt erst war zu erkennen, wie riesenstark der Mann sein musste. Er besaß wahre Bärenmuskeln.

Der Rote gab einem der Seinen einen Wink. Hierauf entkleidete der Betreffende seinen Oberkörper und sagte: „Hier steht Wakinopawinge-akide, der Hundertfache Donner. Er machte seinen Schild aus der Haut seiner Feinde und über vierzig Skalpe wurden von ihm genommen. Wer wagt es, vor sein Messer zu treten?"

„Wohkadeh wird den Hundertfachen Donner zum Schweigen bringen. Er kann sich keiner Skalpe rühmen, aber er hat den weißen Büffel getötet und wird heute seinen Gürtel mit der ersten Kopfhaut schmücken. Wer fürchtet den Donner? Er ist der feige Gesell des Blitzes und erhebt seine Stimme erst dann, wenn die Gefahr vorüber ist!"

„Uff, uff!", rief es rundum.

„Geh zurück!", höhnte der Hundertfache Donner. „Wakinopawinge-akide kämpft nicht mit einem Kind. Der Hauch seines Mundes würde dich töten. Wohkadeh lege sich ins Gras und träume von seiner Mutter, die ihn noch mit Kammas füttern muss!"

Die von allen Roten verachteten Grabindianer suchen in den öden Gegenden, wo sie ein bedauernswertes Dasein führen, nach einer zwiebelartigen Wurzel, die in halb verfaultem Zustand zu einem ekelhaften Kuchen, dem so genannten Kammaskuchen, geformt wird. Selbst Hunde verschmähen es, davon zu fressen.

Bevor Wohkadeh auf diese Schmähung antworten konnte, meldete sich Winnetou. Er gab dem jungen Indianer einen Wink, zurückzutreten, den der Jüngling aus Achtung vor dem Häuptling sofort befolgte, und sprach: „Auf das Lärmen Wakin-opawinge-akides hat sich ein Knabe gemeldet, der den Prahler wohl leicht zum Schweigen bringen würde. Es ist aber beschlossen, dass ich das Rollen des ‚Donners' verstummen machen soll!"

Da fragte der Genannte zornig: „Wer bist du, der du solche Worte sprichst? Hast du einen Namen? An deinem Gewand ist kein einziges Haar eines Feindes zu sehen. Hast du gelernt, die Ihinke[1] zu blasen, so gehe hin und tue es! Ein Messer aber gehört nicht in deine Hand. Du würdest dich nur selbst verletzen."

„Meinen Namen werde ich deiner Seele nennen, wenn sie dir aus dem Leib entweicht. Dann wird sie jammern vor Entsetzen und sich nicht in die ewigen Jagdgründe wagen. Sie wird in den Klüften der Berge wohnen, um vor Angst mit den Winden zu heulen und mit den Lüften zu klagen!"

„Hund!", schrie der Hundertfache Donner. „Du wagst es, die Seele eines tapferen Kriegers zu schmähen! Du sollst die Strafe augenblicklich empfangen. Wir beide werden zuerst kämpfen und dein Skalp soll keinen Platz bei meinen Siegeszeichen erhalten. Ich werde ihn den Ratten vorwerfen und deinen Namen, den du mir zu sagen verweigerst, soll kein Ohr eines Kriegers hören!"

„Ja, kämpfen wir zuerst! Es mag beginnen!", erwiderte Winnetou kalt.

Beide entkleideten sich und nahmen ihre Messer zur Hand. Dann wurde ein weiter Kreis um die Linde gebildet. Aller Augen hingen mit prüfendem Blick an den Gestalten der beiden Gegner. Der Upsaroka war nicht größer, aber viel breiter und kräftiger gebaut als der schlanke Winnetou. Die Krähenindianer bemerkten das mit Genugtuung. Sie hatten allerdings keine Ahnung, dass sie den berühmten Häuptling der Apatschen vor sich hatten.

Jetzt trat der Dicke Jemmy herbei. Er hatte einige Riemen, wie

[1] Eine flötenartige Pfeife

sie jeder Westmann bei sich führt, in der Hand und sagte zu Winnetou: „Also Ihr habt den ersten Gang, mein bester Sir. Es mag als gute Vorbedeutung dienen, wenn Ihr von der Hand eines Freundes an den Baum gefesselt werdet. Vorher aber sollen sich alle überzeugen, dass diese beiden Riemen von gleicher Beschaffenheit sind."

Die Riemen gingen von Hand zu Hand und wurden genau untersucht. Jetzt musste bestimmt werden, wer von beiden mit der rechten und wer mit der linken Hand angebunden werden solle. Zwei verschieden lange Grashalme bildeten die Lose. Winnetou zog den Kürzeren und befand sich infolgedessen im Nachteil, da er mit der Rechten gefesselt wurde und ihm somit nur die gewöhnlich weniger geübte Linke frei blieb. Die Upsarokas begrüßten diesen Umstand mit einem frohen „Awaschte – sehr gut!"

Nun wurden die Riemen den beiden Kämpfern in Schlingenform um die Handgelenke gezogen und dann nur locker um den Stamm des Baumes befestigt. Es kommt nämlich beim Muhmohwa vor, dass sich die Gegner viertelstundenlang und noch länger um den Baum treiben, ehe der erste Stich erfolgt. Fließt dann aber Blut, so geraten sie gewöhnlich so hitzig aneinander, dass der Kampf sehr bald entschieden ist.

Jetzt standen die Kämpfer bereit, der eine auf dieser, der andere auf jener Seite des Baumes.

Der Hobble-Frank befand sich als Zuschauer beim Dicken Jemmy. „Hören Sie, Herr Pfefferkorn", meinte er, „das is ne Sache, bei der es einem eiskalt über die Haut läuft. Denn nich allein diese beiden wagen ihr Leben, sondern wir das unsrige ooch. In diesem Augenblick habe ich unter meiner Skalplocke ein Gefühl, als würde sie mir bereits in die Höhe gezogen. Ich danke eigentlich schön für das Versprechen, uns geduldig abschlachten zu lassen, wenn unsere beiden Männer besiegt werden!"

„Pah!", entgegnete Jemmy. „Mir ist zwar auch nicht ganz wohl zu Mute, aber ich denke, dass wir uns auf Winnetou und Old Shatterhand verlassen können."

„Freilich scheint es so, denn der Apatsche macht ein so ruhiges Gesicht, als hätte er ein Grünsolo mit zehn Trümpfen in der Hand. Aber still! Der Hundertfache Donner beginnt zu sprechen."

„Tahanadapi – komm her!", rief er dem Apatschen auffordernd zu. „Oder soll ich dich um den Baum jagen, bis du vor Angst tot zusammenbrichst, ohne dass mein Messer dich getroffen hat?"

Winnetou antwortete ihm nicht. Er wendete sich an Old Shatterhand und sagte in der Sprache der Apatschen, die sein Gegner nicht verstand: „Ilata schi ilsestehkhn – ich werde ihm die Hand lähmen."

Da erklärte Old Shatterhand laut, indem er auf Winnetou zeigte: „Unser Bruder hat sein Herz vor den Gedanken des Mordes verschlossen. Er wird seinen Feind besiegen, ohne ihm einen Tropfen Blut zu nehmen."

„Uff, uff, uff!", riefen die Upsarokas.

Der Hundertfache Donner aber höhnte: „Euer Bruder ist vor Angst wahnsinnig geworden. Die Qual soll ihm abgekürzt werden."

Er bewegte sich einen Schritt vorwärts, sodass sich der Stamm des Baumes nun nicht mehr zwischen beiden befand. Das Messer fest in der Faust, hielt der Upsaroka das Auge mit einem wahren Raubtierblick auf Winnetou gerichtet. Das Gesicht des Apatschen aber blieb unbeweglich; er stand starr und steinern.

Wakin-opawinge-akide ließ sich täuschen. Er sprang plötzlich auf Winnetou zu und hob den Arm zum tödlichen Stoß. Aber anstatt zurückzuweichen, kam der Apatsche ihm ebenso blitzschnell entgegen. Mit gewaltigem Stoß rannte er dem Feind die Faust mit dem Messerheft in die Achselhöhle. Diese ebenso kühne wie kraftvolle und wohlgelungene Abwehr hatte den Erfolg, dass der Upsaroka zurückgeworfen wurde und sein Messer fallen ließ. Ein Griff des Apatschen, der das seinige auch wegwarf, und ein Schrei seines Gegners. – Winnetou hatte ihm die Hand verrenkt und stieß ihm im nächsten Augenblick die geballte Faust so in die Magengrube, dass er hintenüber stürzte und, mit der Hand am Baumstamm hängend, auf den Rücken zu liegen kam.

Der Upsaroka blieb einen Augenblick bewegungslos und das genügte dem Apatschen. Sein Messer vom Boden aufraffen, sich mit einem schnellen Schnitt durch den Riemen vom Baum befreien und auf den Feind niederknien, das war für ihn das Werk einer Sekunde. „Bist du besiegt?“, fragte er.

Der andere antwortete nicht. Er atmete keuchend, teils von dem Stoß, den er erhalten hatte, teils auch aus Grimm und Todesangst.

Das war alles so gedankenschnell gegangen, dass die einzelnen Bewegungen des Apatschen mit den Augen fast gar nicht voneinander zu unterscheiden gewesen waren. Kein Laut ließ sich rundum hören, und als der kleine Sachse ein jubelndes ‚Hurra‘ rufen wollte, gebot ihm Old Shatterhand durch eine Armbewegung Schweigen.

„Stich zu!“, knirschte der Upsaroka, indem er einen Blick glühenden Hasses in das Gesicht des über ihn gebeugten Apatschen warf und dann die Augen schloss.

Aber Winnetou erhob sich, schnitt den Riemen des Besiegten durch und sagte: „Steh auf! Ich habe versprochen, dich nicht zu töten, und ich halte mein Wort.“

„Ich mag nicht leben, ich bin besiegt!“

Da trat Oihtikeh-eyakutschin-wakon zu ihm heran und gebot ihm zornig: „Erhebe dich! Dir wird das Leben geschenkt, weil dein Skalp für den Sieger keinen Wert hat. Du hast dich gehalten wie ein Knabe. Aber noch stehe ich hier, um für uns zu kämpfen. Ich werde zweimal siegen, und während wir uns die Skalpe der Feinde teilen, kannst du zu den Wölfen der Prärie gehen, um bei ihnen zu wohnen. Die Heimkehr zum Wigwam ist dir verboten!“

Der Hundertfache Donner stand auf und griff nach dem ihm entfallenen Messer. „Der Große Geist hat nicht gewollt, dass ich siege“, erklärte er. „Zu den Wölfen gehe ich nicht. Hier habe ich ein Messer, um das Leben zu beenden, das ich nicht geschenkt haben mag. Vorher aber will ich sehen, ob du besser als ich zu siegen verstehst.“ Er entfernte sich langsam eine kurze Strecke und setzte sich dort ins Gras. Es war ihm anzumerken, dass es ihm mit seiner Absicht Ernst war.

Kein Blick der Seinen fiel auf ihn. Desto hoffnungsvoller sahen sie auf ihren Anführer, der seine mächtige Gestalt an den Stamm lehnte und Old Shatterhand aufforderte: „Komm herbei und lass uns losen!“

„Ich lose nicht“, entschied der Jäger. „Man mag mich mit der Rechten anbinden!“

„Wohl, weil du schneller sterben willst?“

„Nein, sondern weil ich glaube, dass deine Linke schwächer ist als die Rechte. Ich will keinen Vorteil über dich haben. Du bist verwundet worden.“

Old Shatterhand deutete auf die linke Schulter des Roten, über die sich eine breite Narbe zog. Sein Gegner konnte diesen Edelmut nicht begreifen. Er maß den Weißen mit einem Blick größten Erstaunens und entgegnete: „Willst du mich beleidigen? Sollen die Deinen, wenn ich dich getötet habe, sagen, dass es nicht geschehen wäre, wenn du mir nicht die Gnade erwiesen hättest? Ich verlange, dass wir losen.“

„Nun wohl, ich bin bereit.“

Das Los entschied nach Old Shatterhands Willen, nämlich zu Gunsten seines Gegners, dem nun die linke Hand gefesselt wurde. Nach wenigen Augenblicken standen sich die beiden gegenüber, und wer die Muskeln des Riesen sah, die sich wie lang gezogene Knäuel um seine Glieder ballten, dem konnte um Old Shatterhand bange werden. Er aber zeigte denselben Gleichmut wie vorhin Winnetou.

„Du kannst beginnen“, forderte ihn der Upsaroka auf. „Ich lasse dir den ersten Stoß. Drei Stöße werde ich nur abwehren, dann aber wirst du von meinem ersten Stoß fallen.“

Da lachte Old Shatterhand kurz auf. Er bohrte sein Messer in den Stamm der Linde und antwortete: „Und ich verzichte ganz auf diese Waffe. Dennoch wirst du gleich beim ersten Angriff fallen. Wir haben keine Zeit zu einem langen Spiel. Sei also aufmerksam, denn ich beginne!“

Er hob den Arm zum Schlag und sprang auf seinen Gegner ein.

Der Rote ließ sich durch die Finte täuschen und stieß nach dem Jäger. Aber der Weiße war gedankenschnell wieder zurückgewichen, sodass der Stoß fehlging. Eine abermalige blitzschnelle Bewegung Old Shatterhands – seine Faust traf den Gegner an die Schläfe. Der Riese wankte einen Augenblick und krachte dann mit lautem Schlag auf die Erde nieder.

„Da liegt er mit dem ganzen Körper am Boden! Wer hat gesiegt?", rief Old Shatterhand.

Hatten sich vorhin, als der Hundertfache Donner überwunden wurde, die Upsarokas ruhig verhalten, so brachen sie jetzt in ein Geheul aus, das klang, als käme es aus tierischen Kehlen. Die andere Gruppe erhob ein lautes Freudengeschrei.

Old Shatterhand zog sein Messer aus dem Stamm und schnitt sich los. Die weißen Jäger traten zu ihm, um ihn zu beglückwünschen. Auch die Schoschonen priesen die beiden Sieger, waren aber doch schleunigst bemüht, zu ihren Waffen zu kommen, um den Upsarokas jeden etwa beabsichtigten Widerstand und auch die Flucht unmöglich zu machen. Diese jedoch hatten ihr Geheul eingestellt, gingen nach der Stelle, wo der Hundertfache Donner saß, und ließen sich still bei ihm nieder. Selbst der eine, der mit bei den Waffen gestanden hatte, schloss sich ihnen an, obgleich es ihm nicht schwer gewesen wäre, auf eines der Pferde zu springen und davonzureiten.

Old Shatterhand trat erneut zu dem ‚Tapferen, der Medizin sucht'. Der Rote kam soeben wieder zu sich. Er öffnete die Augen und sah, dass der Sieger ihm den Riemen durchschnitt. Es bedurfte einiger Zeit, bis er zum Verständnis der Lage gelangte. Dann aber sprang er auf. Er starrte Old Shatterhand mit einem ganz unbeschreiblichen Blick an. Die Augen schienen ihm aus den Höhlen treten zu wollen und seine Stimme klang heiser, als er stockend fragte: „Ich – lag – am Boden! Hast – du mich – besiegt?"

„Ja! Oder hast du nicht selbst die Bedingung ausgesprochen, dass derjenige, der mit dem ganzen Körper zu Boden kommt, für besiegt gelten soll?"

Der Rote betrachtete sich. Er bot ein Bild des tiefsten Erschreckens. „Ich bin doch nicht verwundet!“, rief er aus. „So hast du mich mit der bloßen Hand niedergeschlagen?“

„Ja“, lächelte Old Shatterhand. „Ich hoffe, dass du mir das nicht verübeln wirst.“

Es war ein Blick größter Ratlosigkeit, den der Upsaroka auf die Seinen warf. Dann nahmen seine scharfen Züge den Ausdruck starrer Entsagung an. „Besser wäre es, du hättest mich getötet!“, klagte er. „Der Große Geist hat uns verlassen, weil uns unsere Medizinen gestohlen wurden. Nie können wir in die ewigen Jagdgründe gelangen! Warum sind die Squaws unserer Väter nicht gestorben, ehe wir geboren wurden!“

Der vorher so stolze und siegesgewisse Mann wankte zu den Seinen, drehte sich aber noch einmal um und fragte: „Erlaubt ihr uns, das Sterbelied zu singen, bevor ihr uns tötet?“

„Ehe ich dir antworte, will ich dir eine Frage vorlegen. Komm!“ Old Shatterhand führte ihn zu den Upsarokas, deutete auf den Hundertfachen Donner und fragte: „Willst du jetzt noch diesem Krieger zürnen?“

„Nein. Er konnte nicht anders. Der Große Geist hat es so gewollt. Wir haben unsere Medizinen verloren.“

„Ihr werdet sie wiederbekommen oder noch viel bessere erhalten.“

Sie alle blickten erstaunt zu ihm auf. „Wo sollen wir sie finden?“, fragte der Anführer. „Hier, wo wir sterben müssen? Oder in den ewigen Jagdgründen, in die wir nun erst recht nicht gelangen können, weil wir jetzt auch noch unsere Skalpe verlieren?“

„Ihr sollt eure Skalpe und euer Leben behalten. Ihr hättet uns getötet, wenn wir unterlegen wären; wir aber sind nur scheinbar auf eure Bedingungen eingegangen. Wir sind Christen und morden nicht. Steht auf! Geht hin, nehmt eure Waffen und eure Pferde! Ihr seid frei und könnt reiten, wohin es euch beliebt!“

Aber keiner machte eine Bewegung, dieser Aufforderung Folge zu leisten.

„Du sagst das als Beginn der Qualen, mit denen ihr uns foltern werdet“, entgegnete der Namenlose. „Wir werden alles ertragen, ohne dass du einen Laut der Klage aus unserem Mund vernimmst.“ – „Du irrst. Ich spreche im Ernst. Zwischen den Upsarokas und den Kriegern der Schoschonen ist das Kriegsbeil begraben. Kanteh-pehta, der berühmte Medizinmann der Upsarokas, ist unser Freund. Er kann mit den Seinen unangefochten in seine Wigwams zurückkehren.“ – „Uff! Du kennst mich?“ – „Dir fehlt das Ohr und ich erblickte hier diese Narbe. Daran habe ich dich erkannt.“ – „Woher weißt du, dass ich diese Zeichen an mir trage?“ – „Von deinem Bruder Schunktanka, dem Großen Hund, der mir von dir erzählte.“ – „Auch ihn kennst du?“ – „Ja. Ich traf einst mit ihm zusammen.“ – „Wann? Wo?“ – „Im vorigen Sommer. Am Berg der Schildkröte haben wir uns dann getrennt.“

Da sprang der Medizinmann, der sich bereits gesetzt hatte, sogleich wieder auf. Seine Züge nahmen einen ganz anderen Ausdruck an. Seine Augen verloren den starren, düsteren Blick und begannen zu leuchten.

„Täuscht mich dein Wort oder mein Ohr?“, rief er aus. „Wenn du die Wahrheit sagst, so bist du Nonpeh-tahan, den die Weißen Old Shatterhand nennen!“

„Der bin ich allerdings.“ Beim Klang dieses Namens erhoben sich auch die anderen Upsarokas vom Boden. „Wenn du dieser berühmte Jäger bist“, rief ihr Anführer, „hat uns der Große Geist noch nicht verlassen. Ja, du musst es sein, denn du hast mich mit der Faust niedergeschlagen. Von dir besiegt zu sein, ist keine Schande. Ich darf leben, ohne dass die Squaws auf mich deuten.“

„Und auch der Hundertfache Donner, der ein tapferer Krieger ist, braucht sich nicht zu schämen, denn der Krieger, der ihn überwand, ist Winnetou, der Häuptling der Apatschen.“

Die Augen der Upsarokas suchten mit wirklich ehrfurchtsvollem Blick die Gestalt Winnetous. Der Apatsche aber trat herbei, reichte dem Hundertfachen Donner die Hand und sagte: „Mein roter Bruder hat die Pfeife des Schwurs mit mir geraucht, er wird nun auch das Kalumet des Friedens mit uns rauchen, denn die Krieger der Upsarokas sind unsere Freunde. Howgh!"

Der Hundertfache Donner ergriff die Hand und erwiderte: „Der Fluch des bösen Geistes ist von uns gewichen. Old Shatterhand und Winnetou sind die Freunde der roten Männer. Sie werden unsere Skalpe nicht von uns fordern."

„Nein, ihr seid frei", wiederholte Old Shatterhand die bereits gegebene Versicherung. „Und wir kennen die Männer, die euch eure Medizinen raubten. Wenn ihr uns folgen wollt, so werden wir euch zu ihnen führen."

„Uff! Wer sind die Diebe?"

„Eine Schar der Sioux-Ogellallah, deren Ziel die Berge des Yellowstone River sind."

Diese Nachricht regte die Beraubten gewaltig auf. Ihr Anführer rief grimmig: „Die Hunde der Ogellallah sind es gewesen! Hong-peh-te-keh, der Schwere Mokassin, ihr Häuptling, hat mich einst verwundet und mir das Ohr genommen, ohne dass ich mich rächen konnte. Ich habe den Großen Geist gebeten, mich auf seine Fährte zu bringen, aber mein Wunsch ist nie in Erfüllung gegangen."

Jetzt trat Wohkadeh, der in der Nähe gestanden und alles gehört hatte, herbei und erklärte: „Du befindest dich auf seiner Fährte, denn Hong-peh-te-keh ist der Anführer der Ogellallah, die wir verfolgen."

„So hat ihn der Große Geist endlich in meine Hand gegeben. Wer aber ist dieser junge, rote Krieger, der mit dem Hundertfachen Donner kämpfen wollte und jetzt so genaue Nachricht über die Sioux-Ogellallah weiß?"

„Es ist Wohkadeh, ein wackerer Sohn der Numangkake", gab Old Shatterhand Auskunft. „Er wurde von den Ogellallah gezwungen, mit ihnen zu reiten, und war auch dabei, als sie euch eure Medizinen raubten. Er wich dann von ihnen und hat uns bereits große Dienste geleistet."

„Und was wollen die Sioux in den Bergen des Yellowstone River?"

„Wir werden es euch erzählen, wenn wir das Lagerfeuer angebrannt haben. Dann mögt ihr euch beraten, ob ihr mit uns reiten wollt.“

„Wenn ihr euch auf der Fährte der Ogellallah befindet, um gegen sie zu kämpfen, ziehen wir mit euch. Meine Brüder mögen das Feuer der Beratung anbrennen!“

10. Felsengeier

,Der Senat und das Haus der Repräsentanten der Vereinigten Staaten beschließen, dass der Landstrich in den Territorien Montana und Wyoming, nahe dem Ursprung des Yellowstone River, hierdurch von jeder Besiedlung, Besitznahme oder jedem Verkauf unter den Gebieten der Vereinigten Staaten ausgenommen und als ein öffentlicher Park oder Lustplatz zum Wohl und Vergnügen des Volkes betrachtet werden soll. Jedermann, der sich diesen Bestimmungen zuwider dort niederlässt oder von irgendeinem Teil Besitz ergreift, soll als Übertreter des Gesetzes angesehen und ausgewiesen werden. Der Park soll unter die ausschließliche Aufsicht des Sekretärs des Innern gestellt werden, dessen Aufgabe es sein wird, sobald als tunlich Vorschriften und Anordnungen zu erlassen, die er zur Pflege und Erhaltung notwendig erachtet.'

So lautet ein vom Vereinigten-Staaten-Kongress am 1. März 1872 angenommenes Gesetz, wodurch den Bürgern der Vereinigten Staaten ein Geschenk gemacht wurde, von dessen Größe man damals noch gar keine Ahnung hatte.

Über den erwähnten Landstrich, der heute der Nationalpark der Vereinigten Staaten genannt wird, durchzogen vor jener Zeit die allerseltsamsten Gerüchte die östlichen Staaten. Nur den wildesten Indianern bekannt und kaum in einzelnen Teilen von einem kühnen, einsamen Trapper gesehen, war diese Gegend in das tiefste Geheimnis gehüllt. Was einer dieser Fallensteller erzählte, das wurde, fantastisch ausgeschmückt, weitergetragen. Brennende Prärien und Berge, kochende Quellen, Vulkane, die flüssiges Metall auswerfen, Seen und Flüsse mit Öl anstatt mit Wasser gefüllt, versteinerte Wälder mit versteinerten Indianern und Tieren sollten dort zu finden sein.

Erst Professor Hayden, der als Erster eine wissenschaftliche Expedition in jene wunderbare Gegend unternahm, brachte genaue Auskunft, und er wusste allerdings ganz Außergewöhnliches zu berichten. Ihm ist es zu danken, dass das oben angeführte Gesetz erlassen wurde.

Der Nationalpark umfasst ein Gebiet von 8.671 Quadratkilometern. Dort entspringen der Yellowstone-, der Gallatin-, der Madison- und der Schlangenfluss. Mächtige Gebirgsketten durchziehen das Gebiet. Eine reine und stärkende Luft umweht die Höhen und Hunderte von kalten und heißen, chemisch verschieden zusammengesetzten Quellen bieten durch ihre wunderbare Heilkraft den Kranken Genesung und Erneuerung der gesunkenen Lebenskraft. Geiser, mit denen diejenigen Islands kaum zu vergleichen sind, werfen ihre Wasserstrahlen mehrere hundert Fuß hoch empor. Berge, ganz aus natürlichem Glas bestehend und in allen Farben schillernd, glänzen in den Strahlen der Sonne. Schluchten, wie sie so schauerlich keine andere Gegend aufzuweisen hat, scheinen eingeschnitten zu sein, um einen Einblick in die Eingeweide der Erde zu gestatten. Der Erdboden bildet Blasen, die sich heben und senken. Oft scheint er nur zolldick zu sein, sodass der Reiter sein entsetztes Pferd nur mühsam vorwärts bringt. Riesige Löcher öffnen sich, gefüllt mit kochendem Schlamm, der langsam auf- und niedersteigt. Es ist unmöglich, hier auch nur eine Viertelstunde weit zu gehen, ohne auf irgendein staunenswertes Naturwunder zu stoßen. Gibt es doch der Geiser und heißen Quellen über zweitausend. Während an einer Stelle siedendes Wasser dem Boden entströmt, perlt in nächster Nähe ein heller kalter Quell hervor. Gute und böse Geister, Engel und Teufel scheinen unter der Oberfläche gegeneinander zu kämpfen. Staunt man jetzt das Erhabene an, so weicht man wenige Schritte weiter vor dem Schrecklichen zurück. Hat man an der einen Stelle eine Riesenfontäne bewundert, die hundert Meter hoch an den Wänden eines Cañons emporsteigt, so schreitet man dann wieder über Felder von Karneolen, Moosachaten, Chalcedon, Opalen und anderen Halbedelsteinen.

Und zwischen den Bergen schlummern herrliche Seen. Der größte und schönste ist der Yellowstonesee, mit Ausnahme des Titicacasees der höchstgelegene große See der Erde. Er liegt etwa 2.400 Meter über dem Meeresspiegel.

Sein Wasser ist sehr schwefelhaltig. Seine tiefen Einschnitte wimmeln von riesigen Forellen, deren Fleisch einen ganz eigenartigen, aber sehr guten Geschmack besitzt. Die Wälder ringsum sind reich an Hochwild, Elentieren und Bären. An den Ufern entspringen unzählige heiße Quellen, aus denen die Dämpfe der Unterwelt hervorpfeifen, laut und schrill, wie aus den Dampfklappen einer Lokomotive.

Ein ängstliches Gemüt kommt da leicht auf den Gedanken, diesem Gebiet den Rücken zu kehren. Die im Innern der Erde ruhelos arbeitenden Gewalten machen sich hier gar zu sehr bemerkbar. Man fühlt sich nicht mehr sicher auf der Erde. Es ist, als müsse das ganze meilenweite Land im nächsten Augenblick entweder versinken oder als gewaltiger Feuer speiender Krater weit über die Spitzen der Rocky Mountains emporgehoben werden.

Da, wo der Yellowstonefluss aus dem See tritt und das Seeufer sich südwestlich zu der Stelle hinzieht, wo der Bridge Creek einmündet, brannten einige Feuer. Man hatte sie angezündet, weil es dunkel geworden war, nicht aber, weil sie zur Bereitung des Abendessens gebraucht worden wären. In dieser Hinsicht hatte die Natur freundlich vorgesorgt.

Große Forellen, im kalten Seewasser gefangen, wurden im heißen Wasser gesotten, das nur wenige Meter entfernt aus dem Boden hervorkochte. Der kleine Sachse bildete sich nicht wenig darauf ein, am Nachmittag ein wildes Schaf geschossen zu haben. Es gab infolgedessen gekochtes Schöpsenfleisch und als Nachspeise Forellen. Die heiße Quelle war von so geringem Umfang, dass sie geradezu als Kochtopf diente, und das abfließende Wasser hatte dadurch einen so würzigen Geschmack, dass es mit den Lederbechern geschöpft und mit Behagen getrunken wurde.

Die Gesellschaft war über den Pelican- und den Yellowstonefluss herübergekommen, wollte morgen Vormittag über den Bridge Creek und dann westlich zum Feuerlochfluss reiten. Dort arbeitete der Geiser, der von den Indianern Koso-tip-tupa, Höllenmaul, genannt wird, und in seiner Nähe lag das Häuptlingsgrab als Ziel des weiten Rittes.

Dieser Ritt war weit schneller vonstatten gegangen, als man vorher gedacht hatte. Es waren noch volle drei Tage bis zum Vollmond und Old Shatterhand war der Überzeugung, dass die Sioux-Ogellallah unmöglich bereits hier sein könnten. Er bemerkte im Laufe des Gesprächs: „Sie können kaum Botelers Ranch erreicht haben und wir sind vor ihnen sicher. Lasst immerhin die Feuer brennen, bis nachher der Mond hinter den Bergen aufsteigt! Andere menschliche Wesen als die Sioux haben wir nicht zu erwarten. Es ist also nichts zu befürchten."

„Und wie ist von Botelers Ranch sodann der Weg herauf, Sir?", fragte Martin Baumann. „Ich habe gehört, dass er sehr gefährlich sein soll."

„Das will ich nicht behaupten. Man muss natürlich die Nähe der Geiser und auch diejenigen Stellen vermeiden, wo die Erdrinde so dünn ist, dass man beim Betreten durchbrechen würde. Von Botelers Ranch reitet man im Tal des Yellowstone aufwärts, an erloschenen Vulkanen vorüber. Nach vier bis fünf Stunden gelangt man in den Unteren Cañon, der eine halbe Meile lang ist und wohl dreihundert Meter tief in den Granit einschneidet. Nach abermals fünf Stunden erreicht man einen Berg, von dessen Spitze zwei gleichlaufende Felsenmauern fast neunhundert Meter tief abfallen und den man die Rutschbahn des Teufels nennt. Drei Stunden später ist man an der Mündung des Gardinerflusses, dem man nun aufwärts folgen muss, weil man am Yellowstone River nicht mehr vorwärts kann. Dann reitet man an den Washburnebergen und dem Cascade Creek entlang, der wieder nach dem Yellowstone führt. Er mündet zwischen den oberen und unteren Fällen des Yellowstone und man befindet sich somit am Südende des Großen Cañon, der wohl das größte Wunder des Yellowstonebettes bildet."

„Kennt Ihr dieses Wunder, Sir?", fragte der Dicke Jemmy.

„Ja. Der Grand Cañon ist wohl über sieben deutsche Meilen[1] lang und mehr als tausend Meter tief. Die Wände fallen geradezu lotrecht in die Tiefe und nur ein völlig schwindelfreier Mensch darf es wagen, nach dem Rand hinzukriechen, um in die schauerliche Tiefe zu blicken, wo der vorher sechzig Meter breite Fluss wie ein dünner Faden erscheint. Und doch ist es dieser Faden gewesen, der sich im Verlauf von Jahrtausenden so weit in die Felsen eingefressen hat. Die Wogen brausen unten an den wuchtigen Steinmauern mit fürchterlicher Schnelligkeit dahin. Oben ist aber von ihrem Tosen nichts zu hören. Kein Sterblicher kann da hinab, und wenn er es könnte, vermöchte er es doch nicht lange dort auszuhalten. Es würde ihm an Luft fehlen. Das Wasser des Flusses ist warm, sieht aus wie Öl, besitzt einen ekelhaften Schwefel- und Alaungeschmack und verbreitet einen Gestank, der nicht zu ertragen ist. Geht man am Cañon nordwärts, so erreicht man die unteren Fälle des Flusses, wo sich das Wasser aus einer Höhe von mehr als hundert Metern herabstürzt. Eine Viertelstunde weiter südwärts fällt der Strom abermals weit über dreißig Meter herab. Von den oberen Fällen bis hierher würde ein Reiter ungefähr neun Stunden brauchen. Das macht also von Botelers Ranch aus zwei tüchtige Tagesritte, die wir den Sioux-Ogellallah voraus sind. Genau kann diese Rechnung allerdings nicht sein; aber einige Stunden mehr oder weniger sind ja nicht von Belang. Es genügt uns, zu wissen, dass unsere Feinde noch nicht hier sein können."

„Und wo werden sie sich morgen um diese Zeit befinden, Sir?", fragte Martin Baumann.

„Am oberen Ausgang des Cañons. Habt Ihr einen Grund, das so genau wissen zu wollen?"

„Eigentlich nicht. Aber Ihr könnt Euch denken, dass ich den Vater in Gedanken begleite. Wer weiß, ob er noch lebt."

„Ich bin überzeugt davon."

„Die Sioux können ihn getötet haben!"

[1] 1 deutsche Meile = 7,42 km

„Mit diesem Gedanken braucht Ihr Euch nicht zu quälen. Die Ogellallah wollen ihre Gefangenen nach dem Häuptlingsgrab bringen und das werden sie auch tun. Darauf könnt Ihr Euch verlassen. Es fällt den Sioux nicht ein, ihren Opfern die zugedachten Qualen durch einen früheren Tod abzukürzen.“

Er trat abseits, wo Winnetou bereits schlief, wickelte sich in seine Decke und legte sich neben seinem roten Freund nieder. Die anderen blieben noch flüsternd beisammen sitzen.

„Es tut mir eigentlich verteufelt weh, dass wir den braven Mann hintergehen wollen“, meinte Jemmy leise. „Aber dieser kleine Bärenjäger hier wusste so schön zu bitten und da ist mir altem dickem Waschbären das Herz mit dem Verstand davongelaufen. Na, hoffentlich nimmt die Angelegenheit ein gutes Ende!“

„Ich habe von Anfang an gewarnt“, brummte Davy, „und warne auch noch jetzt!“

„Aber bedenkt, mein lieber Davy“, fiel Martin ein, „dass es mir ganz unmöglich ist, noch volle drei Tage zu warten! Ich sterbe vor Sorge um den Vater.“

„Old Shatterhand hat Euch aber doch erklärt, dass die Gefangenen noch leben müssen!“

„Er kann sich irren. Habt Ihr denn vergessen, dass Ihr und Jemmy die Ersten wart, die mir ihre Hilfe anboten? Und nun kann ich mich nicht mehr auf euch verlassen.“

„Zounds! Das ist ein Vorwurf, den ich nicht auf mir sitzen lassen darf. Ich habe mich von meiner Zuneigung zu Euch hinreißen lassen, Euch das Versprechen zu geben, und Ihr sollt mir nicht nachsagen, dass ich es nicht halte. Ich reite also mit. Aber ich stelle eine Bedingung.“

„Lasst hören! Ich erfülle sie, wenn es mir möglich ist.“

„Wir belauschen die Sioux-Ogellallah nur, um zu erfahren, ob Euer Vater noch lebt, aber wir machen nicht etwa auf eigene Faust einen Versuch, ihn zu befreien!“

„Ja, einverstanden.“

„Schön! Ich kann es mir lebhaft ausmalen, wie es in Eurem

Herzen aussehen mag. Das rührt mein altes Gemüt und ich begleite Euch. Aber sobald wir gesehen haben, dass Euer Vater noch lebt, kehren wir um und reiten den anderen nach."

„Morgen früh wird es freilich eine große Sorge um uns geben, wenn wir verschwunden sind. Doch ich denke, der Neger wird den Auftrag ausrichten", sagte Jemmy. „Jetzt aber lasst uns schweigen, damit wir kein Misstrauen erregen! Da kommt nun auch der Mond. Wir wollen das Feuer auslöschen und uns dann unter die Bäume legen. Dort gibt es Schatten und man bemerkt unser Verschwinden nicht sogleich."

„Gut, dass wir Mondschein haben", meinte der Hobble-Frank, „da finden wir wenigstens den Weg."

„Er ist uns deutlich vorgezeichnet, immer am Fluss hinab. Einerseits ist es mir gar nicht lieb, dass wir gezwungen sind, die Gefährten zu täuschen, anderseits aber kann es ihnen auch nichts schaden. Früher hatten auch wir ein Wort zu sagen, jetzt aber sind Old Shatterhand und Winnetou die Führer. Jemmy und Davy werden nur so nebenbei einmal um ihre Ansicht gefragt. Da ist es eigentlich ganz an der Zeit, ihnen zu zeigen, dass wir auch noch zu den Westmännern gehören, die einen Plan entwerfen und ausführen können."

Das Feuer wurde ausgelöscht. Auch die Flammen, an denen die Indianer gesessen hatten, brannten nicht mehr, still war es ringsum. Nur das schrille Pfeifen der dem Erdinnern entströmenden Dämpfe ließ sich in regelmäßigen Zwischenräumen hören.

Es verging weit über eine Stunde, da regte es sich leise unter den Bäumen, wo Frank, Jemmy, Davy, Martin und Wohkadeh lagerten. „Meine Brüder mögen mir folgen!", flüsterte der junge Indianer. „Es ist Zeit."

Sie griffen nach ihren Waffen und sonstigen Sachen und schlichen sich leise unter den Bäumen fort, zu den Pferden hin. Den scharfen Augen Wohkadehs gelang es schnell, die fünf Tiere von den anderen zu unterscheiden. Ohne ein leichtes Geräusch ging das freilich nicht ab. Darum verharrten die fünf Flüchtlinge, als sie die Pferde beisammen hatten, eine kleine Weile lauschend, um zu beobachten, ob ihr Tun bemerkt worden sei. Als es aber dort bei den Schlafenden ruhig blieb, führten sie die Pferde, deren Hufschlag durch das Gras gedämpft wurde, langsam fort.

Freilich, ganz unbemerkt entkamen sie nicht. Obgleich an die Nähe eines Feindes nicht gedacht werden konnte, waren doch einige Wachen ausgestellt worden, die sich von Zeit zu Zeit ablösen mussten. Für die Nacht war das schon wegen der wilden Tiere im Wald notwendig. An einem dieser Wachtposten kamen sie vorüber.

Es war ein Schoschone. Er hörte sie kommen, wusste, dass die vom Lager her Nahenden Freunde sein mussten, und machte daher keinen Lärm. Der Schein des Mondes, der sich zwischen einzelnen Zweigen hindurchstahl, erlaubte ihm, die Männer zu erkennen. „Was haben meine Brüder vor?“, fragte er.

„Sprich leise, damit keiner der Schläfer geweckt wird!“, entgegnete Jemmy. „Old Shatterhand sendet uns aus. Er weiß, wohin wir gehen. Ist dir das genug?“

„Meine weißen Brüder sind unsere Freunde. Ich darf sie nicht hindern, die Befehle des großen Kriegers auszuführen.“

Sie gingen weiter. Als sie so fern vom Lager waren, dass kein Huftritt dort mehr gehört werden konnte, stiegen sie auf, suchten die lichtere Nähe des Seeufers auf und trabten längs des Wassers hin, um den Ausfluss des Yellowstone River zu erreichen und ihm in nördlicher Richtung zu folgen. Der Schoschone hielt den Vorfall für so selbstverständlich, dass er es gar nicht für notwendig erachtete, später dem ablösenden Posten eine Mitteilung darüber zu machen. Dadurch blieb das Davonreiten der kühnen oder vielmehr leichtsinnigen Ausreißer unbemerkt, bis der Tag graute.

Um diese frühe Zeit sollte aufgebrochen werden. Daher erhoben sich, als die ersten Vogelstimmen in den Zweigen ertönten, alle von ihrem Lager. Da entdeckte man mit Schrecken, dass die fünf Freunde fehlten. Wie man sich dann sogleich überzeugte, hatten sie zu Pferd das Lager verlassen. Nun erst meldete sich der

Schoschone, der gestern Abend die Wache gehabt hatte, und erzählte Old Shatterhand, welche Angaben ihm Jemmy gemacht hatte.

Winnetou stand dabei und konnte sich trotz seines Scharfsinns die Absicht, in der die fünf sich so heimlich entfernt hatten, nicht denken. „Sie sind sicher den Sioux-Ogellallah entgegen“, erklärte ihm Old Shatterhand.

„Dann haben sie ihr Hirn verloren“, zürnte der Apatsche. „Sie werden nicht nur der Gefahr, der sie entgegenreiten, erliegen, sondern auch unsere Anwesenheit verraten. Warum wollen sie nur den Sioux begegnen?“

„Um zu erfahren, ob der Bärenjäger noch lebt.“

„Ist er tot, vermögen sie ihm das Leben doch nicht zurückzugeben, und lebt er noch, werden sie ihm Unglück bringen. Winnetou kann diesen großen Fehler den zwei kühnen Knaben verzeihen. Die drei alten Jäger aber sollten am Pfahl aufgestellt werden, den Squaws und Kindern zum Spott!“

Da kam Bob, der Neger, herbei. Der Skunkgeruch war noch nicht ganz von ihm gewichen, sodass keiner ihn gern in seiner Nähe duldete. Er trug immer noch die alte Pferdedecke, die ihm der Lange Davy geschenkt hatte. Des Nachts, wenn es kühl wurde, hatte er sich bisher in das Fell des von Martin Baumann erlegten Bären gewickelt. „Massa Shatterhand suchen Massa Martin?“, fragte er.

„Ja. Kannst du mir Auskunft erteilen?“

„Oh, Masser Bob sein sehr klug! Er wissen, wo Massa Martin sein.“

„Nun wo?“

„Sein fort, zu Sioux-Ogellallah, zu sehen gefangenen Massa Baumann. Massa Martin haben Masser Bob alles sagen, damit Masser Bob dann Massa Shatterhand wiedersagen.“

„Also doch so, wie ich dachte“ nickte Old Shatterhand. „Wann wollen sie zurückkommen?“

„Wenn sie haben sehen Massa Baumann, dann kommen uns nach an Fireholefluss. Weiter Masser Bob nichts wissen.“

„Dein guter Massa Martin hat da eine Dummheit gemacht. Ich glaube, es kann ihm dabei an den Kragen gehen."

„Was? Massa Martin an den Kragen? Da Masser Bob sich setzen sofort auf Pferd, um ihm nachreiten und retten!"

„Ja, so wie du zum Beispiel auch den Bären totschlugst, als du vor Angst auf die Birke klettertest."

„Ogellallah sein kein Bär. Masser Bob sich nicht fürchten vor Ogellallah." Er streckte seine großen Fäuste drohend aus und machte eine Miene, als wolle er gleich zehn Ogellallah verschlingen.

„Nun gut, ich will es einmal mit dir versuchen, weil du deinen jungen Herrn so liebst. Halte dich bereit, in wenigen Minuten mit uns zu reiten!"

Und zu Winnetou, bei dem jetzt der Medizinmann der Upsarokas und der Häuptling der Schoschonen mit Moh-aw, seinem Sohn, standen, fuhr er fort: „Mein Bruder wird den Ritt fortsetzen und mich am Koso-tip-tupa, dem ‚Maul der Hölle', erwarten. Mit mir aber werden die fünfzehn Krieger der Upsarokas mit ihrem Medizinmann und Moh-aw mit fünfzehn Kriegern der Schoschonen reiten. Wir müssen diesen fünf vorwitzigen Menschen augenblicklich folgen, um sie zu retten, wenn sie sich in Gefahr befinden. Ich kann nicht vorher bestimmen, von welcher Seite ich nach dem ‚Maul der Hölle' kommen werde. Es ist also möglich, dass die Sioux eher am Grab der Häuptlinge sind als ich mit meinen Kriegern."

Nur wenige Minuten später galoppierte Old Shatterhand mit seinen Begleitern in der gleichen Richtung fort, in der die fünf Unvorsichtigen gestern Abend das Lager verlassen hatten.

Die Ausreißer hatten naturgemäß einen weiten Vorsprung vor ihm. Der Ritt war zwar wegen der Nacht und wegen ihrer Unkenntnis der Gegend nur langsam vorwärts gegangen; dennoch lag bei Anbruch des Tages der Yellowstonesee bereits in bedeutender Entfernung hinter ihnen und nun konnten sie die Pferde besser ausgreifen lassen.

Das Bild des Flusses und seiner Ufer war seltsam und prächtig. Das Tal war zunächst ziemlich breit und bot zu beiden Seiten reiche Abwechslung. Bald stiegen die Höhen sanft zu den Ufern herab, bald strebten sie steil an, zum Himmel empor und allüberall machten sich die Wirkungen unterirdischer Gewalten geltend.

Vor grauen Zeiten ist diese Gebirgsgegend ein See gewesen, der einen Flächenraum von vielen tausend Quadratkilometern gehabt hat. Dann begannen unter seinen Wassern vulkanische Mächte ihre Tätigkeit. Es hob sich der Boden. Er spaltete sich und aus diesen Spalten schoss glühende Lava hervor, die im kühlen Wasser des Sees zu Basalt erstarrte. Ungeheure Krater öffneten sich. Heißes Gestein wurde daraus emporgetrieben und verband sich mit anderen Mineralien zu verschiedenartigen Mischungen, um den Boden zu bilden, auf dem die zahlreichen heißen Mineralquellen ihre Niederschläge ablagern konnten. Dann hob eine gewaltige Ansammlung unterirdischer Gase mit unmessbarer Gewalt den ganzen Boden dieses Sees empor, sodass seine Wasser abfließen mussten. Die Wasser rissen tiefe Rinnen in die Erde. Loses Erdreich und weiches Gestein wurden fortgespült. Kälte und Wärme, Sturm und Regen halfen mit, alles, was nicht Widerstand zu leisten vermochte, zu zerstören, zu entfernen, und nur die harten, erstarrten Lavasäulen hielten aus. So grub sich das Wasser in die Erde ein. Es fraß alles Weiche weg, wusch die Felsen tiefer und tiefer aus und die großartigen Cañons und die Wasserfälle bildeten sich, die zu den Wundern des Nationalparks gehören.

Und so ragen denn die vulkanischen Ufer hoch empor, vielfach zerrissen und zerklüftet, vom Regen ausgespült, und zeigen Formen, die sich keine Fantasie auszudenken vermag. Da glaubt man, die Ruine einer alten Ritterburg zu erblicken. Man kann die leeren Fensterhöhlen sehen, den Wartturm und die Stelle, wo die Zugbrücke über den Graben ging. Nicht weit davon wachsen schlanke Minaretts empor. Man meint, der Muezzin müsse auf den Söller treten und die Gläubigen zum Gebet rufen. Gegenüber öffnet sich ein römisches Amphitheater, worin einst Christensklaven mit wilden Tieren rangen. Daneben steigt eine chinesische Pagode frei und kühn zur Höhe und weiterhin am Flusslauf steht eine hundert Fuß hohe Tiergestalt, so wuchtig, als sei sie dem Götzen eines vorsintflutlichen Volkes errichtet worden.

Und das alles ist Täuschung. Die vulkanischen Ausbrüche haben die Massen geliefert, die vom Wasser zu Gestalten geformt wurden. Und wer diese Wundergebilde der Naturkräfte betrachtet, fühlt sich als winziger Wurm im Staub und hat allen Stolz vergessen.

Da, wo sich der Fluss in einem ziemlich weiten Bogen nach Westen wendet, traten zahlreiche heiße Quellen zu Tage, die ihr Wasser sammelten und ein ansehnliches Flüsschen bildeten, das sich zwischen hohen Felsen hindurch in den Yellowstone ergoss. Es schien, als könne man am Ufer des Yellowstone von hier an nicht mehr vorankommen, und deshalb bogen die fünf Ausreißer links ein, um dem Lauf des heißen Flüsschens zu folgen.

Hier gab es weder Baum noch Strauch. Alle Gewächse waren erstorben. Die heiße Flüssigkeit hatte ein schmutziges Aussehen und roch wie faule Eier. Es war kaum zum Aushalten. Und doch wurde es nicht eher besser, als bis sie nach einem stundenlangen, beschwerlichen Ritt die Höhe erreichten. Hier floss klares, frisches Wasser und bald zeigten sich auch Büsche, später sogar Bäume.

Von einem wirklichen Weg war freilich keine Rede. Die Pferde mussten sich oft weite Strecken lang über Felsbrocken hinwegarbeiten, die aussahen, als sei ein Berg vom Himmel gestürzt und hier unten in lauter Stücke zerbrochen. Diese Trümmer zeigten oft wunderbare Gestalten und zuweilen blieben die fünf Reiter halten, um ihre Meinung darüber auszutauschen. Dabei verging die Zeit und es war bereits Mittag, als sie erst die Hälfte des Weges zurückgelegt hatten.

Da erblickten sie von weitem ein ansehnliches Haus. Es schien eine in italienischem Stil gebaute Villa zu sein, an die sich ein mit hoher Mauer umgebener Garten lehnte. Ganz erstaunt hielten sie an. „Ein Wohnhaus hier am Yellowstone! Das ist doch gar nicht möglich!“, rief Jemmy.

„Warum soll das nich möglich sein?“, fragte Frank. „Aber seht doch mal genauer hin! Steht da nich ein Mensch vor dem Tor?“

„Allerdings. Wenigstens scheint es so. – Jetzt ist er weg. Es wird wohl nur ein Schatten gewesen sein.“

„So? Wo es einen menschlichen Schatten gibt, da muss es unbedingt ooch einen Menschen geben, der diesen Schatten geworfen hat. Und wenn der Schatten weg is, muss entweder die Sonne verschwunden sein oder derjenige, der den Schatten geworfen hat. Die Sonne is aber noch da, folglich is der Kerl fort. Wohin, das werden wir bald sehen.“

Sie näherten sich dem Bauwerk rasch und da erkannten sie freilich, dass es nicht von Menschenhänden errichtet, sondern eine Schöpfung der Natur war. Die scheinbaren Mauern bestanden aus blendend weißem Feldspat. Mehrere Öffnungen konnten von weitem leicht für Fenster gehalten werden. Eine hohe Türöffnung war auch vorhanden. Wenn man hindurchblickte, sah man eine Art Hof, der durch natürliche Felskulissen in mehrere ungleiche Abteilungen geschieden wurde. In der Mitte dieses Hofes sprudelte ein Quell aus der Erde hervor und schickte sein klares, kaltes Wasser gerade zum Tor heraus.

„Wunderbar!“, gestand Jemmy. „Dieser Ort eignet sich prächtig zu einer Mittagsrast. Wollen wir hinein?“

„Meinetwegen“, antwortete Frank. „Aber wir wissen noch gar nich, ob der Kerl, der da drin wohnt, vielleicht ein schlechter Mensch is.“

„Pshaw! Wir haben uns getäuscht. Von einem Menschen ist hier gar keine Rede. Zum Überfluss will ich vorher noch einmal umherspähen.“

Jemmy ritt, die Büchse schussfertig, langsam durch das Tor und blickte sich im Hof um. Dann drehte er sich um und winkte. „Kommt herein! Es ist keine Seele hier.“

„Das will ich ooch hoffen“, meinte Frank. „Mit abgeschiedenen Seelen, die ein geisterhaftes Dasein off der Erde fristen, habe ich nich gern was zu tun.“

Davy, Martin und Frank folgten Jemmys Aufforderung. Wohkadeh aber blieb noch vorsichtig zurück.

„Warum kommt mein roter Bruder nicht?“, fragte der Sohn des Bärenjägers.

Der Indianer sog die Luft bedächtig durch die Nase ein und erwiderte: „Bemerken meine Brüder nicht, dass es hier nach Pferden riecht?“

„Natürlich muss es nach ihnen riechen. Wir haben ja die Unsrigen mit.“

„Dieser Geruch kam bereits aus der Tür, als wir noch davor hielten.“

„Es ist hier weder ein Mensch noch ein Tier zu sehen, auch keine Spur von beiden.“

„Weil der Boden aus hartem Stein besteht. Meine Brüder mögen vorsichtig sein!“

„Es gibt hier keinen Grund zu irgendeiner Befürchtung“, erklärte Jemmy. „Kommt, wir wollen uns erst auch noch weiter hinten umsehen!“

Anstatt ihn das allein tun zu lassen und sich dadurch den Rückzug offen zu halten, folgten sie ihm, eng nebeneinander reitend, nach den hintersten Abteilungen.

Da erscholl plötzlich ein Geheul, dass es schien, als bebe die Erde. Eine bedeutende Anzahl Indianer brach aus dem Hintergrund hervor und im Nu waren die vier unvorsichtigen Männer umzingelt. Ein langer, hagerer, aber sehniger Krieger, durch den Kopfputz als Häuptling gekennzeichnet, rief den Weißen in gebrochenem Englisch zu: „Ergebt euch, sonst nehmen wir euch die Skalpe!“

Die vier Überraschten sahen ein, dass jede Gegenwehr nur verderblich sein könne.

„Zum Teufel“, stieß Jemmy in deutscher Sprache hervor. „Da

sind wir ihnen gerade in die Hände geritten. Es sind Sioux, jedenfalls diejenigen, die wir belauschen wollten." Und zu dem Häuptling gewendet, fuhr er in englischer Sprache fort: „Ergeben sollen wir uns? Wir haben euch ja nichts getan. Wir sind Freunde der roten Männer."

„Das Kriegsbeil der Sioux-Ogellallah ist gegen alle Bleichgesichter gerichtet", entgegnete der Rote. „Steigt ab, legt eure Waffen von euch! Wir warten nicht."

Fünfzig Augenpaare waren finster auf die Weißen gerichtet und fünfzig rotbraune Hände lagen an den Messern. Der Lange Davy war der Erste, der von seinem Maultier stieg. „Tut ihm den Willen!", empfahl er seinen Gefährten. „Wir müssen Zeit gewinnen. Die Unsrigen kommen ganz gewiss, um uns zu befreien."

Da stiegen die anderen auch ab und übergaben ihre Waffen. Wohkadeh war, wie bereits erwähnt, nicht mit hereingekommen. Er sah von draußen, dass seine Gefährten umzingelt wurden, und trieb sofort sein Pferd zur Seite, um nicht durch die Eingangsöffnung bemerkt zu werden. Dann sprang er ab, legte sich auf den Boden und schob den Kopf nur so weit vor, dass er in den Hof blicken konnte.

Was er feststellte, erfüllte ihn mit Bestürzung. Er erkannte den Häuptling. Es war Hong-peh-te-keh, der Schwere Mokassin, der Anführer der Sioux-Ogellallah, denen er entflohen war. Was sollte er tun? Schnell zum See zurückreiten, um Old Shatterhand mit den Seinen zu holen? Nein. Es kam ihm ein kühner Gedanke. Wohkadeh stieg auf sein Pferd und ritt scheinbar unbefangen in den Hof.

Soeben sollten die vier Gefangenen gefesselt werden. Wenige Schritte seines Pferdes, und er hielt vor ihnen.

„Uff!", rief er. „Seit wann schlingen die Krieger der Sioux-Ogellallah Fesseln um die Hände ihrer besten Freunde? Diese Bleichgesichter sind die Brüder Wohkadehs."

Sein plötzliches Erscheinen erregte allgemeines Erstaunen. Der Schwere Mokassin zog die Brauen finster zusammen, musterte den Jüngling mit stechendem Blick und fragte zurück: „Seit wann sind die weißen Hunde die Brüder der Ogellallah?"

„Seit sie Wohkadeh das Leben gerettet haben." Der Häuptling bohrte seinen Blick förmlich in den Wohkadehs. Dann fragte er: „Wo ist Wohkadeh bisher gewesen? Warum ist er nicht rechtzeitig zurückgekehrt?"

„Weil er gefangen wurde von den Hunden der Schoschonen. Diese vier Bleichgesichter aber haben für ihn gekämpft und ihn gerettet. Sie haben ihm einen Weg gezeigt, der schnell und leicht zum Yellowstone führt, und sind mit ihm gegangen, um mit dem Schweren Mokassin die Pfeife des Friedens zu rauchen."

Die Lippen des Häuptlings umzuckte ein höhnisches Lächeln. „Steig vom Pferd und tritt zu deinen weißen Brüdern!", gebot er. „Du bist unser Gefangener, ebenso wie sie."

„Wohkadeh der Gefangene seines eigenen Stammes? Wer gibt dem Schweren Mokassin das Recht, einen Krieger seines Volkes gefangen zunehmen?"

„Er nimmt sich dieses Recht selbst. Er ist der Anführer dieses Kriegszugs und kann tun, was ihm beliebt."

Da riss Wohkadeh sein Pferd hoch, gab ihm die Fersen in die Weichen und zwang es, eine schnelle Kreiswendung auf den Hinterbeinen zu machen. Weil es dabei mit den Vorderhufen ausschlug, mussten die Sioux-Ogellallah, die sich zu nahe an ihn herangedrängt hatten, zurückweichen. Er bekam Platz. Jetzt legte er die Zügel auf den Hals des Pferdes, sodass er auch die linke Hand frei bekam und seine Büchse schussfertig halten konnte, und fragte: „Seit wann dürfen die Häuptlinge der Sioux-Ogellallah tun, was ihnen beliebt? Wozu sind die Versammlungen der alten Krieger da? Wohkadeh ist ein junger Mann, aber er hat den weißen Büffel getötet und trägt die Adlerfedern in seinem Schopf. Er lässt sich nicht gefangen nehmen, und wer ihn beleidigt, der wird mit ihm kämpfen müssen!"

Das waren stolze Worte und sie gingen nicht verloren. Die Häuptlinge der Indianer besitzen keineswegs unbeschränkte Macht. Ihnen ist nicht die Gewalt eines Selbstherrschers gegeben. Sie können keine Gesetze machen und keine Verordnungen erlassen. Sie sind aus der Reihe der Krieger gewählt, weil sie sich durch Tapferkeit oder Klugheit vor den Übrigen ausgezeichnet haben. Der Einfluss des Häuptlings beruht allein auf dem Eindruck seiner Persönlichkeit. Er kann abgesetzt werden, wenn er sich missliebig macht.

Der Schwere Mokassin war als ein strenger, eigenwilliger Mann bekannt. Zwar hatte er sich bedeutende Verdienste um den Stamm erworben, aber seine Eigenwilligkeit, sein Starrsinn hatten dem Stamm auch oft geschadet. Er war hart, grausam und blutdürstig. Der Stamm zerfiel in zwei Abteilungen, in solche, die Anhänger des Häuptlings waren, und solche, die offen oder heimlich gegen ihn Stellung nahmen.

Dieser Zwiespalt wurde jetzt auch offenbar, als Wohkadeh gesprochen hatte. Mehrere der Sioux ließen anerkennende, zustimmende Ausrufe hören. Der Häuptling warf ihnen einen grimmigen Blick zu, gab einigen seiner Getreuen ein Zeichen, worauf sie sofort den Ausgang besetzten, und antwortete sodann: „Jeder Sioux-Ogellallah ist ein freier Mann. Aber sobald ein Krieger zum Verräter an seinen Brüdern wird, hat er das Recht auf Freiheit verloren."

„Beweise, dass Wohkadeh ein Verräter ist!"

„Ich werde es vor der Versammlung der Krieger beweisen."

„Und ich werde dort als freier Mann erscheinen, mit den Waffen in der Hand, und mich verteidigen. Und wenn ich bewiesen habe, dass mich der Schwere Mokassin ohne Ursache beleidigt hat, wird er mit mir kämpfen müssen."

„Ein Verräter tritt nicht vor die Versammlung mit den Waffen in der Hand. Wohkadeh wird die seinigen abgeben. Ist er unschuldig, so erhält er sie wieder."

„Uff! Wer wagt es, sie mir zu nehmen?" Der junge Mann warf einen kühnen, herausfordernden Blick umher.

Er sah, dass mehrere Gesichter Teilnahme für ihn zeigten. Die meisten aber blieben kalt.

„Niemand wird sie dir nehmen“, entgegnete der Häuptling. „Du selber wirst sie ablegen. Und wenn du das nicht tust, wirst du eine Kugel erhalten.“

„Ich habe zwei Kugeln in meinem Gewehr.“ Bei diesen Worten schlug Wohkadeh mit der Hand an den Kolben seiner Büchse.

„Wohkadeh hat, als er von uns ging, kein Gewehr besessen. Wo hat er diese Büchse her? Sie wurde ihm von den Bleichgesichtern geschenkt, und diese Hunde verschenken nur dann etwas, wenn sie Nutzen davon haben. Wohkadeh hat ihnen also Dienste geleistet und nicht sie ihm. Wohkadeh ist ein Mandan. Es hat ihn keine Squaw der Sioux geboren. Wer unter diesen tapferen Kriegern will für ihn sprechen, bevor er auf meine Anklage geantwortet hat?“

Keiner regte sich. Der Schwere Mokassin warf dem Jüngling einen triumphierenden Blick zu und gebot ihm: „Steig also vom Pferd und gib die Waffen ab! Du sollst dich verteidigen und dann werden wir das Urteil fällen. Durch deinen Widerstand beweist du nur, dass du nicht unschuldig bist.“

Wohkadeh sah ein, dass er sich fügen müsse. Er hatte sich bis jetzt geweigert, um Eindruck auf die zu machen, die dem Häuptling nicht wohlgesinnt waren. „Wenn du das meinst, so will ich mich fügen“, erklärte er. „Meine Sache ist gerecht. Ich kann eurem Spruch in Ruhe entgegensehen und gebe mich bis dahin in eure Hände.“

Er stieg ab und legte seine Waffen zu den Füßen des Häuptlings nieder. Der sagte einigen der ihm Nahestehenden ein leises Wort und sogleich zogen sie Riemen hervor, um Wohkadeh zu binden. „Uff!“, rief der Jüngling zornig. „Habe ich euch die Erlaubnis auch dazu gegeben?“

„Diese Erlaubnis nehme ich mir“, entgegnete der Häuptling. „Bindet ihn und legt ihn in eine Ecke, damit er nicht mit diesen Bleichgesichtern sprechen kann!“

Was hätte Widerstand geholfen? Wohkadeh musste sich in sein Schicksal ergeben. Er wurde an Händen und Füßen gefesselt und in eine Ecke gelegt. Zwei Sioux setzten sich als Wächter daneben.

Ein alter Krieger trat zu Hong-peh-te-keh und sagte zu ihm: „Es gingen der Winter viel mehr über mein Haupt als über das deinige. Darum darfst du mir nicht zürnen, wenn ich dich frage, ob du wirklich Gründe hast, Wohkadeh für einen Verräter zu halten.“

„Ich will dir antworten, weil du der älteste der Krieger bist, die bei mir sind. Ich habe keinen Grund als nur den einen, dass das jüngste der gefangenen Bleichgesichter dem Bärenjäger, der dahinten bei den Pferden liegt, sehr ähnlich sieht.“

„Kann das ein Grund sein?“

„Ja. Ich werde es dir beweisen.“

Er trat zu den Gefangenen, die, ohne helfen zu können, gesehen und gehört hatten, was Wohkadeh so nutzlos für sie wagte. Leider beherrschte weder Jemmy noch Davy die Sprache der Sioux so, dass sie alles, was Wohkadeh vorgebracht hatte, verstanden hätten.

Der schlaue Häuptling nahm eine weniger harte Miene an und sagte: „Wohkadeh hat, bevor er von uns ging, eine Tat begangen, über die wir beraten müssen. Daher ist er einstweilen gefesselt worden. Zeigt es sich, dass die Bleichgesichter ihn damals noch nicht gekannt haben, so werden sie ihre Freiheit wiedererhalten. Welche Namen tragen die weißen Männer?“

„Wollen wir sie ihm sagen?“, fragte Davy seinen dicken Freund.

„Ja“, meinte Jemmy. „Vielleicht bekommen die Roten da ein wenig Achtung vor uns.“ Und sich an den Häuptling wendend, fuhr er fort: „Ich heiße Jemmy-petahtscheh und dieser lange Krieger ist Davy-honskeh. Du wirst diese Namen bereits gehört haben.“

„Uff!“, erklang es im Kreis der Sioux.

Der Häuptling warf ihnen einen strafenden Blick zu.

Auch er war überrascht, diese viel genannten Jäger in seiner Gewalt zu haben, ließ sich aber nicht das Geringste davon merken. „Der Schwere Mokassin kennt eure Namen nicht“, erklärte er. „Und wer sind diese beiden Männer?“

Er hatte sich mit seiner Frage, die Frank und Martin betraf, wieder an Jemmy gewendet. Davy flüsterte seinem Freunde zu: „Um Gottes willen, nenne die Namen nicht!"

„Was hat das Bleichgesicht dem anderen zu sagen?", fragte der Häuptling streng. „Es mag der antworten, den ich gefragt habe!"

Jemmy musste sich zu einer Unwahrheit entschließen. Er nannte den ersten besten Namen, der ihm einfiel, und gab Frank und Martin für Vater und Sohn aus.

Der Blick des Häuptlings glitt forschend von dem einen der Genannten zu dem anderen und ein höhnisches Lächeln ging über sein Gesicht. Doch erklärte er in ziemlich freundlichem Ton: „Die Bleichgesichter mögen mir folgen." Der Ogellallah schritt nach dem hinteren Teil des Hofes. Das vermeintliche Haus war jedenfalls früher ein ungeheures Felsstück gewesen, aus Feldspat bestehend und von weicherem Gestein durchsetzt. Diese weicheren Teile waren vom Regen ausgewaschen worden, während der Spat dem Wetter trotzte, und so war, wie schon gesagt, ein Gebilde entstanden, das einem langen, von hohen Mauern umschlossenen Hof glich, der durch Querwände in mehrere Abteilungen zerlegt wurde.

Die hinterste war die größte. Sie bot so viel Raum, dass sämtliche Pferde der Ogellallah darin Platz gefunden hatten. In einem Winkel lagen sechs Weiße, an Händen und Füßen gebunden. Sie befanden sich in bedauerlichem Zustand. Die Kleider hingen ihnen in Fetzen vom Leib. Ihre Handgelenke waren von den Fesseln wund gescheuert.

Die Gesichter starrten von Schmutz, und Haar und Bart hingen ihnen um die Köpfe. Die Wangen waren eingefallen und die Augen lagen tief in den Höhlen, eine Folge von Hunger und Durst und sonstigen Qualen.

Dorthin brachte der Häuptling die neuen Gefangenen. Währenddessen hatte Martin leise zu Jemmy gesagt: „Wohin wird er uns führen? Vielleicht zu meinem Vater?"

„Möglich. Aber um Gottes willen nicht merken lassen, dass Sie ihn kennen, sonst ist alles verloren!"

„Hier liegen gefangene Bleichgesichter“, begann der Häuptling wieder. „Der Schwere Mokassin kennt ihre Sprache nicht genau. Er weiß also nicht, wer sie sind. Die weißen Männer mögen zu ihnen treten, um sie zu fragen, und es ihm sodann berichten.“

Er führte die vier in den Winkel. Jemmy trat rasch vor und sagte in deutscher Sprache: „Hoffentlich finden wir hier den Bärenjäger Baumann. Verraten Sie ja nicht, dass Sie Ihren Sohn erkennen! Hier hinter mir steht er. Wir kamen zu Ihrer Rettung, gerieten aber selbst in die Hände der Roten, doch haben wir die Gewissheit, dass wir samt Ihnen bald wieder frei sein werden. Haben Sie den roten Schuften Ihren Namen genannt?“

Baumann antwortete nicht sofort. Der Anblick seines Sohnes raubte ihm die Sprache. Erst nach einer Weile stieß er mühsam hervor: „O mein Gott! Welche Wonne und zugleich auch welches Herzeleid! Die Sioux kennen mich und auch die Namen meiner Gefährten.“

„Schön! Hoffentlich werden auch wir hier untergebracht. Dann werden Sie alles Weitere erfahren.“

Obgleich der Häuptling keine Silbe verstand, war er doch ganz Ohr. Er schien aus dem Tonfall den Inhalt der Worte erraten zu wollen. Mit scharfem Auge blickte er zwischen Baumann und dessen Sohn hin und her. Seine Beobachtung blieb erfolglos. Martin hatte sich so in der Gewalt, dass er ein gleichgültiges Gesicht zeigte, obgleich der Jammer, den er beim Anblick seines Vaters empfand, ihm die Tränen in die Augen treiben wollte.

„Nun“, fragte der enttäuschte Häuptling ärgerlich, „haben die Gefangenen ihre Namen genannt?“

„Ja“, erwiderte Jemmy. „Aber du wusstest sie ja bereits.“

„Ich dachte, sie hätten mich belogen. Du wirst mit deinen Gefährten auch hier bleiben.“ Die vorgetäuschte Freundlichkeit wich wieder aus seinem Gesicht. Er winkte die Ogellallah herbei. Sie leerten die Taschen der Gefangenen und legten ihnen sodann Fesseln an.

„Prächtig!“, brummte Davy, indem er den letzten Inhalt seiner

Taschen verschwinden sah. „Es ist nur zu verwundern, dass uns diese Felsengeier nicht auch die Kleider abnehmen."

„Herr Jemmy", flüsterte der Hobble-Frank, „die Geschichte gefällt mir nich. Das is der Kerl, der mich damals lahm geschossen hat."

Die neuen Gefangenen wurden zu den bisherigen auf die Erde gelegt. Der Häuptling entfernte sich und ließ einige Wächter zurück.

Die Beklagenswerten getrauten sich nicht, laut zu sprechen. Sie flüsterten miteinander. Martin war gerade neben seinen Vater zu liegen gekommen, ein Umstand, der von beiden natürlich zum Austausch der Erlebnisse ausgenutzt wurde. Nach einiger Zeit trat ein Sioux herbei, entfernte einem der früheren Gefangenen die Fesseln von den Beinen und gebot ihm, zu folgen. Der Mann konnte nicht gehen. Er wankte mühsam neben dem Roten her.

„Was wird man von ihm wollen?", fragte Baumann, sodass Davy es hörte.

„Den Verräter wird er machen sollen", vermutete der Lange. „Ein wahres Glück, dass meine Gefährten noch nichts von der Hilfe, die wir erwarten, gesagt haben."

„Erwähnt haben Sie sie aber doch."

„Das ist nicht gefährlich. Hüten wir uns, dem Mann, sofern er zurückkehrt, irgendeine wichtige Mitteilung zu machen! Wir müssen uns erst überzeugen, dass wir ihm trauen können."

Davy hatte ganz richtig vermutet. Der Mann war zum Häuptling geführt worden, der ihn mit finsterem Blick empfing. Der Ärmste konnte sich nicht auf den Füßen halten. Er musste sich setzen.

„Weißt du, welches Schicksal dich erwartet?", wurde er vom Häuptling gefragt. – „Ja", bestätigte der Gefangene mit matter Stimme. „Ihr habt es uns doch oft genug gesagt." – „Der Tod ist euch sicher, der qualvollste Tod. Ihr sollt unsägliche Martern ausstehen, dem Grab zu Ehren, auf dem ihr sterben werdet. Was würdest du geben, wenn dir diese Qualen erspart blieben, wenn du dein Leben retten könntest?" – „Ist es denn zu retten? Was müsste ich tun?", fragte der geistig gefolterte und körperlich halbtote Mann. – „Mir antworten. Dann schenke ich dir das Leben. Hat der Bärenjäger einen Sohn?" – „Ja." – „Ist es der junge Mann, den wir mitgefangen haben?" – „Ja." – „Wer ist der Kleine, der hinkt?" – „Ein Gefährte des Bärenjägers, der Hobble-Frank." – „Suche zu erfahren, wie sie mit Wohkadeh zusammengekommen sind, ob sich noch mehr Bleichgesichter hier befinden und was sie wollen! Erfährst du das, so gebe ich dich frei. Aber lass es sie nicht merken!"

Der Mann wurde wieder zu seinen Mitgefangenen gebracht, an seinen Platz gelegt und an den Füßen gefesselt.

Die anderen schwiegen und auch er verhielt sich still. Es war ihm nicht recht wohl zu Mute. Er war ein ganz braver Kerl. Wenn er über das Verhalten des Häuptlings nachdachte, erschien es ihm nicht sehr wahrscheinlich, dass der Rote Wort halten werde. Er begann einzusehen, dass er sich hatte überlisten lassen. Gar nichts hätte er sagen sollen. Je länger er nachdachte, desto mehr fühlte er, dass er dem Schweren Mokassin nicht trauen dürfe, und dass es seine Pflicht sei, Baumann zu sagen, was er mit dem Häuptling gesprochen habe.

Der Bärenjäger kam ihm zuvor. Als längere Zeit vergangen war, fragte er: „Nun, Sir, Ihr seid so schweigsam! Bei wem wart Ihr denn?" – „Beim Häuptling." – „Konnte es mir denken. Was wünschte er denn von Euch?" – „Ich will es Euch aufrichtig sagen. Er wollte wissen, wer Martin und Frank seien, und ich sagte es ihm, weil er mir die Freiheit versprach." – „O weh! Das war eine Dummheit, wie Ihr sie größer gar nicht machen konntet. Wie steht es denn nun mit Eurer Freiheit?" – „Die soll ich erst erhalten, wenn ich noch erfahren habe, wie die anderen Gentlemen mit einem gewissen Wohkadeh zusammengetroffen sind und ob sich noch mehr Weiße hier in der Gegend befinden." –„So! Und Ihr glaubt, dass der Kerl sein Versprechen halten wird?" – „Nein. Nachdem ich über die Sache nachgedacht habe, bin ich der Überzeugung, dass er mich betrügen will." – „Daran tut Ihr klug. Und weil Ihr so aufrichtig seid, wollen wir Euch die Dummheit verzeihen. Übrigens dürft Ihr nicht meinen, dass Ihr uns hättet aushorchen können. Wir ahnten, was Ihr bei dem Häuptling solltet, und hätten uns gegen Euch gewiss sehr schweigsam verhalten.“ – „Was aber soll ich antworten, wenn er mich wieder fragt?“ – „Das will ich Euch sagen“, schaltete sich Jemmy ein. „Ihr erklärt, dass wir Wohkadeh gerettet haben, als er bei den Schoschonen gefangen war, und mit ihm hierher geritten sind, um ihn sicher zu den Seinen zu bringen. Andere Weiße als wir sind nicht da. Und wenn er Euch doch übertölpeln will, so geht nicht auf den Leim! Von uns habt Ihr viel eher Rettung zu erwarten als von ihm.“

Damit war die Angelegenheit einstweilen erledigt.

Die Gefangenen vermochten kein Glied zu rühren. Sie konnten sich höchstens von einer Seite auf die andere wälzen. Das benutzte Jemmy, um neben Baumann zu kommen. Es gelang ihm, und als nun er rechts und Martin links vom Bärenjäger lagen, konnten sie ihm alles leise erzählen und ihm auch ihre Hoffnung mitteilen, dass die jetzige Gefangenschaft nur kurz sein werde.

Indessen hatte der Häuptling die hervorragendsten Krieger zu sich rufen und sodann Wohkadeh holen lassen. Als der Jüngste in die Hofabteilung trat, wo sich die Sioux befanden, saßen sie in einem Halbkreis, in dessen Mitte der Häuptling hockte. Der Gefangene musste sich ihm gegenüberstellen. Zu seinen beiden Seiten nahmen zwei Wächter Platz, die ihre Messer in den Händen hatten. Dieser Umstand war für Wohkadeh höchst bedenklich. Es war daraus zu ersehen, dass sich seine Angelegenheit verschlimmert hatte.

Nachdem die Anwesenden Wohkadeh mit finsteren Blicken eine Weile betrachtet hatten, begann der Häuptling: „Wohkadeh mag nun erzählen, was er seit dem Augenblick, da er uns verließ, erlebt hat!“

Wohkadeh folgte der Aufforderung. Er brachte das Märchen vor, er sei von den Schoschonen erspäht und gefangen, von den Weißen aber befreit worden. Obwohl er das möglichst überzeugend erzählte, musste er doch bemerken, dass man ihm keinen Glauben schenkte.

Als er geendet hatte, verlor niemand ein Wort darüber, ob man ihm glaubte oder nicht. Der Häuptling fragte: „Und wer sind diese vier Bleichgesichter?“

Wohkadeh nannte zunächst Jemmys und Davys Namen und stellte es als eine Ehre für die Sioux hin, dass so berühmte Jäger zu ihnen gekommen seien.

„Und die beiden anderen?“

Auch diese Frage brachte Wohkadeh nicht in Verlegenheit. Er hatte sich bereits überlegt, was er sagen solle. Er nannte für Frank den Namen, den Jemmy schon vorher erfunden hatte, und gab Martin abermals für dessen Sohn aus.

Der Häuptling zuckte mit keiner Miene, fragte aber: „Hat Wohkadeh vielleicht erfahren, dass der Bärenjäger einen Sohn hat, der Martin heißt?“

„Nein.“

„Und dass bei ihm ein Mann wohnt, der Hobble-Frank genannt wird?“

„Nein!“

Der Jüngling behielt seine äußere Ruhe bei, obgleich er jetzt innerlich überzeugt war, dass sein Spiel nun verloren sei. Und wirklich donnerte der Häuptling los: „Wohkadeh ist ein Hund, ein Verräter, ein stinkender Wolf! Denkt er vielleicht, wir wissen nicht, dass sich Frank und der Sohn des Bärenjägers als Gefangene bei uns befinden? Wohkadeh hat die beiden und auch die anderen herbeigeholt, um die Gefangenen zu retten. Er wird dafür ihr Schicksal teilen. Die Versammlung wird heute am Lagerfeuer beraten, welchen Todes er sterben soll!“

Wohkadeh wurde fortgeführt und aufs Pferd festgeschnürt, denn es sollte aufgebrochen werden. Das Gleiche geschah mit den anderen Gefangenen, doch kam er nicht in deren Nähe, sondern wurde fern von ihnen gehalten und bekam zwei Krieger als besondere Bedeckung.

Es war traurig anzusehen, wie armselig und matt Baumann und seine fünf Schicksalsgenossen in ihren Fesseln zu Pferd saßen. Hätte man sie nicht mit den Füßen angebunden gehabt, so wären sie vor Erschöpfung von den Tieren gestürzt.

Davy flüsterte darüber seinem Jemmy einige mitleidige Worte zu. Der Dicke beschwichtigte: „Nur kurze Zeit Geduld, Alter! Ich müsste mich sehr irren, wenn Old Shatterhand nicht bereits in unserer Nähe wäre. Was wir erst jetzt eingesehen haben, dass wir nämlich die schrecklichsten Dummköpfe sind, das hat er wohl bereits heute früh gewusst. Jedenfalls kommt er uns mit einer Anzahl Roter nach, und da habe ich denn gesorgt, dass er auf unsere Fährte stößt."

„Wieso?"

„Schau her! Ich habe mir da einen Fetzen vom Pelz gerissen und mit Hilfe der Zähne in kleine Stückchen zerzaust. Da drin, wo wir gelegen haben, habe ich ein solches Stückchen zurückgelassen und während des Rittes werde ich von Zeit zu Zeit eins fallen lassen. Sie bleiben liegen, denn es geht kein Wind. Kommt Old Shatterhand in dieses verwünschte Gebäude, so findet er ganz gewiss das Pelzstückchen und wird sofort wissen, dass in dieser Sommerhitze nur der Dicke Jemmy mit seinem Pelz dort gewesen sein kann. Er wird weiter suchen, die anderen Stücke finden und dadurch erfahren, welche Richtung wir eingeschlagen haben."

Der Zug der Sioux folgte nicht dem Lauf des Flusses. Für sie wäre das ein Umweg gewesen. Sie ritten nach den Höhen zu, die den Namen ‚Elefantenrücken' tragen, und wendeten sich dann in gerader Richtung nach der lang gezogenen Höhenfolge, die die Wasserscheide zwischen dem Atlantischen und dem Stillen Ozean bildet.

Der Dicke Jemmy hatte ganz recht vermutet, als er meinte, dass Old Shatterhand vielleicht bereits in der Nähe sei. Die Sioux waren kaum drei Viertelstunden hinter den Höhen verschwunden, da kam er mit seinen Schoschonen und Upsarokas von Norden her geritten, genau auf der Linie, die die Pferde der fünf Ausreißer getrabt waren.

Er hielt sich mit dem Häuptlingssohn der Schoschonen und dem Medizinmann der Upsarokas an der Spitze des Zuges. Sein Auge hing fest an der Erde. Ihm entging nicht das Mindeste, was darauf deuten konnte, dass hier Menschen geritten seien. Beim Anblick des scheinbaren Bauwerks stutzte er zunächst, doch antwortete er auf eine Frage des Medizinmannes sogleich: „Ich besinne mich. Das ist kein Haus, sondern ein Felsen. Ich bin bereits drin gewesen und es sollte mich wundern, wenn diejenigen, die wir suchen, nicht auch hineingegangen wären, um sich den Ort zu betrachten. Es ist – Heavens!“

Bei diesem Ruf sprang Old Shatterhand vom Pferd und begann, den harten Basaltfelsen zu untersuchen. Es war die Stelle, wo er auf den Weg traf, den die Sioux eingeschlagen hatten. „Hier sind viele Leute geritten, und zwar vor kaum einer Stunde“, erklärte er. „Ich will nicht befürchten, dass es die Sioux gewesen sind! Und doch, wer sonst als sie soll in solcher Zahl hier gewesen sein? Das Haus kommt mir verdächtig vor. Teilen wir uns, um es zu umringen!“

Er voran, jagten sie im Galopp vorwärts. Das Felsengebäude wurde eingeschlossen und Old Shatterhand begab sich zunächst allein hinein. Er hinterließ die Weisung, nur wenn er einen Schuss abgäbe, sollten die anderen nachkommen.

Es dauerte eine geraume Zeit, bis er wieder herauskam. Seine Miene war ernst und bedenklich. Er sagte: „Wir haben keine Zeit zu verlieren, denn die weißen Männer sind mit Wohkadeh von den Sioux gefangen und vor einer Stunde fortgeführt worden.“

„Weiß das mein weißer Bruder gewiss?“, erkundigte sich ‚Feuerherz‘, der Medizinmann.

„Ja. Ich habe alle ihre Spuren gesehen und genau gelesen. Der Dicke Jemmy hat mir ein Merkmal zurückgelassen und ich hoffe, wir werden deren noch mehrere finden.“ Er zeigte den kleinen Pelzfetzen. Es waren nur fünf oder sechs Haare daran, ein sicheres Zeichen, dass das Stückchen von dem kahlen Pelz des Dicken stammte.

„Was gedenkt Old Shatterhand zu tun?“, fragte der Rote. „Will er den Ogellallah auf dem Fuß folgen?“

„Ja.“

„Werden wir, wenn wir zu Winnetou zurückkehren, sie nicht ebenso sicher am Fluss des Feuerlochs treffen?“

„Ja, wir würden sie treffen. Aber es ist besser, wenn wir die Feinde zwischen unseren beiden Trupps haben. Wir müssen ihnen also hart auf den Fersen bleiben. Oder denken meine roten Brüder anders?“

„Nein“, entgegnete der Riese grimmig. „Wir freuen uns, auf die Fährte der Ogellallah gestoßen zu sein. Der Schwere Mokassin ist ihr Anführer und es gelüstet mich, ihn in meine Hand zu bekommen. Reiten wir!“

11. In höchster Not

Die Fährte war nur schwer zu lesen und man musste sehr langsam reiten. Der Boden bestand ganz aus vulkanischem Gestein. Von einer wirklichen Hufspur war keine Rede. Kleine Steinchen, die unter den Tritten der Pferde zermalmt worden waren, bildeten die einzigen, recht unsicheren Anhaltspunkte. Da galt es, sorgsam aufzupassen. Durch die kleinen Pelzstückchen Jemmys, die man zuweilen fand, wurde man allerdings wesentlich unterstützt.

Nach einiger Zeit lenkte die Fährte mehr südwestlich ab. Man erreichte den Fuß der Höhen, die die Wasserscheide bilden. Wer da oben hält, der kann rechts unten die Rinnen sehen, die ihre Wasser durch den Yellowstone und Missouri dem Mississippi, also dem mexikanischen Golf zuführen, während links im Tal die Wasser in den Snakefluss gehen und mit ihm in den Stillen Ozean.

Hier war die Gegend nicht mehr kahl wie bisher. Es gab Humusboden und die einzelnen Bäche, die da flossen, waren nicht schwefelhaltig. Sie hatten frisches, gesundes Wasser, das dem Pflanzenwuchs Nahrung bot. Deshalb gab es hier Gras, Büsche und Bäume und nun wurde auch die Fährte deutlicher. Leider aber konnte man ihr nicht mehr lange folgen, denn der Nachmittag ging zur Neige. Die Pferde mussten also möglichst ausgreifen, wenn man die Zeit vor Einbruch der Dunkelheit ausnutzen wollte.

Die Höhe der Wasserscheide wurde erreicht. Dann ging es drüben wieder hinab, zwischen Felsbrocken und Sträuchern hindurch, ein ziemlich beschwerlicher, stellenweise sogar gefährlicher Ritt.

Schließlich brach der Abend herein. Man musste Halt machen, wollte man die Spur nicht verlieren.

Waren die Männer bisher schon schweigsam gewesen, so wurden sie am Lagerplatz nicht beredter. Sie hatten das Gefühl, vor entscheidenden Ereignissen zu stehen. Ein Feuer wurde nicht angebrannt. Old Shatterhand hatte aus der Fährte ersehen, dass die Ogellallah kaum zwei englische Meilen vor ihnen waren. Hatten sie gelagert, dann konnte man ihnen, ohne es zu wissen, so nahe gekommen sein, dass sie das Feuer bemerken und dadurch erfahren mussten, dass sie verfolgt wurden.

Jeder wickelte sich schweigend in seine Decke und legte sich zur Ruhe, nachdem die Wachen ausgestellt waren. Aber kaum graute der Morgen, kaum waren die einzelnen Gegenstände voneinander zu unterscheiden, so wurde aufgebrochen.

Die Spuren der Ogellallah waren heute noch zu lesen. Nach vielleicht einer Stunde erklärte Old Shatterhand, dass die Sioux gestern gar nicht gelagert hätten. Sie hatten jedenfalls nicht eher ruhen wollen, als bis sie den Feuerlochfluss erreicht hatten. Das war kein gutes Zeichen. Leider aber konnten die Verfolger die Schnelligkeit ihrer Pferde nicht ausnutzen, denn der Pflanzenwuchs hörte bald wieder auf und an Stelle des weichen Bodens trat der harte, vulkanische Fels zu Tage.

Da war es nun ganz unmöglich, eine Spur zu entdecken. Old Shatterhand nahm an, dass die Sioux-Ogellallah wohl schwerlich von der bisher verfolgten Richtung abgewichen sein würden, und ritt deshalb immer geradeaus. Er erkannte bald, dass er sich in seiner Vermutung nicht geirrt hatte. Vor ihm stiegen die Feuerlochberge auf, hinter denen sich die berühmten Geiserbecken in immer währender Tätigkeit befinden. Da gab es wieder Pflanzenwuchs, sogar Wald, der hier meist aus dunklen Fichten bestand.

Sie erreichten einen schmalen Wasserlauf, der sich durch weichen Grasboden schlängelte, und gerade da, wo sie auf ihn trafen, war der Boden von vielen Pferdehufen zerstampft. Die Hufeindrücke zogen sich längs des Wassers hin und es war deutlich zu erkennen, dass die Sioux ihre Pferde dort getränkt hatten. Also war die Fährte glücklich wieder gefunden und von jetzt an bis hinauf zur Höhe blieb sie so deutlich, dass ein Irrtum nicht möglich war. Ein offener Weg führte nicht hinauf. Man musste unter Bäumen reiten, die so weit auseinander standen, dass sie keine Hindernisse boten. Aber gerade der Ritt im Wald ist für den Westmann am gefährlichsten. Es kann hinter dem nächsten Baum ein Feind verborgen sein, von dessen Gegenwart er keine Ahnung hat.

Wie leicht wäre es möglich, dass die Ogellallah auf den Gedanken gekommen wären, dass sie verfolgt würden. Man konnte doch nicht wissen, welch ein Geständnis sie den Gefangenen durch Gewalt oder List abgelockt hatten. Deshalb schickte Old Shatterhand einige Schoschonen voran, die den Weg absuchen und sich, sobald sie etwas Verdächtiges bemerkten, auf den Haupttrupp zurückziehen sollten.

Glücklicherweise erwies sich diese Vorsicht als unnötig. Daran war das Abkommen schuld, das der Dicke Jemmy mit dem vom Häuptling ausgeforschten Gefangenen getroffen hatte.

Da die Gefesselten, abgesehen von Wohkadeh, auch während des Ritts in schlauer Absicht nicht voneinander getrennt worden waren, hatten sie miteinander sprechen können. Die stillschweigende Erlaubnis dazu hatte der Häuptling erteilt, damit sein vermeintlicher Verbündeter Gelegenheit erhielt, alles, was er ihm berichten sollte, von den Gefährten zu erfahren. Am Abend hatte ihn dann der Schwere Mokassin so unauffällig wie möglich von den anderen absondern lassen und sich zu ihm gesellt, um ihn auszufragen. Dabei war er nun gründlich getäuscht worden und hatte infolgedessen alle Vorsichtsmaßnahmen für überflüssig gehalten.

So kam es, dass Old Shatterhand mit seinen Indianern die Höhe erreichte, ohne auf ein Hindernis zu treffen. Auch diese Höhe trug dichten, hochstämmigen Wald, weshalb man nicht in das jenseitige Tal hinabblicken konnte, obgleich die Wand ziemlich steil abzufallen schien.

Unter den Bäumen hinreitend, hörten sie ein eigentümliches, dumpf brausendes Geräusch, das bald von einem schrillen Pfeifen unterbrochen wurde, und darauf ertönte ein Zischen, geradeso, wie wenn bei einer Lokomotive die überschüssigen Dämpfe abgelassen werden.

„Was ist das?“, fragte Moh-aw, der Sohn des Schoschonenhäuptlings, erstaunt.

„Jedenfalls ein Konjonukya-ka-ib[1]“, gab Old Shatterhand Be-

[1] ‚Warmwasserberg‘, indianischer Ausdruck für Geiser

scheid. Jetzt senkte sich das Gelände abwärts, erst langsam, dann schneller, sodass es nicht leicht war, sich auf den Pferden zu halten. Deshalb stiegen die Reiter ab und gingen zu Fuß, die Tiere hinter sich herführend.

Die Spuren der Ogellallah waren auch jetzt noch zu erkennen, doch sah man es ihnen an, dass sie bereits von gestern stammten. Wohl hundert Meter tief war man gekommen, da hatte der Wald so plötzlich ein Ende, dass sein Rand eine scharfe Linie bildete. Doch ein Stück weiter flussabwärts reichte er bis ganz hinab auf die Talsohle. Jetzt war der Blick über das Tal frei, und was das Auge hier sah, war Staunen erregend.

Das obere Tal des Madison, der hier den bezeichnenden Namen Feuerlochfluss führt, ist wohl die wunderbarste Gegend des Nationalparks. Viele Meilen lang und stellenweise zwei und sogar drei Meilen breit, enthält es Hunderte von Geisern und heißen Quellen. Es gibt da Fontänen, die ihre Strahlen wohl hundert Meter empor schleudern. Schwefelige Gerüche entströmen den zahlreichen Spalten des Erdbodens und die Luft ist stets voll von heißem Wasserdampf.

Schneeweißer Sinter, der den Überzug oder vielmehr die Stürze, den Deckel unterirdischer Kochtöpfe bildet, glänzt grell im Sonnenschein. An anderen Stellen wieder besteht die Erdoberfläche nicht aus festem Boden, sondern aus dickflüssigem, übel riechendem Schlamm, dessen Temperatur sehr verschieden ist. Hier und da hebt sich der Erdboden plötzlich in Haubenform, steigt langsam, blasenartig empor und zerplatzt sodann, ein weites, unergründlich tiefes Loch zurücklassend, worauf die Schwaden des Dampfes hoch emporschießen. Diese Blasen und Löcher entstehen und vergehen, bald hier, bald dort. Sie wandern also. Wehe dem, der auf eine solche Stelle gerät! Soeben hatte er noch festen Boden unter sich, da beginnt die Erde plötzlich heiß zu werden und sich zu heben. Nur ein todesmutiger Sprung, nur die schnellste Flucht vermag da den Menschen zu retten.

Aber während man der einen Blase entflieht, steigt daneben eine zweite, eine dritte auf. Man steht eben nur auf einer ganz dünnen Kruste fast unmittelbar über den fürchterlichen Tiefen des Erdinnern.

Und wehe ebenso dem, der den erwähnten Schlamm von weitem für eine Masse hält, die ihn trägt! Dieser Schlamm sieht zwar aus wie sumpfiger Moorboden, den man gerade noch zu überqueren vermag; aber er ist nur gehalten von vulkanischen Dämpfen, wie beim Fleischkochen der graubraune Schaum vom Wasser gehalten und bewegt wird.

Überall gibt der Boden unter dem Fuß nach und die Tapfen füllen sich sofort mit einer dicken, grüngelben stinkenden Flüssigkeit.

Überall rauscht, kocht, brodelt, pfeift, zischt, braust und stöhnt es. Riesige Flocken von Wasser und Schlamm fliegen umher. Wirft man einen schweren Stein in eine so entstehende und wieder vergehende Öffnung, so ist es, als fühlten sich die Geister der Unterwelt beleidigt. Wasser und Schlamm kommen in eine wilde Aufregung. Sie steigen empor, sie wallen über, als wollten sie den Übeltäter ins grauenhafte Verderben ziehen.

Das Wasser dieser Hexenkessel ist ganz verschieden gefärbt: milchweiß, knallrot, himmelblau, schwefelgelb, oft auch hell wie Glas. Obenauf sieht man große weiße, seidenartige Fäden oder einen dicken, bleifarbenen Schleim, der jeden erreichbaren Gegenstand in wenigen Minuten mit einer dicken, harten Kruste überzieht.

Es kommt vor, dass das Wasser eines solchen Loches im schönsten Grasgrün schimmert. Plötzlich öffnen sich an den Seiten kleine Ventile und nun schießen daraus Strahlen in allen Tönungen des Regenbogens durch das grüne Wasser. Es ist herrlich, unvergleichlich, himmlisch und doch auch wieder erschütternd, Angst erregend, höllisch!

In dieser Gegend war also Old Shatterhand mit seinen Kriegern angekommen und aus der Verborgenheit des Dickichts blickten sie auf ein ebenso fesselndes wie furchtbares Schauspiel.

Das Tal war hier vielleicht nur eine halbe englische Meile breit.

Oberhalb der Stelle, wo Old Shatterhand hielt, traten die Ufer so eng zusammen, dass der Fluss kaum Raum genug zu haben schien, seine schmutzig gefärbten, heimtückisch glitzernden Wellen hindurchzuzwängen. Unterhalb war ganz das Gleiche der Fall. Von der einen Enge bis zur anderen war die Entfernung nicht größer als kaum eine englische Meile.

Der Fluss, dessen Wasser von den heißen Quellen gespeist wurde und deshalb größeres tierisches Leben nicht enthielt, rauschte ganz nahe der diesseitigen Talwand hin. Sie war, wie bereits erwähnt, mit Wald bedeckt, und war zwar sehr steil, aber doch gangbar. Die gegenüberliegende Wand aber stieg, wie nach dem Maurerlot emporgetrieben, senkrecht in die Höhe. Sie bestand aus schwarzem, oben türmchenähnlich zerklüftetem Gestein und bog sich ziemlich weit zurück, sodass sie von der einen Flussenge bis zur anderen etwa einen Kreisausschnitt bildete. Aber das Tal wurde durch dieses Zurücktreten der Felswand keineswegs erweitert, denn an dem dunklen Felsen stieg, gerade Old Shatterhand gegenüber, ein Gebilde herab oder auch hinauf, dessen breiter Fuß beinahe bis an das jenseitige Ufer des Flusses reichte.

Dieses Gebilde – es gibt wohl kaum eine bessere Bezeichnung dafür – war so wunderbar, auf den ersten Blick so unbegreiflich, dass man hätte meinen mögen, sich in einer Zauberwelt zu befinden, wo Feen und Elfen und andere unirdische Wesen ein geheimnisvolles Dasein leben.

Es war ein terrassenförmiger Aufbau, so zart gegliedert und fantastisch verziert, als bestehe er aus frischgefallenem Schnee und feinsten Eiskristallen.

Die unterste, umfangreichste Terrasse schien aus Elfenbein geschnitten zu sein. Ihr Rand war mit Zierrat bekleidet, der von weitem wie das Kunstwerk eines fantasiereichen Bildhauers erschien. Sie bildete ein mit Wasser gefülltes, halbkreisförmiges Becken, aus dem die zweite Terrasse aufstieg, glitzernd, wie mit Goldkörnern durchsetzter Alabaster. Diese zweite Terrasse hatte einen geringeren Durchmesser als die erste. Und ebenso trat die dritte hinter der zweiten zurück. Wie aus zart gezupfter, weißer Watte bestehend, hob sie sich schlank und jungfräulich aus der zweiten empor.

Der Stoff, woraus sie bestand, war so luftig und duftig, dass man meinen konnte, sie vermöge nicht die mindeste Last zu tragen. Und doch erhoben sich auf ihr und über ihr noch sechs solcher Terrassen, jede ein Becken enthaltend, das sein Wasser aus der nächst höheren empfing, um es der nächst unteren entweder in schlanken, dünnen Strahlen, in einem fein zerteilten, farbig schillernden Staubregen oder in breiteren Abflüssen mitzuteilen, die ein schleierartiges Gewebe zu bilden schienen.

So lehnte sich dieses Naturwunder schlank, strahlend und weißglänzend an die dunkle Felswand, wie das aus Schneeflocken gewobene Kleid eines aus anderen Welten stammenden Wesens. Und doch war dieses Kleid von den gleichen Gewalten geschaffen, die den schwarzen Basalt empor getürmt und die Schlammvulkane durch die Erdrinde getrieben hatten.

Man brauchte nur zur Spitze dieser wunderbaren Pyramide emporzublicken, da sah man sofort, wodurch sie entstanden war. Dort stieg nämlich gerade jetzt ein hoher Wasserstrahl auf, der sich oben schirmartig ausbreitete und dann als Regen rundum niedersank. Dabei war jenes Brausen zu hören, das vorhin Moh-aw nicht hatte begreifen können. Diesem Wasserstrahl folgten pfeifende, zischende, stöhnende Dämpfe und es war, als wolle die Erde unter der Gewalt des Ausbruchs zerbersten.

Die Wasser des Geisers hatten sich diese Pyramide gebaut. Die feinen, leichten Bestandteile, die der Strahl mit nach oben nahm, setzten sich beim Niederfallen fest und arbeiteten auch jetzt noch immerfort an dem wundersamen Gebilde. Das heiße Wasser floss von einer Terrasse auf die andere herab und wurde allmählich abgekühlt, sodass die einzelnen Becken, von oben herab gerechnet, eine immer niedrigere Temperatur zeigten. Unten endlich überströmte die kristallene Flüssigkeit das niederste Becken und floss nach kurzem Lauf in den Feuerlochfluss.

Wie ein Teufel neben einem Engel, so lag neben der herrlichen Gestalt dieser Pyramide ein weites, fast kreisrundes, dunkles, wallartiges Gebilde von schmutzigem Aussehen. Dieser Wall bestand aus einer festen Masse, auf der sich Reste vulkanischer Gebilde von verschiedenster Gestalt erhoben. Es war, als habe hier ein Riesenkind mit Basaltstücken gespielt, sie in die abenteuerlichsten Formen gedrückt und gebogen und sie dann auf dem runden Wall befestigt.

Der Wall hatte einen Durchmesser von vielleicht zwanzig Meter und bildete die natürliche Ummauerung eines Loches, dessen dunkel gähnender Rachen nichts Gutes verhieß.

Das war die Krateröffnung eines Schlammvulkans. Sie verengte sich zunächst, um sich dann wieder zu erweitern, hatte also genau die Gestalt einer Sanduhr.

Sobald es in dem herrlichen Feengeiser zu rauschen und zu brausen begann, stieg auch nebenan in dem finsteren Krater der Schlamm empor. Und wenn sich droben der Strahl des Wassers und des Dampfes zerteilt hatte, sank auch die brodelnde Oberfläche des Schlammes in die Tiefe zurück. Es war klar, Geiser und Schlammvulkan standen in unmittelbarer Verbindung miteinander. Die Geister der Unterwelt schieden die auszuschleudernden Massen, führten das kristallene Wasser dem Geiser zu und ließen die zurückbleibenden Ausscheidungen des Erdinnern in das Schlammloch rinnen.

„Das ist Kutschapu-ant-pa, das Teufelswasser“, sagte Old Shatterhand, indem er auf den Krater deutete.

Nahe am Rand des Schlammvulkans lagerten die Ogellallah. Man konnte sie ganz deutlich sehen. Sogar die einzelnen Gesichter waren voneinander zu unterscheiden. Die Pferde liefen oberhalb dieser Stelle herum oder lagen ruhend an der Erde. Zu grasen gab es nichts, denn der Boden brachte keinen einzigen Halm hervor. Ganz in der Nähe gab es mehrere zentnerschwere Steine. Dort saßen die Gefangenen, jeder auf einem solchen Felsblock. Man hatte ihnen die Hände auf den Rücken gebunden und ihre

Füße mit Lassos an die Steine befestigt, eine Stellung, die ihnen Qualen bereiten musste.

Soeben, als Old Shatterhand seine Aufmerksamkeit auf die Ogellallah richtete, kam Bewegung in die Schar der Roten. Sie setzten sich in einen Kreis zusammen, in dessen Mitte der Häuptling Platz nahm.

Old Shatterhand sah Jemmy, Davy, Martin und den Hobble-Frank sowie Baumann mit seinen Gefährten. Wohkadeh war abseits an einen Stein gefesselt, und zwar in einer Stellung, als sollten ihm alle Glieder verrenkt werden. Zu ihm trat einer der Sioux, band ihn vom Stein los und führte ihn in den Kreis.

„Sie wollen ihn verhören“, folgerte Old Shatterhand. „Vielleicht halten sie Gericht über ihn und haben die Absicht, ihn hier zu bestrafen. Ich möchte hören, was jetzt gesprochen wird!“

Er nahm das Fernrohr aus der Satteltasche und richtete es auf die Sioux. Gerade jetzt wurde auch Martin Baumann losgebunden, in den Kreis geführt und neben Wohkadeh gestellt. Old Shatterhand hatte durch das Glas die Gesichter so nahe vor sich, dass er die Lippenbewegungen der Sprecher erkennen konnte.

Der Häuptling sprach zu Martin Baumann, mit der Hand nach dem Schlammkrater deutend. Old Shatterhand bemerkte deutlich, dass Martin totenbleich wurde. Zu gleicher Zeit ertönte ein schriller Schrei, wie ihn die menschliche Kehle nur im Augenblick des größten Entsetzens hervorbringt. Einer der Gefangenen hatte ihn ausgestoßen, der alte Baumann. Old Shatterhand sah, dass der arme Mann aus allen Kräften an seinen Fesseln zerrte. Der Häuptling musste etwas Teuflisches gesagt haben.

Die Sioux-Ogellallah waren gestern nach Anbruch des Abends auf der Höhe des Feuerlochflusses angekommen. Sie hatten erwartet, dass der Schwere Mokassin da unter den Bäumen des Waldes Lager machen werde, aber sie hatten sich verrechnet. Trotz der Dunkelheit und trotz der Beschwerlichkeit des Abstiegs bestimmte er, dass noch über den Fluss gesetzt werden solle.

Er kannte die Gegend, denn er war bereits mehrmals hier gewesen, und in seinem Hirn saß ein Gedanke, noch finsterer und unheimlicher als der Schlammkrater, der da unten im Dunkel der Nacht seine scheußlichen Massen hob und senkte.

Voransteigend und sein Pferd am Zügel führend zeigte er den Seinen den Weg. Auch die Gefangenen mussten mit hinab, was ganz besondere Schwierigkeiten bereitete, da sie nicht von den Tieren losgebunden wurden. Schließlich langten doch alle unten am Ufer an. An dieser Stelle war das Wasser des Feuerlochflusses nicht heiß, sondern nur warm. Man konnte hindurch, ohne sich Schaden zu tun. Je zwei Sioux nahmen das Pferd eines Gefangenen zwischen sich und dann ging es hinüber.

Am Schlammkrater machte man Halt. Die Gefangenen wurden an die großen Steine gefesselt und Wächter bei ihnen aufgestellt. Dann legten sich die Roten nieder, ohne von dem Häuptling Auskunft erhalten zu haben, warum er gerade hier lagere, im Gestank des Kraters, hier, wo es weder Gras noch Wasser für die Pferde gab.

Bei Anbruch des Morgens wurden die Tiere eine Strecke abwärts geführt, wo, wie der Häuptling wusste, eine reine Quelle aus dem Felsen rieselte. Nach der Rückkehr der Leute, die das besorgten, zog jeder ein Stück getrocknetes Büffelfleisch hervor, um zu frühstücken. Jetzt erklärte der Schwere Mokassin seinen Kriegern mit leiser Stimme, was er in Bezug auf Wohkadeh und den jungen Baumann beschlossen hatte. Alle betrachteten Wohkadeh als Verräter. Er hatte zwar nichts gestanden, aber in ihren Augen war er überführt. Dass Martin sein Schicksal teilen sollte, machte ihnen nicht die geringsten Bedenken. Die Gefangenen waren alle dem Tode geweiht, und je mehr Abwechslung es bei ihrer Hinrichtung gab, desto spannender war es ja.

Zunächst galt es, sich an den Qualen, die die große Verkündung des Urteils den Gefangenen bereiten musste, zu weiden. Darum wurde ein Kreis gebildet und vorerst Wohkadeh vorgeführt. Die Verhandlung wurde mit lauter Stimme geführt, damit auch die anderen Gefangenen, so weit sie die Sprache der Sioux verstanden, alles hören sollten.

„Hat sich Wohkadeh besonnen, ob er weiter leugnen oder den Kriegern der Ogellallah alles gestehen will?“, fragte der Häuptling. – „Wohkadeh hat nichts Böses getan, hat also auch nichts zu gestehen“, entgegnete der Gefragte. – „Wohkadeh lügt. Wollte er die Wahrheit erzählen, so würde sein Urteil milder sein.“ – „Mein Urteil wird dasselbe sein, gleichviel ob ich schuldig oder unschuldig bin. Ich muss sterben!“ – „Wohkadeh ist jung. Die Jugend hat kurze Gedanken. Sie weiß oft nicht genau, was sie tut. Darum sind wir bereit, Milde walten zu lassen. Aber der Schuldige muss aufrichtig sein!“ – „Wohkadeh hat nichts zu sagen!“

Da glitt ein höhnisches Lächeln über das Gesicht des Häuptlings. Er fuhr fort: „So ist Wohkadeh ein Feigling. Er fürchtet sich. Er hat den Mut, Böses zu tun, doch es fehlt ihm der Mut, es einzugestehen. Wohkadeh ist trotz seiner Jugend ein altes Weib, das vor Angst heult, wenn es von einer Mücke gestochen wird!“

Kein Indianer lässt sich einen Feigling nennen, ohne sofort zu zeigen, dass er mutig ist. Von früher Jugend an Entbehrungen, Anstrengungen und allerhand Schmerzen gewöhnt, scheut er den Tod nicht. Er ist ja überzeugt, dann sofort in die ewigen Jagdgründe zu gelangen. Kaum hatte der Häuptling die Beleidigung ausgesprochen, verteidigte sich Wohkadeh rasch:

„Wohkadeh hat den weißen Büffel getötet. Alle Sioux-Ogellallah wissen das!“ – „Aber keiner von ihnen war dabei. Du hast das Fell gebracht, das wissen wir, weiter nichts. Es ist ganz einfach: Ein weißer Büffel liegt verendet auf der Prärie. Wohkadeh kommt dazu, nimmt ihm die Haut, trägt sie heim und sagt dann, dass er ihn getötet habe.“ – „Das ist eine Lüge! Kein verendeter Büffel liegt unversehrt in der Prärie. Die Geier und die Kojoten fressen ihn auf.“ – „Und der Kojote bist du!“

„Uff!“, rief Wohkadeh, wütend an seinen Riemen zerrend. „Wäre ich nicht gefesselt, so wollte ich dir zeigen, ob ich ein feiger Präriewolf bin oder nicht!“ – „Du hast es bereits gezeigt. Du bist ein Feigling, denn du fürchtest dich, die Wahrheit zu sagen!“ – „Ich habe nicht aus Angst geleugnet, sondern aus Rücksicht auf meine

Gefährten." „Uff! Also jetzt gestehst du ein, dass du schuldig bist? Erzähle, was du getan hast!" – „Das ist mit wenigen Worten gesagt. Ich bin nach dem Wigwam des Bärenjägers geeilt, um zu melden, dass er von euch gefangen wurde. Dann sind wir aufgebrochen, ihn zu befreien." – „Wer?" – „Wir fünf: der Sohn des Bärenjägers, Jemmy, Davy, Frank und Wohkadeh." – „Und Wohkadeh hat die Bleichgesichter sehr liebgewonnen?" – „Ja! Einer unter ihnen ist mehr wert als hundert Sioux-Ogellallah."

Der Häuptling ließ seinen Blick im Kreis umhergleiten und freute sich heimlich über den Eindruck, den die letzten Worte des roten Jünglings bei seinen Kriegern hervorgebracht hatten. Dann fragte er: „Weißt du, was du mit deinem Geständnis gewagt hast?"

„Ja! Ihr werdet mich töten!"

„Unter tausend Martern!"

„Ich fürchte sie nicht."

„Sie mögen sofort beginnen. Bringt den Sohn des Bärenjägers herbei!"

Jetzt wurde, wie Old Shatterhand beobachtet hatte, Martin herbeigeführt und neben Wohkadeh gestellt.

„Hast du gehört und verstanden, was Wohkadeh gesagt hat?", fragte ihn der Häuptling.

„Ja."

„Er hat euch geholt, damit ihr die Gefangenen befreien solltet. Fünf Mäuse ziehen aus, um fünfzig Bären zu fressen! Die Dummheit hat euer Hirn verzehrt."

„Bären wollt ihr sein?", rief Martin. „Ihr seid feige Aasgeier, die sich in den Felsen verstecken!"

„Diese Worte sollst du bereuen! Ihr beide werdet sterben, jetzt, sogleich!"

Der Häuptling blicke sie scharf an, um zu sehen, welche Wirkung seine Worte hervorbringen würden. Wohkadeh verhielt sich so, als hätte er sie nicht gehört. Martin aber veränderte die Farbe seines Gesichts, obgleich er sich die größte Mühe gab, seinen Schreck zu verbergen.

„Der schwere Mokassin sieht, dass ihr innige Freunde seid“, fuhr der Häuptling fort. „Er will euch die Freude machen, miteinander zu sterben. Ihr sollt die Süßigkeiten des Todes gemeinsam auskosten, langsam, ganz und gar. Und weil eure Freundschaft so einzigartig ist, sollt ihr auch auf eine einzigartige Weise in die ewigen Jagdgründe gehen.“

Er stand auf, trat aus dem Kreis und ging zu der Umwallung des Schlammkraters. „Das ist euer Grab!“, sagte er. „In wenigen Augenblicken soll es euch empfangen!“ Und er deutete in die Tiefe, aus der stinkender Brodem emporstieg.

Das klang furchtbar drohend. Martins Vater stieß jenen Angstschrei aus, den Old Shatterhand und seine Begleiter drüben auf der Höhe jenseits des Flusses gehört hatten. Baumann zerrte mit aller Gewalt an seinen Fesseln. Vom Augenblick seiner Gefangenschaft an bis jetzt hatte er mit keinem Wort und keiner Miene gezeigt, wie unglücklich er sich fühlte. Er war zu stolz, das merken zu lassen. Jetzt aber, als er hörte, was seinem Sohn drohte, war es mit seiner Selbstbeherrschung vorbei. „Das nicht, das nicht!“, rief er. „Werft mich in den Krater, mich, nur ihn nicht!“

„Schweig!“, herrschte ihn der Häuptling an. „Du würdest heulen vor Entsetzen, wenn du den Tod deines Sohnes sterben solltest!“

„Nein, nein, keinen einzigen Laut sollt ihr hören!“

„Du wirst bereits heulen, wenn ich dir diesen Tod beschreibe. Meinst du, dass wir deinen Knaben und den Verräter Wohkadeh einfach in den Schlund werfen? Da irrst du dich. Der Schlamm steigt und sinkt in regelmäßigen Zwischenräumen. Man weiß genau, wann der Schlamm kommt und wann er wieder geht. Man weiß auch, wie hoch er steigt. Wir werden den Verräter und deinen Knaben an Lassos binden und sie in das Loch werfen. Aber sie werden nicht hineinfallen, denn die Lassos halten sie. Dabei werden sie nur so tief hängen, dass ihnen der Schlamm bis an die Füße steigt. Beim nächsten Mal lassen wir sie weiter hinab, dass ihnen der Schlamm bis an die Knie reicht. So werden sie tiefer und tiefer sinken und ihre Körper werden langsam von unten nach oben in dem heißen Schlamm braten. Hast du nun noch Lust, für deinen Sohn dieses Todes zu sterben?"

„Ja, ja!", schrie Baumann gequält. „Nehmt mich an seiner Stelle, nehmt mich!"

„Nein! Du sollst mit den anderen beim Grab der Häuptlinge am Marterpfahl enden. Und jetzt sollst du zusehen müssen, wie dein Sohn im Schlammkrater versinkt!"

„Martin, Martin, mein Sohn!", schrie der Vater verzweifelt.

„Vater, Vater!", rief der Jüngling angstvoll.

„Schweig!", raunte Wohkadeh ihm zu. „Wir wollen sterben, ohne ihnen die Freude zu machen, den Schmerz auf unserem Gesicht zu sehen!"

Der alte Baumann riss an seinen Fesseln, hatte aber nur den Erfolg, dass sie ihm fast bis auf die Knochen ins Fleisch schnitten. „Hörst du, wie dein Sohn heult und jammert?", rief ihm der Häuptling zu. „Schweig und freue dich vielmehr, denn du sollst alles deutlicher sehen als wir! Man löse die Gefangenen von den Steinen und binde sie auf ihre Pferde, damit sie hoch sitzen und alles besser betrachten können! Die beiden Knaben aber fesselt steif und tragt sie zum Abgrund des Todes!"

Dieser Befehl wurde sofort ausgeführt. Mehrere Sioux ergriffen Wohkadeh und Martin, um sie nach dem Schlammvulkan zu schleppen. Die anderen wurden auf ihre Pferde gehoben und festgeschnallt.

Baumann presste die Zähne fest zusammen, um sich keinen Jammerlaut entschlüpfen zu lassen. „Schrecklich!", knirschte Davy, indem er sich an Jemmy wandte. „Die Hilfe kommt gewiss, für die beiden braven Burschen aber jedenfalls zu spät. Wir beide sind schuld an ihrem Tod. Wir hätten nicht einwilligen sollen."

„Hast recht, und – horch!" Der heisere Schrei eines Geiers war erschollen. Die Ogellallah beachteten es nicht.

„Das ist Old Shatterhands Zeichen", flüsterte Jemmy. „Er hat davon gesprochen und uns den Schrei auch vorgemacht."

„Herrgott! Wenn er es wirklich wäre!"

„Der Himmel gebe, dass ich mich nicht täusche! Vermute ich richtig, so wäre Old Shatterhand unserer Fährte gefolgt und käme da drüben herab. Schau hinüber nach dem Wald! Siehst du nichts?"

„Ja, ja!", erwiderte Davy leise. „Ein einzelner Baum wird bewegt. Ich sehe die Spitze wackeln. Das geschieht nicht von selbst. Dort sind also Menschen."

„Jetzt sehe ich es auch. Aber weg davon mit dem Blick, dass die Ogellallah nicht aufmerksam werden!" Und mit lauter Stimme rief er in deutscher Sprache nach dem Krater hin: „Mister Martin, seid getrost! Die Hilfe ist da. Soeben haben die Freunde ein Zeichen gegeben!" Er vermied es klugerweise, einen Namen zu nennen, weil dieser von den Ogellallah verstanden worden wäre.

„Was hat der Hund zu bellen?", zürnte der Häuptling. „Hat er gleichfalls Lust, im Schlamm zu sterben?" Glücklicherweise begnügte er sich mit dieser Zurechtweisung.

Die Gefangenen hielten auf ihren Pferden so eng nebeneinander, dass sie sich selbst im Flüsterton verstehen konnten. Die Hände waren ihnen auf den Rücken gebunden und die Füße durch einen Riemen vereinigt worden, der unter dem Bauch der Pferde hinwegging.

„Du, Davy", flüsterte Jemmy, „unsere Tiere werden nicht am Zügel gehalten, so sind wir eigentlich schon halb frei. Getraust du dir, dein altes Maultier trotz der Fesseln zu lenken?"

„Hab keine Sorge! Ich nehme es zwischen die Beine, dass es eine Lust sein wird."

„Mein alter Klepper wird auch gehorchen. Halt! Hilf Himmel! Da geht es los! Die Rettung kommt zu spät – zu spät!"

In diesem Augenblick begann nämlich die Erde unter den Hufen der Pferde erst leise und dann stärker zu beben und ein rollendes Brausen kam wie aus unterirdischer Ferne her. Der Geiser wollte seine Tätigkeit beginnen.

Zwar hatten sich die Pferde seit gestern Abend leidlich an dieses Beben des Erdbodens gewöhnt, aber so unmittelbar vor dem Krater wurden sie nun doch unruhig.

Hong-peh-te-keh hatte sich vorhin über die Umfassung des Schlammkraters gebeugt und seinen Lasso hinabgelassen, um auszumessen, wie tief die beiden Todgeweihten gehängt werden müssten. Dann waren zwei Lassos je an einen festen Vorsprung des hohen Kraterrandes befestigt worden und die anderen Enden hatte man Martin und Wohkadeh so unter den Armen hindurchgebunden, dass genau die beabsichtigte Tiefe erreicht wurde.

Als jetzt das Brausen begann, traten alle zurück. Nur zwei blieben am Krater stehen, um, sobald der Schlamm sich hob, die beiden Verurteilten hinabgleiten zu lassen. Es waren Augenblicke der fürchterlichsten Spannung.

Und Old Shatterhand? Warum kam er nicht?

Sein Blick hatte aufmerksam jede Bewegung der Ogellallah beobachtet. Als er sah, dass Wohkadeh und Martin zum Kraterrand geschleppt wurden, war ihm alles klar.

„Man will sie langsam im Schlamm sterben lassen“, erklärte er den Indianern. „Wir müssen augenblicklich helfen. Schnell, eilt unter den Bäumen dort hinab, wo der Wald bis an den Fluss geht, setzt hinüber und jagt jenseits im Galopp hinauf! Heult dabei, so laut ihr könnt, und stürzt euch mit aller Macht auf die Ogellallah!“

„Willst du nicht mit?“, fragte der riesige Medizinmann.

„Nein, ich darf nicht. Ich muss hier bleiben, um dafür zu sorgen, dass vor euerm Erscheinen keinem unserer Brüder ein Leid geschieht. Fort, fort! Es ist keine Minute zu verlieren!“

„Uff! Vorwärts!“

Im nächsten Augenblick waren die Schoschonen und Upsarokas verschwunden. Bob blieb bei Old Shatterhand zurück. Der Jäger gebot ihm: „Komm, fass diese Fichte mit an! Wir wollen sie schütteln!“

Die Hand an den Mund legend, stieß er den Geierschrei aus, den Jemmy und Davy gehört hatten. Er bemerkte, dass sie heraufblickten, und wusste nun, dass sie seinen Ruf verstanden hatten.

„Warum Baum schütteln?“, fragte Bob.

„Um ihnen ein Zeichen zu geben. Man will Wohkadeh und deinen jungen Herrn in den siedenden Schlamm werfen, um sie zu töten. Dort liegen sie gefesselt am Kraterrand."

Da ließ der Schwarze vor Schreck das Gewehr fallen. „Oh, oh, Massa Martin töten? Das nicht sollen, das nicht dürfen! Masser Bob das nicht erlauben. Masser Bob sie totschlagen, alle, alle! Bob gleich hinüber!" Er rannte fort. „Bob!", rief Old Shatterhand ihm nach. „Zurück, zurück! Du verdirbst sonst alles!"

Aber der Schwarze hörte nicht. Eine maßlose Wut hatte sich seiner bemächtigt. Sein junger Herr sollte ermordet werden. Er dachte nicht daran, dass ihm das Gewehr entfallen war, er dachte nur daran, so schnell wie möglich hinüberzukommen. Als guter Schwimmer wusste er, dass man, um an einer gewissen Stelle drüben zu landen, oberhalb davon hüben ins Wasser gehen muss. Er sprang also nicht den lichten Uferhang hinab, gerade auf das Wasser zu, sondern er eilte in weiten Sprüngen unter den Bäumen flussaufwärts und schnellte erst dann, als er seiner Meinung nach weit genug stromauf gekommen war, unter den Bäumen hervor.

Ein schwarzer, glatter Felsen führte da zum Wasser hinab. Mutig setzte Bob sich nieder und rutschte, als wollte er Schlitten fahren, die schiefe Ebene hinab und in das ölige, mit schmutzig flockigem Schaum bedeckte Wasser hinein. Dabei fühlte er etwas Hartes, was an seinen Körper stieß. Es war ein starker Ast, der sich hier im Ufergrund festgestochen hatte. „Oh, oh!", jubelte er. „Masser Bob kein Gewehr. Ast sein Keule!" Er riss ihn aus dem Schlamm und begann nun gewaltig auszustreichen.

Der Neger wurde von den Ogellallah gar nicht bemerkt. Während der Rutschpartie war sein schwarzer Körper von dem dunklen Gestein nicht zu unterscheiden gewesen und nun im Wasser stachen sein Kopf und seine Schulter so wenig von der schmutzigen Fläche ab, dass ebenfalls niemand auf ihn aufmerksam wurde. Die Ogellallah hielten ohnedies ihre Blicke auf den Schlammkrater gerichtet. Auf etwas anderes achteten sie nicht. Jetzt, als das unterirdische Rollen und Brausen begann, sah Old Shatterhand seine roten Verbündeten nach der abwärts liegenden Enge zu ins Wasser reiten. Es galt zu handeln.

Er lehnte seinen Henrystutzen an den Stamm des Baumes, hinter dem er stand, und ergriff den zweiläufigen, schweren und weit tragenden Bärentöter.

Drüben traten die Sioux vom Krater zurück. Nur zwei von ihnen blieben stehen. Da hob der Häuptling den Arm. Ob er vielleicht einen lauten Befehl sprach, konnte Old Shatterhand nicht hören, da das Brausen stärker geworden war. Aber was diese Armbewegung zu bedeuten hatte, das wusste er – den Martertod Martins und Wohkadehs.

Der Jäger nahm den Kolben an die Wange. Zweimal blitzte der Bärentöter schnell hintereinander auf. Die Sioux-Ogellallah konnten das Krachen der beiden Schüsse nicht vernehmen, denn es dröhnte unter ihnen wie rasch aufeinander folgende Donnerschläge.

„Hinein mit ihnen!“, hatte der Häuptling der Ogellallah mit lauter Stimme befohlen und dabei den Arm ausgestreckt. Die zwei seiner Leute, die diesen Befehl ausführen sollten, taten rasch ein paar Schritte zu den am Boden liegenden Gefangenen. Martins Vater stieß einen Angstschrei aus, der aber in dem furchtbaren Getöse ungehört verklang.

Doch was war das? Die zwei Henker bückten sich nicht nur, um die Gefangenen zu ergreifen, sondern sie fielen sogar neben ihnen nieder und blieben bei ihnen liegen.

Hong-peh-te-keh brüllte etwas, was nicht zu verstehen war, denn droben stiegen Wasser und Dampf schrill pfeifend aus der Öffnung des Geisers empor und hier unten hallte es wie dumpfe Kanonenschläge aus dem Krater des Schlammvulkans.

Der Schwere Mokassin sprang hinzu, beugte sich über die beiden Krieger und schlug mit der Faust auf sie ein – sie bewegten sich nicht. Er fasste den einen an der Schulter und riss ihn halb empor. Ein Paar seelenlose Augen starrten ihm entgegen und er sah zwei Löcher im Kopf des Mannes, eins hüben und das andere drüben. Er ließ den Mann erschrocken fallen und fuhr auf. Sein Gesicht war vor Entsetzen verzerrt.

Die Sioux konnten sein Verhalten und das ihrer beiden Stammesbrüder nicht begreifen. Auch sie traten herbei. Mehrere von ihnen bückten sich zu den Regungslosen nieder und waren dann ebenso ein Bild des Grauens wie ihr Anführer.

Und nun kam noch ein anderes hinzu, was ihnen nicht minder schrecklich erschien. Das Pfeifen und Zischen des Geisers war jetzt fast erstorben, sodass das Ohr nun wieder andere Töne zu vernehmen vermochte. Und da klang vom Fluss her ein wütendes Gebrüll. Aller Augen wendeten sich dorthin. Sie sahen eine schwarze, riesengroße Gestalt herbeispringen, die einen langen, starken Astknorren in den Fäusten schwang. Diese Erscheinung triefte von dem schmutzigen, gelbgrünen Schaum des Flusses und war von verworrenen Binsen und halb verfaultem Schilf behangen.

Bob, der sich durch eine ganze Halbinsel dieser Pflanzenreste hatte hindurcharbeiten müssen, hatte sich nicht die Zeit genommen, diesen Schmuck von sich abzustreifen. Er bot also einen Anblick, der ihn kaum als irdisches Wesen erscheinen ließ. Dazu sein Geheul, seine rollenden Augen, das starke, leuchtende Gebiss, das er zeigte – es war wirklich kein Wunder, dass die Ogellallah einen Augenblick starr standen.

Und da warf sich Bob auch schon auf sie, brüllend und mit der Keule um sich schlagend wie ein Herkules. Sie wichen vor ihm zurück. Er drang durch ihren Haufen und stürzte auf den Häuptling zu. „Massa Martin! Wo sein lieb gut Massa Martin!“, schrie er keuchend. „Hier Masser Bob, hier, hier! Er vernichten ganz Sioux! Er zerschmettern all ganz viel Ogellallah!“

„Hurra! Das ist Bob!“, rief Jemmy. „Der Sieg ist da! Hurra, hurra!“

Und zugleich ließ sich von abwärts her ein vielstimmiges Geheul vernehmen, ein indianisches Kriegsgeschrei. Das ist bekanntlich ein markerschütterndes, langgedehntes, mit der Fistelstimme geheultes Jiiiiiih, wobei sich die Roten mit der einen Hand trillernd auf die Lippen schlagen.

Dieser wohlbekannte, Gefahr verkündende Kriegsruf weckte die Sioux aus ihrem starren Schrecken. Einige sprangen vor und blickten flussabwärts, woher das Geheul erscholl. Sie sahen die Upsarokas und die Schoschonen im Galopp herangesprengt kommen. In ihrer Bestürzung verloren die Sioux jede Besonnenheit und bemerkten gar nicht, dass die Feinde in der Minderzahl waren. Der unerklärliche Tod ihrer beiden Kameraden, das Erscheinen des wie ein wahrer Satan aussehenden und dreinschlagenden Bob und nun das Nahen feindlicher Indianer, das alles brachte bei ihnen einen wahnsinnigen Schrecken hervor. „Fort, fort! Rettet euch!“, brüllten sie und stürzten zu ihren Pferden. Da nahm Jemmy seinen alten Gaul fest zwischen die Schenkel. „Macht euch frei! Schnell, den Rettern entgegen!“, schrie er laut. Und nun schoss seine langbeinige Mähre davon, das Maultier mit dem Langen Davy hinterher. Franks Pferd folgte augenblicklich, ohne dass es der Reiter durch irgendeine Bewegung dazu aufgefordert hätte. Die Pferde waren wohl durch das Zittern der Erde, das Donnern und Dröhnen und durch das Geheul so aufgeregt worden, dass kein Sioux sie zu halten vermocht hätte.

Wirklich keiner? O doch, es gab einen, der es wagte, nämlich den Häuptling Hong-peh-te-keh. Er hatte von Bob einen so kräftigen Keulenhieb erhalten, dass er zusammengebrochen war. Dann kniete Bob bei seinem jungen Herrn nieder, um sich, alles andere vergessend, seiner anzunehmen.

„Mein gut, gut Massa Martin!“, rief der treue, aber wenig umsichtige Schwarze. „Hier sein tapfer Masser Bob! Er schnell schneiden die Riemen von Massa Martin.“

Der Häuptling hatte sich wieder aufgerichtet und zog schon das Messer, um den Neger niederzustechen. Da hörte er das Geheul der Feinde und sah, dass sich die Seinen bereits zur Flucht wendeten, während seine Gefangenen davon jagten, um zunächst aus der Nähe der Ogellallah zu kommen.

Er erkannte, dass auch er zur Flucht gezwungen sei. Aber allen und jeden Vorteil aufzugeben, dazu war er doch nicht der Mann. Zu seinem Pferd eilen und im Sattel sitzen, das war für ihn die Sache eines Augenblicks. Ein Glück, dass alle seine Leute die Gewehre an den Sattelknöpfen befestigt hatten! Er drängte sein Pferd an Baumann heran, dessen Tier in diesem Augenblick scheute und mit allen vieren in die Luft ging. Ein rascher Griff in die Zügel, ein schriller, durchdringender Schrei, durch den der Rote sein eigenes Ross anspornte, und er jagte davon, flussaufwärts, Baumanns Pferd und seinen Reiter mit sich fortreißend.

12. Am ‚Höllenmaul‘

Die Sioux-Ogellallah waren überzeugt, dass der Oberlauf des Flusses von Feinden frei sei. Wenn sie das Grab der Häuptlinge erreichten, waren sie ihrer Meinung nach geborgen, denn die Gegend dort bot ihnen vortreffliche Deckung. Sie sollten aber bald einsehen, dass sie sich da in einem verhängnisvollen Irrtum befanden und dass sie überdies die Stärke ihrer Gegner unterschätzt hatten.

Wie bereits erwähnt, hatte Winnetou gestern früh, bevor Old Shatterhand vom Yellowstonesee aufgebrochen war, die Weisung erhalten, mit den bei ihm zurückbleibenden Kriegern nach dem ‚Maul der Hölle‘ zu reiten und den Freund dort zu erwarten. Der Häuptling der Apatschen war dieser Vereinbarung getreulich nachgekommen.

Er hatte das gestrige Lager kurz nach dem Aufbruch Old Shatterhands verlassen und war mit seinen Indianern so rasch geritten, dass sie schon am Spätnachmittag am östlichen Fluss der Feuerlochberge ankamen. Hier führte ein Tal empor, das nach oben zu immer enger und steiler wurde. Es war durch einen Wasserlauf gebildet worden, dessen Ursprung auf der Höhe lag. Dort oben befanden sich die Reiter dann im wilden Wald, den noch kein menschlicher Fuß betreten zu haben schien.

Der Apatsche aber kannte seinen Weg genau. Er ritt so sicher, als sehe er einen gebahnten Pfad vor sich, unter den hohen Bäumen weiter, erst scharf bergan, dann eben fort und endlich jenseits des Kammes zwischen zerstreut umherliegenden, riesigen Felsbrocken wieder zu Tal.

Da ertönte so plötzlich, dass die Pferde scheuten, vor ihnen ein fürchterlicher Krach, als habe eine gewaltige Dynamitexplosion stattgefunden. Es folgten Schüsse wie von starken Festungsgeschützen. Dann rollte es wie fortlaufendes Gewehrfeuer, das sich in ein Knattern, Prasseln, Sausen und Zischen auflöste, als werde vor den überraschten Reitern ein Riesenfeuerwerk abgebrannt.

„Uff!“, rief der Tapfere Büffel. „Was ist das?“

„Das ist Koso-tip-tupa, das ‚Maul der Hölle‘“, erwiderte Winnetou. „Mein Bruder wird es sogleich auch speien sehen.“

Nur wenige Schritte ritt er weiter. Dann blieb er halten und wendete sich rückwärts zu den roten Kriegern:

„Meine Brüder mögen herbeikommen! Da unten hat sich das ‚Höllenmaul‘ geöffnet.“ Er zeigte hinunter in den Abgrund, der sich vor ihnen auftat, und die Indianer eilten zu ihm.

Sie hielten, wie sie nun sahen, vor einer wohl hundert Meter senkrecht abfallenden Felswand und unten lag das Tal des Feuerlochflusses. Gerade vor ihnen, am jenseitigen Ufer, stieg aus dem Erdboden eine Wassersäule von etwa sieben Meter Durchmesser ungefähr fünfzehn Meter empor und bildete oben einen beinahe kugelförmigen Knauf, woraus zahlreiche armstarke Wasserstrahlen einzeln weit über dreißig Meter gen Himmel schossen. Das Wasser war heiß, denn eine Hülle von halb durchsichtigem Brodem umgab die gigantische Fontäne, die oben regenschirmartig auseinander ging.

Gerade hinter diesem Wunderwerk der Natur trat die Uferwand zurück, sodass ein tief ausgeschnittener Felsenkessel entstand, auf dessen hinterem Rand scheinbar die untergehende Sonne lag. Ihre Strahlen fielen auf die Wassersäule, die dadurch in den herrlichsten Farben leuchtete und glitzerte. Wäre der Standpunkt der Beschauer an einer anderen Stelle gewesen, so hätten sie in den Fluten und ringsumher tausend zuckende Regenbogen erblickt.

„Uff, uff!“, ertönte es fast aus jedem Mund und der Häuptling der Schoschonen wendete sich fragend an Winnetou: „Warum nennt mein Bruder diesen Ort Koso-tip-tupa, das ‚Maul der Hölle‘? Sollte es nicht lieber Pataskia-tupa genannt werden, der ‚Mund des Himmels‘? Oihtka-petay hat noch niemals etwas so Herrliches gesehen.“

„Mein Bruder darf sich nicht täuschen lassen. Das Böse erscheint häufig zuerst schön. Ein kluger Mann aber urteilt erst, nachdem er das Ende abgewartet hat.“

Die Augen des entzückten Indianers hingen noch staunend an dem prächtigen Schauspiel, da tat es plötzlich einen ähnlichen Donnerschlag wie vorhin und augenblicklich änderte sich das Bild. Die Wassersäule fiel in sich zusammen. Einige Sekunden wurde das Erdloch frei, aus dem sie sich erhoben hatte. Man hörte einen dumpf rollenden Ton und dann stieß das Loch in einzelnen Rucken braungelbe Dampfringe aus. Diese Rucke folgten einander schneller und schneller, bis sie sich zu einem schrillen Zischen vereinigten. Die einzelnen Ringe verbanden sich zu einer schwarzen Rauchsäule und nun wurde eine dunkle, schlammartige Masse ausgeschleudert, die beinahe ebenso hoch stieg wie vorher der Wassersprudel und einen entsetzlichen Gestank verbreitete. Einzelne feste Körper flogen weit über die flüssigen Massen hinaus, und sooft das geschah, ertönte ein brüllendes Knurren, wie man es in Menagerien von hungrigen Raubtieren hört, kurz ehe sie gefüttert werden. Diese Ausbrüche erfolgten stoßweise, einer nach dem anderen, und in den Zwischenpausen erklang aus dem Loch ein Wimmern und Stöhnen, als hätten da unten in der Tiefe die Seelen der Verdammten ihren Aufenthalt.

„Wa-poh, schrecklich!“, rief der Tapfere Büffel.

„Nun“, fragte Winnetou, „will mein Bruder dieses Loch auch jetzt noch den ‚Mund des Himmels‘ nennen?“

„Nein. Möchten alle Feinde der Schoschonen dort unten begraben sein! Wollen wir nicht lieber weiterreiten?“

„Ja, aber wir werden gerade da unten am ‚Maul der Hölle‘ unser Lager aufschlagen.“

„Uff! Ist das nötig? Dieser Geruch ist furchtbar.“

„Ja. Aber die Hölle hat für heute zum letzten Mal geschrien. Sie wird die Nasen der Schoschonen nicht wieder belästigen.“

Jetzt führte der Apatsche seine Begleiter ein Stück längs der Felskante bis dahin, wo das Ufer aus weicherem Gestein und erdigem Boden bestanden hatte. Hier waren die verborgenen Kräfte bis herauf zur Höhe tätig gewesen. Vor Jahrhunderten hatte es da einen Krater gegeben, der die ganze Uferwand verschlungen hatte. Das weiche Erdreich war nachgerutscht und bildete eine Halde, die ziemlich dicht mit halb verfaulten Baumstämmen und einzelnen Felsbrocken besät war.

Dieser Bergrutsch war steil und sah keineswegs ungefährlich aus. Es gab da zahlreiche schwefelgelb geränderte Löcher, aus denen Wasserdämpfe emporstiegen, ein sicheres Zeichen, dass der Boden unterhöhlt war.

„Hier will mein Bruder hinab?“, fragte Oihtka-petay den Apatschen.

„Ja. Es gibt keinen anderen Weg.“

„Werden wir nicht einbrechen?“

„Wenn wir unvorsichtig wären, könnte das leicht geschehen. Winnetou hat, als er mit Old Shatterhand hier war, diesen Ort genau untersucht. Es gibt Stellen, wo die Rinde der Erde nicht dicker ist als die Breite deiner Hand. Aber Winnetou wird voranreiten. Sein Pferd ist klug und wird nicht dahin treten, wo eine Gefahr lauert. Meine Brüder können mir getrost folgen.“

Er trieb sein Pferd über den Rand des Bergsturzes und ließ es da, ohne dass er abstieg, langsam zur Tiefe klettern. Die Indianer folgten ihm zaudernd. Als sie jedoch sahen, wie vorsichtig Iltschi mit den Hufen den Boden untersuchte, bevor er einen Schritt tat, vertrauten sie sich ruhig Winnetous Führung an. „Meine Brüder mögen weit hintereinander reiten“, gebot er, „damit die Erde immer nur die Last eines einzigen Reiters zu tragen hat. Wenn ein Pferd einzubrechen droht, muss es der Mann augenblicklich mit dem Zügel empor reißen und nach rückwärts werfen.“

Glücklicherweise kam kein Einziger in diese Gefahr. Zwar wurden mehrere recht hohl klingende Stellen überquert, aber der Zug langte glücklich unten am Fluss an. Das Wasser hatte hier eine ungewöhnliche Wärme. Die Oberfläche war blaugrün, schillernd und ölig, während eine Strecke weiter aufwärts die Wellen rein und durchsichtig an das Ufer schlugen. Dort wurden die Pferde in den Fluss getrieben, den sie mühelos überschwammen. Dann lenkte Winnetou wieder abwärts, gerade auf das ‚Maul der Hölle‘ zu.

Der Ausbruch dieses Schlammvulkans war vorüber. Als die Reiter dort ankamen und sich vorsichtig dem Rand des Loches näherten, konnten sie in eine dunkle Tiefe von etwa vierzig Meter blicken, in der es vollkommen ruhig war. Nur die umhergeschleuderten Schlammmassen verrieten, dass hier vor wenigen Minuten die Hölle tätig gewesen war.

Jetzt zeigte Winnetou nach dem bereits erwähnten Felsenkessel hinter dem ‚Maul der Hölle' und sagte: „Dort liegt das Grab der Häuptlinge der Sioux-Ogellallah, die Old Shatterhand besiegte! Meine Brüder mögen mir dorthin folgen!"

Die Sohle dieses Kessels bildete beinahe eine Kreisfläche von etwa einer halben englischen Meile im Durchmesser. Die Wände waren so steil, dass man an ihnen unmöglich emporklimmen konnte. Viele Löcher, mit heißem Schlamm oder dampfendem Wasser gefüllt, machten das Vorwärtskommen sehr unsicher, und kein Hälmchen Gras, kein noch so kleines, dürftiges Pflänzchen war hier zu sehen.

Am Mittelpunkt dieses Tales war ein künstlicher Hügel errichtet worden. Er bestand aus Steinen, losgebrochenen Schwefelstücken und Schlamm, der jetzt eine harte, spröde Masse bildete. Seine Höhe betrug vielleicht fünf Meter, seine Breite vier und seine Länge sieben Meter. In der Spitze steckten mehrere Bogen und Lanzen. Sie waren mit allerlei Kriegs- und Todeszeichen geschmückt gewesen, die aber nun in Fetzen hingen.

„Hier", erklärte Winnetou, „liegen Böses Feuer, der stärkste Krieger der Ogellallah, und zwei andere durch Old Shatterhands Faust Gefallene begraben. Sie sitzen auf ihren Pferden, die Gewehre auf dem Knie, den Schild in der Linken und den Tomahawk in der Rechten. Und da oben hielt Old Shatterhand auf seinem Pferd, bevor er zum Todeskampf herunterkam, und schoss einen Ogellallah nach dem anderen wund. Er wollte sie nicht töten und sie konnten ihn mit ihren Kugeln nicht erreichen, denn der Große Geist der Bleichgesichter schützte ihn."

Bei diesen Worten zeigte er rechts nach der Felswand, wo in

der Höhe von etwa fünfzehn Meter über dem ‚Höllenmaul' ein Vorsprung ragte, auf dem mehrere mannshohe Felsstücke lagen. Von ihm zog sich eine Reihe ähnlicher, aber viel kleinerer Vorsprünge schräg abwärts bis auf den Boden herab, an denen man mühsam hinaufsteigen konnte. Aber wie Old Shatterhand zu Pferd da hinaufgekommen war, das konnte selbst der kühnste Reiter nur schwer begreifen.

Der Tapfere Büffel ritt langsam um das Grab und fragte sodann Winnetou: „Wann etwa werden die Sioux-Ogellallah am Feuerlochfluss ankommen?"

„Vielleicht heute Abend schon."

„So sollen sie das Grabmal ihrer Häuptlinge zerstört finden. Ihr Staub soll in alle Winde zerstreut und ihre Knochen sollen in das ‚Höllenmaul' geworfen werden, damit ihre Seelen unten in der Tiefe jammern müssen mit Koso-pa, dem vom Großen Geist Verfluchten! Nehmt eure Tomahawks und reißt den Hügel ein!" Er stieg vom Pferd und ergriff seine Streitaxt, um das Werk der Zerstörung zu beginnen.

„Halt!", gebot da Winnetou. „Lasst die Hand von dem Grab! Old Shatterhand hat den Gefallenen ihre Skalpe gelassen und sie sogar eigenhändig mit begraben. Ein tapferer Krieger kämpft nicht mit den Knochen der Toten. Der Große Geist will, dass die Toten ruhen, und Winnetou wird das Grab beschützen! Howgh." Er wendete sein Pferd und ritt, ohne sich umzusehen, davon, wieder zum ‚Maul der Hölle' zurück.

So hatte noch kein Freund mit Oihtka-petay gesprochen. Der Schoschone war erzürnt, aber er wagte es doch nicht, dem Apatschen zuwider zu handeln. Er brummte ein mürrisches „Uff!" vor sich hin und folgte ihm. Die Seinen ritten schweigend hinter ihm her. Das entschiedene Auftreten Winnetous hatte einen tiefen Eindruck auf sie gemacht.

Der Abend begann hereinzubrechen, als der Apatsche nicht weit vom ‚Höllenmaul' hielt und vom Pferd stieg. Dort lief ein kalter Quell aus dem Felsen, quer über das Tal und dann in den Fluss.

Sonst aber hatte die Stelle gar nichts, was sie besonders zum Lagerplatz geeignet gemacht hätte. Winnetou musste Gründe haben, warum er gerade hier die Nacht zubringen wollte. Er pflockte sein Pferd an, rollte seine Santillodecke als Kopfkissen zusammen und streckte sich nahe am Felsen zur Ruhe aus. Die Schoschonen folgten seinem Beispiel.

Sie saßen leise plaudernd beieinander. Ihr Häuptling hatte sich, seinen Groll vergessend, neben Winnetou niedergelegt. Es wurde völlig finster. Mehrere Stunden vergingen und es schien, als schliefe der Apatsche. Da aber stand er plötzlich auf, ergriff sein Gewehr und sagte zu Oihtka-petay: „Meine Brüder mögen ruhig liegen bleiben. Winnetou wird auf Kundschaft gehen."

Er verschwand im Dunkel der Nacht. Die Zurückbleibenden wollten nicht schlafen, bevor sie das Ergebnis seines waghalsigen Ganges vernommen hatten. Aber sie mussten lange warten, denn Mitternacht war nahe, als er endlich zurückkehrte. Winnetou meldete allen vernehmlich und in seiner einfachen Weise: „Hong-peh-te-keh, der Schwere Mokassin, lagert mit seinen Leuten am ‚Teufelswasser'. Er hat den Bärenjäger samt fünf Gefährten bei sich und hat auch unsere Brüder gefangen, die uns heut in der Nacht verlassen haben. Old Shatterhand wird in der Nähe sein. Meine Brüder mögen schlafen! Winnetou wird sich, wenn der Tag anbricht, mit Oihtka-petay noch einmal zum ‚Wasser des Teufels' schleichen. Howgh!"

Noch graute der Tag kaum, so weckte Winnetou den Häuptling der Schoschonen und schritt mit ihm vorsichtig und lautlos am Wasser hinab. Vom ‚Maul der Hölle' bis zum ‚Wasser des Teufels' war es vielleicht eine englische Meile. Der Fluss machte unweit des Lagers der Feinde eine Krümmung. Hinter der Felsenecke stehend, konnten hier die beiden Häuptlinge die Sioux beobachten. Die Gegner holten soeben ihre Pferde herbei, die, wie früher erwähnt, unterhalb des Lagers getränkt worden waren, und nahmen dann ihr Mahl ein.

Winnetou richtete seinen Blick nach der Höhe des rechten

Flussufers, von woher Old Shatterhand kommen musste, wenn er sich nicht vielleicht schon diesseits befand. „Uff!“, sagte er leise. „Old Shatterhand ist da.“

„Wo?“, fragte Oihtka-petay.

„Dort oben auf dem Berg.“

„Da kann man ihn doch nicht sehen. Dort steht ja dichter Wald.“

„Ja, aber bemerkt mein Bruder denn nicht die Krähen, die über den Bäumen schweben? Sie sind aufgestört worden. Old Shatterhand wird im Wald abwärts reiten und unterhalb der Sioux, wo sie ihn nicht sehen können, über den Fluss gehen. Dann greift er sie an und treibt sie am Wasser aufwärts. Zur selben Zeit müssen wir am ‚Höllenmaul‘ stehen, damit sie nicht weiter können und in das Tal des Häuptlingsgrabes getrieben werden. Mein Bruder mag schnell mit mir kommen, denn wir haben nicht viel Zeit übrig!“

Die beiden kehrten eilig um. Winnetou hatte im Allgemeinen richtig vermutet, wenn er auch nicht alle Einzelheiten wissen konnte. Sobald sie bei den Ihrigen ankamen, erhielten die Krieger von dem Apatschen die nötigen Weisungen und machten sich kampfbereit.

Jetzt ertönte von unten herauf ein fürchterliches Krachen.

„Das ‚Teufelswasser‘ erhebt seine Stimme“, erklärte Winnetou. „Nun wird auch das ‚Maul der Hölle‘ speien. Reitet ein Stück zurück, dass es euch nicht trifft!“

Er wusste von früher, dass die beiden Krater miteinander in Verbindung standen, und wich eine genügende Strecke zurück. Bald hörte man, dass der Ausbruch des ‚Teufelswassers‘ aufgehört hatte, und infolgedessen vernahm man das Kriegsgeschrei der dreißig Schoschonen und Upsarokas, die sich in diesem Augenblick auf die Sioux warfen.

Was Winnetou vorausgesagt hatte, trat jetzt ein: Das ‚Höllenmaul‘ begann zu speien, geradeso wie gestern gegen Abend. Unter Donnern und Zischen stieg die Wassersäule empor und ihre oben auseinander gehenden Strahlen flossen in weitem Umkreis nieder. Dadurch entstand für Winnetou und die Seinen eine prächtige Deckung, denn die herbeistürmenden Sioux konnten nun die hinter der Riesenfontäne haltenden Schoschonen nicht bemerken. Winnetou trieb Iltschi möglichst weit zur Seite, um stromabwärts blicken zu können. Er sah die Feinde kommen, flüchtig, einer regellos hinter oder neben dem anderen, vom Entsetzen gejagt. „Sie kommen!“, rief er. „Wenn ich das Zeichen gebe, brechen wir hinter dem speienden Maul hervor und lassen sie nicht zwischen dem Krater und dem Fluss aufwärts. Sie müssen links in das Tal des Grabes. Aber schießt nicht. Der Schreck allein treibt sie hinein!“

Jetzt waren die vordersten Sioux ganz in der Nähe. Sie wollten wirklich flussaufwärts weiter. Da aber brach Winnetou hinter der Wassersäule hervor. Sein „Jiiiii!“ gellte schrill durch die Morgenluft und die Schoschonen stimmten ein. Die Sioux sahen den Weg verlegt und warfen ihre Pferde eine Viertelwendung herum. Sie suchten ihre Rettung im Felsenkessel.

Hinter den ersten Feinden zeigte sich eine dicht zusammengedrängte Gruppe von mehreren Reitern. Es war ein aus Sioux und Weißen bestehender, in fliegendem Galopp daherfegender Knäuel, in der Mitte der Häuptling der Ogellallah, der Bärenjäger und Hobble-Frank.

Die auf die Pferde gefesselten Gefangenen waren, wie bereits erwähnt, ihren Befreiern entgegengesprengt. Da ertönte ein mehrstimmiger Schrei. Martin Baumann, Wohkadeh und der Neger Bob, der die beiden losgeschnitten hatte, stießen ihn aus, als sie sahen, dass der Häuptling der Sioux Baumann mit sich fortriss. Frank hörte den Schrei und drehte sich um. Sein Blick fiel auf den Sioux und er erkannte, in welcher Gefahr sich sein Freund befand. Er zwang, trotz seiner Fesseln, nur mit Hilfe des Schenkeldrucks augenblicklich sein Pferd herum und hielt es vor dem Neger an. „Schneide mich los, Bob! Schnell, schnell!“, rief er.

Bob gehorchte diesem Befehl. Frank warf sich vom Pferd, riss einem der beiden von Old Shatterhand erschossenen Sioux den Tomahawk aus dem Gürtel, schwang sich eilig wieder in den Sattel und jagte davon, dem feindlichen Häuptling nach.

Der Schwarze hatte kein Pferd. Martin und Wohkadeh hätten keine Hilfe bringen können, da ihre Glieder von den Fesseln verletzt waren. Sie konnten nur schreien. Dadurch machten sie Jemmy aufmerksam. Er blickte hinter sich und rief entsetzt seinem langen Freund zu: „Davy, zurück! Der Sioux entführt uns Baumann!“

Da stand Bob auch schon vor ihnen und zerschnitt ihre Fesseln. Jemmy entriss ihm das Messer und galoppierte dem Sachsen nach, Davy ohne Waffen hinter ihm her.

Jetzt brausten die Schoschonen und Upsarokas heran und vorüber, den Freunden und Feinden nach, und zu gleicher Zeit gelangte Old Shatterhand, Bobs zurückgelassenes Pferd neben sich am Zügel führend, an das diesseitige Ufer. Niemand hatte in der Verwirrung auf ihn geachtet, ihm aber war nichts entgangen. „Hier dein Pferd und dein Gewehr, Bob“ rief er, ihm Zügel und Büchse zuwerfend. „Befreie die noch Gefesselten. Dann kommt ihr uns gemächlich nach.“

Nun bot die Uferstrecke zwischen dem ‚Maul der Hölle’ und dem ‚Wasser des Teufels‘ ein mehr als kriegerisches Bild. Sioux-Ogellallah, Upsarokas, Schoschonen und Weiße schrien aus Leibeskräften. Von den Fliehenden nahm keiner auf den anderen Acht. Jeder wollte nur sich selbst retten. Die Freunde des Bärenjägers stürmten an den Feinden vorüber, ohne sie zu behelligen, denn ihr einziger Gedanke war, Baumann zu befreien.

Old Shatterhand stand hoch in den Bügeln, die Doppelbüchse übergeworfen und den Stutzen in der Hand. Er war der Letzte in der Schar. Aber sein Pferd berührte mit dem Leib fast die Erde und so erreichte er die Upsarokas und fünfzehn Schoschonen. „Langsamer!“, rief er ihnen zu, indem er an ihnen vorüberflog. „Habt nur Acht, die Sioux zu treiben. Da oben hält Winnetou und lässt sie nicht vorüber. Es darf keiner entkommen, aber tötet sie nicht!“

So ging es weiter, an Freunden und Feinden vorüber. Die Hufe Hatatitlas verschlangen den Weg. Es galt, den bereits erwähnten Knäuel einzuholen, bevor ein Unglück geschah.

Das Pferd des kleinen Sachsen war kein edler Renner; doch Frank brüllte so entsetzlich und bearbeitete es mit dem Stiel seines Tomahawks so, dass es dahinraste, als hätte es Flügel. Lange konnte das Tier dies freilich nicht aushalten; das war vorauszusehen.

Es gelang Frank, bis zum Häuptling der Sioux-Ogellallah aufzuholen. Er trieb sein Pferd an dessen Seite, schwang den Tomahawk zum Schlag und rief: „Schonka, ta ha na, deh peh – Hund, komm her! Mit dir ist's aus!“

„Tschintscha sitscha lehgtscha, tahanadahpi!“, entgegnete der Häuptling Hohn lachend. „Armseliger Zwerg, schlag zu!“

Er drehte sich zu Frank herüber und fing dessen Hieb mit der bloßen Faust so auf, dass er von unten herauf gegen den Unterarm des Sachsen schlug, wodurch die Waffe aus Franks Hand geprellt wurde. Dann riss er das Messer aus dem Gürtel, um den Kleinen vom Pferd zu stechen.

„Frank, nehmen Sie sich in Acht!“, rief Jemmy, der hinter ihnen sein Pferd antrieb, um heranzukommen.

„Haben Sie nur keine Angst!“, schrie der Kleine zurück. „Mich murkst so leicht kein Roter ab. Der soll keinen braven Deutschen mehr ins Bein schießen!“

Damit nahm er sein Pferd um einen Schritt zurück, sodass er nicht getroffen wurde, und schnellte sich dann mit einem kühnen Schwung aus dem Sattel und hinüber auf das Pferd des Ogellallah, den er sofort umschlang, um ihm die Arme an den Leib zu drücken. Der Häuptling brüllte laut auf vor Wut. Er versuchte, seine Arme zu befreien, doch es gelang ihm nicht, denn Frank hielt aus Leibeskräften fest.

„So ist's recht!“, rief Jemmy. Lass ihn nicht los! Ich komme schon.“

„Da sputen Sie sich aber e bissel! So einen Kerl zu zerquetschen, is keine Kleinigkeit!“

Das war alles blitzschnell geschehen, viel schneller, als man es zu erzählen vermag. Der Ogellallah hielt in der Rechten sein Messer und in der Linken die Zügel von Baumanns Pferd. Er bäumte sich im Sattel auf, er wand sich nach rechts und links – vergeblich. Trotz aller Bemühungen vermochte er nicht, sich aus Franks Umschlingung frei zu machen.

Baumann war gefesselt und konnte nichts zu seiner eigenen Befreiung tun. Aber er ermunterte Frank, festzuhalten. Der Kleine antwortete, obgleich er vor Anstrengung keuchte: „Schon gut! Ich umschlinge ihn wie eine Boa constrictor und lasse nich eher locker, als bis die Lunge platzt."

Der Ogellallah hatte jetzt sein Pferd nicht mehr in der Gewalt, es lief langsamer. Dadurch gelang es Jemmy, den Reiter einzuholen. Auch Davy kam nahe heran. Der Dicke trieb sein Pferd neben das Baumanns und durchschnitt mit Bobs Messer dessen Fesseln. „Hallo, gewonnen!", rief er ihm auf Deutsch zu. „Reißen Sie dem Roten den Zügel aus der Hand!"

Baumann versuchte es, hatte aber nicht die Kraft dazu. Jemmy wollte ihm das Messer geben, konnte es aber nicht, denn drei vor ihnen herfliehende Sioux hatten bemerkt, in welcher Lage sich ihr Häuptling befand. Zwei von ihnen fielen den Dicken wütend an und der dritte machte Miene, sich auf Frank zu werfen, der seine Arme nicht zur Verteidigung frei hatte. Da gab Davy seinem Maultier einen Fausthieb zwischen die Ohren, dass es wild vorwärts schoss, bis es sich neben diesem Indianer befand. Davy packte ihn am Kragen des Jagdwamses, riss ihn aus dem Sattel und schleuderte ihn auf die Erde.

„Hurra! Hurra!", rief der Hobble-Frank. „Das war Rettung im letzten Augenblick! Aber nun nehmen Sie rasch ooch den Häuptling beim Kopp, denn ich kann es alleine nich mehr machen!"

„Gleich!", antwortete der Lange. Er streckte beide Arme nach dem Roten aus, um auch ihn aus dem Sattel zu ziehen. Da aber tat es vor ihnen einen so fürchterlichen Knall, dass die Pferde erschrocken zurück- und aneinander prallten. Davy hatte Mühe, sich im Sattel zu halten. Jemmy, der alle Kräfte aufbieten musste, die beiden Roten von sich abzuwehren, wurde vom Pferd geschleudert, und dem Bärenjäger Baumann erging es ebenso.

Die wirre Reitergruppe war jetzt vor dem ‚Höllenmaul' angelangt. Der Wasserstrudel hatte sich gesenkt und die Schlammsäule war unter furchtbarem Donnern, vor dem die Pferde scheuten, emporgestiegen. Teile der heißen, schmutzigen Masse wurden weit umhergeschleudert.

Das Pferd des Häuptlings war vor Schreck in die Hinterhufe gesunken, raffte sich aber wieder auf und jagte nach links auf den Fluss zu, gerade als Old Shatterhand die sich am Boden wälzende Gruppe erreichte.

Der Jäger hatte zwar die Absicht, dem braven Frank zu helfen, musste aber davon absehen, da er sah, dass die beiden Wilden von ihren Pferden geschnellt waren und sich auf Jemmy geworfen hatten, um ihn zu töten. Der Lange Davy hatte zu viel mit seinem scheu gewordenen Maultier zu tun, als dass er seinem Freund hätte beistehen können, und so musste Old Shatterhand dem Dicken beispringen. Er hielt sein Tier an, saß ab und betäubte die beiden Ogellallah mit zwei Schlägen seines Gewehrkolbens.

Winnetou hielt mit seinen Schoschonen noch immer die Strecke zwischen dem ‚Höllenmaul' und dem Fluss, wie schon mehrfach erwähnt, besetzt. Er hatte die Aufgabe, die Sioux-Ogellallah hier nicht vorüberzulassen und in den Talkessel des Häuptlingsgraben zu treiben. Das war ihm gelungen. Die flüchtenden Roten hatten sich, als sie seine Schar erblickten, nach dem Tal gewendet. Der Verlauf all dieser Ereignisse war so ungemein schnell gewesen, dass der Apatsche gar nicht Zeit gefunden hatte, selbst handelnd mit einzugreifen. Und jetzt wurde er durch die umhergeschleuderten Schlammmassen vollends verhindert, vorzudringen. Es gab nur einen Einzigen, dessen er sich anzunehmen vermochte, den Hobble-Frank. Er sah, dass der Kleine, noch immer fest hinter Hong-peh-te-keh sitzend und ihn mit beiden Armen umklammernd, von dem erschreckten Pferd dem Fluss entgegengetragen wurde, und zwar so rasenden Laufes, dass es für einen rettenden Helfer wohl kaum möglich war, das Ufer zu erreichen, bevor das Unglück geschah. Dennoch trieb der Apatsche sein Tier in dieser Richtung vorwärts und mehrere Schoschonen folgten ihm.

Der Häuptling der Sioux erkannte, dass die Gefahr, in die er durch die Umschlingung des kleinen Sachsen gebracht worden war, jetzt ihren höchsten Grad erreicht hatte. Wut und Angst verdoppelten seine Kräfte. Er zog seine Arme unter denen Franks hoch, ein gewaltiger Ellbogenstoß nach beiden Seiten, und der Sachse musste ihn freigeben.

„Stirb!“, brüllte der Rote und holte mit dem Messer aus, um, von vorn nach hinten stoßend, dem wackeren Kleinen die Klinge in den Leib zu bohren.

Frank aber beugte sich schnell so weit zur Seite, dass der Stoß fehlging. Der Sachse hatte keine Waffe mehr. Er dachte an den Fausthieb Old Shatterhands. Mit der linken Hand den Feind an der Kehle packend, holte er mit der geballten Rechten aus und traf die Schläfe des Ogellallah mit solcher Gewalt, dass er selbst das Gefühl hatte, seine eigene Faust sei zerschmettert. Der Getroffene sank mit dem Körper nach vorn.

Doch da war man auch schon am Fluss. Das Pferd schoss in einem hohen, weiten Bogen in die Flut hinein und beide Reiter wurden über den Kopf des Tieres hinausgeschleudert. Der Gaul fühlte sich frei. Er tat einige Ruderschläge, drehte dann langsam um und kehrte ans Ufer zurück.

Jetzt kam Winnetou dort an. Er sprang ab und legte seine Büchse an, um schussfertig zu sein, falls zwischen den beiden Abgeschleuderten ein Kampf im Wasser beginnen sollte. Zunächst war von beiden nichts zu sehen. Nur Franks Amazonenhut trieb in der Nähe des Ufers. Ein Schoschone holte ihn mit seiner Lanze heraus. Dann kam ein Stück weiter unten, aber ziemlich entfernt vom Ufer, der mit Federn geschmückte Schopf des Indianers zum Vorschein. Gleich darauf tauchte in einiger Entfernung davon Frank auf. Er sah sich um, erblickte den Kopf des Gegners und schwamm in flinken Stößen auf ihn zu. Der Rote war nur halb betäubt. Er wollte fliehen. Aber der kleine Sachse stieß wie ein raubgieriger Hecht auf ihn zu, schnellte sich ihm auf den Rücken, ergriff ihn mit der Linken bei den Haaren und begann, ihm mit der rechten Faust die Schläfe zu behämmern. Der Ogellallah verschwand und Frank mit ihm. Ein Strudel bildete sich über ihnen. Blasen stiegen auf, ein Arm des Sioux tauchte auf und verschwand sofort wieder. Dann wurden die beiden Beine Franks und die Schöße seines Fracks für einen Augenblick sichtbar. Es fand jedenfalls ein erbittertes Ringen unter Wasser statt. Winnetou war es somit unmöglich, durch einen Schuss helfend einzugreifen, und er warf schnell seine Waffen ab, um ins Wasser zu springen.

Da aber tauchte der Hobble-Frank auf, sah sich hustend und pustend nach allen Seiten um und rief auf Deutsch: „Is er noch unten?"

Seine Frage war an Old Shatterhand, Davy und Jemmy gerichtet, die soeben am Ufer erschienen. Frank fuhr, ohne eine Antwort abzuwarten, wieder in die Tiefe. Als er nach wenigen Augenblicken abermals an der Oberfläche erschien, hatte er mit der Linken den besiegten Feind bei den Haaren gefasst und kam langsam an das Ufer geschwommen.

Frank wurde mit lautem Jubel empfangen, schrie aber noch lauter als die anderen: „Seien Sie nur still! Mir is der Hut spurlos in die Wicken gegangen. Gibt's vielleicht unter den geehrten Anwesenden einen, der ihn hat schwimmen sehen?"

„Nein", wurde ihm geantwortet.

„Das is stark! Soll ich etwa wegen dem Ogellallah hier meinen Straußfederschapoh einbüßen? Oh, dort sehe ich ihn ja! Der Schoschone da hat ihn off dem Kopp. Dem werde ich gleich als Gerichtsvollzieher off die Treppe steigen!"

Er eilte zu dem Indianer, um sich den Schmuck seines Hauptes zurückgeben zu lassen. Nachher erst war er bereit, Lob und Anerkennung seiner Kameraden entgegenzunehmen. „Anstrengung hat's freilich gekostet", meinte er, „aber das is unsereinem ganz egal. Veni, vidi, vici, sagte Hannibal zu Wallenstein, und bei mir geschieht so was mit derselben Leichtigkeit."

„Cäsar hat das gesagt", fiel Jemmy ein, „und von Wallenstein wusste die Weltgeschichte damals überhaupt noch nichts!"

„Schweigen Sie ergebenst, Herr Jakob Pfefferkorn! Was weiß denn die Weltgeschichte von Ihnen? Steigen Sie mal dem Roten hinten off, springen Sie mit ihm vom Pferd ins Wasser und sprengen Sie ihm mal da unten den Faden des Daseins entzwei! Nachhero habe ich nischt dagegen, wenn Sie Ihre apothekerlateinischen Sprachmücken spielen lassen. Eher nich. Mir aber wird die Nachwelt hier mal einen Marmorstein errichten und dann steigt mein Geist in stillen Nächten nieder und freut sich, dass er nich ganz umsonst gelebt hat und in das Wasser des Feuerlochflusses gesprungen ist. Friede meiner Asche!"

Es wäre kein Wunder gewesen, wenn man ihm mit einem weiteren Lachen geantwortet hätte, aber das geschah nicht. Er war nun einmal ein eigenartiges Kerlchen und wirklich verwegen. Die Begeisterung, die er fühlte, teilte sich den anderen mit. Sie blieben ernst und Winnetou reichte ihm sogar die Hand und sagte: „Ni 'nte nakate 'nscho – du bist ein tüchtiger Mann!"

Dann gab der Apatsche Old Shatterhand durch eine seiner sprechenden Handbewegungen das Zeichen, dass er ihm hier das Weitere überlasse, stieg auf sein Pferd und ritt mit seinen Schoschonen an dem jetzt wieder ruhigen ‚Höllenmaul' vorüber nach dem Eingang des Talkessels, in dessen Hintergrund sich die entkommenen Sioux gesammelt hatten.

Er traf da als Wächter des Eingangs den Medizinmann der Upsarokas und Moh-aw, den Sohn des Häuptlings der Schoschonen, mit ihren Kriegern. Als der riesige Medizinmann hörte, dass sein Todfeind, der Schwere Mokassin, besiegt am Fluss liege, jagte er schleunigst hinab. Er kam gerade dazu, als Hong-peh-te-keh unter Old Shatterhands Bemühung wieder zur Besinnung gelangte und sorgfältig gefesselt wurde. Der Upsaroka sprang vom Pferd, riss sein Messer aus dem Gürtel und rief: „Das ist der Hund der Sioux-Ogellallah, der mir das Ohr genommen hat. Er soll mir dafür bei lebendigem Leib seinen Skalp geben!"

Feuerherz wollte sich auf ihn stürzen, um ihm die Kopfhaut zu nehmen, wurde aber von Old Shatterhand daran gehindert. Der Jäger entschied: „Der Gefangene ist das Eigentum unseres weißen Bruders Hobble-Frank. Kein anderer darf sich an ihm vergreifen."

Darauf entstand ein Wortwechsel, den Old Shatterhand überlegen und siegreich beendete. Der Upsaroka zog sich, wenn auch murrend, zurück. Der alte Baumann hatte den Hobble-Frank an seine Brust gezogen. Beide weinten Freudentränen. „Dir, du treuer Mensch, habe ich gewiss zum größten Teil meine Rettung zu verdanken", sagte der Bärenjäger. „Wie aber ist es dir möglich gewesen, eine so große Schar meiner Befreier zusammenzubringen?"

Frank wies gerührt alles Verdienst von sich ab und deutete flussabwärts: „Dort kommen andere, die viel mehr Dank verdienen als ich."

Baumann sah seine fünf Gefährten nahen, die mit ihm von den Sioux gefangen worden waren. Vor ihnen ritten Martin, sein Sohn, Wohkadeh und Bob. Er eilte ihnen entgegen. Als der Neger seinen Herrn erblickte, sprang er vom Pferd, lief auf ihn zu, sank vor ihm auf die Knie, ergriff seine Hände und rief: „O Massa, mein lieb, gut Massa Baumann! Endlich haben Masser Bob wieder sein von Herzen geliebten Massa! Nun Masser Bob gleich gern sterben vor Wonne. Nun Masser Bob singen und springen vor Freude und platzen und zerspringen vor Entzücken! Oh, Masser Bob sein froh, sein glücklich, sein selig!"

Sein Herr hob ihn auf und wollte ihn in die Arme nehmen. Bob aber wehrte sich dagegen und erklärte: „Nein, Massa, nicht umarmen Masser Bob, denn Bob haben getötet schlimm Stinktier und sein noch immer nicht ganz gut von Geruch."

„Ach was, Stinktier! Du bist zu meiner Rettung ausgezogen und ich muss dich umarmen!" Er zog den treuen Schwarzen an sich.

Nun aber war auch Martin am Fluss angelangt und Vater und Sohn sanken sich in die Arme. „Mein Kind, mein Sohn!", rief

Baumann. „Wir haben uns wieder und nichts soll uns wieder trennen. Was hast du seit gestern erduldet! Schau, wie deine Arme von den Fesseln zerschnitten sind!“

„Die deinigen noch mehr, noch viel mehr! Doch das wird wieder heilen, Vater, und du sollst bald wieder gesund und kräftig sein. Jetzt musst du vor allem denen Dank sagen, die ihr Leben wagten, dich zu retten. Mit Wohkadeh, meinem Freund, hast du bereits seit gestern sprechen können, mit Jemmy und Davy ebenso. Hier aber steht Old Shatterhand! Er und Winnetou sind es, denen das Gelingen unseres Unternehmens vor allem zu verdanken ist.“

„Ich weiß es, mein Sohn, und es betrübt mich, dass ich jetzt nur einfach Dank sagen kann.“

Er streckte Old Shatterhand beide Hände entgegen, wobei ihm noch immer die Tränen über die gebräunten, eingefallenen Wangen perlten. Der Jäger drückte ihm leise die von den Fesseln verwundeten Hände, zeigte dann zum Himmel empor und sagte in herzlichem Ton: „Danken Sie nicht den Menschen, lieber Freund, sondern danken Sie unserem Herrgott da oben, der Ihnen die Kraft gegeben hat, den unbeschreiblichen Jammer zu überstehen. Wir sind nur seine Werkzeuge gewesen. Zu ihm aber wollen wir alle unser Gebet empor senden, wie es in unserem schönen deutschen Kirchenlied heißt:

Ich rief den Herrn in meiner Not:
‚Ach Gott, vernimm mein Schreien!‘
Da half mein Helfer mir vom Tod
und ließ mir Trost gedeihen.
Drum dank’, ach Gott, drum dank’ ich dir!
Ach, danket, danket Gott mit mir!
Gebt unserm Gott die Ehre!“

Er hatte seinen Hut abgenommen und die Worte langsam, laut und innig wie ein Gebet gesprochen. Auch die anderen hatten ihre Häupter entblößt.

Der am Boden liegende, gefesselte Häuptling der Sioux hatte

diesen Vorgang mit staunendem Blick beobachtet. Er wurde jetzt aufgehoben, um dahin getragen zu werden, wohin sich nun alle begaben, nach dem Eingang zum Tal des Häuptlingsgrabes, wo Winnetou mit den Schoschonen und Upsarokas auf die Gefährten wartete.

Old Shatterhand ritt mit dem Apatschen eine kleine Strecke in den Talkessel hinein, um nach den Feinden und ihrem Verhalten auszuspähen. Man sah, dass sie einige wenige Worte miteinander wechselten. Dann kehrten sie zurück.

Oihtka-petay trat auf sie zu und fragte: „Was gedenken meine Brüder nun zu tun?“

„Wir wissen“, erwiderte Old Shatterhand, „dass unsere roten Brüder ebenso gut ein Recht auf Entscheidung haben wie wir. Darum werden wir die Pfeife der Beratung rauchen. Vorher aber will ich mit Hong-peh-te-keh, dem Häuptling der Sioux-Ogellallah, sprechen.“

Er stieg wieder vom Pferd, desgleichen Winnetou. Es wurde ein Kreis um den Gefangenen gebildet. Old Shatterhand trat zu ihm und begann: „Der Schwere Mokassin ist in die Hände seiner Feinde geraten, auch die Seinen sind verloren, denn sie sind von den Felsen und von uns eingeschlossen. Sie vermögen nicht zu fliehen und werden von unseren Kugeln sterben, wenn der Häuptling der Ogellallah nicht etwas tut, sie zu retten.“

Old Shatterhand hielt inne, um zu sehen, ob der Schwere Mokassin ein Wort sagen werde. Da jener aber die Augen geschlossen hielt und schwieg, fuhr er fort: „Mein roter Bruder mag mir sagen, ob er meine Worte verstanden hat!“ Der Rote öffnete die Augen, warf ihm einen hasserfüllten Blick zu und spuckte aus. Das war seine Antwort.

„Glaubt der Häuptling der Ogellallah, ein räudiges Tier vor sich zu haben, dass er auszuspucken wagt?“

„Wing-kan – altes Weib!“, knirschte der Gefangene.

„Der Schwere Mokassin ist blind geworden. Er kann einen starken Krieger nicht von einem altersschwachen Weib unterscheiden.“

„Schonka koktopawinge – tausend Hunde!“, zischte der Sioux.

Einige Schoschonen ließen ein grimmiges Murren hören.

Old Shatterhand warf ihnen einen strengen Blick zu und bückte sich dann, um zu aller Erstaunen und besonders zur höchsten Verwunderung des Gefangenen selbst dessen Fesseln zu lösen. „Der Häuptling der Ogellallah soll erkennen“, erklärte er, „dass weder ein altes Weib noch ein Hund, sondern ein Mann zu ihm redet. Er mag sich vom Boden erheben.“

Der Indianer stand auf. So sehr er auch gewöhnt war, seine Züge zu beherrschen, er konnte doch die Verlegenheit nicht verbergen. Anstatt auf seine beleidigenden Worte mit Fußtritten und Faustschlägen behandelt zu werden, machte man ihn von den Fesseln frei!

„Öffnet den Kreis!“, befahl Old Shatterhand den umstehenden Kriegern.

Sie gehorchten, sodass der Sioux in das Innere des Talkessels blicken konnte. Er sah die Seinen hinter dem Häuptlingsgrab halten. An ihren Bewegungen war zu erkennen, dass sie sich lebhaft berieten. Sein Auge leuchtete auf. Konnte er nicht davonspringen? Im günstigsten Fall erreichte er seine Krieger, im ungünstigsten wurde er erschossen, und das war doch immer besser als der Martertod, den er seiner Meinung nach zu erwarten hatte.

Old Shatterhand hatte dieses Aufleuchten des Blicks gar wohl bemerkt. Er sagte: „Der Schwere Mokassin gedenkt uns zu entfliehen. Er mag das unterlassen! Sein Name sagt uns, dass er eine große Fährte macht, unsere Füße aber sind leicht wie die Schwingen der Schwalbe und unsere Kugeln verfehlen niemals ihr Ziel. Er mag mich anschauen und mir sagen, ob er mich kennt!“

„Hong-peh-te-keh blickt keinen lahmen Wolf an!“, knurrte der Rote.

„Ist Old Shatterhand ein lahmes Tier? Steht dort nicht Winnetou, der Häuptling der Apatschen, dessen Name berühmter ist als irgendeiner der Sioux-Ogellallah und aller anderen Siouxvölker?“

„Uff!“, entfuhr es dem Gefangenen.

Diese beiden Männer vor sich zu haben, hatte er nicht erwartet. Während sein Blick von dem einen zum anderen flog, spiegelte sich etwas wie Ehrfurcht in seinem Gesicht.

Old Shatterhand fuhr fort: „Und noch mehrere ebenso tapfere Krieger stehen da. Der Häuptling der Ogellallah erblickt da Oihtkapetay, den Anführer der Schoschonen, und Moh-aw, seinen Sohn. Neben ihnen steht Kanteh-pehta, der berühmte Medizinmann der Upsarokas. Da drüben aber siehst du Davy-honskeh und Jemmy-petahtscheh. Du wirst..."

Er hielt in seiner Rede inne, denn in diesem Augenblick tat es ganz in der Nähe einen so plötzlichen Knall, dass sich die Pferde aufbäumten und auch die sonst so furchtlosen Krieger erschraken. Ein lang gezogener, brüllender Ton, wie der meilenweit vernehmbare Schall eines Nebelhorns, erklang durch das Tal und die Erde begann sich unter den Füßen der Männer zu bewegen. Aus den auf der Talsohle zerstreuten Schlammlöchern stiegen Dämpfe auf, hier graublau, dort schwefelgelb, blutrot oder rußig dunkel. Diesen Dämpfen folgten festere Massen. Die Ausbruchstellen waren gar nicht zu zählen. Die Luft war förmlich verdunkelt von höllischem Brodem und durcheinander fliegenden Schlammgeschossen, die einen erstickenden Geruch verbreiteten.

Es war unmöglich, zwanzig oder dreißig Schritte weit zu sehen. Jeder hatte mit sich selbst zu tun, um von den heißen, ausgeworfenen Massen nicht getroffen zu werden. Es trat eine unbeschreibliche Verwirrung ein. Die Pferde rissen sich los und galoppierten davon. Die Menschen schrien und fuhren wirr durcheinander. Im Hintergrund des Talkessels erscholl das Angstgeheul der Sioux-Ogellallah. Auch ihre Pferde hatten sich freigemacht und stürmten fliehend dem Ausgang des Tales zu. Dabei stürzten viele von ihnen in die Löcher, deren Schlamm sich augenblicklich über ihnen schloss. Andere jagten an den beim Ausgang des Tales haltenden Weißen und Roten vorüber oder brachen sich zwischen ihnen Bahn, wodurch sie den Wirrwarr noch verdoppelten.

Old Shatterhand hatte anfänglich seine Kaltblütigkeit bewahrt.

Gleich bei dem ersten Knall ergriff er den Häuptling der Sioux mit kräftiger Faust, um ihn festzuhalten und an der Flucht zu hindern. Aber er hatte dann die Hand wieder von ihm lassen müssen, um vor einem der gefährlichen Fluggeschosse zur Seite zu springen. Dabei war er mit dem Dicken Jemmy zusammengerannt. Jemmy stürzte, wollte sich an Old Shatterhand festhalten und riss ihn mit nieder.

Der Schwere Mokassin hatte sich vor Schreck gar nicht gegen den Griff Old Shatterhands zu wehren versucht. Dann aber, als er sich wieder frei fühlte, dachte er an seine Flucht. Einen schrillen, triumphierenden Schrei ausstoßend, schoss er davon, taleinwärts. Doch er kam nicht weit. Er musste an Bob vorüber. Der Neger holte blitzschnell mit dem umgekehrten Gewehr aus und traf ihn mit dem Kolben an den Kopf, wurde jedoch durch die Gewalt des Hiebes selbst zu Boden gerissen. Während er sich aufraffen wollte, trat ihn ein scheues Pferd so, dass er wieder niedersank. „Häuptling reißen aus! Ihm nach, ihm nach!“, brüllte er laut.

Der Schwere Mokassin taumelte, von Bobs Hieb halb betäubt, einige Augenblicke hin und her, dann eilte er davon. Aber die Verfolger waren ihm auf dem Fuß.

Martin, der Sohn des Bärenjägers, hatte den Ruf des Negers gehört. Er sah den Häuptling fliehen und sprang ihm nach. Sollte der Peiniger seines Vaters entkommen? Nein! Die Glieder des wackeren Jünglings waren von den Fesseln verletzt, er hatte auch keinerlei Waffe bei sich.

Dennoch aber flog er, alle seine Kräfte einsetzend, hart hinter dem Flüchtigen her.

Hong-peh-te-keh nahm sich nicht Zeit, zurückzublicken. Er glaubte sich unverfolgt und verwendete seine ganze Aufmerksamkeit auf den Weg, der ihn zu dem Grab führen sollte. Aber gerade in dieser Richtung lagen die meisten Schlammlöcher. Er bog daher rechts ein, der Talwand zu, um sich, am Rand des Tales entlanglaufend, leichter und gefahrloser in Sicherheit zu bringen.

Doch der Sioux hatte sich geirrt. Auch dort gab es so viele offene, dampfende und qualmende Stellen, dass er wiederholt gezwungen war, auszuweichen. Oft hatte er bereits den Fuß zum Sprung erhoben, da bemerkte er, dass der scheinbar feste Boden eine zähflüssige, unergründlich tiefe Masse sei, der er nur dadurch entgehen konnte, dass er sich augenblicklich zur Seite warf. Bodenrisse öffneten sich so jäh vor ihm, dass er sich nur in weiten Sätzen, wie man sie höchstens in der Todesangst zu machen wagt, über sie hinweg retten konnte.

Und nun verspürte der Häuptling auch noch die Folgen des Kolbenhiebs. Sein Kopf wurde schwer, vor den Augen brannte es ihm glühend rot. Die Lunge versagte den Dienst und die Beine begannen zu ermatten. Er wollte einen Augenblick ausruhen und blickte sich jetzt zum ersten Mal um. Wie durch einen blutigen Nebel erkannte er, dass ein Verfolger ganz nahe hinter ihm war. Aber er sah nicht dessen Gesichtszüge, sah nicht einmal, dass der Betreffende fast noch ein Knabe war.

Entsetzt floh der Schwere Mokassin weiter. Er hatte keine Waffe bei sich und hielt den Verfolger für bewaffnet. Wohin sollte er fliehen? Vor sich, hinter sich und links neben sich wusste er geöffnete Schlünde, die ihn zu verschlingen drohten. Zur Rechten hatte er die senkrecht aufsteigende Felswand. Seine Kräfte waren fast zu Ende. Hong-peh-te-keh sah sich verloren.

Da erblickte er einen stufenartigen Felsvorsprung, schräg darüber einen zweiten, dritten, vierten und noch mehrere. Das waren die Felsstufen, auf denen Old Shatterhand damals zu Pferd emporgeklettert war. Hier allein konnte auch der Sioux jetzt Rettung finden. Er strengte seine letzten Kräfte an und schnellte sich von Stein zu Stein immer höher.

Ebenso plötzlich, wie die Schlammlöcher vorhin ihre Tätigkeit begonnen hatten, beruhigten sie sich jetzt. Die Luft wurde klar. Man konnte wieder so deutlich sehen wie vorher.

Da erklang ein lauter Angstschrei durch das Tal. Der Neger Bob war es, der ihn ausstieß. „Massa Martin! Mein gut Massa Martin! Häuptling ihn töten wollen, Masser Bob ihn retten."

Bob deutete nach den bereits beschriebenen Felsstufen und stürzte dann eiligen Laufes darauf zu. Martin hatte den Häuptling eingeholt. Man sah die beiden auf Tod und Leben miteinander ringen. Der Sioux hatte Martin gepackt und versuchte, ihn in die Tiefe zu schleudern. Aber er war ja ermattet und beinahe betäubt. Es gelang dem gewandten, mutigen Knaben, sich ihm immer wieder zu entwinden. Bei einer solchen Gelegenheit wich Martin so weit wie möglich zurück, holte aus und rannte mit aller Macht gegen den Häuptling an. Der Rote verlor das Gleichgewicht, griff krampfhaft mit beiden Händen in die Luft, glitt aus, stürzte, ein Angstgebrüll ausstoßend, von dem Felsen herab und in das unten gähnende Schlammloch hinein, dessen grauenvoller Rachen ihn sofort verschlang.

Das hatten alle gesehen, die sich im Talkessel befanden. Im vorderen Teil erscholl lautes Jubelgeschrei, im Hintergrund dagegen das Geheul der Sioux-Ogellallah, die es mit ansehen mussten, dass ein Knabe ihren Häuptling überwand. All dieses Geschrei und Geheul aber wurde van Bobs Stimme übertönt. Der Neger schnellte von Stein zu Stein empor, unzusammenhängende Laute des Jubels und Entzückens ausstoßend, und riss endlich den Sieger in seine Arme.

„Braver Junge, der Martin!“, meinte Jemmy. „Mir hat das Herz gebebt um ihn. Ihnen nicht auch, Frank?“

„Na, mir erscht recht!“, antwortete der Sachse, sich eine Freudenträne aus dem Auge wischend. „Ich hätte aus reiner Herzensangst gleich Honig schwitzen können. Nun aber is alles gut. Das verwegene Kerlchen hat gesiegt und mit den Ogellallah werden wir jetzt keinen Sums mehr machen. Wir zwingen sie, ihre Nacken unter das kulinarische Joch zu beugen.“

„Kulinarisch? Kaudinisch wollen Sie sagen! Das ist...“

„Schweigen Sie ergebenst!“, unterbrach ihn der Kleine in strengem Ton. „In einem solch feierlichen Augenblick streite ich mich nich mit Ihnen. Ich sehe es kommen, dass sich die Sioux ergeben müssen. Dann wird hier ein allgemeiner Völkerfriede geschlossen, an dem ooch wir beide teilnehmen. Geben Sie mir Ihre Hand! Seid umschlungen, Millionen! Et in terra Knax!“

Er schüttelte dem lachenden Dicken die Hand und eilte dann davon, um Martin Baumann, der mit Bob von dem Felsen herabgestiegen kam, zu beglückwünschen.

Die anderen schlossen sich ihm mit Ausdrücken freudigster Anerkennung an. Dann wendete sich Old Shatterhand laut an die Versammelten: „Mesch'schurs, versucht jetzt nicht die Pferde zurückzuhalten! Sie sind uns sicher. Auch den Sioux sind die ihrigen davongegangen. Die Feinde müssen einsehen, dass sie sich nur retten können, indem sie sich uns ergeben. Dazu kommt der Eindruck der unterirdischen Gewalten und der Tod ihres Anführers. Bleibt hier zurück! Ich werde mit Winnetou zu ihnen gehen. In einer halben Stunde wird es entschieden sein, ob Menschenblut vergossen werden soll oder nicht.“

Er schritt mit dem Häuptling der Apatschen dem Grabmal zu, hinter dem sich die Sioux befanden. Das war ein kühner Gang, den nur zwei Männer wagen konnten, die wussten, dass schon ihr bloßer Name den Feind in Schreck versetzte.

Jemmy und Davy sprachen leise miteinander. Sie beschlossen, das Beste zu tun, was sie jetzt überhaupt tun konnten, nämlich die Friedensbestrebungen Old Shatterhands zu unterstützen. Die verbündeten Indianer waren wenig geneigt, den Feind zu schonen. Der Bärenjäger Baumann hatte mit seinen fünf Gefährten so Schreckliches erduldet, dass diese sechs Männer wohl auch nach Rache verlangten.

Darum versammelten die beiden Freunde die Anwesenden um sich und Jemmy hielt eine Rede, worin er seine Ansicht erklärte, dass Milde und Versöhnung das Vorteilhafteste für beide Lager sei. Es war freilich vorauszusehen, dass im Fall eines Kampfes die Sioux vernichtet würden. Aber wie viele Menschenleben mussten dabei geopfert werden! Und dann war es sicher, dass sämtliche Stämme der Sioux die Kriegsbeile ausgraben würden, um sich an den Urhebern dieses Blutbads zu rächen. Er schloss seine Rede mit den Worten: „Die Schoschonen und Upsarokas sind tapfere Krieger und kein anderer Stamm kommt ihnen gleich. Aber die Sioux sind ihnen an Zahl weit überlegen. Wenn es zum Vergeltungskrieg kommt, werden viele Väter, Mütter, Frauen und Kinder der Schlangen- und Krähenindianer ihre Söhne, Männer und Väter beweinen. Bedenkt, dass ihr selbst euch in unseren Händen befunden habt! Old Shatterhand und Winnetou haben den Tapferen Büffel und seinen Sohn ‚Moskito' mitten aus ihrem Lager geholt und auch Feuerherz und den Hundertfachen Donner am Baum besiegt. Wir hätten alle ihre Krieger vernichten können, haben es aber nicht getan, denn der Große Geist liebt seine Kinder und will, dass sie als Brüder einträchtig beieinander wohnen sollen. Meine roten Brüder mögen einmal versuchen, wie wohl es tut, Verzeihung zu gewähren. Ich habe gesprochen."

Diese Rede machte einen tiefen Eindruck. Baumann war bereit, von aller Rache abzusehen. Seine geretteten Gefährten stimmten ihm bei. Die Indianer gaben, wenn auch nur im Stillen, dem Sprecher Recht. Nur einer war missvergnügt über Jemmys Worte, der Anführer der Upsarokas. „Der Schwere Mokassin hat mich verwundet", sagte er. „Sollen die Sioux das nicht büßen?"

„Der Schwere Mokassin ist tot. Der Schlamm hat ihn und seinen Skalp verschlungen. Kanteh-pehta ist gerächt."

„Aber die Ogellallah haben unsere Medizinen gestohlen!"

„Sie werden sie euch zurückgeben müssen. Du bist ein starker Mann und würdest viele von ihnen töten. Doch der gewaltige Bär ist stolz. Er verschmäht es, die kleine, feige Ratte zu zermalmen."

Dieser Vergleich brachte die beabsichtigte Wirkung hervor. Der riesige Medizinmann fühlte sich geschmeichelt. Er war ja Sieger, mochte er seine Feinde nun töten oder ihnen verzeihen. Er schwieg.

Bald kehrten Old Shatterhand und Winnetou zurück, zum freudigen Erstaunen aller an der Spitze der Ogellallah, die ihnen in einer langen Einzelreihe folgten, ihre Waffen auf einen Haufen zusammenlegten und dann still zurücktraten. Damit erklärten sie ohne alle Worte, dass sie es für unmöglich hielten, sich selbst durch den tapfersten Widerstand zu retten. Sie standen mit gebeugten Häuptern und betrübten Mienen da. Der Schlag war plötzlich und so gewaltig über sie gekommen, dass sie sich wie betäubt fühlten.

Jetzt trat Jemmy vor und berichtete Old Shatterhand von seiner Rede und ihrer Wirkung. Der Jäger drückte ihm dankbar die Hand. Er war hocherfreut darüber und rief den Ogellallah zu: „Die Krieger der Sioux haben uns ihre Waffen übergeben, weil ich ihnen versprach, dass ihr Leben geschont werden soll. Die Bleichgesichter, Schoschonen und Upsarokas wollen ihnen noch mehr schenken als nur das Leben. Der Schwere Mokassin ist tot und mit ihm die beiden Krieger, die sich an Wohkadeh und dem Sohn des Bärenjägers vergriffen. Das mag genug sein. Die Krieger der Sioux mögen ihre Waffen zurücknehmen! Ihre Pferde werden wir ihnen suchen helfen. Es soll Friede sein zwischen ihnen und uns. Wir wollen dort am Grab der Häuptlinge mit ihnen der Toten gedenken, die vor Monden von meiner Hand gefallen sind. Das Beil des Krieges mag zwischen den Ogellallah und uns vergraben werden. Dann mögen sie zurückreiten nach ihren Jagdgründen, wo sie erzählen können von guten Menschen, die es verschmähen, ihre Feinde zu töten, und von dem großen Manitou der Weißen, dessen Gebot es ist, dass seine Kinder den Frieden lieben sollen!"

Die Sioux waren starr vor Erstaunen über die glückliche Wendung ihres Schicksals. Sie getrauten sich kaum, daran zu glauben. Als sie aber ihre Waffen zurückerhielten, stürmten sie voll Dankbarkeit auf den berühmten Jäger ein. Auch der Medizinmann Kanteh-pehta gab sich zufrieden, als er erfuhr, dass alle geraubten Medizinen noch vorhanden seien. Sie wurden den Upsarokas zurückgegeben.

Die Pferde hatten sich nicht weit entfernt. Es war leicht, sie einzufangen. Nun wurden die beiden von Old Shatterhand erschossenen Sioux herbeigeholt und in der Nähe der Häuptlinge begraben. Der Tag wurde mit ernsten Leichenfeierlichkeiten verbracht und dann verließ man das ungesunde Tal, um den Wald aufzusuchen, wo man sich von den Anstrengungen der letzten Zeit erholen wollte.

Als am Abend die Lagerfeuer brannten und Freunde und Feinde versöhnt beieinander saßen, um sich befriedigt über die jüngsten Abenteuer zu unterhalten, wandte sich Frank an Jemmy: „Das Beste von unserem Drama is der Schluss. Vergeben und vergessen! Ich bin mein Lebtag kein großer Freund von Mord und Totschlag gewesen, denn: ‚Was du nich willst, das man dir tu, das füg ooch keinem andern zu und lass den armen Wurm in Ruh, denn er fühlt's geradeso wie du.' Wir haben gesiegt; wir haben den Göttern gezeigt, dass wir Helden sind, und nun bleibt nur noch eins zu tun. Wollen Sie?"

„Ja, was denn?"

„Was sich neckt, das liebt sich. Wir haben uns stets nur deshalb gekampelt, weil wir uns eigentlich von Herzen gut sind. Wollen uns also unsere Liebe gestehen und Brüderschaft miteinander machen. Da, schlag ein, alter Schwede! Topp?"

„Topp!", sagte Jemmy.

„Komm in meine Arme, Bruderherz! Endlich, endlich is er in Erfüllung gegangen, der Vers aus ‚Freude, schöner Götterfunken':

Deine Zauber binden wieder,
was der Unverstand geteilt;
Frank und Jemmy sind nun Brüder;
unsre Feindschaft ist geheilt!"